画商 II

聂昱冰◎著

这里没有爱与恨，只有成与败。
决天下，生死的艺术，有人进了天堂，有人下了地狱。

决天下

重庆出版集团 重庆出版社

图书在版编目（CIP）数据

画商Ⅱ：决天下/聂昱冰著.—重庆：重庆出版社，2009.6

ISBN 978-7-229-00678-5

Ⅰ.画… Ⅱ.聂… Ⅲ.长篇小说—中国—当代
Ⅳ.I247.5

中国版本图书馆CIP数据核字（2009）第078106号

画商Ⅱ：决天下

HUASHANG Ⅱ： JUETIANXIA

聂昱冰 著

出 版 人：罗小卫
策　　划：光　南　庄少兰
责任编辑：陶志宏　袁　宁
责任校对：郑　葱
封面设计：小徐书装

重庆出版集团
重 庆 出 版 社 出版

重庆长江二路205号　邮政编码：400016　http://www.cqph.com
深圳大公印刷有限公司制版印刷
重庆出版集团图书发行有限公司发行
E-MAIL:fxchu@cqph.com　邮购电话：023-68809452
全国新华书店经销

开本：787mm×1092mm　1/16　印张：16.5　字数：315千字　插页：1
2009年6月第1版　2009年6月第1次印刷
ISBN 978-7-229-00678-5
定价：24.00元

目录　画商Ⅱ：决天下

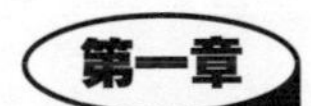

质本洁来还洁去

[1]

初八一大早，何欢就忙碌了起来：洗脸、做头发、化妆，忙得不亦乐乎，最后竟然又换上了参加聚会时穿的那身黑衣服。萧雪飞非常不解："你去辞职还需要穿得这么隆重吗？"

"辞职？"何欢愣了一下，才像突然想起了什么似的频频点头："对，我今天还得去辞职，我都忘了。"

"你忘了？你又不想辞职了？"萧雪飞大惊失色。

"我当然辞职，我是忘了我今天还得去通知一下博物馆我辞职的事。"

萧雪飞无语望苍天，她越来越感觉到眼前这个表姐实在是个人物："您是真够嚣张的，辞职都忘了通知原单位。"

何欢笑了："主要是我一直都没把博物馆当成过我的单位吧。"

"那你这么打扮，是为了去联系下一个工作？"萧雪飞试探着问。

"不是，对方同不同意我的要求，跟我穿什么没任何关系。"

"哎呀，表姐，你快告诉我吧，我好奇死了。你到底为什么打扮成这样啊？"

何欢已经开始戴项链了："其实真的没什么，就是有一个人，一直都非常关心我、爱护我，为我做了很多事情。所以我想好好打扮一下，给他一个惊喜。我不是说过了吗，我决定做一个懂得感恩，懂得回报的人。而对他最好的回报，就是让他看见我的形象不再灰暗。"

萧雪飞的眼睛中闪动着惊喜的光芒："表姐，你说的那个人，是男的还是女的？"

"男的。"

"优秀吗？"

“非常非常优秀，成熟、睿智、充满魅力。”

“用你的话说，他和你是同类吗？”萧雪飞小心地问，不知道是因为兴奋还是因为紧张，她的声音竟然有些微微发颤。

“应该说，我希望自己能够成为他的同类。”何欢对着镜子作最后的审视。

“天啊，表姐，你怎么不早说啊！上帝啊，我爱死你了！”萧雪飞跳起来一把抱住了何欢的脖子。

“哎哎，我的衣服。”何欢向外推着萧雪飞，“我不早说什么？上帝干什么了，你就爱死他了？”

“谁爱上帝了，我是爱你。”萧雪飞还想拥抱何欢。

“你们学外语的都这么热情吗？”何欢赶紧躲开。

萧雪飞没顾得上回答何欢的问话，她像旋风一样满屋子飞着，换衣服、拿皮包。

“等我一下，我送你去。”

“你送我去哪儿啊？”

“你要去哪儿，我就送你去哪儿。今天我就给你当专职司机。”

“可是……”

“哎呀，别可是了，快走吧，反正你这身衣服也没法坐公交车。”

何欢想想也是，也就不再推辞了：“好吧，你送我去，中午我请你吃饭。”

“不用，中午我请你。只要你结婚的时候，让我当伴娘就行了。”

“结婚？”何欢不解，这是从何说起。

“好了好了，别解释了，我知道你要说你暂时还不会结婚，反正不管你什么时候结婚，记得让我当伴娘就行了。”萧雪飞太快乐了，经过一段时间的相处，她已经真心喜欢上了何欢了，所以她很怕何欢会爱上宋振峰。因为宋振峰是肯定会成为她萧雪飞的丈夫的，而萧雪飞又绝对不能和一个爱着自己丈夫的女人成为朋友。现在好了，何欢另有意中人，而且看何欢的意思，还对那个男人一往情深。这样，她跟何欢就能一直做朋友了。

车驶进了博物馆的停车场，萧雪飞第一眼就看见了一辆熟悉的豪华宝马，不由得暗暗吃了一惊：动作好快啊，不过他来博物馆干什么呢？他要来这里应该先和我联系啊。

何欢的目光跟随着萧雪飞的眼神，也看见了这辆宝马：“最新款的宝马，的确漂亮。”她以为萧雪飞也在欣赏这辆车。

“表姐，你知道这是谁的车吗？”萧雪飞试探着问。

“不知道，我平时不来停车场。应该是外来的吧，这不是京照吗？”何欢显然对这辆车不感兴趣，“我去辞职了，你回去吧。”

“不，我在这等你会儿，反正我也没别的事。”现在看见了这辆宝马，萧雪飞更不肯走了，她把奥拓缓缓倒进了宝马车旁边的车位里。

何欢刚朝前走了两步，背后就传来了萧雪飞的声音：“表姐。”

何欢回头一看，萧雪飞正从车窗里探出头来看自己，脸上是一副很奇怪的表情。

“怎么了？”

“我觉得你穿成这样，跟周围的人反差太大，很不协调。”萧雪飞用下颏指了一下博物馆的大门，那里正涌动着上班的人流。

何欢看看他们，又看了看自己，也笑了：“是不太协调，不过无所谓，他们跟我没什么关系。”何欢说完，轻松地转过身，朝办公楼扬长而去。

何欢融进了上班的人流里，其实不能说是融进，因为她根本就融不进去，何欢在这群人中显得突出而突兀。人们也都纷纷侧目，猜测着眼前这个女人的来历。

赵毅的办公室里，孙青正在情绪高涨地向他汇报着什么。

敲门声响起，赵毅还没有说话，孙青的眉头已经皱了起来，她不希望这个时候被人打搅。

“进来！”孙青尖声喊道，声音中充满了强做出来的威严和莫名的愤怒。

何欢推门走了进来。看着何欢，赵毅和孙青都本能地站了起来，态度恭敬，孙青甚至向后退了两步，把座位给何欢让了出来。何欢倒是没觉得有什么不对，她本来就很习惯这种恭敬。

何欢觉得屋里太热了，就把皮包放在茶几上，脱下了大衣，然后自然地整理一下披肩，才在沙发上坐了下来。接着，她朝着孙青轻轻地一挥手：“你先出去一下，我说点事。”

孙青像被催眠了一样，应声朝门口走去，直到她的手已经碰到门把手了，才清醒了过来。

“我凭什么出去？”孙青的声音尖锐而狂躁，就像是一个没有修养的家庭妇女在向婆婆发出挑战，每一个有经验的人都能听出来，接下来孙青就准备像泼妇那样破口大骂了。

何欢连头都没有回：“没关系，如果你不出去，我就出去，等你什么时候想出去了，我再进来。”何欢的声音悠然清越，虽然字字平和，却隐隐带着风雷之音。

孙青刚刚积攒起来的气焰，一下子又被打下去了，她不明白自己在怕什么，可她就是不敢再跟何欢较劲。孙青求助地望向赵毅，可赵毅根本没看她，事实上，从何欢进来以后，赵毅就一直在盯着何欢看。

孙青无奈，走出了办公室，边走边恨恨地想：不要脸的妖精、狐狸精，穿成这样出来勾引男人，哼，没准趁这几天放假，早就上了馆长的床。孙青恨不得一步走到有人的地方去，把这个谣言告诉所有的人。

孙青走了，何欢开始面对赵毅："赵馆长，今天我来主要是想跟您说一件事情。"

何欢顿了一下，给了赵毅一个集中精力的时间，然后接着说："一直以来，您都非常照顾我，我很感激。而我因为个人原因，也确实给您给单位添了不少麻烦，为此，我感到挺抱歉的。"这段话何欢说得很熟，以前员工向她提交辞呈的时候都这么说。

赵毅显然理解错了何欢的意思：一身盛装，在第一天上班的第一时间，就来到他的办公室，说这些感激，感到抱歉的话，看来何欢真的屈服了。

何欢接着往下说："从今天起，我就正式辞职了。"

"你说什么？"赵毅惊叫了出来。

何欢不明白赵毅为什么会这么吃惊："我说我今天来，是想告诉您，我决定辞职了。"

赵毅稳定了一下心神，他听明白了，但是他对"辞职"这个词很陌生，他打算先把事情弄明白："你是说你要调工作？"何欢一下子想不出辞职和调工作的区别，就点了点头。

"那你想调到什么单位？"这是赵毅现在最关心的，因为人们总是会敏感于别人是否找到了更好的工作。

"我还没想好去什么单位，我想先休息一段时间再说。"何欢说的是实话。

但赵毅显然没听明白："你身体还没好吗？"

"不，我的病已经好了。"

"这么说，你是因为孙青那件事，不敢再上班了？"

"不是，真的没有那么复杂，只是我觉得博物馆的工作不适合我，所以才想辞职。"

"你确实没有找到接收单位？"

"没有。"

"那你的档案放到哪里？调令怎么开？"

何欢也糊涂了，辞职要这么复杂吗？以前别人跟她提出辞职的时候，挺简单的啊。她困惑地看着赵毅。赵毅决定再换一个角度："你辞职的事跟你的家人商量过了吗？"

何欢不解："没有啊，这又不是什么大事……"

赵毅被彻底地打败了，他实在适应不了何欢的思维方式。他觉得愤怒，因为他长期以来一直奉若神明的东西，在何欢看来竟然是那么地不值一提。他想用刻薄的、粗鲁的指责来维护住自己摇摇欲坠的权威和尊严，可是，在今天，在何欢的面前，他再也说不出面对金羚时说的那番话了。

尽管如此，赵毅还是觉得，作为一个单位的一把手，在职工的工作态度如此不端正的时候，他必须得说点什么，才能符合自己的身份："何欢，我知道你的父亲是何达教授，所以你的生活条件肯定不错，但是，我还是希望你能认真地考虑一下，因为工作对一个人是非常重要的。"本来赵毅还想说"一个女人最重要的是保持住自我。只有有属于自己的工作，自己的事业，才会得到社会的尊重，男人的尊重"。可是，这些天天被人挂在嘴边上的浅显道理，赵毅现在却说不出口，因为他清醒而无奈地意识到，眼前的这个何欢，即使没有工作，也会得到社会和男人的尊重——因为她的自身条件。

何欢微微一笑："赵馆长，谢谢您。我知道您说这些，完全是为我着想，而且您说得也非常有道理。就像人们常说的：'一个女人只有拥有属于自己的事业，才会拥有和男人一样的社会地位，否则男女平等永远都只是一句空谈。'但是我觉得，这里的'事业'，不能简单地理解为一份工作或者一份收入，它所指的应该是一个女人的独立和个性。其实，不管女人是在干属于自己的事业，还是在挣钱，是在相夫教子，还是在做全职主妇，这都只是一种外在的形式，而真正重要的是女人在心理上认为自己是独立的，是一个有尊严的个体。只要女人永远保持住自己的独立和尊严，并且永远积极地捍卫住这份独立和尊严，就能得到社会和男人的尊重。"

赵毅无语了，面对着一个如此清醒如此透彻的女人，他还能说什么呢。

[2]

何欢步履轻盈地来到停车场，萧雪飞正坐在车里听音乐，看见何欢来了，忙问："辞完职了？顺利吗？"

"很顺利。"何欢点头，"现在我要去看望一位朋友，时间就没准了，你不用等我了。"

"用我送你去吗？"

"不用，就在后面那个院子。这儿以前其实是一个大院，去年才垒了一堵墙，分隔成了两个院子。"

"你要去见谁啊，是那个很有魅力的男人吗？"

"对，就是他。"

萧雪飞双眼发光："你去吧，我不等你了，省得你着急出来。多待会儿啊。"

何欢没有听出萧雪飞话中的调侃之意，应声离去，边走边掏出手机，拨通了张所长的号码。

张所长的办公室中。张所长对着电话笑语盈盈："你现在就过来吗？好，来吧，方便，我不忙。"

在张所长的对面还坐着一个人——秦云瀚。

张所长挂断电话，含笑目视秦云瀚："刚才是何欢的电话，她说来找我说点事情。她还说她刚从赵毅的办公室出来，她辞职了。"

张所长顿了一下，脸上的笑容变得莫测了："云瀚，可是半个小时之前，你就来到我的办公室，对我说今天何欢会去辞职，你来，是想在她辞职后的第一时间见到她。而你是从北京赶过来的，那就是说，你来之前就已经知道了今天何欢会辞职。"

虽然张所长在这一长段话里没有提出任何问题，但秦云瀚心里很清楚，恩师是不容搪塞的。

秦云瀚笑了，可能是因为在老师的面前吧，云瀚的笑容中有一种和年龄不相符的天真，就像是做了恶作剧的孩子："做我们这种风险投资行业，唯一的制胜法宝，就是能比别人先一步取得信息，庞大的及时更新的信息储备是我们工作顺利开展的保证。所以，我们肯定能有一些途径，及时地获取到我们所需要的各种信息。"

张所长脸上带着和蔼的笑容："你有你的工作方式，我不会多问，但你一定要记住一点，何欢是一个非常敏感的女人，不要弄巧成拙。"

秦云瀚严肃地点头，表示自己对恩师的意见的重视。

"对了，你家那个女博士又去和外星人联络了？"

"对，她初一就回美国了。"

"你呀，从你小的时候起，你做的每一个选择都非常英明，就是选了这个妻子……"

"怎么，她不好吗？"秦云瀚的眼中闪着活泼的笑意，似乎觉得和老师探讨这个问题非常有趣。

"不是不好，是太好。"

"太好？"

"对，她太好了。简直就是完美。"

"完美的女人就不好吗？"

"完美的女人当然好，但是不适合娶回来当妻子。"

"为什么？"

现在这对师生就像是又回到了课堂上，只不过这次讨论的是"女人"这个话题。

"因为妻子是用来过日子的，注定了要和你相扶相助，一起过一辈子的人。所以你得找一个现实世界中的女人，比如说你师母，她就是一个很优秀的女人，但她身上又有很多缺点。夫妻之间的相互欣赏固然是婚姻的基础，可相互包容，还有两

人彼此之间的挑剔、促进，更是婚姻不可或缺的调剂。可你找的这位女博士，简直就是一套理想化的标尺、一本女性行为指南，全世界的女人照着她那个标准去努力就对了。你说你和一个这样的妻子一起生活，会不会压力太大了？”

秦云瀚咯咯地笑了出来：“老师，您说得非常对。如果我能遇到一个师母那样的女人，我肯定也会毫不犹豫地娶回来，可您忘了，师母已经是上个世纪的人物了，在这个时代再也找不到像师母那样的女人了。因为现在这个时代的女人都已经变得太独立、太强悍了。所以我想，既然女人都已经变得这么独立强悍了，索性我就找个最独立、最强悍的。”

秦云瀚的这番话把张所长也逗笑了：“云瀚，我还有一个问题，我估计何欢马上就要上来了，我希望你能在她进来之前，给我一个简单明了的答案。”

看到张所长的态度变得严肃了，秦云瀚也坐正了。

“那天你和春鸥去我家，春鸥再三追问你为什么这么关注何欢，我和你师母是为你打了保票，保证你对何欢肯定没有感情的成分，只是为了工作。但说实话，我那天晚上所作的保证，纯粹是为了安慰春鸥，替你解围。事实上，我的想法和春鸥是一样的，我也认为你对何欢太过于关注了，已经超出了老板对员工应该有的关注。”

秦云瀚刚要说话，张所长挥手打断了他：“何欢马上就要到了，在她来之前我想把话说完。我一直非常欣赏你，但你也应该清楚我对婚姻的态度，我一直都认为，一个诺言，许下的是一生的光阴，我不管时代怎么发展，但我希望我的学生对待婚姻的态度是严肃的。”

秦云瀚的态度也郑重起来：“老师，您的意思我都明白。就像您刚才所说的，这个时代变幻万千，人的感情也不能例外，所以连我自己都不知道，我未来的感情会朝哪个方向、朝谁发展。但是我可以保证，目前，我对何欢的关注，绝对是因为工作，而没有掺杂任何感情成分。”

秦云瀚停了一下，然后展颜一笑：“我承认，我对她的关注有些超乎寻常，现在我跟您打个赌，看何欢能不能猜出来我为什么这么关注她。我也希望借此考量一下她是否值得我花这么大心思。”

“那你希望她猜出来还是猜不出来呢？”

“我很矛盾，她猜出来，说明她够聪明，也说明我的确没有看错人。可我更希望她猜不出来。”

“为什么？”

“这可能就是所谓的帝王心术吧。我希望她能够把我认作‘识英雄于穷途’的伯乐，抱着士为知己者死的心态来为我效命。”

张所长微微摇头轻笑：“太复杂了，还是做学术好。好，那我就赌何欢能够猜出你的心思。”

过了一会儿，何欢进了办公室，目不斜视，直接就走到了张所长的办公桌前。

张所长也站了起来，脸上带着意外和欢快，何欢焕然一新的形象让他惊喜不已：“看来辞职很适合你。赵馆长对你辞职的事怎么说？”

“他接受了，而且他很宽容，给了我一些很好的建议，虽然这些建议并不适合我，但我还是很感激他。”何欢没有再说下去，因为，她看见张所长凝望着她的眼神变得很深很深，何欢有些不知所措。

意识到了何欢的不安，张所长笑了：“没什么，是你刚才的话让我激动。”

“我刚才的话？”何欢不解，她想不出自己说了什么让人激动的话。

“你赞扬赵毅宽容，说那些建议虽然不适合你，但你还是会感激，对吗？”

何欢点了点头。

“我知道，我走了以后，你在赵毅手下的日子不会好过，甚至于春节前你那场大病，究其原因，始作俑者还是赵毅。可你现在在面对他的时候，仍然能以善良之心对之，这恰恰说明了你的情绪、你的心态都在恢复。因为只有心中的爱多于恨、甜多于苦的人，才会用自己的善良之心去读他人之心。”

何欢愣愣地听着，她还真没有想这么多。张所长接着说道：“如果你只是穿着这身衣服而来，我还会以为你只是为了安慰我，让我不再为你担心。而你刚才那番话，才让我真正对你放了心。我认识你快三年了，看见你终于走出黑暗，不再继续枯萎，我真的很高兴。”

何欢低下了头，她来不及考虑张所长刚才说的话，不知道自己现在是否真的像张所长所说的那样，开始走出了黑暗，不再继续枯萎。因为她的心正在因为感动而澎湃，她再一次被张所长真诚的关心感动了。

秦云瀚整了整衣服，决定由他来打破此时屋中的沉默，他已经被忽略得太久了，第一眼看见何欢，秦云瀚就呆住了。虽然何欢的全部资料已经深深地刻在了他的脑子里，而且他也看过何欢很多张照片和录像资料，那时的何欢是神采飞扬的。他也听说了，何欢现在由内到外都被抑郁灰暗所包围，照理说此时的何欢应该是暗淡苦涩的。可他怎么也没想到，眼前的何欢会是这副样子。

他没有注意何欢穿着什么，因为他每天所看见的女人的穿戴都比这隆重得多，跟她们比起来，何欢的打扮根本就算不了什么。震撼了秦云瀚的，是何欢的气质。眼前的何欢，既没有神采飞扬，也没有暗淡苦涩，她全身散发出来的是一种淡然超脱，一种宽厚内敛。秦云瀚第一个反应是：错了，这不是商人该有的气质。可再往深处看，秦云瀚清晰地感觉到了，在那份内敛的深处——深得不见底的深处，刀影浮动，剑光隐然。秦云瀚深深地吸了一口气：但愿这刀剑出鞘的那一天，是在为我

杀敌，否则，就让它们永远埋在深处好了。

“啊，老师。”秦云瀚突然站起来说话，把何欢吓了一跳，她根本没看见屋子里还有一个人。

张所长赶紧为他们双方作介绍，末了还加了一句：“真是相请不如偶遇。云瀚一直想认识你，上次我说的想请你出来工作的那个人，就是他，秦云瀚。”

何欢看了看眼前这个气宇不凡的中年男人，暗暗点头，这是一个锐利霸气的男人。

秦云瀚一门心思想把何欢收为己用，所以有心在气焰上打击一下她，好在以后的工作中，能更好地驾驭她。你有才，我就比你更有才，你能干，我就比你更能干，你桀骜不驯，我就比你更桀骜不驯，这是秦云瀚一贯的工作作风，他坚信被收服的人才是最好用的人，现在既然你何欢超脱，我就比你更超脱。

“好了，何欢，我们已经认识了，我想知道，你对我的印象是什么样的。”秦云瀚剑眉微扬。

“非常优秀，非常出色，不可多得，可遇而不可求。”

“你回答得太快了。”

“因为这个问题我刚才已经在心里想过了。”

何欢的态度真诚恳切，秦云瀚有些招架不住了，“比当年的周涛总裁如何？”

秦云瀚话一出口，连张所长都觉得过分了，刚要制止，何欢已经开口了：“他那时比你现在年轻。”淡淡一句话，让秦云瀚明白了什么叫四两拨千斤，简简单单一句年轻就把秦云瀚能力上的优势消于了无形。

张所长不想让他们继续争斗下去了，站出来打圆场：“何欢，你电话里不是说，有事要和我谈吗？什么事啊？”

“其实是想求您一件事。”

“你说。”

“我已经正式辞职了，现在没有事情做，我想到您的研究所里来，不知道您能不能接受。”

没等张所长说话，秦云瀚就抢先开口了：“如果你愿意，可以到我的公司来工作。我现在就可以代表我的公司正式邀请你加入我们公司。”秦云瀚拿出了一叠资料，“这里面有我们公司的简介，还有一个即将启动的项目的计划书。我们公司就是想聘请您主持这个项目。”秦云瀚一扫刚才的张扬狂傲，态度严肃真诚，他双手把计划书递给了何欢：“我希望您能相信我们的诚意，认真考虑我们的建议。”

何欢当然能看出来，秦云瀚现在是认真的，所以也就很诚恳地说道：“秦总，我丝毫不怀疑您和您的公司的真诚。”何欢快速地扫了一眼计划书，“以前张所长也向我介绍过你们公司的规模，能够提出这样的市场拓展计划，更证明了你们公司的实力不可小觑。所以，我相信，您刚才的邀请，不论是对我还是对任何一个人来说，都是一个难得的机会。”

张所长有趣地看着眼前这两个年轻人：刚才还是剑拔弩张，一转眼就变得风和云霓，真不知道他们平时是不是就这么过日子。

“但是，秦总，对于您的好意，我还是只能心领不能身受。”

秦云瀚没有想到何欢的态度会突然来一个这么大的转变，有些不知所措，他的脑子在紧张地思考着：何欢的拒绝，是真心还是自抬身价？我是应该矜持一些，还是应该继续提高价码？

看着秦云瀚阴晴不定的眼神，何欢莞尔一笑：“秦总，您不用想太多。就像我刚才所说的，这个职位对任何人来说，都是一个极大的诱惑。事实上，我也很遗憾错失了这次机会。我之所以会谢绝您的好意，完全是因为我个人的原因。因为我现在还不想工作。”

何欢的洞察秋毫，让秦云瀚有些难堪：“可是，你刚才不是说现在没事干，要来老师这里吗？”

“是，但我不是来工作。”何欢转过脸正对着张所长，“我是希望张所长能够答应我，让我来这里学习。”

“学习？”

“对，就像来这里实习的那些学生一样学习。您曾经说过，春秋文化中有一种神奇的力量，能够让人坚强。我现在就是希望能够沉浸到春秋文化中去，去获取这种力量。”

“那你准备学多久呢？”

“我也不知道，反正我的积蓄完全可以维持生活，所以我想真正的静下心来去学习。”何欢突然活泼的一笑，“也许，过一段时间，我会去考这个专业的研究生，也不一定啊。”

张所长的脸上泛着喜悦的光芒：“我很高兴你能这么想，我也从来都不反对年轻人学习，但你有没有想过，你可能会失去一个很好的机会，一个很好的工作？”

何欢点了点头，认真地说：“我的确是失去了一个很好的机会，但我想我得到的会更多。”

“那么你是已经决定了？”秦云瀚问。

“只要张所长能够答应我的请求。”

“我想我会愿意接纳你这个学生。”

“那我是不是只能祝贺两位了，一个心想事成，一个喜获高足。”秦云瀚笑着说，

“何欢，虽然你没有答应我的邀请，我很遗憾，但我不会气馁，我也是懂得三顾茅庐、礼贤下士的人。我还会继续关注你，并且真诚地等待你接受我的邀请的那一天。”

何欢一笑，刚要说话，就又被秦云瀚打断了：“让我把话说完，我所说的这些不是场面话，而是真心话。当着老师的面，我不敢说谎，现在我再正式说一遍，我真诚地等待着你接受我的邀请，我也真心地希望，当有一天，你准备重回商界的时候，会首先来我的公司。”

秦云瀚这番话让何欢有些意外，面对着这份真诚，何欢反倒不好意思再推诿了，要知道何欢可是一直都把张所长当做父辈恩人看待的，更何况对方还是张所长的爱徒。

“秦总言重了。”何欢拿起桌子上的计划书，略略翻看了一下，“秦总，我目前确实不想出来工作。不知道张所长有没有跟您提过，我这段时间的状态非常不好，现在也许表面上恢复了一些，但我很清楚自己，我恢复的只是一些很表层的东西。就像一片荒原，现在刚刚长出了一些嫩芽，而事实上，这里应该是一片繁茂的森林。我现在不仅要努力地让这里恢复成森林，还要千方百计地保护住刚刚生长出来的嫩芽。所以我现在绝对不适合出来工作，更做不了这么重要的工作。”说到这里，何欢停住了，她稍一犹豫，然后果断地抬起了头，“这样吧，按照计划书上所写的，这个计划初步定在六月份启动，不管到了六月份，我能不能出来帮您，在这段筹备时间里，如果秦总有需要我的地方，我一定尽心为秦总谋划。”

秦云瀚绽开了笑容：“天才画商肯给我这个承诺，价值千金。好，咱们就一言为定。如果我有什么想要咨询讨论的，我一定来找你。”

何欢含笑点头，秦云瀚看了看表：“你中午有时间吗？我请你吃饭。”

何欢沉吟了一下：“我表妹可能会和我一起吃饭，我得等她的电话。”她转向了张所长，“这个春节，我表妹一直跟我住在一起，通过她我了解了很多东西，对我帮助很大。您说得对，人是群居动物，只有和各种不同的人不断接触，才能找到最正确的路。”

“那好吧，我现在还有些事要处理，我就先告辞了，到中午的时候，我再给你打个电话，看你有没有时间。”秦云瀚起身告辞。

秦云瀚走了，何欢放松了许多，她站起来舒展了一下身体，踱到了张所长的书橱前，看着玻璃门里面的藏书：“做您的学生，我需要做到哪些？”

“你需要做的很多，我这里还有几个正式的研究生，你就和他们一样，看我指定的书籍，做读书笔记，协助研究人员修补一些文物，查阅资料，判断文物的历史、出处，我会经常圈定一些范围，让你们写专业论文，还会经常组织讨论。怎么样，受得了吗？”张所长笑着问。

“没问题。”何欢也笑了，“我保证做到。”

“说真的，我很意外你会决定这么彻底地投入到学习里面来。”

何欢的表情凝重起来：“张所长，您喜欢爬山吗？”

张所长不知道何欢怎么会蹦出这么一句，但还是点了点头：“喜欢。年轻的时候我经常爬山，现在偶尔还会去。”

“这些天，我经常会想起爬山的事。人们都说，下山的时候比上山难得多，可其实路都是一样的，之所以会显得难，很大程度上，是人的心理在作祟。而人的事业也是这样，事业的滑坡期永远比事业的上升期要艰难得多，就是因为在滑坡的时候，人在承受外界的一切压力之外，还要承受自己心中的压力。我就没有承受得住事业滑坡，所以在我需要下山的时候，我直接选择了跳崖，结果摔得遍体鳞伤。可现在回想起来，即使是下山，只要心态能够稳住，虽然越走越低，可一样是满目苍翠、鸟语花香，没准一步步走到平原，还能有另一种意外的收获。就算收获很小，也好过摔得半死不活。过去的不能再重来，所以我想重新来过，再爬一回山。这次，不管我爬的是哪一座山，也不管我是否爬到了顶峰，在我不得不下山的时候，我都要一步一步地走下来。我来学习，就是为将来积蓄下山的勇气和力量。毕竟我不能一辈子都缩在壳里，可我一旦走出自己的壳，就得面对人生将会发生的一切，而人生总会有上有下，我不能每到需要下的时候，就选择跳崖自杀。”

[3]

萧雪飞并没有离开停车场，她一直坐在她的奥拓车里，等着那辆宝马车的主人——秦云瀚的到来。

此时萧雪飞的心中忐忑不安。事实上，萧雪飞和秦云瀚在同一家外企任职，秦云瀚是她的顶头上司——中国区总裁。

萧雪飞正是因为同何欢的亲戚关系，才被秦云瀚派回到了何欢这里，希望她可以做通何欢的工作。萧雪飞所谓的带薪休假，其实是一次长时间的“公差”。本来萧雪飞把这件工作当成了一个很好的机会：小时候，她跟何欢关系不错，虽说多年不见，但她相信童年的感情还在，只要开诚布公地言明厉害，说服何欢加入公司简直是太轻而易举了。而且，等何欢进了公司，自己不仅立了一个大功，两姐妹还可以相扶相助，真是一举多得。

可没想到风云突变，莫名其妙的，何欢成了萧雪飞最大的情敌，弄得萧雪飞乱了方寸。跟何欢同住的这七八天里，又发生了那么多事情。

直到今天看见了秦云瀚的车，萧雪飞才发现，自己的工作还一点都没有开展。

现在，她远远地看见秦云瀚大步朝停车场走来，赶紧从奥拓车上钻了出来，硬着头皮迎了上去："秦总，你好。"萧雪飞态度恭敬。

秦云瀚似乎对于萧雪飞的突然出现，一点也没有觉得意外，他满面春风地走到萧雪飞的面前："我昨天晚上就看到你的邮件了。真是辛苦你了，春节都不能休息，还得为公司奔波。"

秦云瀚真诚的关怀让萧雪飞感动，秦云瀚就是有这个本事，能够让每一个员工，心甘情愿地效犬马之劳。

秦云瀚下意识的回头看了看研究所的方向，对萧雪飞说："上你的车谈吧，带我在你的家乡转一转。"

两人上了车，奥拓车平稳地驶出了博物馆的大门。车开得不快，沿着大街小巷徐徐前行。车厢里，秦云瀚和萧雪飞在聚精会神地交谈着。

"其实严格来说，这里不能算是我的家乡，我的家乡在城市南面的村子里，这里倒确实是何欢的家乡。"

秦云瀚浏览着车窗外的街景："我刚才已经见过何欢了。"

"您已经见过何欢了？"萧雪飞很是意外，暗暗心惊。

没等她回过神来，秦云瀚又开口了："她还谈到了你，说了你不少好话。你的工作完成得很出色。"

萧雪飞想不出自己干了什么值得何欢赞扬的事，但她来不及想了，她现在急于知道何欢对工作的态度："对您的邀请她怎么说？"

"她还是拒绝了我们的邀请。"

"为什么？"

"不大清楚，她只说现在还不想出来工作。雪飞，我想问一个问题，你了解她吗？"

萧雪飞默默沉吟了一会儿，才悠悠答道："在我的印象中，何欢一直都是一个标准的淑女。以至于我听说她领导着天海画阁纵横商场，我都觉得无法想象。而我这回见到她，她又变了，不再是淑女，也不是女强人，很落寞、很低沉，一片枯寂。可后来，就在过年那几天又发生了一些事情，她就又变了。天啊，我真是摸不透这个女人，但我必须承认，我确实是越来越喜欢她了。"

"你觉得何欢重回天海画阁的可能性有多大？"秦云瀚语气凝重，看来这才是他真正关心的问题。

"不知道，她从来没有跟我提过周家和天海画阁，可是我听人说，在周涛死的时候，何欢跟周家闹翻了。"

"对，根据我们掌握的资料，在周涛死后不久，天海画阁就传出何欢精神受了刺激不能再继续工作的传闻，而且当时，天海画阁内部出现一次大的人事变动，何欢的势力范围都被重新整合了。所以，业内的人都认为，何欢是被周博有意挤出了天海画阁。”

“要是这种情况，何欢应该不会再去帮天海画阁啊？”

“现在还无法确定，因为当年何欢和周涛是有口皆碑的神仙眷侣、恩爱夫妻。而且周博在所有的子女媳婿里，最钟爱最看重的就是何欢。所以不能排除在天海画阁遭遇危机的时候，何欢会尽弃前嫌，和周博再度联手的可能性。”

“对，前些天，何欢拿出一件水晶，说是周涛送她的，当时她很伤心的样子，几乎都要昏厥过去了。”

“就是她今天戴的那块水晶？”

萧雪飞点了点头，接着说：“不过，何欢现在好像又找到意中人了。”

“真的？知道是谁吗？”显然，秦云瀚对这件事非常重视。

“她没说，不过她对那个男人赞不绝口，而且刚才她说，她现在就是去见那个男人。”

“什么？”秦云瀚这回是真的大惊失色了，“何欢爱上了老师，这也太离谱了吧？”

秦云瀚思忖了一下，决定把这件事先放一放，先安排别的：“现在何欢好像还不知道你的身份，你自己把握好，在适当的时候把真实情况告诉她，不要让她觉得受了欺骗，那样既影响你们姐妹感情，也对公司不利，还有……”

在张所长的办公室里，何欢同张所长相对品茗，相谈甚欢：“对了，在你进来之前，我和云瀚打了一个赌，是关于你的。”

“哦？”何欢微微扬起了眉毛，含笑等着下文。

“我问云瀚为什么要对你这么执著，似乎这个位置非你不可。他说我可以问问你，他赌你猜不出来，我赌你猜得出来。”

何欢笑了：“那您赢定了，您现在就可以把我的答案告诉他。”看张所长还在狐疑，何欢的笑容更活泼了，“给他发一个短信，就打四个字‘天海画阁’。”

张所长虽然不解，但还是把短信发了出去。

这一边，秦云瀚在读短信：“何欢说，你执著于她的原因，是因为天海画阁。”秦云瀚笑了，无奈中又带着一种莫名的兴奋，“好，何欢，你没有让我失望。”

秦云瀚抬头望向萧雪飞：“你中午约好跟何欢吃饭，是吗？”萧雪飞点头。

“那这样，你把我送回博物馆去，然后给何欢打电话，找个理由，说你不能陪她吃饭了。”

何欢挂断了电话，对张所长说:“我表妹不能和我一起吃饭了，中午我请您吧。”

“好吧……”张所长话音未落，敲门声响起。

秦云瀚大步走了进来，笑对何欢，“我来看看，你中午有没有时间和我一起吃饭……”

不一会儿，何欢和秦云瀚坐在酒店的雅间里，随便点了些东西，就叫服务员回避了，反正两个人的心思都没在吃饭上。

“何欢，我不知道你的感受，但是我觉得，自从知道你猜出了我非要雇用你的原因以后，我和你的关系一下子就拉近了，不再是上下级了，而变成了朋友。”

何欢静静地听着，秦云瀚接着说：“这可能是因为，你看透了我内心的缘故吧。我非要雇用你，甚至于我的妻子都暗示我对你过于执著，让她不快，我都没有跟她说明真实原因。而我相信,公司里除了我,没有一个人知道我非你不可的真实原因。”秦云瀚说的是实话，即使到了现在，萧雪飞都不知道，秦云瀚真正看重的，其实并不是能否雇到何欢，而是千方百计不让何欢重回天海画阁，“能告诉我吗，你是怎么想到这个原因的呢？”秦云瀚的声音里浸满了真诚。

何欢没有直接回答他的问题，而是分外用心地看着他的眼睛：“秦总，我从第一眼看见您，就知道您是一个非常有能力的人。但我现在发现，您最大的优势，还不是您的能力，而是您的真诚，在人们的意识中，商人和真诚似乎是对立的，但是您恰恰能随时表现出极大的真诚。让坐在您对面的人，只能感受到真诚，完全忽略了，您的真诚的后面带来的是天堂还是地狱。”

何欢如此直接，让秦云瀚有些难以应对，他干笑了一下：“看来是我在国外呆的时间太长了，中文退步得厉害，我还真听不出来，你这话是褒是贬。”

“应该是褒吧，毕竟商人追求的是成功啊，而这个优点，绝对可以助您所向披靡，心想事成。您说呢？”何欢竟然饶有兴致地和他讨论了起来，就好像刚才那番评论是个外人做出来的，与她无关。秦云瀚暗笑:果然厉害，萧雪飞哪里会是她的对手。

“你还没有告诉我，你是怎么猜出我执著于你的原因的呢？”秦云瀚又问，他也看出来了，跟何欢绕圈子没用，何欢比他还能绕，所以还是直话直说的好。

“其实这也没什么难猜的。首先我有自知之明，知道这个职位不是非我不可。其次，我刚才看了您的计划书，平心而论，计划书很好，但是过于理想化，要想实现这样一个计划，需要一个很特定的契机。而以您的经验，不会想不到这一点。既然您也想到了，那就说明，这个契机已经存在或者马上就会产生。这几年，我虽然跟国内的市场完全脱节，但是我也能看出来，您所需要的这个契机，不是一个小画廊的破产所能给予的，非得是一个有足够实力的大画廊的崩溃引起的市场混乱，才能给您造成这个契机。联想到您对我的执著，联想到天海画阁目前可能存在的现状，所以我就得出了这个结论：您雇用我的目的就是为了让我不能重回天海画阁。”

秦云瀚频频点头，何欢浅啜了口茶，继续娓娓而谈：“这些只是我最初的想法，可是刚才我在描述的时候，发现还有一种可能。因为天海画阁毕竟经营了几十年，周博也称得上是能力卓越的画商，所以只要周博还能够领导天海画阁，那么天海画阁就不会出现全盘崩溃的局面，最不济就是退守自己的领地，不再向外扩张。我想，您这么积极地想要阻断我重回天海画阁的路，肯定是因为周博也看准了某种商机，想着利用这个机会让天海画阁恢复元气，而这个商机，和您所提出的这个计划是冲突的，如果天海画阁和您的公司产生竞争，那一定是二虎相争。这是第三种可能。”

秦云瀚轻轻地鼓起掌来：“好，非常好，得知己如卿，我真该干一大杯。”秦云瀚端起酒杯一饮而尽，又为自己满上了一杯，“我是不是还该再干一杯？”秦云瀚的眼睛开始变得深不见底，“在你刚才的谈话中，一直是直呼周博其名。”这回换做秦云瀚紧紧盯着何欢的双眸了。何欢一愣，她确实是忽略了称谓的问题。

“这说明不了什么，习惯而已。”尽管何欢心里认为，自己这辈子都不可能再回到天海画阁，但是她明白，决不能随随便便给人任何承诺。

何欢的回答似乎在秦云瀚的预料之中，他不再继续纠缠这个问题了，转而换了话题：“周涛总裁和你先后离开天海画阁之后，天海画阁确实是日薄西山。周家的那两个儿女，完全驾驭不了现在的市场局势。几家大画廊都在虎视眈眈盯着天海画阁，等着瓜分一直被天海画阁牢牢控制着的市场。你分析得很对，周博的确是采用了退守的方法，不再向外扩张，但这样并不能阻止别人的步步紧逼。”

“我听张所长说，您的公司是一家风险投资公司？”

“哦，这可能是老师的误解。我们的公司是一家艺术品投资公司。十几年前一进入中国市场，就投资了临摹敦煌壁画的大型工程，并且收获颇丰……”

“敦煌！”何欢失声叫了出来。

“怎么了？”

“哦，没什么，您接着说。”

“鉴于这个计划的成功，公司准备加大对大陆市场的控制，准备在大陆开一间大的文物交易信托公司——就是你刚才看的计划书。”秦云瀚突然自失地一笑，“你知道为什么，你看了这份计划书会觉得过于理想化吗？”

何欢轻轻摇头，秦云瀚自己给出了答案：“因为我撤出了计划书中的一部分内容。现在，既然我们已经是朋友了，我对你也就没有什么可隐瞒的了。其实，我这个公司是想开在深圳。”

何欢惊然：原来如此！难怪秦云瀚要如此的煞费苦心，原来他是要直捣周家的根基，何欢不禁脱口而出：“你是在针对天海画阁？”

“不不不，你千万不要误会。”可能是真怕何欢误会，秦云瀚一连说了好几个不字，“你一定要相信我，我没有想过要针对任何人，我完全是在商言商。我不知道你是否了解现在国内的市场。”

何欢摇了摇头。

“现在国内的市场竞争非常激烈，只有广东深圳还没有被开辟为战场。究其原因，就是因为周家在苦守着他们的根基，任何外来人都休想在这里立足。谁要想来抢占这块市场，都必须经过一场血战，而为了打赢这场战争，周家会全力以赴。所以，大家经过权衡，索性就不去抢这个市场了。因为谁都能看出来，周家后继无人，而周博已经明显力不从心，与其现在跟周博拼个鱼死网破，不如再等一段时间，等周家自动消失。”

秦云瀚这一段不带任何感情色彩的理性分析，听得何欢脊背阵阵发凉：“消失，曾经引领大陆画商的天海画阁就这么消失了？”

“可是，我不想等了。”秦云瀚突然冷冷地说道，“与其等周家消失了，我再去和很多人争夺这个市场，还不如等周家还在苟延残喘的时候提前去争夺。”

“也许周家现在还没到苟延残喘的地步呢？”

“那就是他的事了，我是非干不可了。”

“所以你才会想雇用我，因为我了解周家。”

“而且，你就不能再分身去帮周家的忙了。如果你回到周家，我的计划恐怕就很难实施了。”

“好，一箭双雕。”

“其实，你刚才所说的第二条，已经完全说明白了我雇用你的原因。但是你的第三条说得更好，因为你提醒了我，以周博的能力、周家的实力，绝不可能束手待毙。我去打击他们，反过来也带给了他们一个巨大的商机，因为我肯定会带着一定的市场份额进入广东的，所以，如果把我打败了，那么我带去的市场份额，就肯定会归属于周家了，这无异于给周家注入了一剂强心针。那样不仅我这次败了，以后再想打击周家都难了。”

“肯定还有什么理由，促使您做了这个决定吧？”何欢把玩着一个精致的银勺，漫不经心地问。秦云瀚犹豫了一下，还是回答了这个问题：“前段时间，周博猝发心脏病住了一次医院，周家有意封锁，所以消息没有传开。但是据说，他的健康状况很不好。”

秦云瀚在说话的时候，紧紧盯着何欢的脸，想透过何欢的脸，看见她心中的波澜。

但何欢始终面如止水，只是静静地玩赏着手中的银勺……

待何欢走出饭店，走在大街上，她谢绝了秦云瀚要送她的建议，因为她不知道自己要去哪里。何欢只知道，现在自己的全身彻骨的冰凉，秦云瀚所说的话在何欢的脑海里演绎成了一个个生动的场景，一幕幕你死我活的厮杀在何欢的眼前上演。

一阵阳光刺痛了何欢的眼睛，何欢这才惊觉自己在不知不觉之间，竟然一直在迎着太阳走。北方冬天的阳光分外的明亮刺眼。白亮亮的阳光洒在何欢的脸上、身上，竟然有几分暖意，难道真的是过完年就是春天了？

明亮的阳光照亮了何欢的脸庞，也扫掉了她心中的阴霾，是啊，天海画阁、周博、秦云瀚、信托公司，这些又和她有什么关系，她已经离开了，永远地离开了商场。不会回头，不会再回头，这一切跟自己都没有关系了。

何欢的步履轻快了起来，她掏出了电话：“爸，你在家呢？不出去吧？那好，我这就过去。对，今天不用上班。行，晚上在家吃饭。小雪啊，我没和她在一起。我这就给她打电话，她肯定也过去。”

天生的商人

[1]

何欢和萧雪飞两人先后走进了何达家的大门。

听何欢说已经辞职了，何达有些意外，但也没有提出太多的意见，“辞就辞吧，反正你也不喜欢那里的工作，呆在那里也是浪费时间。”何达这样回应何欢，对于何欢说要到张所长那里去学习一段时间，何达大加赞扬，“这个想法很好，又能够学些东西，还能调节心情。你就放心学吧，到时候真要是想考研究生就考，钱的事不用担心，有我呢。”

萧雪飞听说何欢要去专门学习春秋文化，眼睛一下子瞪得溜圆，大叫了出来：“表姐，这么好的事，你怎么不叫上我？”

“我叫上你干什么？”何欢不解。

“叫我和你一起去学习啊。”

“你学这个干吗啊？”

“充电啊，这是我的假期的主要目的啊。”

“可充这种电和你的工作有关系吗？”何欢很不理解。

“当然有了，就像刚才你和舅舅说的，调节心情和状态，我也很需要啊。”萧雪飞说得振振有词。

何欢怀疑地看着她，她一点也不认为萧雪飞的状态需要调节：“我只跟人家说我一个人要学……”

“没事，你就说我是你的伴读。”

何欢失笑：“去！我多大了，还要伴读。”谈笑归谈笑，何欢还是给张所长打了电话，张所长痛快地答应了萧雪飞的要求。

萧雪飞急切地注视着电话，看见何欢挂机，赶忙确定："怎么样，刚才那个张所长是不是同意了？"

何欢好笑地白了她一眼："当然是同意了。"

萧雪飞一声欢呼："太棒了，张所长真是个大好人。"

"早上我不就说了嘛，他是一个非常睿智，非常与众不同的人。"

"什么？"萧雪飞大喊了出来，"你爱上的人就是这个张所长？"

此言一出，满屋皆惊，何欢一口汤喷了出来，"你胡说什么呢？"何欢顾不上进一步呵斥萧雪飞，先转身安抚大惊失色的何达和鲁萍，"你们别听小雪胡说八道……"

"我怎么胡说八道了，不是你早上亲口说的吗？"

"我早上说什么了？"

"你说他一直帮助你，关心你，所以你想让他放心。"

"没错啊。"

"你还说你想成为他的同类。"

"对啊，我就是想成为他那样的人，但恐怕很难做到。"

萧雪飞终于气馁了，她明白了，何欢什么都没有说，是自己太一相情愿了。萧雪飞的心又向下沉去。

接下来的日子，何欢过得非常快乐。每天早上，她和萧雪飞一起开车去研究所，现在她们都是直接把车停到研究所的院子里。每天，她们都在张所长的指导下，研究文物、典籍，写一些心得，有的时候为了完成张所长留的作业，还得挑灯夜战，但是两个人都很以此为乐。她们中午都在研究所吃饭，有时候下午下了班，她们就在外面吃饭，然后去逛街，沿着路把一个个小店都逛遍了，一边走一边开着只有她们两个能听懂的玩笑，不时撒落一地的笑声。

秦云瀚一直通过萧雪飞观察着何欢的一举一动。开始，秦云瀚还有些担心，他觉得自己把全盘计划都告诉何欢，有些鲁莽了。但话说回来，当时他也没有别的选择，像何欢这样精明透骨的女人，在她面前说谎远不如说真话划算。可已经过去一段时间了，何欢没有任何要透露他的计划的迹象，他才开始慢慢放下心来，看来他没有看错，何欢的确是一个很懂得游戏规则的女人。

每隔一段时间，他就会找个时间去看望一趟何欢，权当是感情投资吧，世事无常，谁能说清，下一步两人究竟会是敌是友还是路人？趁现在多联络些感情，万一有一天不得不刀兵相见的时候，都还能手下留情。

这次他又约何欢吃饭，吃饭的时候，何欢提起了他的妻子："我听张老师说，你的妻子是一位很厉害的科学家？"现在何欢已经改口称张所长为老师了。秦云瀚含蓄的一笑，表示默认。

“研究外星传导。”何欢悠然神往，“那她一定非常非常坚强。”

“坚强？”听了太多的人赞扬祝春鸥聪明、有能力，倒从来没有人夸赞她坚强，想一想，祝春鸥的确很坚强。只是在太多的光芒的掩映下，她的坚强被人们所忽略了。

“当然了，她一定非常坚强，在茫茫宇宙中，探寻不可知的外星生命，这需要忍受怎样的孤寂，经历多少失望的折磨，她都能经受过来，所以，她远比我、还有大多数人要坚强得多。说真的，你真应该多陪陪她。”

何欢空灵伤感的语调打动了秦云瀚，但他仍然嘴硬：“她可不像普通的女人那样，她不需要人陪。”

何欢淡淡一笑，笑容转瞬即逝：“她也许不会像别的女人那样，需要你陪她做家务、买衣服、聊天，但她也需要你的陪伴。在她思考的时候，默默地陪在她的身边，不出声，不打扰她，她能感受到你的存在，那她一定就不会觉得宇宙是那么的清冷、浩瀚。”

何欢语调温婉悠然，秦云瀚怦然心动，不禁脱口而出：“其实你很懂得感情。”

何欢笑了，带着玩笑的神情：“我为什么就不懂得感情呢？”

秦云瀚觉察出了自己的失言，连忙转换了话题：“我刚才听你赞扬我妻子的时候，很真诚。难道你就没有一点嫉妒吗？”

何欢对秦云瀚的话感到有些意外，秦云瀚也觉察出了自己话里的问题，连忙解释：“我不是那个意思，我是说，在女人之间，不是都存在着嫉妒吗？尤其你们两个年龄相近。”

何欢释然一笑：“我现在的确不嫉妒任何人，我想我已经做到了心如止水，云淡风轻了。”

“除非你再遇上你爱的人？”秦云瀚已经知道了萧雪飞闹出的那个何欢爱上了张所长的误会。

“再遇上爱的人……”毫无预警的，何欢心中出现了宋振峰的影子，在宋振峰的身边还有他的妻子和孩子。何欢的心紧缩地疼了一下，“我想我不会再遇到爱的人了。”

“何欢，你好像没有向任何人提起我要雇用你的事？”

何欢点了点头：“我又不去，何苦提起。”

“真的决定了吗？”

“真的，离开深圳的时候我就决定了，不会再涉足商场。”

[2]

一天中午，何欢吃完饭，一边看报纸一边等还在吃饭的萧雪飞。忽然一条广告引起了何欢的注意：

本公司因业务需要，特招聘在家中从事手工制作的兼职人员，大专以上学历，免费培训，免费领料加工，计件工资，月工资最低可达一千元，高不封顶。

何欢没有迟疑，抓起了电话，照着广告上的号码拨了出去，萧雪飞已经吃完饭了，也凑过来看这条广告。那边的何欢已经失望地挂断了电话，对方很骄傲地告诉她，他们只招大专以上学历的人，不要高中毕业生。

看着何欢没精打采地坐在椅子上，萧雪飞莫名其妙："你又想干吗，不学习了，回家做手工活？可你是本科啊，够格了。"

何欢没答理她，犹自出神，突然，何欢一跃而起，又拨通了手机，片刻之后，手机接通了，只见何欢对着话筒说："你好，方成钢，我是何欢。"

萧雪飞真的愣住了。

此时的方成钢正坐在饭店的包房里吃饭，陪伴他的是一个玲珑纤细的女子，年龄不超过二十二三岁，白皙娇嫩，温柔地依偎在方成钢身旁——过度的娇柔显得有些造作，可方成钢浑然不觉。这是方成钢新找的情人，他已经成功地甩掉了杜翠茗。在甩掉杜翠茗的过程中，方成钢没费什么劲，虽然杜翠茗施展尽了十八般武艺，但可惜她面对的是方成钢。方成钢一旦对哪个情人狠下心来，就是绝对的铁石心肠，所以他从来没有被任何一个女人缠住过，这次也没有例外。

现在，他正舒心地享受着眼前这个新鲜的小情人尽心尽力提供给他的周到服务。方成钢心里很明白，现在正是他和情人之间的蜜月期，这个时候的情人，不会向他提出任何非分的要求，只会千方百计地讨他欢心。

这就是方成钢对待感情生活的态度：享受。享受女人，享受美色，享受温柔，享受一切女人能带给自己的东西。是，他的确是再次对何欢心动了，但在方成钢看来，这是两码事，感情是感情，享受是享受。更何况，何欢的傲慢伤害了他，他更需要新鲜的女人来慰藉自己，好获取自信。

突如其来的电话铃撕破了包房里的温情，确切地说，应该是方成钢看清了来电显示以后的态度，撕破了包房里的温情。他下意识地松开了正在抚摸小情人的手，专心地接电话："何欢，你好。我不忙，没问题，你说。是吗？应该没问题吧，这样，你一点半到我办公室好吗，我给你安排一下。没问题，谢什么，干吗这么客气，又不是什么大事。"

方成钢挂断了电话，他回忆了一下刚才接电话的全过程，对自己所表现出来的落落大方还是很满意的。尽管他想不出来何欢为什么要为这件微不足道的小事找他，但他并不认为，何欢是在找借口和他接触——聚会那天发生的事情，让他在何欢的问题上永远都不会盲目自信了。

挂了电话后，何欢谢绝萧雪飞送她的建议："我去找方成钢，如果顺利的话，可能还要再找个人，下午就不回来了，晚上我直接回家。"何欢这么交代完以后，就走了。

一点半，何欢准时到了方成钢的办公室，方成钢已经在等她了。简单的寒暄过后，何欢切入了正题："你们公司要招一些在家里做手工的人？"

方成钢寻思了一下，是有这么回事："对，是做出口的工艺品。"

"我妹妹想做这个工作，可我打电话问了一下，说是必须得大专毕业，她是高中毕业，负责招人的人说不行，所以，我只好来求你了。"

"什么求不求的，又不是什么大事。我跟他们说一声就行了。你还有了妹妹？"

"嗯，不是亲妹妹。她下岗了。"

"那她有什么特长吗？要不，让她到我的公司来，我给她安排个好点的岗位。"

"不用了，她有孩子，离不开家。"

"哦，有孩子，那这个工作还是很适合她的，在家里干，收入又挺高。"

三言两语就把正事说完了，两人都有些相对无言，一时不知该怎么开口了，屋子里陷进了有些难堪的沉默。

"挺好的吧？"方成钢问，一句话没头没尾没主语，可身在事中的人，例如方成钢跟何欢都明白，这句话是一个开始，也是一个承接，开始一次他们今生必须要进行的，无法回避的一次谈话，承接着的是竹林里的那一夜。

"还行。"何欢没有看方成钢，她把眼光移向了窗外那株枝杈嶙峋的大树，沉吟着答道，声音低沉悠回，"有一段时间很不好，现在还行。"

方成钢无语，他知道何欢所说的还行意味着什么，眼前的何欢，虽然完全没有了聚会那天刻意做出来的奢华和气派，但的的确确是眉目晴朗，态度恬然，看得出来，她现在真的很好。

方成钢认为，自己知道何欢曾经过得不好的原因。所以他现在想知道，究竟是什么让何欢有了这么大的改变。

"何欢，你现在的状态真的很好，能告诉我原因吗？"

何欢有些迟疑，因为促使她状态改变的原因有很多，要让她用一两句话概括出来，一下子，她还真不知道该从何说起。

"是不是……"方成钢顿了一下，"是不是遇到什么人了？"方成钢盯着手中玩弄着的钢笔，问得似无心却又专注。

按说何欢应该本能地回答“没有”，因为她的生活中也确实没有出现什么新的男人，可不知怎的，何欢的眼前，又莫名地出现了宋振峰的影子。何欢没有说话，但是这一瞬间，她的眼神准确无误地暴露出了她的思想——她的眼睛中弥漫起了一层让人心痛的思念和忧伤。

方成钢把何欢眼中的这一抹柔情，解读成了她对另外一个男人的爱恋，心中不由得一酸，脸上升起了一丝嘲弄的笑意：“看来是真有意中人了，不知道那位幸运的男士是何方神圣啊？”

何欢的思绪这才被拉了回来，她明白方成钢误会了，但又觉得无从解释，索性就不解释了。

方成钢深深地吸了一口气，站了起来，踱到了窗前，背对着何欢，良久，说：“在竹林里你答应我，要告诉我，你为什么总是那么忧郁。”

何欢也站了起来，但是没有离开桌子：“对，是我爽约了，答应过你的事情，却没有做到。现在我已经不忧郁了，所以也就不用说了。”何欢轻笑着说。

方成钢没有回头，语调沉稳动情，所以显得有些喑哑：“别这么说，何欢，其实我心里一直觉得愧对你，这么多年，这份心债我没有放下过。”

何欢浅浅笑了一下：“那你现在放下就行了。”

“何欢，你别这样，我知道，错在我。”

“我说的是真心话，真的。”何欢语调中肯，“你我的那段过往，其实谈不上谁对谁错，也是我当时太争胜任性了。”何欢又停了一会儿，接着说，“如果放到现在，我们都知道了情为何物，都知道了情到深处究竟是什么样子，那我们就都不会再那么草率的轻言情字了。”

方成钢一时间有些弄不懂何欢的意思，问：“你是说你现在已经知道了情为何物了？”

“也许知道了，可也许再过几年，我又会发现，其实自己当初还是不知道。”

“你说得对，我当时也确实轻率。”方成钢突然像是下定了很大的决心似了，霍然转身，直视着何欢，“何欢，当年是我太幼稚，伤害了你，我现在如果想弥补，还有机会吗？”

何欢没有躲避方成钢炙热的目光，和此时方成钢热烈的激情比起来，何欢更像是涓涓细流，沉浸在自己的世界中，任你风雷滚动，我自不为所动。“也许那个时候，你和我都觉得你伤害了我，但回过头来再看，也许所谓的伤害根本就没有存在过，既然没有存在过，也就谈不上弥补。更何况……”何欢突然一笑，笑容清澈见底，“你想过吗，如果现在换我做你的妻子，那又会怎样？”

方成钢略一沉吟就明白了何欢的意思，何欢已经完全洞察了他与范影之间的默契和交易，此时方成钢很想昂扬地对何欢说：如果娶了你，我将彻底改头换面，不再留恋花丛，一心一意只和你度此一生。但是话到嘴边，方成钢却说不出来了，他在自问:我真的能一辈子都不去碰其他的新鲜的女人的肉体吗？可当我出轨的时候，何欢会像范影一样包容我，还为我周全吗？当我需要妻子出面和我一起去迎合这个社会的时候，如此清高的何欢会像范影一样，积极配合我，为我奔走吗？一时间，方成钢的脑海中，无数个念头涌出来，何欢同范影不停的在他的脑海中做着比较。终于，方成钢颓然地承认，范影哪都比不上何欢，但是在这样一个社会里，如果想要立足，想要不断地向上爬，需要的还是范影这样的妻子，至少他方成钢需要的是范影这样的妻子，因为他只会这一种完成人生的方式。

看着方成钢又突然低落下去的情绪，何欢恬然地笑了，她已经清清楚楚、明明白白地看出了方成钢的所思所想。

方成钢也笑了，笑得有些尴尬，因为他看出来自己的每一缕思想都没有逃脱何欢的眼睛："看来我这辈子只能跟范影过了。"方成钢自嘲地说，但他又有一种莫名的轻松，因为无论如何，毕竟是自己经过思考，最终决定放弃了何欢，而不是被何欢所放弃，这一点对于方成钢来说，很重要。

何欢从方成钢的办公室里出来，觉得一身轻松，她要赶去赴今天第二个约会。

此时何欢的心情是很欢快的，她很明了方成钢的想法，知道方成钢认为是他决定放弃何欢的，但是她不想去纠正他，她觉得这样最好，因为这样，至少方成钢会觉得维护住了自己男人的自尊。在何欢看来，这个结局远远好过方成钢对她死缠烂打。

在何欢的心中，她和方成钢之间，究竟是谁放弃谁，这并不重要，只要是彻底了断了，而且方成钢和她都没有由此受到伤害，这就够了。

何欢来到了市中心的一家肯德基，买了橙汁、薯条，她觉得自己来早了，肯定还得多等一会儿。以前她经常会在下午两三点钟来这家肯德基，而且每回都会坐二楼靠窗子的那个位子。在这个季节，那个位子一直到下午快五点的时候，都会完完全全的暴露在阳光之下，很温暖、很舒适，今天也不例外。何欢端着托盘，径直朝二楼走去。

是金羚！

何欢的确是约了金羚，但她没有想到，金羚来得这么早，自从初四那天，她把金羚从家中赶走，两人还没有见过面，一时，都有些不知所措。

"没想到你来得这么早？我还以为得等你会儿呢。"何欢没有看金羚的眼睛，而是低头盯着桌子说，桌子上金羚的餐盘里装着跟何欢一样的食物，也是橙汁和薯条。

以前都是她们两个一起来，每次都是要两杯橙汁，两大包薯条，在这个位子上一坐就是半天，无数的心腹话就在这里倾吐给了对方。

“送小伟上了学，我就直接过来了。”金羚没有说，当她接到何欢约她见面的电话以后，是何等的兴奋，她曾经以为，何欢再也不会理她了。

“你这阵过得怎么样？”何欢问。

“还那样，没什么变化。你呢，看上去你过得挺好的。”

何欢不由得笑了：“真的那么明显吗，怎么每个人都能看出来我现在过得不错？”

何欢一笑，金羚也就轻松了很多：“确实是，你的脸色看起来都好了很多。到底是怎么回事？”

何欢简单地把过年以后的生活介绍了一下，只是略过了秦云瀚那一节，这倒不是何欢有意隐瞒，只是何欢觉得，事情关系到秦云瀚公司里的公事，还是不谈为妙，这也是何欢做人的准则。

听了何欢的讲述，金羚不无羡慕：“你总是能把自己的生活安排得这么好，哪像我似的，十几年了，什么都不敢多想，就想一门心思的过日子，结果还把日子过得乱七八糟的。”

“这也不能全怪你，对了，今天我找你来是为你的工作的事。”

“我的工作？”

“对。”何欢边说边拿出了一份招工资料：“他们这里招在家里干活的加工人员，工作时间正好适合你。你从小就爱做这些小东西，干这个也不会嫌烦，你说呢？”

金羚认真地看着招工资料：“是挺好的，不过人家是要大专以上学历的啊。”

“没事，这个公司的老板就是方成钢，我刚从方成钢那里出来，都替你说好了，明天一早你去报到就行了。方成钢说了，他们这个是供出口的，销量很稳定，工资也高，你就算是不紧着干，一个月也能挣一千来块钱，家里什么事还都不耽误……”

何欢说着说着自己停了下来，因为她看见金羚正神色古怪地看着自己：“怎么了，金羚，你不愿意去啊？”

“不是，这么好的事我当然愿意。只是我没想到，你会为了我去求方成钢。”金羚有些愧疚地说，“我知道你最不爱求人了，更何况是他。”

“嗨，这些你就不用管了，反正那边都安排好了。你知道吗，金羚，上回在医院里你跟我说的关于工作的话，我一直都记在心里，很有道理，真的。我觉得你说得都对，人不能没有事干。”

“所以你去上学？”

“对，所以我也给你找工作，咱们都得找事干。你并不是像你自己所想的那么一无是处。你别摇头，我说的是真心话，不是在安慰你。比方说这个工作，我就干不了，我没有这个耐心，而你能干，又有这方面的特长。我还记得原来我上大学，你上班的时候，你给我做的那些布艺包，每一个都是一拿到宿舍，就被她们当宝贝似的抢走了。”

金羚回忆起那时的生活，也笑了，何欢接着说：“现在有这个机会，你完全可以把你的这个特长拾起来，现在是你给他们做活，没准过不了多久，你就能给他们设计了呢。”

“行了，那都得是专业毕业的，我哪有那个本事。”

“好，就算是你不设计，咱们退一步说，你每个月有一千块钱的收入，张志远再不敢这么小瞧你了。你一定要信我这句话，钱是人的胆，一点错都没有，而且干这个又不耽误照顾小伟。”

金羚频频点头，何欢喝了口水接着说：“再说了，你有了这份工作，取活交活的时候肯定得和人接触，这样多些跟人接触的机会，你的眼界心胸自然而然也就开阔了。”

金羚认真地听何欢说话，一边把包里剩的薯条倒在了盘子里，何欢也下意识地把自己的薯条倒了出来，随着哗啦一响，两个人不由得都笑了。以前她们在这里吃肯德基的时候，因为都没钱，只能买一包薯条，那时候两个人是根本不谦让的，就是看谁抢得快，每次抢到最后，看剩的不多了，她们就把薯条倒出来，开始数，数清了还剩多少以后，两人平分。现在，因为金羚一个无意的动作，两个人不约而同回忆起了过去那些趣事。

“真快，一转眼十几年就这么过去了。”金羚感叹。

“是啊，你好歹还有个儿子。我呢，十几年一圈转下来，还是一个人，除了长了十几岁，什么也没有。”

“我还羡慕你呢，有房子有钱，也奔过自己的事业，可我呢，除了过日子，什么都没干。”

“说真的，金羚，你现在过的日子是你原来想过的吗？”

“怎么说呢，按说是。我原来向往的日子，就是有一个家，有丈夫有孩子，平平静静，安安乐乐的。可现在我有一个家，有丈夫有儿子，这些都是我盼望过的，可是又和我想象过的生活，很不一样。”

何欢默然，是啊，在哪一个少女的梦想中，会想到有朝一日自己要受丈夫的气，会想到丈夫会背叛自己，会对待自己比外人还不如呢？

“何欢。”金羚认真地唤了何欢一声，“你还恨我吗？”

何欢一怔：“恨？你是指张志远那件事吧？其实为那件事，我根本就没有恨过你，我还不了解你吗？”

金羚低下了头，面带愧色：“你越这么说，我越觉得对不起你。”

“你不用再想这件事了，已经过去了，而且这件事对于我来说，也不全是坏事。”何欢没有再继续说下去，而是换了个话题，“我刚才说让你搞设计，不是开玩笑的，是真心话。你现在整天在家里，正好可以自己看些书，学些东西。现在小伟还小，你每天忙忙碌碌的，虽然没有自己的生活，也不觉得缺什么，但孩子很快就长大了，等小伟长大了，去读大学了，交女朋友了，剩下你孤零零的一个人，你就该觉得难受了。所以你得趁着现在找些自己适合的事情做，找到属于自己的圈子，自己的生活，这样等孩子大了、飞了，你还能够过得很充实、很快乐。”何欢不说话了，其实她心里还有话，没有说出来，她想对金羚说，等你经济独立了，有了自己的生活，你就可以干脆地甩掉张志远这个龌龊的男人了。这是何欢最想说的话。但是她知道，她不能说，说了也没用，各人有各人的缘法，帮人也只能帮到这个份儿上了，至于感情问题，只能让别人自己去处理了。

金羚不知道何欢心中的百转心思，她对于何欢说的话深以为然，并且准备引以为用。转念间，她又想到了何欢的身上：“你说得很对，那你自己呢，你自己的生活又是什么呢，真的去考研究生，然后当老师，搞研究？”

何欢缓缓地摇了摇头：“我没有你那么幸运，你是先想好了要过什么样的生活，然后才去过的。而我不同，其实，要说乱七八糟，那我的生活更是乱七八糟。”

“为什么？”

“因为我从来不知道自己以后想过什么样的生活。小时候，我认为我就应该当画家，结果出了我爸那件事，我把学了十几年的画扔了，改学了商。说实话，我去大学报到的时候，都不知道学经济是干什么。后来我还没来得及考虑毕业以后该干什么，周涛就把我带进了商场，我就成了一个商人。等我刚学会该怎么去做一个商人，周博就又把我逐出了商场。现在我三十了，回过头去看一看，画家是当不成了，做商人做得我伤透了心了，也不想再做了。至于我以后要过什么样的日子，做什么样的人，我心里一点谱都没有。”

金羚也黯然了，因为对于她来说，何欢所面临的问题太复杂了，纵然她有心帮忙，也无力为之，她只能在自己的理解范围之内帮何欢出主意：“其实我觉得你还是应该想想自己的终身大事，可能因为我是一个传统的女人，虽然我现在过得不幸福，但我还是觉得，女人这辈子最重要的就是有一个家、有一个孩子。你也不小了，现在找个归宿，还能生孩子，你再耽搁几年，就连孩子都要不了了。女人要是没个孩子，生命不会完整的。”

“这个道理我也懂，可也得有人啊，我也不能为了要孩子，就上大街上随便拽去啊。”

金羚偷眼看了看何欢的脸色，小心地问：“你跟方成钢怎么样了？”

“我和方成钢？”何欢愣了一下，马上就明白了，“你是说我们俩过去那段感情的事吧，很有进展。”

“真的？”金羚听了何欢这句话，分外惊喜。

“当然是真的，我已经证实了，我确实对他没有感情，过去没有，现在也没有，将来更不会有。你说对了，可见在男女感情这个问题上，你比我聪明。”何欢说得非常诚恳，金羚却给气得无可奈何，硬硬地顶了一句：“我一点都不聪明，我要是真聪明，十年前就该告诉你，你喜欢宋振峰！早替你们戳破了这层窗户纸，让你安安分分地去给画家当妻子，省得你现在让人这么操心。”

金羚没想到，自己半开玩笑的一句话，却恰恰戳到了何欢的痛处，何欢掩盖似的喝了口橙汁:“别胡说了,你提他干吗？”何欢低着头,用吸管搅动着杯子里的冰块。

金羚却严肃了起来，她直直地盯着何欢，郑重其事地喊了一声：“何欢。”

这声呼喊太正式了，吓了何欢一跳，抬头问道：“你干吗啊，这么大声。”

“我声不大，是你走神呢。”金羚毫不客气地揭穿了何欢，“你刚才怎么了？”

“我怎么了？挺好的啊。”何欢掩饰地笑了一下。

金羚不为所动，目光灼灼地盯着何欢：“你不好，我刚才提到宋振峰的时候，你的脸都白了。”金羚伸过一只手，压在了何欢的手背上，“欢，告诉我，出什么事了，怎么了？”心中的关切溢于言表。

何欢再也压抑不住了，眼泪涌了上来：“没事，什么事都没出。我也不知道我怎么了，自从除夕那天你点醒了我，我才知道，原来我心里一直都有他。”

“他？谁？”金羚刚一问出口，就明白了过来，不由得在心里骂自己：真笨，还能有谁，当然是宋振峰了。

何欢已经恢复了平静，用纸巾轻轻拭了拭眼睛，自失地一笑:“挺可笑的是吧？我也是三十的人了，说起来也是恋过爱、嫁过人、守过寡，怎么着也应该是人情世故都经过了，都看透了。我也一直都觉得我的心已经冷了，可不知道为什么，自从除夕那天，你又提起他来，我的眼前就总是有他的影子。一空下来就会想，想我们原来一起学画时候的事情，但是想得更多的，还是他现在的情形，他现在在哪呢？干什么呢？早就结婚了吧，孩子多大了？可不管怎么想也想不出来，也没有个眉目，想得伤了心，就恨自己，恨自己怎么就这么管不住自己，老是想这些没用的，人家现在肯定过得好好的，连我是谁都忘了，我这是干吗啊，莫名其妙的就想起人家来，一想起来就放不下了。”

金羚呆住了，即使她曾经想过何欢可能喜欢过宋振峰，她都没有想到何欢对宋振峰会用情这么深，早知道是这样，打死她，她也不会跟何欢提这些事。现在，何欢的脸色还是那么苍白，但是眼中已经没有泪了，眼睛里黑洞洞的，只有无边无际的绝望。

“何欢，你先别想呢，你停下来，你先听我问你句话行吗？”金羚现在一门心思想着把何欢的心思拉回来，“你一直都是个明白人，你现在好好想想，会不会是这样，其实你对宋振峰也就是兄妹之情，最多不过是，小的时候，朦朦胧胧地对他有过点意思，其实根本不算什么。只不过是现在周涛死了，你身边太空了，没有个能安慰你的人，你才会像抓救命稻草一样，紧紧抓住宋振峰不放。要是现在你身边能出现一个可以托付终身的好男人，你就会觉得其实宋振峰没什么，只不过就是个哥哥。”

金羚生怕自己说不明白，所以一个字一个字说得很慢。何欢突然笑了，她含笑反问金羚：“金羚，你知道我觉得你现在像谁吗？”

“像谁？”

“像我妈。”

“什么？”金羚差点跳起来，她跟很多人一样，对于齐英这个人分外敏感。

何欢显然知道她在想什么，赶紧解释：“你别着急，我不是那个意思，我不是说你像她。”何欢在这个“她”字上加了重音，以表明自己没有说金羚像齐英，“我的意思是说，你刚才那番话，让我想到了母亲。”

“母亲？”

“对，母亲。”何欢一缕忧伤中带着悠然神往，“就是母亲，一辈子无声无息地守在女儿身边，默默地陪着女儿，帮着女儿，当女儿遇上问题的时候，就会像你刚才这样，不顾一切地劝解、宽慰。为了让女儿不再忧伤，她们能够付出一切。”

一时间，金羚无言以对，她承认何欢说得都对，母亲的确是会这么对待女儿的，但不是每一位母亲都会这么做，至少齐英就不会。这么想起来，何欢真的很不幸，竟然摊上了那么个妈。

何欢笑了一下：“跑题太远了，我不想这些了，你也不用想了。还是说他吧。”现在何欢已经很少提及“宋振峰”这三个字了，遇到了就用“他”来代替，“你刚才说的意思我都明白，但我心里清楚，我不是因为身边没有感情寄托才想起他的。现在方成钢是不用提了，我已经弄清楚了，我跟他完完全全就是一场误会。可是金羚，你知道吗，在我和周涛恋爱的时候，我都没有过现在这样的感受。”

“什么感受？”

“怎么说呢？那时周涛也总是回深圳，我从来都没有像别人说的那样，一日不见如隔三秋，望断秋水什么的。直到现在，我因为想他，才真正体会到了什么叫相思。我这么说，你能明白吗？”

“本欲不相思，相思令人老。几番细思量，还是相思好。”金羚脱口吟诵出来，然后无奈一笑，她是过来人，这份相思之情，她怎么会不明白啊。

“是啊。”听了金羚的话，何欢也惨然一笑，长长吁了一口气，曼声接道，“生平不会相思，才会相思，便害相思。身似浮云，心如飞絮，气若游丝。空一缕余香在此，盼千金游子何之。症候来时，正是何时。灯半昏时，月半明时。”

“好，真好。这首词写得真好。”金羚是第一次听见这首小令，不由得击掌叫好。

“这是一首元曲，我很早以前，就读过，当时觉得写得很一般，词藻浅显粗糙，丝毫没有文采。现在，我才看懂，这首曲写得真好，真透。”

“是啊，空一缕余香在此，盼千金游子何之，症候来时，正是何时。灯半昏时，月半明时。只有过来人，才能体味出个中滋味。你说你现在才看懂这首词，看来的确是现在才真的开始相思。”

“还有，周涛死后，对于他背叛我们的感情，我并没有多伤心。让我真正伤心的是他对我的欺骗，我曾经不止一次地想过，如果他向我坦诚了他和苏菲的感情，我一定做得很有风度的，我会让出来，也许我们以后还会是朋友，很好的朋友。可是现在，每当我想起他……”何欢突然停顿了一下，然后望着金羚补了一句，“我说的不是周涛。”

“我知道，你说的是宋振峰。”

何欢点了点头，接着往下说：“每当我想起他现在和他的妻子一起生活，我的心都会痛。是真的会痛，就像针扎一样。”

金羚了解地点了点头：“我明白，这种痛我也有过。”

“我努力不去想，可是似乎身边总会有些什么东西让我想起他，而每次想起他，又都会不可避免地想起他的妻子、孩子……”何欢紧紧地皱了一下眉，不再往下说了。

金羚现在相信了，看来何欢是真的陷入情海，而且是一片看不见岸的苦海。金羚懊恼地发现，这个局面可以说是由她造成的，如果不是自己多了句嘴，可能何欢还不会想到这些。金羚有些生自己的气，想了一会儿，决定继续发挥自己大刀阔斧的本色，帮何欢解开这一团乱麻：“何欢，宋振峰现在过得怎么样？”

“我不知道，我结婚以后不久，他妈妈就和他一起去敦煌了，我和他就再没有联系。”

“你回来以后，也没问过你爸爸？”

“没有。我回来后，心如死灰，任何事任何人我都不想知道，也不想管，现在想知道了，反倒更问不出口了。”

“哎呀，你想得就是多，有什么问不出口的，直接问不就得了，就当你没这样的心思，你们原来就像亲兄妹一样，问问他的近况也是应当的啊。我替你问。”

“你千万别问！”何欢急急地阻止，急得声调都变了。

“为什么？”金羚很不理解。

何欢淡淡一笑，笑容中含着缕缕心酸：“还用问为什么吗？他就算常年不回来，过年的时候，肯定会给我爸爸打电话拜年。我爸爸待他就像亲儿子一样，肯定早就把我的事情告诉他了，他要是心里有我，哪怕是还把我当妹妹，也早就该找我了。都快三年了，他都没找过我，我现在找他还有意思吗？”

金羚点了点头，她不得不承认，何欢说得很有道理。但是她们两个都没有想到，宋振峰的确每年过年都会给何达打电话拜年，但是两个人一直都在刻意不去提何欢。宋振峰是不敢问，何达是不敢提。

两个人又沉默了一会儿，金羚又开口了：“何欢，你还记得吗？你曾经对我说过，爱一个人就要勇敢地去争取，哪怕他身边有别的女人，只要是咱们爱上了，也要把他抢过来。有一次咱们开玩笑，你还跟我说，‘咱俩这辈子是没机会了，都是被人追上的。等以后，不管你还是我，如果生了女儿，我就手把手地教她，不要受世俗的束缚，要大大方方地、勇敢地、主动地去追求自己爱的男人。’现在这正好是机会啊，你不用再等着教女儿了，如果你真觉得宋振峰值得你去爱，为什么不主动大胆地去追求呢？”

何欢又笑了，笑容还是那么凄凉：“没错，我是说过这话。能说出这种话来，正说明，我当时还不知道什么叫情到深处。现在我才明白，如果真的爱上一个男人，就不会去追求了，至少我不会。因为如果我爱他，我就要求他对我一定要全心全意，如果他有一丁点勉强或者犹豫，哪怕只是万分之一、亿分之一，我也要拒他于千里之外，因为他不是别的男人，他是我心中爱的男人。可能我这一辈子会有好几个男人，但是真正能这么爱的只有他一个，所以，我不允许有一点瑕疵，我要百分之百的完美。如果做不到，我宁可不要，宁可一辈子只是单相思。”

金羚叹了口气，虽然她理解不了何欢这种近乎于偏执的要求，但她至少听懂了一件事：让何欢去主动找宋振峰，是不可能的。而且在这件事上，自己还不能帮忙，因为何欢的自尊不允许。

“唉，何欢，我觉得宋振峰应该也挺喜欢你的。”

“不可能，没有的事。”何欢回答得非常快。

“真的，我觉得小的时候，他对你特别好，其实都不能说好了，真就是把你当成仙女，当成公主那样。”

“那会儿不是都小吗，他也就是把我当个小妹妹或者是洋娃娃。”

金羚却不以为然：“我看不像。不过说真的，你原来那会儿，就是和宋振峰在一起的时候，就一点都没想过感情上的事啊？”

何欢沉吟了片刻：“我也说不清楚，小的时候就是把他当亲人，觉得和我爸妈是一样的亲人，而且因为是同龄人，所以有的时候觉得比爸妈还要亲近。而且我信任他，在他之后，我再也没有那么信任过任何一个男人。我愿意心甘情愿地为他付出，怎么说那种感觉呢，这么说吧，如果他需要我的眼睛，或者我的任何器官，我都会毫不犹豫地给他。不过也就这些，我还真没想过是不是爱他。”

金羚气得翻白眼：“平常看你不傻啊，都这样了，你还不知道你是不是爱他？”

何欢有些不好意思地笑了，“我倒也不是全无感觉。我爸妈离婚那会儿，我不是病了吗，当我醒来的时候，我第一眼看见的就是他，才多半天的时间，他憔悴了好多，他还跟我说，让我早点考上大学，去他的学校读书。你知道吗，我那会儿真想马上就跟他走了，远远地离开这个家，不论天涯海角，只要能跟着他就行了。”

“那后来呢？”看何欢又不说话了，金羚有些着急地问。

“后来……”何欢深深地叹了一口气，“后来我就知道了我妈的所作所为。你想想，我是一个这样的女人的女儿，还敢奢望什么啊，哪个正常的男人会要一个这样的女人啊。”

金羚也叹了一口气，她深知当年因为齐英的胡作非为带给何欢的伤害很深，但是没想到，会深到这种程度——让何欢自卑地放弃了感情。不过想想也是，一个十七八岁的女孩子，的确很难抵御这种来势汹汹的风暴。

何欢接着诉说，语调低幽，像是在讲述别人的故事：“果然，过了不久，他就有女朋友了。”

“他告诉你的？”

“不，我爸告诉我的，我上大一的时候，我爸爸告诉了我这个消息，其实当时我已经不敢再存在任何妄想了。但是我知道，如果他没有女朋友，只要他肯来找我，那么就根本不会有方成钢，也不会有周涛了。”

“那你是早就知道自己对宋振峰的感情了？”

“当年没敢正视过，有了周涛以后，就把这些都忘了，直到那天你重新提起来。”

“既然能被我重新提起，那就不是忘，只是被暂时封存了。”

“也许吧。”

“后来他怎么样了？”

“后来他肯定是和他女朋友结婚了。”

“你爸说的？”

“不，没人跟我说，但是我就是知道。”

“你怎么知道？”

“因为我了解他，他是一个非常负责任的男人，他既然肯带那个女孩子去敦煌，那就说明，他已经下定决心，要对那个女孩子负责一辈子了。”

金羚不得不承认何欢说得很有道理，因为她也很熟悉宋振峰，她知道宋振峰的确是这样的人，而且的确会这么做事情。

何欢又发了一会儿呆，继续说了起来，任谁都能听出她此时心中的悲伤：“这些天，我总是会回忆起我们最后一次见面时的情景。我最后见他，是在我结婚的前一天和结婚的那天，你还记得那天他的情形吗？”

金羚点了点头：“当然记得，风度翩翩，玉树临风，简直把新郎都比下去了，你那些女同学一个劲地问着这个人到底是谁，是不是你亲哥哥。”

“是啊。”何欢又长叹了一声，深沉的叹息声让金羚都觉得伤感，“他是头一天回来的，一进门就满面春风，一看就是真为我高兴。”

“没错，结婚那天也是，他真就像是你的亲哥哥，看着妹妹能有一个这么好的归宿，由衷地感到高兴。”

“是啊，我还记得婚礼结束的时候，他对我嘱咐了好多，让我好好生活，过得快乐，还给了我们好多祝福。”何欢的眼中又泛起了泪光。

“这说明他关心你啊，你怎么又伤心了？”

“对，说明他关心我。可也说明他确实是只把我当妹妹，所以在我结婚的时候，才会发自内心地为我高兴，而没有一点痛苦和嫉妒。等我现在再回想起来，心中就只剩下酸楚了。”

何欢不再讲话了，金羚也无话可说，因为她知道，何欢说的每一句话都是对的，是有道理的。她替何欢难过，对于一个女人来说，还有什么比爱上一个不爱自己的男人，更痛苦的呢。

两个人就这么沉默着，宽大的玻璃窗外面，能看见一大片天空，天是那种北方的冬天所特有的铅灰色的蓝，天上没有一丝云彩，只能看见一轮明亮的橘红色的圆日，沉沉地向西坠去，整个天空显得苍茫大气。在这样的背景下，肯德基里放着的那首矫情、故作忧伤的流行音乐，让人觉得很是不伦不类。

眼前的景色，给金羚带来了灵感，她突然展颜一笑，笑容又恢复了惯常的干脆和爽直，她问何欢：“宋振峰现在还在敦煌吗？”

“我不知道。”何欢确实是不知道，因为现在只要事情会涉及到宋振峰，涉及到敦煌，甚至涉及到绘画，她都会绕着走，因为她怕会想起他。

“那你以前去过敦煌吗？”

“敦煌？”何欢有些诧异，“没有，怎么了？”

“你去趟敦煌吧。”金羚认真地说，“你现在反正也没有要紧的事做。”

“我去敦煌干吗？”何欢语气重重地说，她用最明显的态度展示出，她不想去敦煌。

金羚显然没有被何欢恶劣的态度给吓回去，事实上，从她的脑子里冒出这个计划的那一刻起，她就已经想到了何欢会是这种态度。所以，金羚仍旧不急不躁，但非常真诚：“何欢，你别急。我相信，你现在的全部心思我都已经了解了，我希望你能静下来，认真听听我的想法。”

何欢点了点头，金羚接着说：“我认为，我还是比较了解你的，你是一个明白人，很清醒的人，所以，我希望在宋振峰这件事上，你仍旧能够保持你的明白和清醒。把刚才咱们得出的结论分析一下，一是宋振峰已经和当年那个女朋友结婚了；二是宋振峰一直就是把你当成妹妹；三是不知出于什么原因，你惨遭大变，宋振峰没有回来帮你，哪怕是看望你一次；四是因为你发现自己爱宋振峰，所以你就绝对不可能主动去找宋振峰，永远不会，虽然这一点我很不理解是为什么，但既然你是这么决定的，那谁劝你也没用，你肯定会坚持这么做。我说得都对吧？”

说得都对，何欢只能点头。

“那好，何欢，从我总结的这四条我只得出了一个结论——”金羚的眼睛突然变得很深很深，然后一个字一个字地把结论说了出来，“这辈子，你和宋振峰不会有任何结果，你对他的爱注定了是一场空。”

金羚说得很慢，她说话的时候紧紧地盯着何欢的脸，似乎随时准备伸出手去扶住她，可让她没想到的是，何欢竟然很平静，甚至有些无动于衷，这倒让金羚无所适从了，“怎么了，是不是我说得不对啊？”

“没有，你说得都对，真的。”何欢回答得很干脆，她的声音干巴巴的，听不出任何的情绪。

“那好，我接着说。”金羚一想，反正已经开了头了，索性把自己的想法都说出来，“所以，既然你和宋振峰之间不会有结果，你就干脆忘了他，干干净净地忘掉，这么多年你没有想着他，过得也很好，以后也不要想，你就权当做了一个梦，不管是噩梦还是美梦，梦醒了，就完了，没事了。我们每个人都经常做梦，有的时候，睡醒了还会记得这个梦，如果梦见的是好事，白天想想也会挺高兴的，如果是坏事，白天想起来可能也会难受，但高兴也罢，难受也好，也就是几天的事，日子一久，也就忘了。何欢，你就当你做了一个梦，伤心也好，动情也罢，那都是梦里的事，是虚的，是假的，连点影子都没有。”

“春梦了无痕？”

“对，我就是这个意思。”

“那你又让我去敦煌干吗？”

“我让你去敦煌，不是让你去找宋振峰，或者去打听宋振峰的消息。我是觉得，要是真放不下一个男人,那就去看一看他生活过的地方,也算是对自己的一个交代。”

何欢缓缓点头：“你这么说，我就明白了，你是让我去凭吊，凭吊完了以后，这一段也就算结束了。”

“不管怎么说吧，就是这个意思，看见点具体的东西，总好过像你现在这么看不见摸不着的，想断掉情思都不知道该从哪里断起。”

“有道理。”何欢悠然点头,“看一看他曾经追梦的地方,也算是圆了一场向往。”何欢的眼睛注视着窗外的落日，眼神渐渐变得恍惚起来，“真想去看一看千里戈壁、大漠驼铃、断石深处的瑰宝，究竟会是什么样子的啊？”

“那就去啊。”金羚积极倡导着。

“不，我不去，永远都不会去。”何欢的眼睛依旧追随着落日，语调清幽却不容质疑，“虽然我不止一次的梦到过它们，但我这辈子都不会再走近它们了。因为那里是他和他的爱侣追梦的地方，那里有过他们的痕迹，就不该再有我的了。”

“你……”金羚欲言又止，不知道该用什么话来劝说何欢才好，有时候她真恨何欢这种莫名其妙的固执，在她看来，这根本就是在自寻烦恼。

“好了，好了，你别替我着急。”何欢看出了金羚的烦躁，赶紧出言安慰，“你的意思我都明白了，我会按照你的话去做，抽慧剑、斩情思。”何欢的态度轻快了起来。

“真的？”金羚怀疑，“你不是说永远不去敦煌吗？”

“我只是说不去敦煌，如果需要凭吊，并不一定非得去某个固定的地方，天下水出之一源，天下山成于一脉，可见世间万物都是相通的。敦煌和我们看见的是同一轮落日，所以，只要我真的有毅力，一定能割断那些本来就不该存在的情思。”

“但是你有这个毅力吗？”

“有。”何欢不假思索地回答，她微微伸展了一下手臂，眉宇间变得明朗清晰了起来，“自从我从深圳回来，我过得不好，很不好。我现在才刚刚有了重新寻找生活的方向的劲头，我不能让一个梦再把我搅乱了。你说得对，不管我对他有过什么样的感情，都是一场梦，噩梦，不管我睡着还是醒着，这个梦都只会带给我痛苦，我不想再痛苦了，所以我必须忘了他……”

何欢的眼底再次浸满了泪水，但是她没有让眼泪涌上来，她在心底对自己说：这是最后一次流泪，我一定要说到做到……

[3]

何欢和金羚分手以后，感到了一种抛开了感情缠绕的轻松，但这种轻松并不能让人觉得快乐，而是让人感到沉沉的苦涩和无边的落寞。这就叫失恋吗？何欢自问。可随即，何欢又自嘲，连恋爱都没有过，失恋又从何谈起，说起来也不过是一场无果的单相思。

何欢回到家里，萧雪飞已经做好了晚饭。何欢心不在焉地吃完晚饭，听萧雪飞说了些闲话，她努力地想让自己的思维聚集在这些事情上，不去胡思乱想，但是没用，此刻，何欢的思维就像是水银，不管你用了多么细密的网，它们还是能从网里溢出来，流到你不想让它们去的地方。

何欢终于忍不住一跃而起，把正在说话的萧雪飞吓了一跳，她看着在屋子里来回转圈子的何欢，困惑地问："你今天这是怎么了，我平时没见你这么好动过啊？"

何欢没有停下来，仍旧在转着圈子，一边转一边很快地说："这样不行，我必须得想办法，我心里空得慌，怎么也填不满，你有办法吗？"

"你说什么？"萧雪飞不明所以。

"我说我心里空得慌，不想睡觉，也不想干事，看不下书去，想和人说话，又不知道该和谁说，也不知道该说什么。"

萧雪飞若有所思的看了何欢一会儿，扭头回了自己的屋子。

何欢独自呆在客厅里，依旧是魂不守舍，心乱如麻。也就过了大约半个小时吧，何欢的手机响了起来，"你好，我是秦云瀚。"

何欢有些意外，秦云瀚从来没有在晚上找过她。

"你好，有事吗？"

"算是有事吧。介意我直接说吗？"

何欢不知道秦云瀚到底想说什么，只好先接着，"我还不知道你要说什么呢，怎么知道介不介意啊。"

电话里传出秦云瀚的轻笑声："哎，此情此景，你还能如此伶牙俐齿，实在是难得。"

何欢也听出来秦云瀚是话里有话，索性不再问了，只静静地等着下文。

秦云瀚又轻笑了一声："好了，不开玩笑了，是这样，我今天晚上难得清闲，一个人坐在家里，突然想起你来了。我就想，你虽然顶着个商人的名号过了好几年，可骨子里终究还是个伤花感月的纤细女子。像你这么敏感的人，在今天晚上这样的初春夜里，看见虽然草木初苏，却又春寒料峭犹胜寒冬，乍暖还寒，春月也为之瑟缩，恐怕会由物及人，由彼及己，由自然环境想到世态炎凉……"

秦云瀚还没有说完，何欢就被他这一大套半文不白，不伦不类的话给逗笑了，只是何欢的笑容是无声的，秦云瀚看不到，所以他仍旧在滔滔不绝地说下去："难免你就会伤心落寞，所以我就想给你打个电话，就算帮不上忙，能陪你说会话，让你没有时间一个人胡思乱想也好，也算是尽了朋友之责。"

秦云瀚停下了话头，等了一会儿，见何欢没有说话，又说道："这就是我想说的，因为确实有些冒昧，所以先问你会不会介意。"此时秦云瀚虽然看似玩笑，其实心里也有些紧张，他还是真摸不准何欢的脾气。

何欢在沉吟，一时间，她也想不好该如何来应对秦云瀚，她又不由得想起了宋振峰，也就是在想起宋振峰的同时，何欢做出了决定，"谢谢你，这样的长夜春寒，我的确是不想一个人度过。"

秦云瀚不由得松了口气，还好，没有弄巧成拙！

"谢什么，朋友就是应该在需要的时候帮忙，要不还要朋友干吗。"

何欢也笑了。

"你会用上网聊天吗？"秦云瀚问。

"会，我刚装了电脑，我表妹教我了。"

"那好，咱们视频聊天，聊到你不再伤花感月了为止。"

"好。"何欢爽快地答应了。她径直回房去整理电脑，丝毫没有注意到，萧雪飞在悄悄凝望着她，脸上浮着诡谲的笑意。

萧雪飞也回了自己的房间，打开了笔记本，开始给宋振峰写信，她也真是执著，虽然从来也没有得到过宋振峰的回信，但是她却没有间断过写信。每写完一封信，萧雪飞都是给宋振峰的邮箱里发一封，再给自己的邮箱里发一封，这样，等到和宋振峰见面的时候，即使宋振峰的邮箱出了问题——萧雪飞认为宋振峰的邮箱一定出了问题，否则他不会一直不回信。她也可以让宋振峰看她的邮箱，她相信，宋振峰一定会被感动的。

秦云瀚跟何欢凑到一起，的确是不会再伤花感月了，两人没说上几句话，就拐到了经济问题上，几个小时谈下来，都感觉收获颇丰。

"哎呀。"何欢长叹了一声，"我已经好久没跟人这么讨论过经济、市场什么的了。"

"何欢，想听我说句公道话吗？"

"你说。"

"我越来越觉得你是个天生的商人，你不应该放弃，你还是应该重回商场，在这里你一定会有所建树的。难道你就一点不怀念当年纵横商场时的风光和成就感，你就能甘下心来，过这种平凡的日子吗？"

“我不知道。我不是在敷衍你，我的确很茫然，进入商场不是我自己的选择，退出商场也不是我自己的选择，我不知道命运如果重来，我将会作出怎样的选择，我只知道，外人看见的只是商场上的风光和奢华，而我看见的，是太多的尔虞我诈和冰冷无情，我厌倦了。”

经过这一夕长谈，何欢和秦云瀚的关系似乎拉近了很多，现在两个人之间已经没有了那些烦琐的客套，或者说，他们的关系正在朝着秦云瀚所希望的那个方向发展——即使何欢不能为他所用，也要让彼此成为朋友。

秦云瀚敏锐地觉察到，鉴于秦云瀚、何欢、天海画阁这三方面微妙的关系，他同何欢之间不可能相安无事，他们两个不是友就是敌。因为越是同何欢接触，他就越有一种直觉，他总觉得，如果天海画阁真的面临全面崩溃的危机，何欢不会袖手旁观。只是现在，何欢自己都还没有意识到这一点。

数天下英雄

[1]

十几天后的一个下午，何欢正在研究所里，和萧雪飞一起研究一篇古籍的残片。这个残片是研究所新得的，宝贝得不得了，何欢她们两个好不容易才排上队，现在正头挨头地挤在压残片的玻璃板上，用心地看着。

何欢的手机响起，是金羚。金羚的声音清亮高亢，说的话连萧雪飞都听得清清楚楚。

“何欢，你快来，我在肯德基等你呢。我刚去交了第一批活，刚回来，他们说特别好，所有的交活的人里，我是做得最好的，他们把我包的活调整了，把那些贵的、难的都给了我了，这下我挣钱就比原来说的多多了。哎呀，我不跟你说了，你快来吧，不管你有什么事，都放下，先上我这里来。我太高兴了，我必须得释放我的兴奋，不然我就承受不了了。”

“我看她现在已经承受不了了。”萧雪飞在一旁冷冷地讽刺，她已经知道了何欢给金羚找工作的事，心里很不以为然。她原谅不了金羚，也不明白何欢为什么那么大度。

何欢倒不觉得什么，她由衷地感到高兴，那个清脆、高亢的金羚又回来了。

待何欢走了，萧雪飞一个人继续埋头看残片，因为没有人讨论了，这个工作一下子变得很枯燥，萧雪飞没有耐心再看下去了，揉着僵硬了的背直起了腰来，做了几下体操。萧雪飞突然有一种奇怪的感觉，觉得背后似乎有人。

萧雪飞猛然转身，果然看见门口站着一个陌生的男人。那个男人的神情有些尴尬，看样子是他刚走到门口，想要问什么，却正好看见萧雪飞伸胳膊踢腿的，所以就僵在那里了。一下子，弄得萧雪飞也有些不好意思，但萧雪飞毕竟是一个很大方很开朗的姑娘，所以难为情只是一下子的事，马上就恢复了常态，大大方方地问道："你有事吗？"

眼前的男人也就二十多岁的年纪，身材高挑，比宋振峰还要高出一些，脸色白净，但又棱角分明，显得很有主见。萧雪飞暗暗点头：嗯，是个不错的男人，如果放在以前，你要追我，我一定会接受的，可惜你晚了一步，我已经有宋振峰了，你没希望了。萧雪飞就有这个本事，把世界上的一切都归纳到自己的轨道上来，所以她总是能非常的自信，非常的快乐。

陌生男人的神色也恢复了正常，非常得体地微微躬了躬身，礼貌地问："请问，何欢在吗？刚才走廊里有人说她在这里。"

"你找我表姐？"萧雪飞觉得不可思议，这个何欢是吃了什么药了，为什么天底下的出色男人都这么急着找她啊。而这个男人接下来说的话,则更让萧雪飞吃惊。

"你表姐？"这个男人笑了，笑容很好看，很阳光，像个大男孩，"那你一定是萧雪飞了。"

"啊？"萧雪飞觉得不可思议，"你是谁啊？"她突然觉得很紧张，最直觉的反应是，公司觉得自己工作不力，派出新人来取代自己了。

还好，年轻男人马上解释出了自己的身份，让萧雪飞大大地松了一口气。

"我叫刘恒，是欢姐的朋友。因为没有她的地址，所以刚才直接去了何达教授那里，才知道你们在这里。"

"哦，是这样。"萧雪飞点了点头，"我表姐刚出去，要不我给她打个电话？"

"不用了，何教授已经给了我欢姐的电话了。我没有给她打电话，就直接来了，是想给她一个惊喜。"

萧雪飞略一沉吟："要不这样，你要是没事的话，和我一起回我们住的地方。表姐去看一个女朋友，肯定会回家吃晚饭的，咱们在家里等她。"

"好。"刘恒爽快地答应了。

[2]

萧雪飞也不研究残片了，告了个假就径直带着刘恒回钻石庄园了，沿途又买了些蔬菜水果，说是要替何欢一尽地主之谊。

萧雪飞面上热情似火,可心里面一时一刻也没忘了自己的工作。她的工作之一，就是留在何欢身边，密切关注何欢身边来往的一切人物。可这两个月下来，何欢身边的人际交往太简单了，让萧雪飞都觉得英雄无用武之地，现在好不容易出现了一个值得关注的人，萧雪飞的神经兴奋了起来。

她一边跑前跑后地忙碌着，一边不停地和刘恒聊天。一会儿是直来直去地明察明问，反正任谁一看萧雪飞都是一个明朗爽利不会拐弯的女人，就算是咋呼一些也不至于让人反感——萧雪飞也从来不认为她会让人反感。一会儿又对刘恒旁敲侧击，希望趁刘恒不备问出些什么私密的东西来。

萧雪飞轻敌了。也许何欢真是她命中注定的克星，这个一直就自命在各个地方都所向披靡的萧雪飞，遇到何欢就没顺过，不管是感情还是事业。就说眼前吧，这个刘恒看上去单纯和善，怎么看怎么像是一个不谙世故的大男孩，可实际上却是外善内厉，说话做事滴水不漏。

其实萧雪飞也不冤，她绝对不是第一个被刘恒这副样子骗了的人。也是萧雪飞不了解刘恒的历史。刘恒早在在深圳画画的时候，在他们那个圈子里就是出了名的精明了。更何况刘恒这几年走出书斋，立志闯荡商场，更是历练了不少，现在除了天海画阁外还有好几家大公司看好他，想把他收为已用。在年轻一代的职业经理人中，刘恒也是数一数二的人物了。

所以萧雪飞才说了三言两语，刘恒就听出了不对头，何欢的妹妹，论理也该是自己的妹妹，可是这个女人，未免也有些奇怪了，净问一些不该是家里人关心的问题。

刘恒暗自沉吟，表面上却不动声色，仍旧是一派阳光。反正是兵来将挡，水来土掩，谁要是想从他刘恒手底下占了便宜去也不容易。他根据萧雪飞的要求，详详细细地讲了他和何欢的交往经过——反正这也用不着瞒人，当然对于周涛死后那一段，刘恒只字未提。

倒是在刘恒讲述的过程中，还捎带着套出萧雪飞不少实话，有的时候，萧雪飞浑然不觉，有的时候，萧雪飞明知道不妥，可是实在不知道该怎么抵挡，所以只能说实话。

两个人就这么着，一个做饭一个看着，与此同时你来我往的唇枪舌剑，倒也很有乐趣，浑然不觉，天已经黑了下来。

晚饭已经做好了，两个人坐在餐桌边等何欢。刘恒四下打量，房间里的布置豪华却单调，怎么看怎么都不像家：“欢姐一直住这里吗？”

“对啊，听我表姐说，她从买这套房子的时候都装修好了，连着这几件家具。”萧雪飞用手拍了拍餐桌，“她就直接搬进来住了，一直住到现在，什么都没添……”

萧雪飞突然不说话了，凝神细听：“表姐回来了。”

刘恒也听见了脚步声，不由得一笑，“这你也听得出来？”说着，刘恒已经站了起来。

“能上到这层的已经没几个人了。”萧雪飞也走到了门边。

何欢非常开心，今天的金羚是真正的神采飞扬，她的快乐情绪也感染了何欢。看见金羚这个样子，何欢由衷的高兴。

“表姐，有人来看你。”何欢一怔，萧雪飞笑吟吟地闪开身，刘恒来到了何欢的面前！

何欢愣住了，她做梦也没有想到，刘恒会从天而降，刘恒的脸上漾着笑容，一如往日在深圳的时候那么快乐、温暖。

何欢犹自呆呆地怔着，她想开口说话，可是千言万语涌到了唇边，却一个字也说不出来。在深圳的一幕幕往事闪过：亲眼看见周涛和苏菲相拥而死的惨象，富豪人家的权力之争，刘恒领着几个年轻人冒着酷暑，赶制出了二百多幅画作，还有和周博在周涛惨死处的对决……

往事如此鲜活，一切犹如就发生在昨天，何欢不能自已，泪水沿着脸颊滑了下来，而且越流越凶。萧雪飞感到莫名其妙，回望刘恒，看见刘恒脸上的笑容在慢慢隐去，眼睛中闪动着的是真诚和了解，似乎他完全明白何欢如此悲伤到底所为何来。

刘恒向前走了一步，伸开双臂拥住了何欢，何欢轻轻挽住了刘恒的腰，依在刘恒的怀里，任凭眼泪无声无息地流淌，两个人似乎都忘了身边还有一个人，一切都那么自然。

萧雪飞突然感到心里有些不舒服，连她自己都说不清是为什么。本来，萧雪飞一门心思盼着何欢赶紧找到个爱的男人，按照她原来的想法，只要何欢不找宋振峰，那她找什么样的男人都行,她甚至希望何欢能和秦云瀚产生感情。可不知道为什么，现在目睹着何欢和刘恒如此亲密，她的心里却升起了一种异样的感觉。

萧雪飞觉得两个人抱的时间已经太长了，于是干咳了一声，自己也觉出来咳得很不自然：“我说你们演楼台会呢？”话一说出口，萧雪飞就有些心虚，她都没想到自己会脱口而出这么尖酸的话。

可让她恼火的事，眼前这一双男女，似乎对于她的尖酸浑然不觉。

终于，何欢松开了刘恒，双手抓着刘恒的双臂，望着刘恒的脸，笑了，脸上泪痕犹湿，她认认真真地看着刘恒，看了很久：“变了，变化很大。”

刘恒也笑了：“真的？可是别人都说我白过了好几年，一点没变。”刘恒带着笑说。

何欢仍旧认认真真地看着他：“那是他们不了解你。”这几个字说得非常自信，根本就不容置疑。

“那你说我怎么变了。”刘恒仍旧笑得很欢快，似乎很笃定何欢说不出来。

“你们几个做完那次大型画展之后，你就没再画画？”

刘恒有些吃惊了：“这你也能看出来？那你能看出来，我没画画，这几年干什么了吗？”

何欢的眼神突然变得很复杂，就在刘恒和萧雪飞都认为何欢会说不知道的时候，何欢开口了，声音低沉：“画商。”

这回刘恒真的吃惊了，他刚要张口，萧雪飞已经抢着说话了：“表姐你说什么？”

“我说他这几年在做画商，就是专门从事美术作品交易的人。”

萧雪飞想说：“怎么可能？”因为这个刘恒怎么看怎么像个学生，毫无心机。而萧雪飞可知道商人是什么样——她自己就是个从事艺术品交易的商人，张扬、外向、成熟、聪明外露，这才是商人呢。

可还没等萧雪飞说话，刘恒已经开口了：“确实是。”

“为什么？”何欢低沉地问。

“因为我喜欢这种生活。”

“你确定？”

“确定。”刘恒回答得很认真，他迟疑了一下，笑了，“其实我想到了，你一听说我的选择，一定会阻止我。”

何欢无声长叹了一声：“确实想阻止，但我知道，你一直都是一个很冷静，知道自己该做什么的人，既然你做出了选择，那就放手去做吧。”

“你听说什么了？”

何欢摇了摇头：“对于那些事，我躲都躲不及，怎么会听到什么。”

两人这段像天书一样的对话，萧雪飞没有听懂，其实也是她没有用心去听，她还在想刘恒怎么会是商人这个问题。但现在，萧雪飞已经有了答案：肯定刘恒是在某个公司里打工，现在的人只要和商业沾点边，就觉得自己是在经商了，不值得一提。

“我把饭都做好了，一边吃饭一边说吧。”萧雪飞招呼两个人。

何欢笑了：“真是的，我都忘招呼你了。”

刘恒也笑了：“我还用招呼啊？”

“你先坐下，我去洗把脸。”

三人在餐桌边坐了下来，晚餐说不上丰盛，因为萧雪飞虽然很热情，但她会做的菜实在有限。不过也无所谓，反正他们也是以聊天为主。

何欢主要谈了她现在的生活。她详尽地向刘恒介绍了张所长，大力赞扬了张所长的学识和不俗的气度，又说了很多关于春秋文化的感悟。刘恒听得悠然神往。

刘恒也讲了自己这些年的情况，主要说了说那次画展的事，因为何欢对这个最感兴趣，“离开深圳时走得太匆忙了，没能看到你们最后的作品，特别遗憾，好好跟我说说那次画展的事。”何欢这样要求道。

何欢还问到了当年和刘恒一起画画的那几个年轻人，刘恒非常详细地一一做了介绍。

两个人就这么天南海北地尽情聊着。萧雪飞一直都竖着耳朵认真地听，努力想记住他们说的每一个字，好向秦云瀚汇报。

萧雪飞是一个非常自负的女人，她相信自己的能力，坚定不移地认为，自己如果生在富豪之家，一定能把祖业发扬光大。她还相信，如果有何欢这样的机会，那么她做出的事业一定会比何欢强得多。她也相信，假以时日，她一定会成为中国乃至华人中最成功的女人。

尽管她现在面对的这两个人，何欢和刘恒，一个是曾经的画商，一个现在在做画商，可说良心话，萧雪飞并没有多么重视他们。因为在萧雪飞看来，何欢太平和，没有丝毫的锋芒，除了那次为了张志远发了回火，平时看起来，何欢简直就没有什么火性。而商人最起码的应该像她萧雪飞那样，张扬还带点跋扈，因为商人的工作就是“争”嘛，而且只有把“争”形成了一种习惯，并且带到生活里的每一件事中，哪怕是生活中最小的一件事也要有“争”的意识。你连“争”都不会，还怎么能算是商人呢？

再说刘恒吧，他也太简单太单纯了，让人一目了然，一眼就能看透。这样的人怎么能当商人呢？商人就应该像她萧雪飞这样，有城府，有心计。你看，她都来何欢家里这么久了，何欢对她的一切都还不了解。

要是他们两个去做商人也好，等到他们在商场上遇到她萧雪飞，那一定会被她杀得片甲不留。到时候，人们都会竞相赞叹，萧雪飞是怎样不费吹灰之力就挫败了对手的。

萧雪飞就这样，在何欢和刘恒乏味的谈话中，自我陶醉着。只是她做梦也没有想到，她已经在不知不觉中，陷入了一张精致的网。

刘恒是何等的精明，早在何欢回来之前，就觉出萧雪飞的用心很不单纯，所以，他一早就打定了主意，在萧雪飞面前不谈什么正经的东西。而何欢也是商场里滚过来的人，当然是一点就透，所以两个人，只管尽兴地聊些家常。

所以事实就是，要论起商人心机，再多几个萧雪飞绑在一块儿，也不是眼前这两个人的对手。

可是萧雪飞对于这一点却是浑然不觉。她见缝插针地问了一句：“你有女朋友了吗？”不知道为什么，萧雪飞很想知道这个答案。

“没有。”刘恒腼腆地回答。

“那我给你出个主意。”萧雪飞爽利地说，“你不是想经商吗？你的条件又不错，挑着哪家做生意，家里又是独生女儿的，照着这样的找个女朋友。那样等于少奋斗二十年，一结婚就可以当老板了，好过像现在似的给人家打工。”萧雪飞半开玩笑半认真地说，她刚听见刘恒说，要接受一个市场经理的职务。

萧雪飞一席话，说得大家都笑了起来。笑了一会儿，何欢面对着刘恒认真地说："你一直都把我当亲姐姐一样，你也知道，我肯定不会愿意你涉足商场，但是既然你选择了这种生活，我就一定会支持你。经商就像赌博，愿赌服输，也是商人的游戏规则。既然你选了这条路，你就要输得起。"何欢的语调变得严肃，"这一点你一定要记住。"刘恒的态度也随之严肃了起来，他认真地点了点头。

何欢又停了一会儿，似乎在思索什么，然后才又说："经商的过程中，你肯定不会一帆风顺，任何人都不会。所以，如果人家是真刀真枪把咱们打败了，不要记仇，不要纠缠，输了就输了，退回来，重整旗鼓，重新开始。但是……"何欢突然话锋一转，充满了杀气，"我说的只限于正当竞争。如果有人存心跟你用那些不正当的手段，而你又觉得抵御不了的时候，记着一定要来找我。"

何欢一字一字冷冷地说："无论如何，咱们姐弟也不能让那些商场上的龌龊小人给欺负了。"

刘恒含笑点头，萧雪飞又咋呼了起来："哎，表姐，你不是说你厌倦了，不会再介入商场半步了吗？"

何欢倏然回头，直直盯着萧雪飞，眼神渐渐变得高深莫测，可是又渐渐变得很平淡。然后，何欢悠然地向萧雪飞解释："我不杀人，因为我厌倦血腥。但是当我的骨肉手足被人残杀的时候，我还能因为厌恶血腥而不去沾染血腥，那我就不是人而是佛了。可事实上，我还远远没有修炼到佛的程度，所以我只能当个有恩报恩，有仇报仇的俗人了。"

夜深了，萧雪飞准备回房了，刘恒说是有事，明天一早就要离开，所以何欢和刘恒准备彻夜长谈，两人回了何欢的房间。

萧雪飞当然得给秦云瀚写信，她详细写了刘恒这个人，又说了说他们晚上聊天的内容，最后还提到了何欢说的那些莫名其妙的话，反正萧雪飞觉得莫名其妙，商人本来就是不择手段嘛，在这种环境中，根本分不清什么是正当的手段，什么是不正当的手段。萧雪飞通过今晚何欢说的话，得出了一个结论，何欢在天海画阁的名气是虚的，其实她并没有接触过真正的商场。萧雪飞把这个结论也写进了信里。

[3]

何欢的卧房里，何欢倚靠在床上，刘恒坐在桌前："欢姐，你这个表妹……"

刘恒刚开了头，就被何欢挥手打断了："放心吧，她的事我能处理好。先说你吧，有什么大事，这么神神秘秘的。"

刘恒笑了:“什么也瞒不过你。”说着话,刘恒脸色一正,收起了笑容,“从去年秋天起,周博找过我好几次了,让我出任天海画阁的首席执行经理。前两天,他刚约我见过面。”

何欢微微一怔,但也没有太多关心这个消息:“你是怎么想的,准备干吗?”

“我每一次都直接拒绝了。”

“你有没有说出原因?”

“没有直接说,只是说我不愿意跟天海画阁和周家的人共事。”刘恒突然笑了一下,“我听说,周博在多方打听,天海画阁和我究竟有什么恩怨,但是怎么也打听不出来。”

何欢沉吟了一下,问:“周博的身体怎么样?”

“他的身体没什么事吧,怎么突然问这个?”

“我听说,他去年大病了一场,很严重。但是周家封锁了消息,所以只是猜测。”

“那就应该是真的。因为天海画阁从去年起突然变得特别低调,只是守,而且除了广州、深圳是死守之外,别的市场守不住了就让。要这么想起来,可能就是周博病了的原因。”

“守不住就让,让一步就失百步啊。”何欢悠然感叹。

“确实是,所以他们要死守广东、深圳的市场啊。”刘恒轻轻敲打着电脑的键盘,沉吟了一会儿,说,“可是恐怕也快守不住了。我听说有一间规模非常大的外资公司,就想在最近去争夺天海画阁在广东的市场份额。而且这一次,他们似乎是势在必得。”

何欢不禁一笑,笑容中五味杂陈:“竟然已经传开了,商场真是没有秘密。”

“怎么你也知道这事。”刘恒不解,因为他早已经看出来,何欢这些年在刻意回避,不去了解这些东西。

“一会儿我再告诉你我是怎么知道的,你先回答我一个问题。你现在是圈子里面的人,凭你看,这次天海画阁能保住广东的市场吗?”

“说实话,这个问题我也不止一次地想过,天海画阁究竟能不能躲过眼前这一劫。可我的答案却总是,保住与保不住各占百分之五十。”刘恒不待何欢发问,就进一步给出了解释,“这家公司的规模很大,而且它的老总非常厉害。这些年,不管天海画阁如何地没落,都没有人敢打广东市场的主意,而他敢冒天下之大不韪,足见这个人胆子很大,而且肯定有相当把握。再者,虽然没有人敢跳出来公然抢天海画阁的广东市场,可是几乎所有的人都对广东市场垂涎欲滴,一旦天海画阁落了下风,他们就都会扑上来分一块肉。但是天海画阁也不容小觑,而且这个消息既然我都知道了,那么周博一定也早就知道了,周博毕竟是周博,他的江山绝对是真刀真枪打下来的，他的能力可不是我们这些年轻人比得了的。而且天海画阁纵横了这么多年，究竟还有没有后续的储备，储备了多少，谁都不知道。所以，我觉得，只要周博的身体不出问题，那一切就都是未知数。”

何欢频频点头：“说得很好，看来你不仅喜欢经商，也适合经商。你不是问我怎么也会听到这个消息吗？你说的那个大公司的老总叫秦云瀚，他现在正在不遗余力请我出山，让我出任他们公司驻广东分公司的总经理，由我来执行他们争夺天海画阁在广东的市场份额的计划。”

“啊？”刘恒差点跳了起来，“那天海画阁不是死定了！”可刘恒转念一想，又觉得不对，“那个姓秦的知道你和天海画阁的关系吗？”

“当然知道，除了咱们联手干的那件事他不知道以外，别的他都调查得清清楚楚的。”

“那这人也有点太不地道了，明知道你和周家有纠缠不清的恩恩怨怨，还让你来蹚这池子浑水？”

何欢对此倒是不以为然：“天下熙熙，皆为利来，天下攘攘，皆为利往。这个秦云瀚和我素昧平生，所以考虑问题的时候利字当头，也是无可厚非的事。再说了，请不请是他的自由，可去与不去毕竟是我说了算。随他怎么样，我不去不就完了。”

“话是没错，可还是觉得他不应该这么做事。”刘恒依旧愤愤不平。

何欢轻笑了一声，“所以说你还不能算是一个成功的商人。因为商人必须得入世，而如果想入现在这个‘世’，那就不能太认真了。真的，要是太认真了，你就一步都别想往前走了。”

刘恒有些无奈地认同，想了想又问：“听你刚才的话，你是肯定不会接受秦云瀚的聘请了？”

“肯定不会。”

“能告诉我为什么吗？”

“理由呢，有很多。比方像我回绝秦云瀚时所说的，我厌倦了商场上的唯利是图，尔虞我诈，这就是一个很主要的原因。但是还有一个更主要的原因，我没有跟秦云瀚提过。那就是，我不想去针对天海画阁。”

刘恒有些不解。

何欢目光深沉悠远，缓缓解释：“因为现在圈子里知道我的名字的人还有很多，如果我一旦接掌了广东分公司，那么所有人关注的焦点，都会是我和天海画阁之间的恩怨。到时候，难免谣言四起，而我的生活就会被各种谣言和议论所充斥，再也没有安宁了。而且这些谣言和议论肯定都是负面的，多多少少对我都会是伤害，我何苦自找麻烦。”

刘恒笑了："看来是我多虑了，你考虑得很周全。"

何欢也笑了："我倒很高兴你能为我考虑，现在能找到个肯为朋友仗义执言的人，太难了。"

刘恒突然有些好笑地说："其实也是你把这些当成麻烦，现在很多商人的做法，就像电影明星似的，经常故意整出点儿事情来，好增加自己的知名度。"

"那是人家的心理素质好，我比不了。"

两个人都笑了起来。笑了一会儿，刘恒又想起了什么，问："那你拒绝了秦云瀚，他就放弃了？"

"差不多吧。再说他也是醉翁之意不在酒，聘请我还是次要的，主要是怕我会重回天海画阁，成为他打垮天海画阁的障碍。"

"那他现在放心了，你肯定告诉他，你无论如何也不会回天海画阁？"

"我没跟他这么说过。"

"为什么？！"刘恒大惊，"难道你还会再回天海画阁吗？"

"我当然不会，但我也没有必要告诉他。我还是那句话，回不回天海画阁是我自己的事，我和他素昧平生的，犯不着授人以柄。"

刘恒听了何欢的话，突然咯咯笑了起来。

"你笑什么？"何欢莫名其妙地笑问。

"我笑你。"刘恒仍旧在笑。

"笑我什么？"

刘恒很艰难地才止住笑："你口口声声地说，厌倦了商人的尔虞我诈和商场上的那些鬼魅伎俩，可你自己做起事来，却又是步步为营，执行的是标准的商人法则。"

何欢听了这话，又认真想了想这段时间以来和秦云瀚的交往过程，不由得失笑："还真是的，你不说我都没觉出来。"

"那是因为商人的思维方式已经浸透到你的骨血里了。说真的，欢姐，我还是觉得你挺适合经商的，现在如果抛开天海画阁这一层不谈，秦云瀚的公司还真是一个很不错的平台。"

"看怎么说，现在就算不是去针对天海画阁，我也不愿意再涉足商场，这是其一。其二呢，即使我想选择平台，秦云瀚也不是一个好的领导，至少我不会选择到他的麾下效力。不仅如此，如果有一天，他邀请到你，我也建议你不要去。"何欢说得很认真。

"为什么？我听说他的母公司规模很大，而且秦云瀚是一个非常有能力的人。"

"公司的规模和秦云瀚的能力都是毋庸置疑。但不知道你认真想过没有，在每一个成功的领导人身边，都有一大批优秀的人才为之奔走效命，甚至不计个人的得失荣辱，是这些人的努力，铸造出了领导人的辉煌。是什么让这些优秀的人才如此心甘情愿付出呢，就是因为每一个成功的领导人都能辐射出一个‘场’，这个‘场’所辐射到的每一个人，都会被这个‘场’所激越，所调动，心甘情愿地把自己归纳进领导人的统一规划里，成为这个‘场’一条射线，用自己本身的热量，去反射领导的思想的光芒，然后再去辐射更多的人。一个企业就由此运转了起来。”

“嗯，挺有道理的。”

“而根据每一位领导人的性格和气质不同，他们所辐射出来的‘场’也是截然不同的。例如周博，他所辐射出来的‘场’的，就像是一片肥沃的土地，每一个人在为它运转、反射他的光芒的同时，自己也获得了滋养，在发展壮大企业的同时，也在发展壮大着自己。而秦云瀚则不然，他是另一种领导人的代表，也许是因为他的能力太强的缘故吧，他所散发出来的‘场’是掠夺性的，人们在这种‘场’中，只能不断地付出，而不会得到任何东西。所以人如果为这种领导效力，只有一条路可走，就是不断地退化。如果说能力的退化还可以容忍，那还有一样更可怕的，就是人的个性被慢慢地凌迟消磨殆尽。所以像你我这样过于个性鲜明，而且总想保持住自己的个性的人，实在不适合去做他的下属。”

刘恒频频点头：“很有道理。我倒是想出了一个人，像令表妹那样的，就很适合给秦云瀚当下属。”

何欢也笑了：“明明一点心眼没有，却认为自己极有城府，而且错把自己的枝杈当成棱角，错把家里大人溺爱惯出来的毛病当成个性，错把别人的恭维当成自己真有能力……你是想这么形容她吧？”

刘恒笑了：“看来我的确不用为你担心，你太了解她了。”

“刘恒，我想问你一个问题，你拒绝天海画阁的聘请，除了因为我，还有别的原因吗？”

“没了，我跟他们就没接触，只是因为他们曾经那样对你，所以我不想答理他们。怎么问这个？”

“我是想对你说，如果你只是因为我的原因而拒绝天海画阁，那大可不必。我和天海画阁之间的恩怨在我离开深圳的时候，就已经了结清楚了。你真的不用为了替我打抱不平，而放弃机会，那些往事，我都放下了，你也就放下吧。”

“对于那些事，你真的都放下了？”刘恒似乎有些不信，因为他现在仍无法忘怀，在那个酷暑中，何欢的凄凉悲苦。

“放下了。”何欢舒展了一下身体，轻轻地吁了一口气，“觉着不可思议，是吧。”

“是有点。”刘恒很实在地说道。

何欢莞尔一笑，“世间的任何事情，坏事乃至灾难，它发生过了，就是发生过了，

你对此念念不忘也好，耿耿于怀也罢，都改变不了它确实存在过的事实，也抹不掉它曾经造成的影响和伤害。如果总是走不出它带来的阴影，就等于把自己的生命永远放置到了黑暗的阴影里。那样就只能任凭岁月蹉跎，而自己终日郁郁。”

何欢接过刘恒递给她的一杯热茶，继续说道：“从深圳回来以后，我就是因为走不出阴影，才一度深陷进抑郁症的泥潭，不能自拔。那两年多的日子，真的就像是陷到了地狱里，不得超生。”

何欢从床上站了起来，走到窗户前，拉开了厚重的窗帘，窗外是浓得化不开的夜色，玻璃像镜子一样，隐约地映出了何欢的倒影，还有何欢背后的大半间屋子，于是何欢跟这大半间屋子就都像装到了玻璃盒子里一样了。何欢默默地审视着镜子中的自己，然后抬起手来，手指慢慢勾勒着镜中人的剪影：“我记得有一个人曾经说过，她不爱照镜子，只爱照玻璃，因为镜子太写实了，把她的一切缺点都暴露无遗，而玻璃就不是这样，玻璃里的人看上去比镜子里的人漂亮得多。”

刘恒有些不知所措，不知道何欢怎么会突然扯到这上面来，就站起来，来到何欢的身后，和她一起看玻璃里的倒影。

“刘恒，你知道吗？我从深圳回来这几年的生活，就像是现在这块玻璃里的这个女人。”

“什么？”刘恒感觉自己听不懂。

何欢依靠在了窗台上：“你看，现在镜子里面也有一个世界，那个世界里也有一个女人，也是居室豪华，但这屋子却像是浮动着的，人虽然五官俱全，却又模糊不清，感觉是个人，可是又看不出具体的特点，无法分辨出究竟是谁。而且在玻璃中的这个世界里，人和这个环境都是平面的，即使有什么动作，都只是一个剪影。玻璃里面的这个世界也非常的冰冷，而且一片静寂，如同鬼魅。不仅如此，你还能清楚地意识到，这个世界只是一个影子，随便你拿什么把玻璃轻轻一挡，这情景就不存在了，或者你拿块布轻轻一抹，这幅情景就会踪影皆无。这就是我这三年的生活。”

刘恒听着何欢的话，只觉得一股寒意直透心肺，何欢描述的这幅画面是如此的妖异，幸好是何欢在描述这幅画面，要是换成一个陌生的女人，恐怕刘恒还没有听完，就已经毛骨悚然，落荒而逃了。

现在何欢不说话了，可是刘恒实在不知道该如何应对她这番话，只好怔怔地站在何欢的背后。他不能自已地去看玻璃里的倒影，越看越觉得那里真的困住了一个生命。何欢偶尔动一下，玻璃里何欢的五官就会随之晃动一下，就好像是一个被桎梏住的灵魂，想拼命挣脱出来，可是又无能为力。那薄薄的一片玻璃，就生生地把一个血肉之躯压挤成了一张薄纸，让人求生不得求死不能，与其这样生活，还不如索性死来得痛快……

刘恒突然发现自己像是入了魔障一样，思维已经不受自己的控制了，一个劲地向着死角钻！

他心中一凛，流出了一身冷汗。

刘恒闭住眼睛，稳了稳心神，走过去拉上了窗帘，“欢姐，你别再想这些了，对身体不好。”

刘恒一边说着话，一边扳过了何欢的肩膀，想扶何欢重新坐回到床上，本来他想好好劝慰何欢几句，可当他看见何欢的脸，他惊异地发现，何欢的脸色竟然很平和，甚至还带着些暖人的笑容，反倒是何欢看见了刘恒仍旧有些青白的脸色，不由得莞尔一笑，反手扶住了刘恒：“怎么了，把你吓坏了？”

刘恒看着何欢神色如常，反倒有些不好意思了。

何欢给刘恒的茶杯里添上了些热水，然后把茶杯递到了他的手里，笑着问：“刚才是不是有些不好的想法？”

“是，一些挺可怕的想法。”刘恒的脸有些发红，“我是不是挺幼稚的？”

何欢含笑摇头：“挺正常的，谁的心理都有脆弱的一面。”

“你原来看着玻璃也有过那些可怕的想法吗？”

何欢笑得有些凄凉：“何止有过，这三年里，我几乎每一天都陷在那种求死的状态里不能自拔。”

刘恒吓了一跳：“每天？”他无法想象，自己只是想了一下，就好像去地狱里转了一遭，要是每天都陷入到那种情绪之中，那还活着干吗，真不如直接死了的好。

“是，每天，每时每刻。我不是跟你说了吗，我曾经陷入到了抑郁症的深渊不能自拔。其实不能说是曾经，因为直到现在，我也不能说已经完全走出了阴影，只是能够主动地，有意识地控制自己的情绪了，不让自己再一味地沉沦下去。说真的，我很庆幸我恢复了理性，否则，我可能只有自杀一条路了。”

“好像很多人都有些抑郁？”

何欢把手中的凉茶一饮而尽：“对，尤其是像你我这一代人，成长的过程中，几乎已经没有了什么磨难，都是一帆风顺的，所以难免就有些脆弱。而我们的父母在教育我们的过程中，还没有意识到心理素质的培养。可是我们长大以后面对的世界，却比我们的父辈所生活的世界复杂得多，压力也大得多。没有人告诉我们该如何去面对这个世界，因为长辈们没有经历过，而我们的同龄人又都在这个世界中苦苦挣扎，自己还自顾不暇。因此，才会有那么多人都得了抑郁症。”

“你学心理学了？”

“什么心理学，我这是久病成医，这三年什么都没干，光关在这套房子里琢磨了。”

刘恒犹豫了一下，试探地问：“欢姐，我想问一个问题。”

“问吧，咱们两个你还有什么不好开口的。”

“你那会儿说，你已经放下了和周家之间的仇恨，不再记恨天海画阁了，可你几乎是差一点就失去了生命。就算你没有失去生命，这三年精神上的折磨比肉体上的折磨还要痛苦得多，难道这些你就都放下了吗？说真的，即使你能放下，我都替你不平。”

何欢笑了：“你能替我不平，说明你是真的把我当成了朋友、亲人，我很开心。但是你真的不用不平，你应该像我一样放下。”

刘恒刚要开口辩解，何欢挥手打断了他：“你先听我说。你的意思我全都明白，你为我不平，其实也是为我后怕。我承认这三年中，有很多很多次，我都能清晰地感受到我的理性就是在靠一根纤细的白色棉线维系着，这根棉线已经被拉得很紧，很紧了，只要再稍微用一点力，棉线就会挣断，而我的心灵深处在渴望着这根棉线断掉。因为我维持理性，维持生命，维持得好累好辛苦，我好想就让它这么断了，然后我的理性就完全崩溃了，一切想法一切责任都被抛到九霄云外，发疯也好，死亡也好，在我的眼里，都变得那么诱人、那么美好。”

何欢的声音越来越低沉，她意识到自己又不由自主地回忆起了那段不堪回首的过往，于是深深地吸了口气，把声音调整得响亮了一些，接着说：“可每一次，我又都活了过来。如果我当时真的疯了或者死了，那么我们跟天海画阁之间的仇恨可能就永远无法化解了。可能是天意使然，我没有疯也没有死，而且经过了这场磨难，我学会了好多东西，也变得坚强了，这不能不说是天海画阁所赐。这可能就是古人所说的祸为福所倚吧。”

“照你这么说，天海画阁还是帮了你了？”

“当初他们的本意当然不是帮我，但是人间的事都是充满了变数的，造化弄人，变出了今天这个结果。在这个过程中，我所经受的惨痛的折磨非外人能够想象，三年来远离商场，损失的金钱也不可估计，可是我也获得了很多东西。所以，我就把这次在天海画阁所经历的，还有这三年里的磕磕绊绊，权当是人生的劫数。”

“劫数？”

“对，劫数。古人最爱用的一个词。”

“古人最爱用的词？”刘恒有些莫名其妙，因为在他的意识里，“劫数”从古至今就不是个好词，他不明白何欢怎么会认为古人会喜欢这个词。

“这些日子，我想了很多东西。然后我就发现，在中国古人的意识状态里，认为人的一生中都存在若干个大小不等的劫数，每当遇上灾难的时候，就是在‘应劫’，就是‘在劫难逃’。人只有应过了固定的‘劫数’，才能过上平安的日子，反之，如果躲过了该有的劫数，就会发生更大的灾难。”

“这不是对那些不幸的人的一种很消极的劝慰吗？其实是没有任何实际意义的啊。”

何欢笑了，刘恒觉得，她现在的笑容就像浓茶，特别的苦涩，可是深深的苦涩里面，又能让人感觉出缕缕的清香和甘甜：“当我没有遇上灾难的时候，我也曾经认为所谓的‘劫数’只是一种没有任何实际意义的劝慰，是用来安慰那些愚夫愚妇的无稽之谈。可当我真正遇上了一次不幸，并且深陷其中不能自拔的时候，我的想法改变了。曾经在差不多两年多的时间里，不管我是在梦中还是在醒着，我的脑子里全部都是在深圳发生的一切。你无法想象，那对我而言，是怎么样的一种折磨。可是后来我发现，如果我按照古人的思想去整理自己的心情，去对自己说，‘发生的这一切，只是我命中该有的一个劫数，这个劫数如果不应在这里，就会应在其他的地方。’这样想了之后，我的心情就好多了，我的思想就不再继续在黑暗的深渊中肆意沉沦了。”

刘恒的眼睛突然有些湿润了，他站起来，背对着何欢活动了一下身体，借机平复一下自己的情绪。即使到现在，他也没弄明白何欢所谓的“劫数”的论点到底有没有道理，他是被何欢的坚强感动了。一个独居的女人，每天面对着那样一段不堪回首的往事，每天面对着这座像坟墓一样的空宅，每天面对着自己内心深处地狱般的啃啮和折磨，她竟然挺过来了。不仅挺过来了，还在自己的精神状态都远远没有恢复的时候，就已经原谅了往日的仇敌。

“欢姐，你还是那么让我敬佩。你不愧为一位磊落君子，可惜周家的那些人，不配得到你的宽容和宽厚。”

何欢又是一笑：“其实我并没有刻意去宽容些什么。如果说我主动放弃了对周家的仇恨，那也是为了我自己。一段充满仇恨的记忆，带给人的只会是痛苦和不快乐，我既然现在有了选择的能力，为什么不选择忘记呢？”

“可是仇恨不是应该铭记着吗？”

“仇恨与仇恨不同，有的仇恨的确是需要刻骨铭心。可是有的仇恨，还是早些忘记为好，例如我和周家之间的恩怨。换个位置想一想，周博也不过是在保护他的家族和儿女的利益，一方是他的亲生骨肉，一方是我，没有了周涛的维系，我和周家之间可以说没有了任何的关系，他在那个时候作出这个决定，虽然显得粗糙，倒也不是完全不可理解。”

“粗糙？”

“对，凭我对周博的了解，他当时对付我，应该有更加圆滑的方法。说实话，他当时采取的可以说是下策中的下策。也许是因为儿子的突然去世，他有些乱了方寸了吧。所以有的时候我就想，老年丧子，人生大恸莫过于此。看周博当时对我的行为，已经完全没有了往日的从容谋略，可见他心中所受的打击有多么强烈，我又何必对一位老人伤心至极时的行为耿耿于怀呢。”听了一会儿，何欢又低低加了一句，“何况他对我还有培育之恩。”

对于何欢的这番话，刘恒也觉得无可辩解，只是他们都没有想到，当时不是周博不想采取圆滑的方法，而是他那对儿女太不争气。

刘恒突然又想起了一个问题，他想问何欢，纵然何欢原谅了周家的所作所为，难道她也原谅了周涛的背叛吗？可是想了想，刘恒还是把话咽了回去，不管何欢是否原谅了周涛，既然现在何欢正在慢慢地平静，自己又何苦再提起这些让人伤心的话题呢。

所以刘恒什么也没有问，可是他闪烁的眼神没有逃过何欢的眼睛。

“怎么，你又有什么问题了？”

“哦，没有。”

“不会吧，你是在想周涛的背叛吧？”

“欢姐，有的时候我总会想，你是不是太敏感了？”

“是。”何欢几乎没有犹豫，就点头承认，“我的确是太敏感了。敏感不是坏事，可是太敏感了绝对不是好事，因为过于敏感对于自己来说，绝对是一种伤害。应该说，这是一种性格上的很严重的缺陷。好了，不讨论敏感的问题了，我现在来回答你的问题。”

何欢的神情开始变得严肃：“说真的，我是先原谅了周涛的背叛，才原谅了周家的决绝。”

这回刘恒真吃惊了，他确实没有想到何欢会给出他一个这样的答案：“那样的背叛也能原谅吗？”

看出了刘恒的脸上的不能置信，何欢继续娓娓道来：“真的，开始的时候我也觉得不可思议，后来我的一个朋友给了我答案，而且我也证实了。”何欢轻轻抿了一口已经有些凉了的茶，“我之所以原谅了他，是因为我对他的爱是有所保留的。”

“什么？”刘恒好像没有听懂的样子，其实他听懂了，但是有些不能理解，因为在他的记忆中，何欢和周涛是一对非常恩爱的夫妻。

“有很多夫妻都是白头偕老，恩爱一生，但是他们之间的爱也分为很多种。有的是真正的‘愿同尘与灰’，可也有的是有所保留的，这种感情有所保留的夫妻，如果一辈子平平静静，一样可以恩爱到老，可是有了大的变故就说不定了。而我觉得我和周涛之间的爱情就更像是这种有所保留的夫妻，也就是说我们是夫妻，但更像亲人、兄妹。我相信，如果他还活着，那我会祝福他和那个女人的，并且可以一辈子和他做最好的搭档，最好的知己，如果他遇上强敌，我会毫不犹豫地去帮助他，而不会因为他另有所爱，就记恨他。可是，如果面对我毫无保留爱着的男人，我就不会这么做。当我毫无保留爱着的男人有了别的女人，我会马上走得远远的，一辈子都不看见他，也不让他得到我的任何消息，权当是我死了，然后在余生自己都会伤心。”

何欢突然发现刘恒在紧紧地盯着自己，她有些奇怪地摸了摸自己的脸，问：“你怎么了？”

“我在想。”刘恒认真地说，“等我找妻子的时候，一定找一个有保留的爱我的，千万不能找这种毫无保留爱着我的女人。”

何欢笑斥：“这不是胡说八道吗？谁不愿意找个全心全意爱自己的人啊？”

“我不这么想。”刘恒毫不犹豫地摇了摇头，“这种毫无保留的爱，让人的负担太重了，我宁可要那种有所保留的爱，好让自己来去自由一些。”

何欢突然有些失神，她从来没有像刘恒这样想过问题，难道宋振峰也是因为看透了何欢这种神经质的感情思维方式，才远远地逃开，去找别人的吗？何欢的心中剧烈一疼，几乎昏厥了过去。她定了定神，掩盖地笑了一下：“行了，扯太远了，反正不管你找什么样的，到时候别忘了让她来给我敬茶就对了。”何欢站起来，为自己和刘恒又倒了些热水，接着说，“不管怎样，该发生的已经都发生了，我也都接受了。而且说心里话，现在只是因为我还没有重新找到生活的方向，所以才会显得这件事对我的伤害仍旧存在，仍旧在继续，我相信，等我重新找到方向，开始新的生活，到那个时候，这件事对我而言，恐怕就只有益处没有害处了，因为它教会了我很多东西，也让我变得很坚强。”

刘恒微微颔首，建议说：“你可以重新出来经商啊，其实经商还是很有意思的，每天都有新的刺激，会让人忘掉所有的烦恼。”

何欢笑了：“那是对你而言的。说我是天生的商人，我看你才真正是。”何欢的声音转而低沉了，“对你而言，经商是一件光明快乐的事，可是在我的心里，商场太冰冷也太无情了，我已经不想再涉足了。而且，我现在就好像一个刚刚死里逃生的人，根本没有力气去应对商场上的那些事情。”

刘恒当然也能看出来，何欢说的都是事实，也就不再为这个问题争辩了。两个人的谈话又绕回到了天海画阁对刘恒的招聘上。

“说了半天，你到底去不去天海画阁啊？”何欢问。

刘恒没有思索，脱口而出：“我不会去的。”

没等何欢发问，刘恒就紧跟着给出了解释：“因为就算你不在意周家对你所做的一切，而对于我这个局外人来说，他们这么屠戮功臣的做法，也足够让我望而却步了。在亲眼目睹了他们对待你的手段之后，反正我是没有勇气再走进天海画阁的大门了。这个位置还是留给那些勇敢的人吧。”

何欢被刘恒逗笑了，只是笑容中透着些失望。刘恒当然也看出了何欢的失望，他斟酌了一下词句，问：“欢姐，你是不是怕天海画阁这次会被秦云瀚打垮？”

何欢的表情有些复杂，她似乎也在解读自己的内心深处：“说实话，我对天海画阁的确有很深的感情。我是通过它才懂得了什么是商场，也是通过它进入的商场。我在天海画阁的六年，为它创造了辉煌，同时它也带给了我辉煌。我想，那段经历，也许将成为我作为商人的巅峰了。”

“所以你才希望我现在加入天海画阁？可是你觉得我会是秦云瀚的对手吗？”

“你不是。”

这下刘恒真的愣住了，虽然他也认为自己不见得是秦云瀚的对手，但他一点都没想到，何欢会这么直接地说出来，他不明白，既然何欢认为他根本斗不过秦云瀚，那还叫他去天海画阁干什么？

何欢没有看刘恒，她此时的目光显得很悠远。

“别说你一个人，现在就算是咱们两个一齐动手，恐怕都回天无力了。”

“秦云瀚有那么厉害？”

“不光是秦云瀚的问题。”何欢面对着刘恒，“生意讲究的是，天时、地利、人和。现在的天海画阁是三者尽失了，这个局还怎么翻。”

“那你为什么还要建议我去天海画阁呢？”

“有这样几个原因。”何欢的声音不高，但是字字清晰，就像是很多年前周博在书房里教导她那样，“首先受命于危难，一般来说，你会得到比平时多得多的权力，而且面对的是秦云瀚这样的强敌，这对于你来说，是一次难得的锻炼机会。而且这一仗几乎没有悬念，你即使败了，人们都会认为是理所当然的，而不会认为是你的能力的问题，所以对你没有任何的负面影响。可是你如果万一赢了，那你在商场上的地位就不言而喻了。”

“有道理。”刘恒频频点头。

“其次，我刚才说了，我的确不希望，天海画阁就此销声匿迹，我还在希望有奇迹出现。”

“什么样的奇迹呢？”

“比方说，你现在在画商里也算是有一定名气的人，你会在这个水深火热的时候，加入天海画阁，那么很多望风而动的人，就会犹豫，会继续观望。这种时候，最怕的就是人们一哄而上，墙倒众人推，你能让那些旁观者犹豫一下，就算是给天海画阁争来了救命的时间。周博何等的精明，一旦出现了这样一个时机，他就会调集所有的力量来对抗秦云瀚，让秦云瀚在短期内占不到便宜，这样，双方就会出现一个对峙的局面。这个时候，肯定会有人隔岸观火，想着坐收渔翁之利。但也会有些想要趁乱淘金的人，迅速选择该站到哪一边，才能获得更多的利益。这样，难免就有人选择站在了天海画阁一方，因为帮助弱者，才能显出自己的功劳嘛。这样，天海画阁也许就会得到某种机会，转败为胜。”

“可这里面的侥幸成分也太多了吧？”

“那当然，所以我才会说，这是一个奇迹。但是生意的事，不到最后关头谁也说不清楚，谁能知道，下一步买卖运道会如何降临呢？”

“还有吗？”

“还有。”何欢的声音突然变得很低，很沉，再也不似刚才那么清亮了，她倚在了床头上，重重地闭上眼睛，“就是我的私心。”何欢又沉了一会儿，才重新开口，但她一直没有睁开眼睛，“如果抛开最后一次不算，周博待我不薄，现在他的身体是这种状况，我觉得你能应他的要求加入天海画阁，那么不管结局如何，至少现在对他是很大的安慰。”

刘恒默然了，过了一会儿，他才轻声说：“欢姐，对不起，我还是不能加入天海画阁。”

何欢振作了一下，爽朗一笑：“你真的不用说对不起，也没有什么可对不起的。有所为有所不为，这很好。我就是希望你能这样，坚持自己的原则，不轻易为外界所干扰，这才是一个合格的商人。”

刘恒有些感叹：“欢姐，我觉得你真善良，你对周家完全就是在以德报怨。”

出乎刘恒的意料，何欢对此的反应非常淡然，“举手之劳而已。而且我这么做和善良也不搭边，所以就更谈不上以德报怨了。”

刘恒不解：“为什么？”

何欢把玩着手里的杯子，良久，问：“刘恒，你知道我这几年是怎样生活的吗？”

刘恒当然不知道，何欢开始悠悠地讲述了起来。从她来到博物馆上班开始讲起，讲她每天如何千篇一律地坐着公交车往来于这套房子和博物馆之间。讲一个又一个的无眠之夜和无休无止的噩梦，还讲了博物馆中那形形色色的大小领导、职工，讲了那没完没了的庸俗甚至于是恶俗的生活环境……

[4]

听着何欢的讲述，刘恒只觉得脊背一阵阵发凉，此刻他的感受竟然是惊心动魄！

没错，就是惊心动魄。按说他这几年也算是经过些风浪了，可他现在，真实地感觉到何欢这两点一线的简单生活，要比自己的生活惊险得多。因为自己的生活只是人的挑战，而何欢的生活是灵魂的斗争。刘恒似乎看见了一幅画面，一个女人长着一张全世界最阴郁的脸和一双全世界最阴郁的眼睛，每天坐着一辆冰冷的车子，往来于两个“地狱”之间——一个是博物馆，一个是这套清冷的豪宅。而她的灵魂每一时刻都挣扎在生与死的交界处。

何欢没有停下来，她又讲到了赵毅、孙青和那次别开生面的会议。

“那天开完会我就病了。以前常听人们说，压倒骆驼的是最后一根稻草。当时不理解，可那天晚上我理解了，我觉得最后一根稻草已经落到了我的身上，我再也坚持不住了。只想倒下去，任凭风沙掩埋了我。”何欢如此形容道。

“后来呢？”刘恒有些紧张地问。

“后来？后来也不知道怎么了，我就又挺过来了。也许是命运还不想这么早就放我自由吧。”

“什么？”

“哦，我是说灵魂的自由，就是死亡。”见刘恒点了点头，何欢又接着说了起来，这回她说的是张志远的事，说到了在医院里，张志远对何欢的误解和教导，也说到了张志远后来的痴心妄想。这次刘恒没有惊心动魄，他是目瞪口呆！

半晌，刘恒才欷歔感叹道：“我觉得你真坚强。”

何欢含笑不语，刘恒接着说：“你后来所经历的这些，听起来比在深圳经历的更痛苦。”

“的确是。”何欢点头认同，“经历了这么多以后，再回过头看深圳发生的那一切，我发现，周家对我做的其实算不了什么，至少他们有明确的目的，巨额的家产也的确值得一搏。而且即使在刀兵相见的时候，他们都是把我当成了对手，给予了我相应的尊重，不像后来这些龌龊小人，不仅伤害我的性命，还要践踏我的尊严，而且是因为一些极其卑微、不值一提的原因。让我恶心。”

“我想我能理解，所以我才说你很坚强。”

“也许人抵御心灵伤害的能力是和抵御寒冷、抵御疾病的能力一样的，会随着不断地锻炼而增强。经得多了，也就不那么容易被伤害了。”

“所以，你就原谅了周家，因为他们的手段毕竟还不那么肮脏？”

“谈不上原谅，只是因为事过境迁，我也成熟了，已经不再把深圳的那些事，当成多么了不得的大事。而且，换个角度想一想，正因为有了这件事，我才有了后来的这么多经历，才会想了这么多问题，明白了这么多道理，才会真正地成长起来。否则我可能永远只会是草本植物，只能按照季节的规律，顺风顺水地生长，而永远不会长成树，长成经历春夏秋冬四季，经历严寒风雨，都还能保持住生命的树。”

何欢站了起来，在屋子里活动了一下：“现在，所有关心我的人，还有我自己，都把周家这件事，当成一件坏事。那只是因为我现在还没有找到自己的方向，所以每个人都会觉得我过得不如在周家的时候好。我相信等我找到了方向，重新开始生活的时候，咱们就都会觉得，周家给予我的这次磨难，是一件百分之百的好事了。”

“你现在还没有找到方向吗？”

“没有。”何欢认真地说，“其实我现在的心里还是和以前一样灰暗，所不同的就是我现在不再束手待毙。我就像一个在森林中迷了路的人，曾经是消极地等死，而我现在是在非常努力地积极活下去，因为只有活下去，才有重新找到路的可能。也许，当我真的找到了路，重新开始认真生活的时候，我和你们大家就都会觉得，我在周家所发生的一切都是幸事。”

刘恒突然问：“欢姐，你现在有想法吗，你想过什么样的生活？”

“没有，一点想法都没有。我只是在摸索，在坚持着不倒下。”

两个人都沉默了，屋子里一下子陷入到了极度的安静之中。过了一会儿，刘恒说：“虽然我已经说过很多遍了，但是我还是想再说一遍，你真坚强。”

停了一下，刘恒像是突然想起了什么：“对了，欢姐，我还想问你一件事。”

“问。”

“那会儿你说到天海画阁，我就想问了，不过给岔过去了。现在就是咱们姐弟两个讨论，从纯技术的角度交流，天海画阁有没有可能躲过秦云瀚这一劫呢？”

“有可能。”何欢很肯定地说。

“哦？”这下刘恒的兴趣来了，双眼放出了光，“怎么做呢？”

何欢有些好笑地看着他，“说你是个天生的商人吧，光演示一下沙盘都这么兴奋。”

刘恒不理会何欢的嘲弄，着急地问：“快说啊。”

“好，我说。”何欢脸上的神情也变了，变得专注，也有了神采，“如果现在我主持天海画阁，那我只看见了一条路。”

“什么路？”

“和秦云瀚合作。”

“什么？”刘恒嚷了出来，他没想到何欢会蹦出这么一个主意，“跟秦云瀚合作，那怎么合作，秦云瀚已经气势汹汹地杀过来了啊？”

何欢冷笑了一下：“商场上，没有永远的朋友也没有永远的敌人，有的只是利益均沾。如果能让利润最大化，昨天的朋友可以反目，今天的敌人可能就又成了明天的合作者。”何欢开始滔滔不绝地说了下去，“如果我现在主持天海画阁，我会摆出这样一个局给秦云瀚看：为敌，就决一死战，鱼死网破，谁也别想善终。秦云瀚也不过是一个受聘经理，他不敢拿着别人的钱拼命，可我敢，因为我是自己家里的买卖，玩儿死我认了。”

“那然后呢，你不会真这么玩吧。”

“然后开始和秦云瀚接触，我会拿出一个公司来专门合作，当然，这恐怕得割掉自己一大块肉了。不过肉只是见面礼，是表示诚意的，真正吸引秦云瀚的是我的计划，我要和他一起开疆拓土，甚至不惜做他的马前先锋。秦云瀚的目的是市场，是钱，我相信他会同意合作的。”

刘恒真的呆住了，他没想到何欢提出这么一个大胆的计划：“秦云瀚会不会趁机把天海画阁吞掉？”

“他当然想吞了。与其被嚼碎了吞，还不如拿出一个完整的给他吞，还有希望噎死他。”

“那要是他消化能力很强呢？”

“我手里有刀，可以开他的肠肚出来啊。”

“那你的目的呢？”刘恒有些虚弱地问，“肯定不会是钱，或者是永远合作。”

“能永远相安无事地合作肯定最好了。当然我指的是和秦云瀚的公司合作，不是和秦云瀚合作。我的终极目的是想改变秦云瀚的母公司的思想，让他们明白自己打开市场不如让我替他们打开市场合算，然后由天海画阁做他们公司开辟大陆市场的代理，这样天海画阁就算是转败为胜了，而且还能获得新生的机会。”何欢说着话沉吟了起来，似乎已经开始盘算怎么开始代替秦云瀚了。

刘恒认真地看着何欢，看了很久很久。

“怎么了，你觉得不可能吗？”何欢问。

“我没想是否可能，我在想另一个问题。”刘恒停了一下，认真地问，“欢姐，如果我接受了某家公司的聘请，你肯出来帮我吗？”

“说这句话之前你可想好了，我现在还是一身是非呢。”

“我是认真的。你不继续经商太可惜了。除了天海画阁，现在还有其他的公司和我接触。我真心希望你能帮我。”

何欢收起了笑容，认真地想了想，“帮有很多种形式。这样吧，当你觉得你需要我帮助的时候，我责无旁贷。这个承诺可以吗？”

“太好了。”刘恒高兴地说。

东方有些发白了。

“我真是疯了，和你聊了一夜。”何欢笑着说。

刘恒也笑了：“我觉得这一夜我受益匪浅，至少我学会了该怎样面对伤害。”

“昨晚你说，今天一早你就要走，是去哪里啊？”

“敦煌。”

“什么？”何欢大惊，吓了刘恒一跳，“怎么了，欢姐？”

何欢深深吸了一口气，用手支撑住身子，似乎怕自己会摔倒，“你说你要去哪里？”

“敦煌。”刘恒小心地、轻轻地说，他看见何欢的脸色变白了。

“你不是说有公司聘请你吗？你去敦煌干什么？”何欢的眼睛没有看刘恒，甚至没有看任何地方。

“是有公司聘请我，但我想休息一段时间。前段时间，我认识了一位在敦煌临摹过壁画的学长，跟我说了很多他们在敦煌临摹壁画时的故事，那些故事让我神往。我听说他们已经结束了……”

“你说敦煌临摹壁画的活动结束了？”

“反正这次是结束了，听说都快十年了。”

“比十年可多了。”何欢叹息了一声，“现在敦煌还有人吗？”

“不清楚，只是听说那里已经形成了一个画院了，再具体的我也不知道了。”

何欢点了点头，不再问什么了。

“欢姐，要不，你跟我一起去敦煌？”

“不，我不去。”何欢像是突然被烫了一下似的，赶紧说。

刘恒觉得何欢的态度很是古怪，索性就不再提这个话题了。

时间一分一秒地过去，眼看刘恒出发的时间就要到了，何欢像是下定了很大的决心似的，从一个抽屉里拿出了五六个厚厚的日记本：“刘恒，帮我一件事。”何欢把本子放在了桌子上。

“什么事？”因为何欢太严肃了，刘恒不禁站了起来。

“你坐下，别急，听我慢慢说。”何欢把本子推到了刘恒的面前，“这里面是我三年的日记，其实已经不是日记了，三年里，我只有冲着它说话，每一天，事无巨细、点点滴滴，都在这里。”何欢轻轻地抚摩着日记，满含深情，“我想让你把它带去敦煌。”

“把它带去敦煌？”

“对，把它们带到敦煌，找到一个人们临摹时间最长的画窟，在画窟边，把它们都烧掉，一点都不要剩，然后把它们的灰撒在敦煌。”

“为什么？”刘恒不解。

“因为，这个世界上，这些话我只想对一个人说，而我永远也没有机会说了。”

“那他……”刘恒欲言又止，他不知道自己还该不该问下去。

何欢转过身，背对着刘恒，专心地看着桌子上的日记本，“这个人，可以算是我的师兄，是我父亲最钟爱的弟子。一直到我上大学，他都是我最信任的兄长、朋友，还有知己。十几年前他大学毕业以后，就直接到敦煌画画，从此杳无音讯。”

“为什么？”刘恒禁不住问。

“也没有为什么。只不过他有了自己的爱人，也就有了属于自己的世界。其实咱们每一个人都是这样的，有了伴侣，友情自然就会受到影响，尤其是异性之间的友情。”何欢轻笑了一下，“更何况人生是一条不回航的船，本来就是会遇到一个又一个的码头，一个又一个的风浪，而且不会重复。他就像是我经过的一个港湾，现在回过头去看，在所有的港湾中，他这个港湾是最安全、最静谧的，也最适合我。但我不管怎么走，也回不去了。”何欢声音凄婉。

“姐。”刘恒想了一会儿，试探着问，“不知道你想过没有，其实船也是有机会掉头的。”

何欢转过身来，刘恒惊异地发现，何欢此时的表情竟然和她的语气完全不相符。听她说话的声音，有无限的怀恋和悲凉，可何欢的脸上看不出一点悲凉的样子，反倒有一种解脱的轻松，一双眼睛清澈见底：“我的为人你还不清楚吗？那你这声姐真是白叫了。”

刘恒点了点头：“我了解，你不去惊扰他们，是不愿意伤害别人。”

何欢认同，然后补充道：“也是为了我自己。除非他主动来找我，如果是我自己争取来的，或者是外力推来的，就算是让我得到了，我也会不安，也会不快乐。”

“也是你太敏感了。”刘恒发表自己的意见。

“算是吧，但禀性难移，我也改不了了，这辈子是只能这样了。”何欢的脸色突然变得严肃了，“刘恒，答应我一件事。”

何欢突如其来的严肃，让刘恒有些意外，也不由得紧张了起来：“没问题，你说。”

“我想，你这次去敦煌，见到他的可能性不大，但不管你是否能够见到他，我希望你能答应我，不要去刻意关注这个人，今天，我把日记本交给你，对我而言，这件事就算结束了。”何欢语气深远，似乎句句都是深思熟虑了千遍万遍，“恰好今天你来了，又恰好明天你要去敦煌，我当这是老天在帮我，帮我了结一段夙愿。对我来说，这样的结局已经很好了，我已经很轻松地解脱了。所以，你只要去敦煌替我烧了它就好，不用再对任何人提及了。”

“我明白了。”面对着何欢信任的双眸，刘恒郑重地点了点头，“虽然，我仍旧觉得你过分的自尊已经成为了你追求幸福的障碍，但是我会按照你的意愿做的。”

何欢笑了，窗外，天已经大亮了。

敦煌画院

[1]

秦云瀚总是早上六点整起床，一年三百六十五天，没有一天例外。而且他起床后一定是先打开电脑，再去洗漱，然后就坐在电脑前，查收各地发来的邮件，等到阿姨给他把早餐端过来的时候，他已经开始回复信件了，所以，他每天都是一边工作一边吃早餐，今天也不例外。

突然，秦云瀚好像被什么东西刺了一下一样，端着碗的胳膊重重地抖了一下，几乎同时，他被一口热粥呛到了，剧烈地咳嗽了起来。但秦云瀚已经顾不上这些了，他丢下粥碗，直直地盯着电脑屏幕，屏幕上，是萧雪飞昨晚十一点给他发来的邮件的原文。

其实萧雪飞的信写得并不复杂，她只是例行公事地汇报了，有一位叫刘恒的男士来看望何欢，两人看起来私交甚笃，因为玩笑间，何欢还说，要是需要，她会帮刘恒去做生意，在这里萧雪飞还引用了何欢的原话“无论如何，咱们姐弟也不能让那些商场上的龌龊小人给欺负了”。现在他俩正在何欢的卧室里秉烛夜谈，看样子是要通宵达旦了。

秦云瀚发现自己现在有些眩晕：这是什么状况？何欢跟刘恒怎么勾搭到一起了？此时，秦云瀚是真的感觉到危机了，一个是跟天海画阁的关系暧昧不明的前儿媳，一个是天海画阁现在正在全力招募的总经理，这两个人竟然是通宵长谈的朋友、知己……

秦云瀚没有再多想，他直接抓起了手机，拨通了萧雪飞的电话。

萧雪飞刚刚起床，就听见外面有说话的声音，她凝神细听，原来是刘恒要走了，何欢正在往外送他，萧雪飞也赶紧套上了衣服来到了客厅：“干吗这么着急啊？一大早就走。”她一看见刘恒就急着问，不知道怎么地，她很希望刘恒能多待几天。

刘恒朝着她微微一笑，笑容仍旧是那么纯净明朗：“我有点事情，今天必须得走了，不过等我回来的时候，我还会再来的。”

说到后半句，刘恒把目光投向了何欢，何欢明白，刘恒指的是他会回来向她交代那些日记本的处理过程，也就不置可否地笑了一下。

萧雪飞这时才发现，眼前这两个人都是脸色苍白，眼神涩滞，而且以何欢为甚，一下子惊呼了出来：“你们俩真一夜没睡啊？”

何欢刚要说话，萧雪飞的手机响了起来，萧雪飞一看来电显示，不由得暗暗吃了一惊：是秦云瀚的电话！老板今天是怎么了？这么一大早就打电话，不怕何欢看见吗？心里想着，行动上也不敢怠慢，胡乱找了个借口，就转身回到了自己的卧室。

“喂，秦总。”萧雪飞压低声音说。

“你今天来公司一趟，方便吗？”秦云瀚的声音一如往日的轻柔、和蔼，但带给萧雪飞的震动却非常强烈。

“总公司？”萧雪飞无法控制心中的疑问，声音不由得提高了起来。她不知道自己是不是有必要提醒一下老板，总公司是在北京，而自己现在是在另一个城市。

“对，就是总公司，你开车或者坐火车过来，好吗？”看来不用萧雪飞提醒，秦云瀚很清楚她和总公司之间的空间距离。而且秦云瀚的声音还那么柔和，听起来是在很客气地征求萧雪飞的意见。但萧雪飞毕竟已经在外企混迹了这么多年了，绝对不会幼稚地认为，老总真的是在征求她的意见，所以，她非常迅速地回应：“好的，我马上就走，中午前一定赶到公司。”

秦云瀚收线了，萧雪飞长长地吁了一口气，不知道为什么，虽然秦云瀚在和她说话的时候，总是和蔼得像个大哥哥，可是萧雪飞每次面对他的时候，都会分外紧张。

萧雪飞不敢怠慢，赶紧梳洗换衣服，等她收拾妥当，想跟何欢打个招呼的时候，何欢已经送走了刘恒，躺倒在床上了。

“你要睡吗？”

“是啊，我昨天一夜没睡，而且说话太多了，现在需要休息。”何欢翻了个身，睁开眼看她，“你还要去研究所吗？今天是周六吧？”

萧雪飞这才想起，还有研究所这回事，天啊，秦云瀚一个电话，把什么都打乱了：“对，今天是周六，研究所休息，我，那个，去看个朋友，中午就不回来吃饭了，你自己安排自己吧。”萧雪飞希望自己表现得够自然，越跟何欢关系亲密，她就越心虚，总害怕何欢看出来她的“间谍”身份。

何欢倒没有深究她的去向：“你不回来正好，我就一直睡了。真怪，平常失眠的时候，也总是一夜不睡，白天起来也没觉得困，今天怎么这么困啊。”她说着话，朝萧雪飞挥了挥手，就又闭上了眼睛。

萧雪飞走到秦云瀚的办公室门前，秘书告诉她，秦总一直在等她，萧雪飞的心又提了起来，她整了整衣服，深深地吸了一口气，敲响了秦云瀚的房门。

秦云瀚坐在办公桌后面看着萧雪飞，看到萧雪飞所表现出来的惶恐，他感到非常满意。

作为一个老板，尤其是受中国传统教育长大的老板，都希望下属能对自己诚惶诚恐，敬若神明，在这一点上，秦云瀚也不能免俗。但是秦云瀚看不起那些靠整日里大发雷霆，或者靠喜怒无常来威慑住下属的上司。秦云瀚在下属面前从来不乱发脾气，即使下属有错的时候，他的态度也是温文尔雅的。可越是这样，人们就越觉得秦云瀚神秘莫测，深不见底，因为在他温文尔雅的背后，人们看到了一双洞察一切的眼睛，这让人们从心底里感到惶恐。让人们总是不由自主地噤若寒蝉，战战兢兢。

和以前召见每一位员工一样，秦云瀚并没有急着说话，而他沉默的这段时间，足够萧雪飞把这段时间自己的工作回忆了好几遍，检查是否有失误的地方。人的记忆往往就是这个样子，当你对一件事情不确定的时候，越想就越觉得哪儿都不对劲。现在萧雪飞就是这种状况，在秦云瀚无形的压力下，她变得越来越心虚，觉得自己的工作上出现了无数的差错和漏洞。

秦云瀚看着萧雪飞的眼神阴晴不定、愈加闪烁，知道火候已经差不多了，稍稍正了一下身子，开口了：“开车来的？”秦云瀚的语气一如既往的亲切，温暖，而此时萧雪飞正紧张得手脚冰凉，乍一听到如此温和、关切的问候，瞬时觉得如沐春风，不禁对眼前这位关心自己，为自己驱散了寒冰的老总感激涕零，全然忘了，刚才是谁给她造成了那么大的压力和寒冷。

“对，开车来的。”萧雪飞欠身回答。

“累了吧？”秦云瀚的声音里满是关切和心疼。

“不，不累。”萧雪飞赶紧说。她是真的不觉得累了。能得到老板如此的关心，恐怕这份殊荣只有自己才能享受得到吧，萧雪飞心中暗暗得意，一切疲劳和抱怨早就都被抛到九霄云外了。

“要不要先休息一会儿？”嘴上虽然在这么问，但是秦云瀚心里很清楚，自己几个小小的花样，已经把萧雪飞收拾得忠心耿耿，服服帖帖了。

果然，萧雪飞迅速地回应：“我不用休息，现在就可以工作，您安排吧。”萧雪飞站了起来，身体微微前倾，急切地想显示出，自己愿意为秦云瀚赴汤蹈火，好不辜负秦云瀚对她的赏识。

“好，你先坐。”秦云瀚作了个手势，等萧雪飞坐定了以后，秦云瀚打开了一个一直摆在他眼前的文件夹，从里面拿出了一张八寸照片，递到了萧雪飞面前。萧雪飞接过一看，不禁脱口喊了出来："刘恒？"没错，秦云瀚给她看的，正是刘恒的一张正面彩照。

"昨晚去拜访何欢的是他吗？"秦云瀚微微锁着眉头问。

"没错，就是他。"

秦云瀚的心开始不断地向下沉，本来他心中还有一丝希望，盼着只是一个重名重姓的人，但现在看起来，任何的侥幸都不存在了。

"您怎么有他的照片呢？"现在萧雪飞简直是对秦云瀚崇拜得无以复加了：他怎么谁的资料都有啊？要知道，中国有十三亿人啊？可转念一想，也是，要不人家怎么是老板呢，肯定是比自己强多了。

"他是何欢的朋友，所以我有这张照片。"秦云瀚不想也不会多谈什么，因为他了解萧雪飞，萧雪飞可以用，但只限于范围内使用而已。

"这样，你现在把刘恒昨天出现起所说的每一句话，做的每一件事都告诉我，包括他和何欢见面时的情景，还有何欢所说的每一句话。忘了也没关系，记得多少说多少就行了，但一定要客观地描述，不要添加任何的主观色彩，明白了吗？"

萧雪飞想了一下，点了点头："明白了。"

萧雪飞开始认真地叙述了起来，还好，因为从第一眼起，她就对刘恒印象深刻，所以，每一个细节都记得很清楚。她从刘恒出现讲起，最先讲到的，就是刘恒和何欢认识的经过。

秦云瀚静静地听着，嘴角带着一丝玩味的苦笑：助英雄于末路，结知己于穷途，这种似乎只有在三国演义中才能出现的情节，竟然也能活生生地发生在现实世界中。

"我看你的信中说何欢告诉刘恒，她可以出来帮他经商，你能不能再把那段情景详细跟我说说。"在萧雪飞的讲述告一段落的时候，秦云瀚轻声提出要求。

萧雪飞又认真地想了想，接着叙述了起来："后来我还问何欢，我说'你不是不经商了吗？'结果，她说，'我不杀人，因为我厌倦血腥。但是当我的骨肉手足被人残杀的时候，我还能因为厌恶血腥而不去沾染血腥，那我就不是人而是佛了。可事实上，我还远远没有修练到佛的程度，所以我只能当个有恩报恩，有仇报仇的俗人了。'"因为当时听何欢说这段话的时候，萧雪飞有种莫名的恐惧的感觉，所以，她把何欢的这段话，一字不差地背了下来。

萧雪飞说完了以后，偷眼看了看秦云瀚，她想知道秦云瀚听完这段话会作何感想。

可秦云瀚依旧是面沉似水，让人看不出任何端倪。

见萧雪飞停下来了，秦云瀚挥了挥手，示意萧雪飞继续讲下去。

时间一分一秒地过去，萧雪飞终于全部讲述完了，她有些紧张地看着秦云瀚，

想判断出总裁对于自己的表现是否满意，可是她什么也看不出来。

秦云瀚发现萧雪飞在偷偷观察自己，笑了："这段时间你的工作进行得很好，看来你用心了，我得谢谢你。"声音中满含着真诚。

萧雪飞的脸一下子变得绯红了，心也突突地跳得飞快，能得到秦云瀚这一句话，萧雪飞觉得一切都值了，同时她还看见了未来有无数的希望在向她招手。

秦云瀚又温和地一笑："你现在还得回到何欢那里去，还是继续观察她，尤其是和她来往的朋友，好吗？"

当然好，现在萧雪飞正一门心思地想报答秦云瀚的知遇之恩，别说让她去盯着何欢，现在就算是让她赴汤蹈火，她也不会皱一下眉头。

萧雪飞揣着一颗几乎要飞扬起来的心离开了公司。

听着萧雪飞的脚步声走远了，秦云瀚脸上的那份随和与轻松也消失了。他缓缓地站了起来，活动活动因为坐得太久而有些僵硬的身体，轻轻揉着额角，"何欢，你要帮助刘恒，那我可不可以理解为你在向我宣战。"

此时，秦云瀚的心中起伏难平，他感受到了一种压迫到了极限的快感。

作为一个久经沙场的骁将，他了解这种快感，每当大战将至的时候，他都会感受到这种快感，那是他的心脏在超负荷的重量的挤压下，突然产生出了极大的爆发力，这些爆发力会在一瞬间充斥到他的四肢百骸，每一个毛孔。这种力量每次都让他兴奋不已，也让他百战不殆。

而这一次的对手是何欢！

[2]

萧雪飞回到家的时候，已经五点多了，她还没有从秦云瀚的赞扬中平静下来，一路上，萧雪飞一边开车，一边在脑海里构思了千百幅自己功成名就，成为一位著名女强人的画面，现在已经到了家门口了，她还在兴奋不已。

萧雪飞一开门，就看见何欢穿着浴袍，坐在正对着门口的沙发上，头发还在往下滴水，一看就是刚洗完澡。

直到这个时候，萧雪飞才意识到，自己的脸颊由于兴奋而过于鲜红，眼睛过于活跃，神情也过于亢奋。当她一个人在车里的时候，这一切还不算什么，可是当她站在一所住宅里，面对着一个刚刚洗完澡，一身清爽，一身平静的女人，她这个样子就有些太不合时宜了。

萧雪飞尴尬地呆立在了门口。

对于萧雪飞的失态，何欢倒似乎没什么感觉，她一边擦着头发，一边展颜一笑，轻快地招呼道："回来了？"

"啊，回来了，你什么时候起来的？"萧雪飞匆忙地收拾着心神，努力让自己看上去更自然一些。

"刚起来，洗了个澡。"

"从我走了你一直睡来着？"

"是啊。"

萧雪飞不禁莞尔："你可真行，睡了一天。"说着话，萧雪飞坐到了何欢对面的沙发上。

"你呢？去北京了？"何欢轻描淡写地问。

萧雪飞差点从沙发上蹦了起来："你怎么知道我去公司了？"

话一出口，萧雪飞就懊悔得想咬自己的舌头。

何欢却丝毫不理会萧雪飞已经变成了青色的脸，反倒觉得有些好笑，"你嚷什么呀，好像被人吓着了似的。"

"我没嚷啊，我嚷了吗？"萧雪飞虚弱地辩解。

"你嚷了。"何欢肯定地点了点头，"而且基本上就相当于歇斯底里。"

"冷静，冷静……"萧雪飞在心中命令着自己，但似乎命令没能起到什么作用，萧雪飞感觉到自己紧攥的双拳里已经充满了汗水，身上的虚汗也冒了出来，她不知道接下来何欢还会说什么。

"你饿了吗？"何欢问。

"什么？"萧雪飞一下子没反应过来。

"我问你饿了吗？"

"啊？哦，饿了，中午我就没吃饭。"萧雪飞脱口而出。

"我中午是睡觉来着，所以没吃饭，你为什么也没吃饭啊？"

"我光顾跟老总汇报了，忘了。"如果说刚才萧雪飞还只是懊悔，那么她现在已经快被自己气晕过去了——没见过像自己这么没用的，一个劲地不打自招。

何欢笑了："你真是太敬业了。"

萧雪飞现在可是一点也笑不出来，她愣愣地看着何欢，等待着下文——她聪明地决定，自己还是一言不发的好。

"那咱俩出去吃点儿得了，我看你也挺累的了，我也懒得做了。"何欢说完，径直站起来，转身就走。

"你去哪？"萧雪飞赶紧问，声音依旧是高亢得不正常。

"我去换衣服啊，不是说出去吃饭吗？"

"哦，对。你去吧。"

趁着这个时间，萧雪飞进到了洗手间，她从镜子里看见自己的脸，简直就像是一尊石像，还是用青色石头雕的石像。她拧开热水龙头，用力地搓了几把脸，想着把脸上的紧张和慌乱洗去，但看起来效果不大。不过热水倒是把脸给烫红了，看上去不再那么青白了。

萧雪飞重重地靠在了洗理台上，如果有可能，她真想就待在洗手间里不出去了，因为她太不想去面对何欢了。何欢好像已经知道她的真实身份了，想到这儿，萧雪飞不禁自嘲地苦笑，即使何欢本来不知道，自己刚才也已经全都告诉她了。

"知道就知道，有什么可怕的，大不了我马上就走，以后老死不相往来，反正有宋振峰在，我和她也成不了朋友。"萧雪飞对着镜子给自己打气，镜子中的脸上，又换上了萧雪飞所特有的那种，天不怕地不怕的神情。但这副表情在萧雪飞的脸上待了不到五秒钟，就消失不见了，萧雪飞的脸又垮了下来。因为她悲哀地意识到，她现在确实是在害怕，不是怕失去何欢的友谊，而是在怕何欢本身——何欢偶尔流露出的决绝与狠辣，让萧雪飞不得不相信，得罪了何欢，是件很严重的事情。

敲门声重重地响了起来，还伴随着何欢的声音："小雪，你好了没有？"

萧雪飞又感到了一阵眩晕，躲不过去了，她像走向刑场似的走出了洗手间。

接下来的时间里，萧雪飞由惶恐到不安，然后又转为迷惑，因为何欢根本就没再提她去北京的事，下楼的时候没提，吃饭的时候没提，现在她们俩吃完晚饭回来了，都又快睡觉了，何欢还是没提，萧雪飞沉不住气了："表姐，你怎么知道我今天去北京了？"

"你回来的时候，样子那么风尘仆仆的，一看就是开了好几个小时的车。"

"那我也不一定是去北京啊？"

"是啊，你要是说你没去北京，我不就该接着问你去哪了吗？"

"你是猜的？"萧雪飞又跳了起来。

"你今天怎么总是这么歇斯底里的？"何欢闲闲地问，"是不是你们老总给你压力太大了。"

今天的担惊受怕竟然全是自找！不能这样！何欢多少也应该对她有所怀疑吧？否则，她萧雪飞岂不是蠢得太彻底了？萧雪飞压制住自己想吐血的冲动，问道："你就不好奇我跟老总汇报什么去了？"萧雪飞现在性格中的冲动又占了上风，她什么也顾不上了，只想着马上把自己的真实身份告诉何欢，那样自己是不是就不会显得太蠢了？

"当然是汇报你的工作去了，这还用问吗？"

"你就不想知道我汇报的工作是什么吗？"

何欢突然绽开了一朵很明媚的笑容，反问道："我要是问，你会告诉我吗？"

当然不会，萧雪飞气馁地坐回到了沙发上，认命地接受了一个事实：自己今天就是蠢得很彻底。

接下来的日子里，何欢过得非常的平静。每天和萧雪飞一起去研究所，中午一起吃饭，晚上一起回家，周末一起去看望何达，偶尔还会熬夜完成张所长布置的作业。生活一如往日的单纯宁静，刘恒就像是一阵风，匆匆而来，又匆匆而去，没有在何欢的生活中留下任何痕迹。

真的没留下任何痕迹吗？秦云瀚反复看着萧雪飞发来的邮件，反复思量着何欢的静如止水究竟所为何来，但是百思不得其解。

“不，这一定是假象，刘恒的出现，肯定会让何欢有所改变！只是萧雪飞看不出来而已。”秦云瀚的直觉这样告诉他，而他从来都深信自己的直觉。

既然如此，那秦云瀚就只有亲自出马了，他坚信：知己知彼，才能百战不殆！

接下来，秦云瀚开始频繁地用各种借口同何欢联络。果然，秦云瀚很快就发现了何欢身上出现的显著的变化——一个让秦云瀚目瞪口呆的变化——何欢对秦云瀚的态度变了！

没错，何欢的态度确实是变了。现在秦云瀚再跟何欢通电话，或者来看望她，何欢不再像往常那样自我封闭了，而是很快乐地跟秦云瀚通话，吃饭，喝茶……一起谈天说地。

因为预计到何欢很可能成为对手，所以秦云瀚就再也不跟何欢谈任何跟生意有关的问题了，而何欢一直就不会主动跟秦云瀚谈生意上的事，这倒在无形中改变了秦云瀚和何欢两个人一贯的谈话格局。在以前，两个人一见面不出三句话就开始讨论生意，而现在，他们两个在一起的时候，总是会找一个生意以外的任何一个感兴趣的话题高谈阔论一番——谈得忘了时间。

因为秦云瀚发现，何欢的思想和他有很多相通的地方，他们总是能不断地找到共同的话题，共同的思想，共同的感受……总之一路谈下去，越聊越开心，气氛亲近自然，每一次都让秦云瀚不由自主地沉溺于其中。但秦云瀚毕竟是秦云瀚，久违的温情并没有销蚀了他所有的锐利，因为他坚信，刘恒既然出现了，那么他与何欢之间的关系必然不会再像往日那么单纯了，尽管以前他们俩的关系也算不上单纯。他发誓，有很多次，他都在何欢的眼睛中看到了精光一闪，就凭这一抹精光，秦云瀚认定，自己绝对没有防范错方向。

只是有一个问题让秦云瀚困惑：他能够确定，何欢是真的很喜欢和他亲近。所以秦云瀚不能理解，何欢怎么可以精神分裂到在把一个人当成对手的同时，又把这个人当成知己——而且是距情人只有一步之遥的知己。

没错，何欢和秦云瀚，他们两个的心，竟然在这么一个硝烟弥漫的时候，开始莫名地贴近了。

[3]

和每天一样，何欢和萧雪飞在属于她俩的那间办公室里吃午饭。何欢吃饭的态度一直是专心致志，认认真真，紧绷着脸，一小口一小口，细嚼慢咽，让人觉得她吃饭不是因为饿，而是因为和饭有什么深仇大恨，非得把这些饭嚼碎了咽下去才能解恨。这让萧雪飞觉得非常可笑。

“表姐，吃饭是一件享受的事情，拜托你放松一点行不行，你看你这哪像在吃饭，简直就是在考试！还是升大学的那次考试。”萧雪飞不止一次地对何欢这样说。

何欢也认为萧雪飞说得很有道理，但是没办法，从小就被齐英这么训出来了——齐英认为，只有这么吃饭，才是有教养的表现，现在想改也改不了了。

萧雪飞就不一样，她不仅吃饭的时候能吃得眉飞色舞，兴致勃勃，还能一边吃饭一边找出一大堆话题来聊，而且都是非常有趣的话题，所以她经常吃饭被呛到，因为她老是吃着饭笑出来。

萧雪飞一边吃饭一边看当天的报纸，没办法，不管她怎么讲道理，怎么言传身教，何欢就是学不会“像正常人一样吃饭”，这是萧雪飞的原话，所以，萧雪飞只好在吃饭的时候自己找消遣。

“天啊！”萧雪飞大叫了一声。

萧雪飞看报纸的时候老是这么一惊一乍的，害得何欢噎住过好多次，好在现在何欢已经完全适应了，不管萧雪飞再闹出什么动静来，她都可以无动于衷地继续吃饭。

“简直是胡说八道！”萧雪飞又是一声大叫。何欢头都没抬。

“这连载小说写得也太烂了！”萧雪飞慷慨激昂。何欢认真地吃完最后一口饭。

“我说这个记者究竟是男的还是女的，竟然写出这种文章来，简直是污蔑女性！”萧雪飞义愤填膺。何欢终于吃完了，她认真地收拾好饭盒，擦干净桌子，走到萧雪飞身边，敛起了萧雪飞桌子上所有的报纸，还坚决地夺下了萧雪飞手里的那一张，卷成一卷塞到了旁边的书架上，然后才对不明所以的萧雪飞说：“小雪，这个东西呢，叫报纸，不是教科书，也就是说，它不是非看不可的，如果你越看它越生气，你完全可以选择不看。”

“我为什么不看？”萧雪飞不明白。

“你看了它就生气，干吗还看？”

“我没生气啊。”

“没生气？那你为什么喊那么大声？”

“我喊了吗？啊，对，我是喊了，但那不是生气。那只是一种态度，看报纸嘛，当然要投入进去，不然还有什么意思。”

“投入？”

“对啊。”

“投入不就是态度要认真吗？”

“认真只是投入的一小方面。”

“还有其他的？”

“当然了，例如像我这样评论报纸，或者是听音乐会的时候跟着表演者一起呼喊释放，或者是看电影听故事的时候随着他们的情节哭笑……这都是投入啊。只有这样的投入，才能完全享受到事物本身带来的快乐。”萧雪飞正说得起劲，却看见何欢愣愣地出起神来，“喂，你想什么呢，你有没有听我说话？”

“说得对，只有真正地投入进去，能够去评论，能够一起呼喊释放，才能够真正地打破自己心中的樊篱，打破屏障，让自己融入进去。”何欢喃喃自语。

“你说什么呢？”萧雪飞一点也听不明白。

何欢却开怀而笑：“我明白了，我知道该怎么做了。”

是啊，何欢突然间明白了，虽然过了三十岁才明白，稍微晚了一点，但终究还是明白了。人得投入，只有投入了才能获得快乐，才会让别人快乐，才能得到朋友。从小受齐英的教养，齐英强制性地规定她，对一切事物都要显得冷淡，显得不屑一顾。长大后，还没来得及开始独自面对生活，就被周涛带入了一个光彩炫目的世界。所以，她从来没有学会过该如何独立地生活，现在，该是她学着独立创造自己的生活的时候了。

稍后，何欢来到张所长的家里。张所长刚刚从国外回来，带回了醇正的曼特宁咖啡，趁着周末，搬出整套的咖啡器具，准备和夫人好好消磨一下午的时光，想想有好久没有跟何欢聊过天了，就把何欢也叫过来。

“好几个人跟我说，你最近变化挺大。”张所长啜了一口咖啡，悠闲地问。

“怎么说？”何欢低头玩着咖啡豆。

“说你突然变得活泼了，看见人会先笑先打招呼了，而且竟然开始和人们聊天了。”

“你这一变可不得了，已经至少有三个人找过我，打听你的个人状况了。”张夫人好笑地说，因为他们就住在研究所后面的家属楼上，而张夫人温婉好客，所以研究员们经常来家里玩。

何欢轻笑了出来："开什么玩笑，我已经是昨日黄花了，他们如果想交女朋友，应该去找我表妹，小雪才是最合适的。"

张夫人也笑了："在北京或许是。但是在研究所里，多的终究还是书生。对书生而言，雪飞那种时髦强悍的现代女性，他们是不敢消受的，比较青睐的还是你这样文静温婉的传统女性。"

"文静温婉？"何欢在心中嗤笑了一下，结婚前，她或许纯净温婉过，可现在连她自己都说不清自己究竟是温婉还是强悍了。

"你最近跟云瀚经常接触？"张所长问，这才是他今天要问的重点。

"对。"何欢点头，"抛开了一切的利益纠葛以后，我发现我们能成为很好的朋友。"

"他跟你提过他的妻子吗？"

"提过，一个非常优秀的女人。"

张所长斟酌了一下词句："她叫祝春鸥，和我有一面之交。她的确很优秀，所以非常自负，这样的人，其实是很容易受伤害，而且在自己受伤害的时候，会不顾一切地去伤害别人，尤其是，她有足够的能力去伤害别人。"

"您多虑了。"何欢淡淡一笑。

"你能确定？"

"我确定。"何欢深深地饮了一口咖啡，似乎想让咖啡的香醇冲淡心中的萧瑟，"前些天，我的一位好朋友来看我，我让他帮我结束了一个梦，一个藏了快二十年的梦。他答应了我。我本能地觉得我也应该做点什么，来弥补失去梦以后心中的空白。而我身边唯一称得上优秀的男人，就是秦云瀚。但经过这段时间的交往，我发现，我和他只能成为朋友，哪怕是最贴心的朋友，也是朋友。"

"你是这样想的，那云瀚呢？你能保证他也是这样想吗？"张夫人问。

"应该会的。"

"可感情的事变幻莫测，如果万一你估计错了呢？"

"如果我估计错了。"何欢突然笑了，"那我就去给他当三年助理，作为对他的补偿。我相信，即使秦云瀚对我动了心，让他在我这个人和我的能力之间抉择，他也一定会选择我的能力。"

何欢走了，张所长和夫人仍旧相对坐在咖啡台前。

"现在你还怕何欢受到伤害吗？"张所长问他的夫人。

"怕。"张夫人没有考虑，直接给出了答案。

"为什么，你看她刚才的回答多清醒啊。"

"所以说多么聪明的男人，都看不懂女人。她现在清醒是因为她还没有动情，每一个没有动情的女人，都是清醒而透彻的。可当女人一旦动情，她就什么都顾不上了。世世代代的女人都是这样，一个个飞蛾扑火，也在所不惜。”

“这么复杂。”张所长有些无奈，“那要不要我提醒云瀚一下，跟何欢保持些距离。何欢是个好孩子，现在刚刚走出阴影，我真不希望看见她再受到伤害。”

“再看看吧。”张夫人曼声道，“云瀚也是个有分寸的孩子，而且历练了这么多年，他会知道自己需要什么的。”张夫人结束了这个话题，但她心中还有一句话没有说出来，她像喜欢自己的儿子一样喜欢秦云瀚，她也非常喜欢何欢，但她对祝春鸥的态度却是有所保留的。和每一个做婆婆的人一样，她也希望儿子能够娶到一个更像女人的妻子。

[4]

北国春迟，眼见着进了四月，路边枝头才吐出点点绿蕾。天快亮的时候，天上落下了几滴细雨，早上起来，路边的泥土还是湿润的，几株小草受了春雨的点拨，冒出了几片嫩嫩的小叶子，在还有些冷的晨风中微微颤抖着，有些瑟缩，但很精神。树枝上的绿蕾在一夜之间就连成了片，远远望去，像是有一团淡淡的绿雾笼罩在树冠上。碧空如洗，偶尔能看见几只忙碌的燕子。空气中，弥漫着这个季节特有的芬芳的气息。天地间的一切，都在提醒着人们，北方的春天终于姗姗而至了。

这样的天气，又正好赶上礼拜天，任谁也无法在屋子里待下去了。一大早，萧雪飞就把何欢拖了出来。

两个人随意在街心公园中穿行着，今天她们特意没有开车，准备好好享受一下春天特有的柔软和温润。虽说绿色尚浅，花儿未开，可眼前的景致仍旧沁人。公园里人不少，两个人挑着人少的小路缓缓而行，一边有一句没一句地闲聊着。

“表姐，你说咱们刚才看见的那件衣服到底怎么样啊？”

“我不当时就说了吗，挺适合你的，谁知道你怎么又不买了。”

“我怕不好配裤子。”

“配条白裤子。”

“那会不会太浅了？”

“不会。你是在北方待惯了，北方人穿衣服颜色偏重，在南方，女人衣服的色彩就丰富得多，而且……”何欢突然顿住了。

“而且什么？”萧雪飞见何欢突然不说话了，不由得追问。可是何欢没理她，只是僵硬地看着正前方，萧雪飞能感觉出来，何欢的整个身体都绷紧了，脸上的线条也僵直了，似乎在一瞬间被石化了。萧雪飞顺着何欢的目光向前看去，天啊，萧雪飞不禁低呼了一声，眼前出现的，究竟是个什么人啊？

当然，萧雪飞不会看不出来，眼前的是个人，而且是个女人，但是这个女人也太怪异了吧。

女人个子不高，很瘦小，看上去年纪已经不小了，留着不太长的烫发，染成了现在比较流行的黄红色，前额还挑染了几绺奇怪的颜色，头上学着年轻女孩子的样子，用头花和卡子把头发高高地梳了起来，那些廉价的头饰上镶满了红的、黄的、白的、蓝的、绿的……各种颜色的人造玻璃，在太阳底下闪着各色光芒。

女人脸上的脂粉太厚了，厚得让人看不出来她本来的面目。眉毛、眼线、唇线一看就都是文的，而且工艺非常粗糙。女人的脖子很短，上面的皮已经坠了下来，这是化妆品无法掩盖的，残酷地暴露出了女人的真实年龄。

女人的身上穿着一件单薄的花上衣，上衣的领口开得太低了，萧雪飞一辈子也没穿过领口这么低的衣服。女人的腿上是一条不及膝盖的黑色裙子，黑裙子的下摆上还缀了一圈像蚊帐似的黑色花边，硬硬地支着。上衣和裙子上都缀满了亮晶晶的装饰，让人一眼就能看出来衣服极其廉价，一身加起来也不会超过二十块钱。而且这个女人穿得也太单薄了，萧雪飞下意识地摸了摸自己身上的风衣，不能想象怎么会有人这么不怕冷，在这样的早春时节，就把胳膊腿都露了出来。

这个女人不仅露出了整个的脖子和大半个胸脯，而且还露出了小半截胳膊，膝盖以下的腿也露在了外面。女人的脚腕和手腕上戴着几根有些退色的红丝绳充当饰品。

“这女的也太吓人了。”萧雪飞从那个女人身上移开了目光,压低声音对何欢说，可是半天也没听见何欢回话，萧雪飞回头一看，何欢仍旧保持着刚才的僵硬状态，直直地盯着那个女人。

萧雪飞拽了拽何欢：“她这身打扮，要是再年轻个十几二十岁的，站在荒郊野外的野店门口，那她肯定是那种最便宜的妓女，可是她这岁数……”萧雪飞一边啧啧摇头，一边想拉走何欢，说实话，这样的女人，多看一眼都反胃。可是何欢就像是被定在地上一样，一动不动的，连眼神都没有从那个女人脸上移开。

何欢这是怎么了，萧雪飞心里不禁发起急来，不管那个女人是什么人，这么盯着一个人都是非常不礼貌的。而且显然那个女人也注意到了何欢，只见那个女人马上把头高高地仰了起来，并且用一种很别扭的步子，朝着她们两个人走了过来。

天啊，萧雪飞在心中暗暗叫苦，这个女人好像一下子就换上了找麻烦的表情，何欢怎么还不走啊，她可不想在大庭广众之下，和这样一个女人发生纠葛。

终于，那个女人走到了何欢的面前，萧雪飞想开口说个对不起，毕竟是她们俩先盯着人家看的，可是还没等萧雪飞开口，何欢已经说话了，她只是轻轻地吐了一个字："妈。"

萧雪飞一下子张大了嘴，就算是一颗手榴弹在公园里爆炸，萧雪飞也不会更吃惊了，何欢刚才叫的是……是"妈"！那，那眼前这个女人，岂不是，岂不是……

"舅妈？"萧雪飞本能地吐出了这两个字。其实，萧雪飞小的时候就没怎么喊过齐英，因为两个人互相看不顺眼，几乎就是仇人，可此刻萧雪飞竟然不由自主地喊出了"舅妈"！事实上，萧雪飞的这声称呼是充满着怀疑的，她衷心地希望有人能告诉她，"你搞错了，她不是你的舅妈。"

但是，她只能失望了，因为那个女人已经挂着一脸装模作样的笑容开口了："哟，是小雪呀。"齐英的声音尖锐得像只发情的火鸡，咯咯地刮着人的耳膜。

接下来又发生了什么，萧雪飞都不记得了。她只知道齐英在不停地向何欢说话，语气、神态都装腔作势得让人起鸡皮疙瘩。而何欢一直就保持着最初的，第一眼看见齐英时的姿势听。

后来，齐英跟着一个又老又丑、猥琐不堪的男人走了。直到齐英远得连背影都消失了以后，何欢的身体才像被解除了魔法似的，恢复了知觉。

"咱们走吧。"何欢招呼萧雪飞，萧雪飞没听见，仍旧望着齐英消失的方向，她从听见何欢叫"妈"起，就一直愣到了现在。

"走啦。"何欢开始拽萧雪飞了，显然，两个人现在已经置换了角色。

直到回到了家，萧雪飞都没有再说一个字，何欢倒也不以为意，因为任何人乍一看见齐英这么个亲戚，也会受到震撼，这很正常，虽然萧雪飞震撼的时间比别人稍微长了一些。

等何欢从卧室里换完衣服出来，却呆住了，她看见萧雪飞坐在沙发上，泪流满面，而且眼泪还在不断地落下来。

"小雪，你怎么了？"

这一问，萧雪飞哭得更厉害了，半天才说出话来："她，她一直这样？"萧雪飞抽搐着问。

"谁？你是说我妈，差不多吧。"何欢回答得很平静。

萧雪飞突然扑倒在沙发上，号啕大哭了起来。

何欢吓了一跳："你怎么了？"

"我没事。"萧雪飞抽抽噎噎地说，"你别管，我就是想哭"。萧雪飞一边哭一边哽咽着说，"你不该叫她妈，你不该叫，你就不该理她。"

何欢没有再说话，她拿了一条毛巾，在萧雪飞的对面坐了下来，静静地看着萧雪飞哭。何欢完全能够理解萧雪飞的此时感受，每一个少女都有属于自己的瑰丽的梦，而在这个梦中，母亲是最神圣、最美丽的一个光环，这个光环不容亵渎。所以齐英最大的错误不是她的不自爱，而是她玷污了“母亲”这个名称。

终于，萧雪飞哭累了，何欢扶她坐了起来，把毛巾递到了她手里，两个人一时无言。过了良久，萧雪飞才开口：“我小的时候就不喜欢她，舅舅离婚后，我妈更是没说过她好话，可我真没想到，她竟然是这样一个人。”萧雪飞像是想挥掉一个噩梦似的缓缓摇头，“太可怕了。”

何欢的嘴角浮现出一丝苦涩的笑：“你所看见的，不过是冰山一角，比今天这样更可怕，我十几年前就已经见识过了。那时我和你今天一样，天天哭，可是哭有什么用，她还是我妈，这个事实永远也没有办法更改，我爸爸可以用离婚来解除他们之间的一切牵绊，但是我不行。”

“你是说，你们现在还有来往？”

“当然，我每月给她钱。过去我在深圳，是一年给一回，给得多些，现在是一个月给一回，不过给得比过去少了。”

“你是说，你每个月都会看见她！天啊，还好，她没要和你住在一起。”

“她现在身边还有男人，所以不需要我，如果有一天，她觉得需要我了，我只能和她住在一起，因为她是我妈。”

萧雪飞张了张嘴，但是没有说出话来，是啊，“她是我妈”这四个字，足以解释一切了。

萧雪飞轻声问：“你恨过她吗？”

何欢认真地想了想，才回答：“应该说，没有。过去，十七八岁的时候，纵然对她有再大的不满，也不敢生出恨母亲这个念头，那会儿只会想是自己哪里做得不好，才会发生这样的事。后来，结婚了，远远地离开了家，也就不想这些了。再后来，人过三十，对很多事，不管是理解的还是不理解的，都可以接受了，也就更谈不到恨了。毕竟每个人都有自己的生活方式，谁都没有权力去评论别人的生活方式的是与非，更何况，是自己的母亲呢。”

何欢的声音越来越低沉，因为想到了过去，她又不可避免地想到了宋振峰，当初，就是因为自己是齐英的女儿，何欢才背负上了自卑的十字架，不敢对宋振峰有任何非分之想，认定了一个那么优秀的男人，不可能会爱上她，今生的最爱就这么因为母亲而失去了。当时，自己都没有想过要恨母亲，现在还有什么事值得去恨呢？人生啊，一眨眼，三十多年都过去了，剩下的日子，就这么过吧。

夜已深沉，萧雪飞在自己的卧室中辗转难眠，她今天第一次觉得，何欢是如此的不幸，没有事业，没有丈夫，没有爱人，这些都不算什么，但是一个女人怎么可以没有母亲！从小到大，母亲都是萧雪飞最坚强的依靠，而且她认识的每一个人，不管男人还是女人，不管成功与否，他们的背后，都有一位无私且慈爱的母亲在支撑着他们的人生。萧雪飞不敢想象，如果自己有一位像齐英这样的母亲，那该如何生活。

萧雪飞实在躺不住了，她想帮何欢，她不忍看见何欢如此的孤单，凄凉。该怎么办呢？忽地，萧雪飞脑海中灵光乍现，帮何欢找一个优秀的男人！对，就这么办！萧雪飞一跃而起，打开了电脑，她知道最近秦云瀚跟何欢联系紧密，她要助他们一臂之力！秦云瀚结婚了又如何，好男人本来就应该共逐之，爱情，本来就是自私的。

萧雪飞飞快地敲击着电脑键盘，这是她给秦云瀚写得最长的一封信。她不厌其烦地详尽描述了何欢的家庭，以及今天亲眼看见齐英的所见所闻，并且认真阐述了何欢的隐忍与包容……

早上，她们俩正在吃早饭，何欢的手机响了起来，是秦云瀚。

"你好。"何欢轻快地打着招呼。

"你好。今天还好吗？"

"挺好的，怎么了？"

"没有，就是想问候一声。"

"多谢挂念，我的确挺好的。"

"跟我不用说这些套话吧？"秦云瀚故作指责地调侃。

何欢也笑了："找我有事吗？"

"今天我可能要到你那边去，中午一起吃饭？"

"好吧。今天我请你。"

"没问题。嗯，还有，你下午能不能请会儿假？"

"有事吗？"

"没事，就是想和你聊天，好放松一下身心。这个理由能够被接受吗？"

何欢笑了出来："高手。"

"你说什么？"

"说你是谈判高手。"

"那就是说中午和下午都没有问题了？"

"没问题。中午等你电话。"

"好的，再见。"

因为坐得近，也因为关注，电话里，秦云瀚说的话，萧雪飞听了个一清二楚。她不禁得意地笑了：看来昨晚那封信起作用了……

"表姐，是谁啊？"

"一个朋友。你中午自己吃饭吧。"

"只是普通朋友吗？"

“比较谈得来的朋友，这样说，你满意了吧？”

“表姐，其实你也应该转变转变观念了。”

“怎么说？”

“现代的女人找丈夫，已经不会再只局限在未婚的圈子里找了。只要两个人觉得合适，觉得有感情，那么对方是否已婚什么的，都不是问题。重要的就是，两个人要相爱。如果你们相爱了，那就说明，他和他妻子不再相爱了，而没有爱的婚姻本来就没有存在的必要……”

何欢带着一抹高深莫测的笑容打断了萧雪飞的演讲：“小雪，你知道刚才来电话的是谁吗？”

“我不知道。”萧雪飞本能地脱口而出。

[5]

刘恒见宋振峰之前，是很忐忑的。因为他对宋振峰的大名是如雷贯耳：博士，画家、研究敦煌壁画的权威级人物、目前国内好几所知名美院争相聘请的教授、敦煌画院的现任院长兼实际负责人，这一系列头衔足以让人晕头转向。

可他真没想到，宋振峰竟然如此的年轻，如此的俊朗！难怪以前，刘恒曾经听到人戏称，宋振峰是中国画坛的首席美男子。眼前的宋振峰三十四五的年纪，正是一个男人的黄金年华。他个子高挑，全身散发着浓浓的书卷气，可斯文儒雅中却又带着慑人的气势，不怒而威。在刘恒看来，唯一美中不足的就是宋振峰的那双眼睛过于深邃了，以至于整个人看上去都显得冷，让人不可亲近。

刘恒和宋振峰两个人一见如故，刘恒到敦煌的第一天，就被宋振峰带回了家，安排他住在了萧雪飞住过的那间客房里。两个人白天一起去观赏画窟，看画院里收藏的临摹画卷，晚上还常常秉烛长谈。

不知不觉，刘恒已经在敦煌盘桓了近一个月了。

当两个人开始熟悉起来以后，刘恒对宋振峰说的第一件私事就是：“振峰，你有没有想过把你的眼神变得温暖一些，让你脸上的表情再快乐一些？”

“为什么？”

“你知道吗，你真是空辜负了你这副好相貌，如果你能让你的眼神变得明亮温暖，让你的面部表情不这么冷酷僵硬，那一定会有无数女人为你疯狂。”

宋振峰含笑望着刘恒。他很喜欢这个年轻人，聪明、开朗、善良，而且能看出来，刘恒对生活充满了热忱和勇气。宋振峰明白，这种热忱只有一直都生活在幸福中的人才会拥有，像他自己，也坚强、也热情、也善良，但是无论如何都不会再具备刘恒的这种充满欢快的热忱："有些东西不是说变就能变的。而且我也不想任何女人为我疯狂，那让我恐惧。"

刘恒早就听说，宋振峰对任何人都真诚，唯有拒绝起女人来，毫不犹豫，斩钉截铁，甚至只要一看见女人，宋振峰便没了笑容。这在美术界已经传为笑谈。

"难道就从来没有人告诉过你，其实女人没那么可怕，你只要对她们稍微温情一些，她们就会特别无私地为你奉献出全部？"

宋振峰笑了："在我三十岁之前，几乎平均每天就有一个人跟我说这种话。后来就越来越少了，到了近两三年，就基本绝迹了。"

"在这件事上，从来就没有人能说服你吗？"

宋振峰摇了摇头："我一直认为，如果有一个女人为我奉献出全部是一件很可怕的事。"

刘恒无奈："我开始怀疑你天生就少一根感情神经了。"

他只是随意的一句玩笑，没想到宋振峰却认真地点了点头："对，以前劝我的人都是这么说的。你也看出来了？"

刘恒气结："你真以为你自己没长感情神经啊？"

"我真这么认为，我觉得可能是我在出生的时候，感情分配不太均匀，把所有的感情都分配到绘画上了。"宋振峰真诚地说。虽然不是天生不懂得爱恋，但是因为失去了心中的最爱，所以才把太多的浓情痴恋都寄托到了绘画上，这两者之间应该也差不多吧。

刘恒终于像以前无数个游说者一样，败下阵来。

一天晚上，刘恒和宋振峰吃过晚饭，回到刘恒的房间里聊天。

"越在这里待的时间长，就越能理解你、还有那么多画家，怎么一下子就在这里待了十年。每天看着苍茫大漠，看这石窟里的这些艺术瑰宝，就会觉得自己的生命已经融进了另外一个时空，世俗中的那些功名利禄都不重要了，只想徜徉在这个时空中，一辈子不出来。"刘恒对宋振峰说，"真羡慕你们啊，可以这么超脱地悠然世外。"刘恒舒服地仰躺在了单人床上。

宋振峰擎着个茶杯："羡慕就留下来，这里从来都不拒绝真心热爱艺术的人。"

刘恒嘿嘿一笑："不行啊，从我二十岁那年卖出第一幅画的那一刻起，我就知道我这辈子再也做不成画家了，因为当一个画商才是我想要的生活。所以我只能在心中深深地羡慕你们，并且渴望着来世能够当一个真正的画家了。"

宋振峰的眼眸突然变得很深了，沉吟了一会儿，像是在自言自语："画商，那究竟是怎样的一种生活啊？"

刘恒仍旧仰躺着，所以没有看见宋振峰脸色的变化，还以为他是在问自己，就漫不经心地说：“不怎么样，庸俗、市侩。比当画家差远了。”

宋振峰有些好笑：“那你还非要当画商？”

“那可能是因为我这个人天生就很庸俗、市侩吧。”刘恒嬉笑着说。笑过之后，刘恒从床上一跃而起，踱到窗前，脸上的神情变得严肃了，“我是开玩笑的，我爱画商这个职业，甚至可以说，我对这个职业是一往情深，至死不渝。不管世上的人，对商人、对画商有多少偏见，都改变不了我的态度。我会做一个画商，并且一直做下去，我喜欢它的充满变数、充满挑战的特性，不管这条路有多么难，会遇到多少失败，我都不会放弃。我的理想就是，重新整合画商的市场，让它变成一个有序而且公平的战场。我最大的希望，就是能在一个有序公平的战场中，靠着自己的实力和能力，做一个成功的画商。”

刘恒态度卓然，宋振峰也不禁为之动容：“我原来还以为只有艺术才能让人这么狂热。看来是我的眼界狭隘了。”

宋振峰招呼刘恒在桌边坐下，为刘恒续上了一杯热茶，四月时节的大漠之夜，依旧有些沁骨的寒。

“我记得你上次说过，有些公司想聘请你去做经理，你决定好了去哪里了吗？”

“还没有，他们所能提供的工作环境都不是我想要的。不过，我可能要从里面选择一家了，因为我闲的时间太久了，已经闲不住了。先选择一家，至少可以先干着，我摸不到生意，就像你摸不到画笔一样，会浑身难受。”

“你所说的环境是待遇吗？”

“待遇是一个方面，虽然我现在单身一个人，不用养家，但是工资待遇毕竟标志着我的价值，但这并不是主要原因。我是渴望能够找到一个能够实现我的一些理念的地方。”

刘恒甩了甩头，对自己的表达不太满意，但一时又找不到更合适的词句。倒是宋振峰替他说了出来：“就像是画家，在特别想表达某种思想的时候，就需要一个好的立意和素材。”

“对，就是这个意思。”

宋振峰又沉默了一会儿：“刘恒，自从你来了以后，我一直在想一件事。我来到敦煌十几年了，敦煌画院从无到有，迎来送走了一批又一批有才华的年轻人。但你和他们不一样，他们都是要用一辈子去画画的人，包括我也是，我们不懂，也不想去了解绘画以外的事情。我们的毕生精力都已经投入到绘画中去了。”

刘恒不知道宋振峰想要说什么，但是他知道，宋振峰一定是有什么重要的事情要说，因为他从来没见宋振峰这么严肃过：“敦煌画院的前身，来自于一家外国公司的投资，根据当年的合同，那家公司和敦煌画院的合作到今年春天就已经结束了，并且合同明文规定，合作结束以后，投资公司就会把画院这些年来临摹的作品的所有权，交回画院。所以，现在敦煌画院是一个完全独立的画院，并且拥有这十几年来所有画家的敦煌壁画临摹作品。前段时间，画院的创始人，也就是我刚来敦煌时的师长，又来到了敦煌，他对我说，希望能够找到一个有志于经营敦煌画院的人，把这个画院经营下去。让敦煌画院有足够的财力，去继续临摹大漠深处那些从没有被开掘过的壁画珍宝。他还希望,让敦煌画院能够成为更多画家的平台。刘恒，你愿意做这个工作吗？”

刘恒呆住了，他真没想到，在大漠深处，在这个刚刚被他称为纯艺术的地方，竟然会和生意扯上关系。商人的本能让他遇到任何问题都不会考虑太长的时间，看见猎物就先扑上去捉住再说，至于吃不吃，那倒是可以捉住以后再考虑。

“我想这个工作对我非常有吸引力。但是我需要详细了解了画院目前的实力和管理组织结构，以及管理者对经营效益的要求以后，才能确定我有没有胜任这份工作的能力。”

真是在商言商，一涉及到生意，刘恒马上就恢复了他的商人本色，迅速地整理出了一套得体的说辞，既显得合情合理，又进可攻退可守，为自己留足了出路。

宋振峰哪里懂得透刘恒的百转千肠，只觉得听起来很有道理：“行，那什么时候你有时间就到画院去，想要问什么，查什么，就找他们相关的负责人就行了，我明天就跟他们打招呼，让他们配合你。”

面对宋振峰的坦荡，刘恒微微有些汗颜，他不想再继续谈这件事了，就换了个话题：“敦煌最大的画窟是哪一个啊？”

“最大？你是指面积吗？”

“也不是光指面积。”刘恒想了想，“就是里面壁画最多的，被你们临摹时间最长的一个画窟。有具备这个显著特征的吗？”

“有，怎么问起这个来了？”

“哦，我有一个朋友，很好的朋友，她写了一些东西，托我带到敦煌来，到最大的石窟边上，帮她烧掉，好结束一段过去。我既然受人之托，总得忠人之事啊。”刘恒来敦煌之前还想着，如果有可能的话，帮何欢找到那个男人，可是来了以后，每天面对着戈壁上千百年来不变的落日黄沙，反倒觉得冥冥中的一切自有定数，不必强求，一切顺其自然最好。

宋振峰不由得失笑：“也是个学画的人吧？”

“算是吧，你怎么看出来的？”

“只有学画的人，才会这么感性，才会用这么虚无缥缈的方式来解决问题。”

“是啊，学画的人可能就是比别人敏感，因为只有敏感才能在人们都司空见惯的东西中发现美，才能用那些最普通的颜色和形状表达出最复杂的感情。”

“所以我不明白，一个像你这样从小学画的人应该也是细腻而敏感的，怎么能适应商场，做一个商人呢？”说到这里，宋振峰却想起了何欢，忍不住心中抽痛了一下，他用力皱了一下眉，把那些不该出现的念头赶出脑海，命令自己专注于和刘恒的谈话。

“应该说，我一直都在努力地去适应吧。”刘恒认真地想了想，“就像一个在热带长大的人，可是他迷恋上了北极的风光，或者是一个一直生活在内陆的人，偏偏热爱上了大海，那么他就只能选择改变自己去适应环境了。”

宋振峰喃喃低语：“迷恋上了，热爱上了，所以就可以为了她而改变，哪怕吃再多的苦也在所不惜……”

“对。”刘恒肯定地答复。他没有听出宋振峰的弦外之音，也没有发现，不知何时，宋振峰已经悄悄地退到了阴影里，痛苦地闭上了眼睛。

宋振峰匆匆告别了刘恒，几乎是落荒而逃地回到了自己的房间，直接就把自己扔到了床上。他没有开灯，因为他不敢开，他害怕脸上浓浓的思念和悲伤暴露在光明之中。尽管现在屋里没有别人，他还是不能。

今天自己这是怎么了？那些被刻意封闭起来的记忆，突然之间都鲜活了起来。人们都说时间可以冲淡一切，可退出何欢的生命已经十几年了，心中的痛却一点都没有减轻。

从知道刘恒也是画商的那一天起，他的心中就涌起来抑制不住的思念，真想问一问，刘恒认不认得何欢，知道不知道天海画阁。尽管他知道，何欢一定过得很好，因为宋振峰坚信，如果何欢过得不好，一定会来找他。天知道，有多少回在梦中，看见何欢形容憔悴地来到了敦煌。每一次从这样的梦中醒来，宋振峰都会深深自责，何欢是他最爱的人啊，怎么可以因为自己的一己私念，就盼着她过得不幸福呢？即使这种盼望是潜意识中的，也不可原谅。

原以为，已经能够承受他们夫妻恩爱的事实，可是事到临头，宋振峰才发现自己竟然是这样的软弱，话还没有问出口，就逃了出来。宋振峰深深地长叹了一声，这是何苦啊，不问了，再也不问了。知道了他们夫妻的现状又能如何，徒增伤感而已，既然错过了，就认命吧，做不了别的，至少还可以年年月月为她祝福吧。

第五章 风云再起

[1]

刘恒说干就干，一头扎进了经营画院的可行性分析里。十几天下来，工作已经初见成效。刘恒把自己关在了屋子里，陷入了深深的思考之中。经过了这段时间详细的了解和分析，刘恒反倒更矛盾了。一方面，一种属于商人的本能告诉他，敦煌画院蕴藏着巨大的商机，可是另一方面，他又实在是不能确定，自己是否有驾驭这个画院的能力。画院正是起步阶段，如果能够领导着它立足商场，那一定会给自己带来巨大的成功。可反过来说，起步阶段就意味着没有任何商业基础，如果自己没有能力给它打下这个基础，那就意味着，敦煌画院和他刘恒的前程都会风雨飘摇，一个弄不好，就什么都没有了。

拼一把，接下敦煌画院的担子，也许真的能创造出一个能够让他大展拳脚的平台，但也许会摔得很惨。稳妥点，到别的大公司去，虽然理念有些差异，但会有很多现成的条件给他保驾护航，基本不会失败……两种思想拼命地在刘恒的脑海中冲撞着。

天啊，刘恒惨叫了一声，不想了不想了，再想下去，头都炸了，问题是就算头炸了，也不会有结果。

刘恒告诉宋振峰，他需要思考，吃饭的时候就不用叫他了，他想吃的时候，自己就去吃了。宋振峰倒是对这种状况很容易接受，因为他们画画的时候，一进入状态也是这样的。所以，他非常配合，再也没来找过刘恒，也不知道忙什么去了。以至于刘恒闷得难受的时候，想找说话的人都找不着，弄得刘恒都说不清他对于宋振峰这种理解和配合，究竟是该感动还是该气愤。

想当初在深圳的时候，每当刘恒他们告诉了何欢，他们要闭关画画，不让人打扰，也不和人联系了，何欢也是真的就不来了。可是何欢就好像能掐会算一样，每当他们需要和人讨论，或者食物短缺的时候，何欢总是会从天而降。哎，论起当画商来，自己的功底跟何欢比起来，还是差得太远啊。

何欢！就像一道闪电突然在刘恒已经混沌了的脑海中划过！自己怎么把何欢给忘了，可以和她去商量啊！万一何欢对敦煌画院也有兴趣，愿意和他一起干，那他们的胜算就能达到七成！刘恒越想越兴奋，一下子站了起来，他觉得自己体内凝滞住的血液又重新开始流淌了。对，去找何欢！马上就走。

刘恒向屋外冲去，却和正要进门的宋振峰撞了个满怀。

“正好，你来了，我正要去找你呢，我想……”刘恒硬生生地住了口，因为他看见宋振峰的脸色阴郁，整个人都显得有些委靡。

“你这是怎么了？”刘恒随着宋振峰坐下，关切地问。他知道，宋振峰平时虽然不像他那样乐天，但是却也总是一派平和从容，笃定坚强的，从没见过他这副样子，肯定是出了什么事了。

“刘恒，你能帮我一个忙吗？”宋振峰的声调低沉。

“没问题。”见刘恒想都没想就直接同意，宋振峰的嘴角浮出了一丝温暖的笑意，但转瞬即逝。

“你还记得我跟你提过的那位师长吗，就是提议把画院继续经营下去的那位前辈。”刘恒点了点头，表示他知道宋振峰说的是谁。

“他刚才打来一个电话，跟我说了一件事。他说他有一个老朋友，多年来一直经营画廊，最近这位朋友找到他，希望可以垄断敦煌画院的经营权，并且提出了很多种合作方式供我们考虑。老师说，对方的态度非常积极，不等老师做出决定，就已经起程来敦煌了，可能今天就到，老师希望我能和他们接洽一下。”

刘恒困惑地看着宋振峰，他到目前为止还没有从宋振峰的话里找到重点，不知道究竟是什么让宋振峰如此的沉重。

停了一会儿，宋振峰才又艰难地接着说：“你也知道，我不太善于和这些人打交道，我想，让你替我去和他们接触一下，反正这些天，你对画院的情况也都了解得很清楚了。”

“这不太合适吧，我毕竟是个外人，而这种合作的事纯粹是你们的家务事。”刘恒觉得宋振峰的提议有些匪夷所思，他现在的身份甚至已经不是来观光的客人，而成为了敦煌画院的候选经理人了，在这个时候，却让他以主人的身份去和另一位想当经理的人谈判，并以此来决定让不让这个人来当经理，这无论如何都是不合适的。如果他去谈判，不管最后的结果是什么，他都躲不过流言飞语。商场的流言，杀起人来比刀子还快。这件事绝对不能干。

“不会的，我在电话里，已经向老师介绍了你的情况，他也很满意你。说可以让你去谈这件事。”

“你是说，你和那位前辈老师，都觉得由我去谈判这件事，没什么不合适的？”刘恒充满怀疑地问。

宋振峰肯定地点了点头。

刘恒有些无奈，画家和画商的思维方式真的差了这么多吗？

“其实我觉得你可以去谈这件事，你绝对有这个能力。”刘恒开始从另一个角度考虑问题，他说的是真心话，也许宋振峰不像一般的商人那么狡诈，但就凭他对敦煌画院的了解和聪慧，完全可以轻松地处理这件事，他也相信，宋振峰肯定能在和对方完全接触过以后，做出对敦煌画院最好的抉择。

“我不行，真的，或者说我不想，至少这次我不想。刘恒，帮我一回，好吗？”宋振峰说话的声音越来越低，刘恒突然觉得眼前这个铮铮硬汉，周身都弥漫着一种浓浓的悲伤，那悲伤浓得都能让人看得见、摸得着，就这么一层又一层地围着宋振峰，刘恒都快看不清宋振峰的眉目了。这究竟是怎么了？算了，不问了，刘恒一昂头，“行，我去。”为了朋友，这事干了！有什么啊，大不了传出去，让同行们说他刘恒不地道，谁爱说什么就说去吧。

“你们有没有一个总的指导思想啊？我要是谈的话……”刘恒停住了，他不解地望着宋振峰，宋振峰的悲伤并没有因为刘恒的首肯而减去一丝一毫，他还是那么痛苦，“振峰，你今天到底怎么了？”刘恒现在开始意识到事态的严重性了。

“我没事。”宋振峰重重地搓了搓脸，用力抬起头来，用一种僵硬的不正常的声音说，“因为我们不了解商业，所以也都没有太具体的想法。和我过去跟你说的一样，我们唯一的愿望，就是要保持住画院的独立个性和艺术水准，还有就是不管在什么样的环境中，都要保持艺术应该具备的道德准则。”

刘恒心中苦笑：这么抽象的要求，尺度太难把握了。还不如直接提出利润要求呢。

“你有没有问，是哪家画廊？”刘恒只是随便问问，他不认为宋振峰会对画廊有概念。可没想到，宋振峰竟然回答了他：“天海画阁。”

“什么？”刘恒蹿了起来，“天海画阁？”

“你怎么了？”宋振峰不知道刘恒为什么会这么激动。

“你确定吗？肯定是他们，他们的老板是姓周的？”刘恒都快扑上来卡住宋振峰了。

“确定。”宋振峰的嘴角扯动出了一丝悲哀的苦笑，“没错，天海画阁，老板是姓周的，怎么可能弄错呢？”

“天啊。”刘恒诧异至极，反倒笑了出来，“好，好，好个周博，真不愧是老狐狸，这招明修栈道，暗度陈仓用得太好了。现在所有的人都在虎视眈眈地盯着周家，想瓜分他的市场份额。周博表面上在积极应战，可私底下却神不知鬼不觉地转移到了西北。一旦得到了敦煌画院，天海画阁的大局就又稳住了，而且还有了后续力量，即使丢了广东市场，也不至于迅速崩溃了……”刘恒一边在屋子里转圈子，一边飞快地自言自语。宋振峰听得晕头转向，根本不知道他在说什么，他只听出来一件事——刘恒知道周博！

“你，跟周家的人很熟？”宋振峰小心地问。

“不，不熟。”刘恒说得极快，好像生怕别人误会他和周家的人是朋友，又冷笑着加了一句，“谁会和他们熟啊，一家子卑鄙小人！”

宋振峰的心更沉了，刚才老师在电话里对他说：“我侧面了解了一下，天海画阁生意做得不小，但是周家的儿女都很不成材，导致周家现在在商场上的声誉很差，所以在谈判的时候，你要考虑到这个问题。”这才是宋振峰今天如此痛苦的原因——何欢难道一直和一群声誉很差的人生活在一起吗？

“他们家的人都不太好吗？”宋振峰心中还残存着一线希望。

“不好？太客气了，他们根本就是彻头彻尾的卑鄙下流！”刘恒恨恨地说，“不仅他们周家的人不好，也绝了，这一家子娶回的媳妇，招回的女婿都没一个好东西！”说者无意，听者有心，宋振峰的心已经跌到了不见底的深渊里。

“你休息吧，我回去了，谈判的事就交给你了。”

刘恒这才发现宋振峰的脸色苍白得吓人：“振峰，你怎么了？病了？”

宋振峰无力地摆了下手，什么都没有说就走了，只留下刘恒一个人在屋里发愣。

此时，周博的车向着敦煌飞驰，车窗外是飞逝而过的连绵不绝的大漠荒原。周博靠在椅背上假寐，脑子里却一刻也没闲着。他已经知道了，现在主持敦煌画院的是何达的大弟子宋振峰！这是不是就叫冤家路窄？中国不是人挺多的吗，怎么他绕来绕去，就躲不开何家的人呢？

当然，别说遇上的是宋振峰，现在遇上的是何达他也不在乎。更何况资料显示，宋振峰多年来致力于绘画和研究工作，学术精纯，为人忠厚，秉性善良。这样的人最好对付。

周博苦笑了一下，就算宋振峰不好对付，就算现在敦煌画院是龙潭虎穴，他都得去闯，因为这是天海画阁渡过危局的唯一出路。

又是一声长叹，何达这个人明明不精明，可为什么偏偏他养个女儿能纵横商场，他教个徒弟，现在已经俨然成了新一代画家中的领军人物！难道真像老辈人说的：儿女缘是前世修来的？

走进敦煌画院，周博才明白了，什么是真正的冤家路窄，他做梦也没有想到，在敦煌画院里等着迎接他的，竟然会是刘恒！

让周博感到些许安慰的是，刘恒对他的态度比过去好了很多。当然，周博一点也不敢掉以轻心，他很清楚，眼前这个年轻人，有多么精明。

周博暂时回酒店休息了，刘恒认真地阅读着周博带来的合作协议。看来周博对敦煌画院是势在必得了，不仅直接提出了好几种合作方案，而且每一种都是至真至诚。说实话，不管采用了哪一种合作方式，敦煌画院都不会吃亏。

看得很累了，刘恒仍旧抚卷沉思，他现在想的是另一个问题：自己究竟要不要加入天海画阁！

刘恒深信，只有能攻能守，敢进还要敢退，才是真正的大将之风。周博在天海画阁如此危机的时候，还能够做出如此大的利益让步，以期完成合作，足以证明周博的气度和胆量。剜肉疗疮，说起来简单，真正做起来并不容易，但周博做到了。

何欢的话在刘恒的耳边回绕："如果你现在加入天海画阁，受命于危难，一般来说，你会得到比平时多得多的权力，而且面对的是秦云瀚这样的强敌，所以，这对于你来说，是一次难得的锻炼机会。而且抛开周浪和周澜不谈，周博的确是一位难得的高手，如果你能有机会和他精诚合作一番，对你将大有裨益。"

何欢说得没错，周博身上的确有很多值得学的东西，如果拿出三几年时间跟在周博身边，对自己一定有很大的好处。

刘恒对周博提出的合作方案逐一进行了详细客观的分析，并且附上了自己撰写的详尽的具体操作计划。不管是因为受托于宋振峰，还是作为敦煌画院的朋友，刘恒现在所做的都算是尽善尽美了。他把这些资料整理好了交给了宋振峰，宋振峰又转投到了北京，现在就等着北京方面的决定了。

"我想把这些资料也拿给周博看看。"在把资料交给宋振峰的时候，刘恒说。

"哦？是你们商业合作的惯例吗？"

"当然不是。我是这么考虑的，就像我在这份资料里所说的，我已经详细分析了，天海画阁与敦煌画院合作的动机、目的，也分析了合作后敦煌画院的前景，可以说，这次合作肯定会成功。因为不管周家的声誉如何，他这一次对敦煌画院是仁至义尽的。所以我想，既然对方的态度这么真诚，我们也尽可以把事情做得漂亮一些，拿出一种态度，这样在气势上才不会落了下风。还有，我在做分析的时候，可以说非常苛刻，所以，如果让周博看见了我们的分析，他为了合作成功，在很多领域很可能还会让步。虽说他提出的条件已经很优厚了，但如果有可能，咱们当然还是要争取最大的利益。"

周博安静地阅读着刘恒送来的资料，表面上一片祥和，心中却在暗暗震惊。刘

恒的心思当然逃不过周博的眼睛，好一个心思缜密却又胆大包天的年轻人，竟然就这么光明正大地又逼了天海画阁一步。看到后来，周博的震惊已经变成了喝彩，他欣赏刘恒的能力、聪敏与胆识，但他更欣赏刘恒的人品。

“我非常欣赏你，你的报告完完全全是站在敦煌画院的立场上做的，不取巧，不避嫌，磊磊落落，这在现在的商场上太难见到了。”周博由衷地对刘恒说。

刘恒淡淡一笑：“主要是敦煌画院的领导们给予了我这份信任，而且他们心思纯正，让我敢于这样做。”

“所以，你不肯接受我的聘请，出任天海画阁的总经理，因为你觉得我们不是好的领导者。你的拒绝让我非常遗憾。”周博有些苦涩地说，他是真的喜欢这个年轻人啊。

沉吟良久，刘恒问：“周总，既然您欣赏我的率直，那你介不介意我提一个更直接的问题？”

周博当然不介意，只听刘恒缓慢却沉着地说：“如果我现在接受了您的聘请，您能做到，用对敦煌画院的态度来对待我吗？”

“你说什么？”周博不是没听清刘恒的话，但他不敢相信，他需要再确定一遍。

“我说，我可以接受天海画阁的聘请，为期三年，但我要求，只能由您来领导我，除您之外，周家的任何人都不能对我有任何形式的干预和干扰。”

“为什么？”

“为什么我突然改变主意接受聘请，还是为什么不让别人干扰？”

周博有些急切地挥了挥手：“前者。”他当然知道刘恒为什么不让别人干扰，这不用问。

刘恒的脸上浮现出了一层温暖的笑意：“因为有一个人建议我这么做，而我无条件地信任她。”

周博笑了，他已经记不清自己有多久没这么真正开心地笑过了，“有机会一定为我引见这个人，她为天海画阁为周家带来了幸运。”

刘恒笑得意味深长：“等有机会吧。”欢姐，我加盟天海画阁了，如果以后我真的遇到危难，你还会帮我吗？

[2]

何达打来了一个电话，让何欢下班后无论如何都要回家一趟。

“舅舅这么着急找你会是什么事啊？”萧雪飞理所当然地跟何欢一起回去。

“不知道，以前找我都是为了给我介绍男朋友。”

“这么说，舅舅又发现优秀的男人了？”

“恐怕是。”何欢一副兴致勃勃的样子。

“那你是怎么想的？”萧雪飞对这个问题非常关心。

“我嘛，看看，如果有合适的就接触接触。”

“呦，红鸾星动啊，看你这段时间好像很喜欢和异性接触啊。”

“这不是你教我的嘛，应该积极地投入到生活中去。”

萧雪飞开心地笑了。

一进何达的家门，萧雪飞就嚷嚷开了：“舅舅，你这次给表姐找的男朋友是干什么的？表姐准备接触接触。”

“我，我没给她介绍男朋友啊？”何达莫名其妙地说。

萧雪飞这才发现，何达的脸上一脸愁容。

“怎么了，舅舅？”

“是这样……”

鲁萍擦着手出来了，“先吃饭吧，吃完再说。”

何欢从进门后一直就默不作声，一种特有的直觉告诉她，有什么事情将要发生了。所以，在餐桌边坐下以后，何欢极其镇静地开口了：“爸，一边吃一边说吧，需要我干什么？”

何达的身躯似乎微微一震，何欢此时的样子让他感到陌生，以前好像也有过这样的情形，是什么时候呢？对了，在深圳，何欢跟周家对峙的时候，那时，何达的感觉和今天一样——此时的何欢不是他的女儿，而是画商！就像每一个跟他合作过的画商一样，操纵着他的命运，但也会协助他渡过每一个难关。

“后天在北京有一个绘画拍卖会，我想让你去替我拍回几幅画来。”何达吞吞吐吐地说。

“规模不小？”何欢问。

“很大。”

何欢了然了。在这种大型拍卖会上如果想拍得东西，需要极高的技巧，既不能一味地靠高抬价格实现目的——那样代价太高，也不能畏手畏脚地错失机会。后天会就要开了，今晚才找何欢，看来何达是犹豫了很久，实在找不到合适的人了，才敢想到何欢。

何欢的态度很轻松，“行，我去。”

“但是……”

“放心吧，爸，我吃饭的本事还没丢呢。”

“我不是担心这个，我是……”

“你是怕我碰上熟人。”何欢替他把话说完。

何达默然了，的确，这样的大型拍卖会，国内大的画廊恐怕都会派人去，没准周家的人也会去，所以，他一直在犹豫，他不想让何欢再和那个圈子有所牵绊，但他又实在是找不到别人了，天知道，这些天，为了这件事都愁死他了。

何欢依旧态度平和：“爸，您想得太多了，没事的。我不去招惹谁，但也犯不着为了躲着谁，而影响自己的正常生活。”

何达还想说什么，被何欢打断了：“你就放心吧，爸，我肯定没事的。要是是后天的会，请柬已经送来了吧。”

何达点了点头，拿出了一份精致的请柬，何欢低声念着：“……着正式礼服……看来我明天就得去北京，不知道能不能来得及准备衣服了。”

萧雪飞终于能插进话来了：“我和你一起去，行吗？”

“没问题，请柬限两人。”

“我要去了，还能给你帮忙。”萧雪飞兴奋地说。

何欢不置可否地一笑，对何达说：“爸，您把拍卖目录，您想要的作品，想付出的价格和参加拍卖会的人的资料都给我。时间不多了，我得好好分析分析。”

“有，都是现成的。”

回到家以后，何欢一直蜷在沙发上，看着手中的资料。萧雪飞实在忍不住了：“这么两页纸，你看了好几个小时了，你到底看什么呢？”

“看他们感兴趣的作品和可能会出的价格。”

“这上面有吗？”

“没有。”

“那你怎么看？”萧雪飞决定不为这个问题费脑子了，又换了一个问题：“表姐，你知不知道舅舅为什么要买这些画？”

“不知道。”

“那他哪来的这么多买画的钱啊？”

“不知道。”

“那你怎么刚才不问问啊？”

“行有行规。那不该我问。”

“可他是你爸爸啊。”

“在商言商。”

萧雪飞终于气馁了，怒冲冲地回屋写信去了。

第二天一早，何欢还没有起床，就接到了秦云瀚的电话。“好吗？”现在秦云瀚来电话已经省略了一切客套。

“挺好的。”何欢一如往日的从容淡然。

“有件事想和你商量。”

“说吧，这么客气干吗。”

“明天北京有一个拍卖会，我收到请柬了，想请你和我一起参加。”

幸好隔着电话，如果现在秦云瀚跟何欢面对面的话，一定会被何欢脸上那种洞察一切的笑容弄得无地自容。

尽管脸上挂着深深的笑意，可何欢的声音依然是淡然平静的。

“正好我也有一份请柬，正准备去参加这个拍卖会……”何欢没有再往下说，她知道得把剩下的语言空间留给秦云瀚。

“反正我只是去露个面，没有想要的东西，要不我做你的同伴？”

尽管秦云瀚的提议早在何欢的意料之中，但是出于礼貌，何欢还是做出了适当的停顿，让人觉得她在思考。

“那好吧，荣幸之至。”何欢带着笑声说。

“那你什么时候来北京？”

“今天。我需要准备些东西。”

“正好我今天没有什么事，我陪你。”

“多谢，再见。”

走出卧室，何欢遇到了今天第二件意料之中的事：萧雪飞告诉她，她有事，不能跟何欢一起去北京了。

一阵清脆的电话铃声把何欢从睡梦中唤醒，怔忪了片刻，何欢才想起，自己现在是睡在北京的酒店里。

拿起电话，原来是酒店的美容中心，按照何欢昨天的预约，按时唤醒她，提醒她预约的化妆时间到了。

由着工作人员为她化好妆，做好头发，穿上礼服，看看时间，还有半个小时，秦云瀚才会来接她，很好，何欢现在很需要这段独处的时间，她需要对自己的心情作最后的整理。

何欢坐在镜子前，看着镜子中的自己，绾起的发髻，淡淡的妆容，身上是一条黑色的长裙。她曾经以为，自己再也不会穿上这种正式的礼服了，真是世事难料啊。何欢没有佩戴任何首饰，全身上下唯一的装饰，就是一条暗紫色的纱巾。纱巾极薄，极长，在何欢的颈上缠绕了一圈以后，分别从她的身前和身后垂了下去，两端都垂到了何欢小腿的位置，随着何欢的步履，摇曳飘浮。

心中涌起一阵烦躁，终究还是不安啊。何欢习惯性地想找到纸和笔。三年来，她已经习惯了，有了心事就用笔去诉说。

桌子上有酒店为客人准备的便笺和铅笔，何欢抓过笔，刷刷地写了起来：

何欢，不要再多想了，你这次来，只是为了帮自己的父亲做件事情而已，就这么简单，事情做完了，你就可以走了，重新回到你的世界里，去过你的生活……何欢，你为什么要接受秦云瀚的邀请，你明知道你如果和他一起出现，会引起很多没有必要的关注，你觉得你这么做明智吗？……不明智，但我必须这么做。因为我还是个俗人，我倒不在乎别人的看法。虚荣也好，浅薄也罢，除非我一直不出现在人们的视线中，一旦出现，我就不能让人觉得我败落了，我不能让人们轻视我……就算惹来麻烦也无所谓，反正拍卖会一结束我就走了，任凭这里天翻地覆，也与我无关了……

门铃声响起，秦云瀚来了，何欢拿起写满字的便笺随手一折，塞进了皮包里。

秦云瀚同何欢一起坐在后座上，两人隔着相当远的距离，谁都没有说话。

终于，何欢打破了僵局："我使你不自在了吗？"

这句话由女人问出来，让秦云瀚的脸上多少有点挂不住，他打了个哈哈："你让我惊艳了，所以直到现在还没有恢复过来。"

没想到，何欢竟然摇了摇头："你刚才看见我的时候，你的眼神不是惊艳，是不安。"何欢似乎没有看出秦云瀚的尴尬，又补充了一句，"毕竟我学了快二十年的画，这点观察力还有。"

秦云瀚干笑了一声："认识你这么久了，还真不知道你说话这么直接。好吧，我承认我没有惊艳，但也不是不安，是你今天太冷了，我有些不适应。"艳若桃李，冷若冰霜，是男人最难以消受的了。秦云瀚在心里又加了一句。

何欢轻轻拍了拍自己的脸："我看上去很冷吗？"

"足以把人冻住。"

何欢吁了一口气："看来我在紧张。我一紧张，就总是显得很冰冷。"

沉默了片刻，何欢又有些感慨地轻笑了一下："竟然没能隐瞒住自己的情绪，看来我退步得很严重啊。"

一抹轻笑，多少融化了一些何欢脸上的冰霜。秦云瀚也不再那么绷直着了，把身子稍微向何欢靠了靠："挺正常的，毕竟你有很长时间没有出席这样的活动了，谈不上退步。"

车停了，秦云瀚看了何欢一眼，何欢的脸上又恢复了冰雕的形状。现在正是施展骑士风度的时候，秦云瀚当然不会错过。他绕到了何欢的这一侧，为她拉开车门，同时伸过手臂，本来他还想说，"没事，放松点。"可话还没出口，秦云瀚就愣住了，在车门拉开的一瞬间，何欢就像换了一个人一样，春风得意、明媚照人，似乎天地间所有的春风都聚在了她的眼角眉梢。

何欢把手自然地搭在了秦云瀚的臂弯里，下了车。

“你不紧张了？”秦云瀚很好奇，一个人的情绪怎么会在十秒钟之内产生这么大的变化。

“我不知道，我总是这样，不管之前多么紧张，一到事情该开始的时候，就忘了。”

“忘了什么了？”

“什么都忘了。”

“那你现在心里想什么呢？总不会是空白吧。”

“我现在心里只有一个念头。”何欢笑了，笑得妩媚动人，但是说出来的话，却和妩媚离着十万八千里，“我一定要按照我的计划价格拿到那几幅画，拦我者死，挡我者亡。”

“我现在心里也只有一个念头。”

“什么？”

“我一定要得到你！”

“让我当你的总经理。”

“何欢，我拜托你，在你笑得这么妩媚的时候，对于我的话，你就不能有些更浪漫的想法吗？”秦云瀚压低了声音说。

“不可能。”何欢笑容依旧那么灿烂，“你那句话不会有什么浪漫的含义。我们是同一种人，从一进入这个会场起，你也进入了备战状态。尽管今天你不是带着任务来的，但你在积极地寻找猎物。”

秦云瀚笑出了声：“知音难得。”

两个人低声谈笑着找到了座位，全然不理会整个会场里的人都在因为他们俩的突然到来而窃窃私语。

这个会场里全部的人都认识秦云瀚，一半的人看着何欢眼熟，至少三分之一的人一眼就认了出来，秦云瀚身边这个女人，竟然是——何欢！

所有的人都震惊不已，看上去这两个人笑语连连，亲密无间。人们互相传递着狐疑的目光，猜测着今天究竟又要掀起一波什么样的狂风骤雨。

何欢对这一切都熟视无睹，因为她今天还有任务在身，在完成工作之前，她不会让任何东西扰乱自己的心神。

很快就拍卖到了何达想要的那几幅画。因为何欢今天一出场就气势压人，弄得谁也搞不清何欢现在的财力究竟如何，也因为何欢身边还伴着一个势大财丰的秦云瀚。所以只要看出是何欢想要的东西，基本就没什么人跟她争了，都怕何欢会一路抬高价格，到时候，一不留神就会造成不必要的损失。

何欢轻而易举地就把那几幅画收归了囊中。当最后一幅画到手了以后，何欢和秦云瀚不约而同地向后一靠，都有一种松了一口气的感觉。

“你看见最左边那对男女了吗？”秦云瀚低声问。

何欢连头都没有回：“周澜和她丈夫。”

“你早就看见了？”

“如果眼神能杀人的话，在刚才的一个小时里，我就已经被她用眼神千刀万剐了。”

秦云瀚被逗笑了。

三年不见，周澜老了许多，她本来就因为天海画阁的经营状况而烦躁不堪，来的时候就带着一肚子气，一脑门子官司，双眼中燃烧着熊熊怒火。从何欢一进会场起，她的脸就变成了铁青色，她终于为自己的怒火找到了宣泄口，她肆无忌惮地痛恨着何欢，好像天海画阁的一切问题，都是何欢造成的。

虽然承受着周澜没完没了的仇恨，何欢却是没有太多的感觉，她只是由衷地替周博、替天海画阁感到悲哀。三年了，周澜还是一点长进都没有，周澜根本就没有想到她现在代表的是天海画阁，无数的人都在通过她的表现，来窥探天海画阁现在的真实状况。而周澜此时这种穷凶极恶的表现，任谁都会相信，天海画阁已经到了山穷水尽的地步。可是周澜却一点都没有觉悟，丝毫都没想到要掩盖住自己的情绪。

何欢叹了一口气，她从眼睛的余光中看见，周澜正向她走来。看样子，周澜是要过来寻事了。算起来，周澜也是做了十几年生意的人了，怎么就不明白，她现在来向何欢挑衅，在别人看来，那就是天海画阁在向秦云瀚挑战。而在商场上从来就没有孰是孰非，只有孰强孰弱……

容不得何欢多想，周澜已经走到了何欢的跟前，扬手就朝着何欢的脸颊扇去！何欢这下真懵了，她没想到周澜竟然这么不管不顾，上来就打人，一下子，何欢连躲都忘了。但周澜没有打到她，因为秦云瀚捉住了她的手腕。

“你放手，这是我们的家务事。”周澜恶声嚷道。

秦云瀚飞快地扫视了一下四周，还好，大家都还顾及礼貌，全都装作没看见这边的事，都全神贯注地盯着拍卖，但秦云瀚也知道，虽然他们没往这边看，但他们的耳朵却不会放过任何一丝动静。

秦云瀚放低了声音：“周总，有家务事回家解决，在这里闹事，大家都不好看。”秦云瀚说着话，放开了周澜的手，同时，把另一只手环在了何欢的肩上，隔开了何欢和周澜。

“好看不好看，是我们家的事，你管不着！今天我是要和这个狐狸精算账，这是她欠我的。”周澜想了想又加了一句，“她对不起我弟弟！”

周澜话音未落，何欢就感到秦云瀚放在她肩膀上的手，重重地向下压了一下。何欢明白，这是秦云瀚在让她克制，的确，现在如果何欢和周澜对打起来，局面就真的没法控制了。

“周总，咱们见过也不止一面了，也称得上是朋友，您父亲更是我尊重的前辈，怎么算，我和你们周家都算是朋友。作为朋友，我劝你现在先冷静下来，不要太冲动。”秦云瀚慎重地审词琢句，他在化解这场风波的同时，还得照顾好自己的形象，“至于何欢和你弟弟之间的事，那毕竟是他们夫妻之间的事。夫妻间的事，别人越掺和越乱，就让他们小夫妻自己去解决吧。而且，今天何欢是我请来的客人，你现在这么做，知道的说你是好心，为了帮他们夫妻解决问题，不知道的，还当你是故意不给我秦某面子。”既然周澜拿周涛说事，秦云瀚索性也就装傻不提周涛已经死了这回事。

秦云瀚话说得斯文，但是听在周澜的耳朵里，却感到了一种无形的压力，她有些心虚了。秦云瀚看出了周澜的变化，说：“好了，周总，你先请回，改天我请你吃饭，咱们再好好聊聊。”

周澜走了，拍卖还在如火如荼地进行着，秦云瀚整了一下衣服重新坐好，貌似神闲气定，就好像刚和老朋友寒暄完一样。何欢仍旧端坐着，两个人都像是什么事都没有发生一样，认真地关注着拍卖会的进展，不时地交流一下意见，或者低声谈笑几句。一直到拍卖会结束，也没有再提起周澜这件事。

秦云瀚送何欢回到了酒店，何欢没有邀请，秦云瀚也没有告辞，两个人非常默契地进了电梯，回到了何欢的房间。因为他们心里都清楚，今天还有些事情需要谈。

“谢谢你替我解围。”坐定后，何欢干巴巴地说。

“其实你根本不需要我替你解围，你自己可以处理得很好，周澜不是你的对手。你刚才的隐忍，很大程度上是怕如果把事情闹大，让我难堪。毕竟你可以一走了之，而我还得在这个圈子里继续周旋。”

“不是像你说的这样。”

“哦？”秦云瀚有些意外，他认为自己的分析很准确。

“刚才周澜的所作所为，我与其说是愤怒，更不如说是悲哀。她的话并没有让我感到任何痛苦和伤害，因此我一点也不想反击她。可是偏偏是发生在众目睽睽之下，不管我怎么想，人们都会认为周澜很严重地羞辱了我，而我如果对这种羞辱听之任之的话，那么，马上就会传出更不堪的流言。所以，如果不是你帮我解围，我会很为难。”

又沉默了一会儿，何欢看着前方，像是自言自语地说：“今天我很不想来，因为我知道，只要我来到这个是非之地，就会再招惹是非。但是我父亲需要我的帮助，所以我不得不来。因此，可以说，我今天来参加这个活动，是不得已。”

秦云瀚点了点头：“我明白。”

何欢轻轻地转过头，目光深沉地注视着秦云瀚：“所以我不明白，你明知道和我一起在这种场合出现，会招惹麻烦，为什么还要来蹚这池浑水呢？”

秦云瀚垂下眼帘，遮住了精光四射的眼神，片刻后，他抬起了眼睛：“好像今天所发生的一切都在促使你我相互摊牌？”

何欢微微一笑：“同感。”

秦云瀚深吸了一口气：“那好，我先来。只要你不是坚决拒绝，我今天一定会陪你来。如果这次，你只是为了给你父亲帮忙而昙花一现，以后在很长的一段时间里，又不会再出现了，我希望能给画商界的同仁们留下一种印象——我和你是朋友，而且相交甚深。如果，这次活动是你重回商场的一个开端，那么我希望从你重回商界的第一天，我就能以你的朋友的身份陪在你的身旁，而不是你的敌人。”

“也就是说，两个如果其实是一个理由，你不希望和我成为敌人，希望我们能是朋友——至少要让人们以为你我是朋友，不是敌人。”

“对。”

“好，我非常感谢你的坦白。作为回报，你想知道的东西，我也会坦诚相告。”

要问什么呢，秦云瀚没有说话。他现在最想问的是何欢会不会去帮助天海画阁，但这没办法问。或者问问何欢和她丈夫之间的事，借此判断出，何欢和天海画阁的关系究竟如何，可是，事关人家的隐私，这又实在是问不出口。

何欢见秦云瀚一直不肯开口讲话，说：“那就当我给你讲个故事吧。”何欢坐到了秦云瀚的对面，因为何欢的说话声音很轻，秦云瀚微微向前倾了倾身子，专注地听着。

“我丈夫周涛在我之前有一个女人，两个人同居了很长的时间，后来我出现了，我丈夫决定跟她分手，和我结婚，而我一直都不知道有一个这样的女人存在过。我们结婚后，他们两个又继续交往，而且我丈夫答应和她结婚，但不知道是什么原因，我丈夫一直都没有向我提起过要离婚的事，直到他出事前我们都很好。终于有一天，那个女人不想再等下去了，她选择了和我丈夫同归于尽，并且留下一封信，说明了这一切……”

秦云瀚愣住了，虽然人们一直就对周涛的死议论纷纷，但是谁也没有想到，内情竟然如此复杂：“对不起，我……”

何欢微笑了一下，打断了他：“都过去了，这些对我而言已经不再是伤害了，我不恨周涛，感情的事本来就没有对错，要怪，只能怪我们当时没有处理好，如果能重来一回，我相信，我们三个都能找到自己的幸福。”

“你不幸福？”秦云瀚脱口而出，说过之后才发现自己问了个多么不该问的问题。

何欢倒没有介意：“当时很快乐，也觉得很幸福，但也许是那时太年轻了，很少去思考，所以忽略了很多事情，直到现在才明白，原来爱与爱是不同的，幸福与幸福也是不同的。”

秦云瀚用心看着何欢，何欢始终都是非常坦然：“但是周家不肯原谅我，认为周涛是因我而死。所以我离开了天海画阁。”

何欢说完了，她抬起眼，平静地注视着秦云瀚：“我曾经也是一个商人，所以我了解，对一个好的商人而言，攻城略地是必需的，也是神圣的。而你对我所做的一切，都是你的战争筹备中的环节，所以我一点都不会介意，而且在很多时候，你对商业的认真与执著，很让我感动。我不会接受你的聘请，因为我这辈子都不想再经商了。我也不会再回天海画阁,因为天海画阁三年前就没有了能够容纳我的胸襟，以后更不会有。”

秦云瀚看何欢如此坦白，不觉动容，刚要说话，就又被何欢打断了：“还有最后一点，万一出现某种莫测的机缘，让我的朋友入主天海画阁，而我承诺过，如果他的对手用卑鄙的手段竞争的话，我会帮助他。”

“我相信我会是一个光明正大的对手，所以你没有机会在我身上实现你的承诺。”秦云瀚笑对何欢，“投之以木桃，报之以琼瑶。你的坦诚远胜于我。我觉得，我们在思想上有很多相通的地方，你也是个尊重商业的人。虽然，你说你肯定不会再回商场，但我还是很希望你能改变主意，让我有机会与你合作。”

何欢也笑了：“相濡以沫，不如相忘于江湖。知道是谁的话吗？”

“庄子。”

“对。与其两条鱼在河水干涸的时候，挨在一起，靠为对方提供唾液维持生命，不如各自寻找更加广阔的江河湖海，去自由地游弋、生活。商场无情，商人每天的生活就是由设防、戒备、算计、随时考虑利益得失组成的，所以每一个商人的心灵都是孤独的，所以，我愿意留在商场以外的地方，做你们的朋友。”

周澜回到了家，仍旧是怒火中烧。正好周浪也来了北京，周澜就把拍卖会上发生的事一长一短、添油加醋地告诉了周浪，末了还在不停骂着：“狐狸精，不要脸，到哪儿都有男人替她出头……”

比起周澜，周浪就有头脑得多了，他想的是另外一件事。周浪知道，这三年来，周博对于他的业绩相当不满，尤其最近这段时间，提起周涛和何欢的时候越来越多了。他真怕，有一天周博会突然又让何欢回来，尤其是现在何欢又突然蹿出来了。他得想个办法，彻底阻断何欢回天海画阁的路。

“澜，你看何欢跟那个姓秦的，到底关系怎么样？”

“还用问吗，两人之间肯定有不正经的关系。”

“何欢这么干，不是成心让咱们周家丢人吗？谁都知道她是咱们家的儿媳妇，现在她就这么公然和有妇之夫勾勾搭搭，人家笑话的肯定是咱们。”

这一点周澜倒是没想过：“也是，那咱们怎么办啊？”

“我有个办法。当初爸爸不让咱们说出去，周涛到底是怎么死的。现在咱们把周涛死的真相说出去，人们就明白了，周涛死之前，就已经跟何欢闹翻了，那不管现在何欢干什么，人们也不会笑话周家了。”

“我看还是算了吧，爸爸不是不让跟外人说周涛的事吗？”周澜不敢去惹怒周博，而且她也不太在乎人们是不是笑话周家。

周浪一计不成，又生一计：“上个月我去深圳，听说了一件事。跟何欢有关。”

“什么事？”

“是何欢过去的秘书，那个小白告诉我的。她说何欢离开深圳之前，曾经和爸爸密谈过一次。”

“说的什么？”

“没人知道。但是何欢走了以后，爸爸让小白通告总部财务处，调了八十万资金到深圳，到了深圳的账上以后，财务直接取了现金给了爸爸。”

“那么多钱！爸爸干什么用了？”

“不知道。那段时间深圳公司基本停滞，所以肯定不是生意上用了，而且爸爸也没买什么东西，所以我想……”周浪卖了个关子。

“你想什么，快说啊！”

“本来我也没想到，可是听你刚才说的，何欢穿得那么招招摇摇的，又一下子买了那么多画，会不会是那笔钱给了何欢了。”

“什么？”周澜一下子蹦了起来，八十万啊，现在生意不景气，八十万不是小数啊，而且周澜他们在公司也是挣工资加上业绩提成，因为基本没有业绩，所以一年也挣不了多少钱，加上他们花销大，基本上是每年把挣的钱全花了。所以，周澜一直就等着分家，从家里多拿点钱呢，一听说八十万，就这么着被爸爸白白送人了，差点没把她心疼得晕过去。她理直气壮地认为，周博拿的就是她的钱。

“气死我了，不行，真气死我了，这个狐狸精，敢抢我的钱……”周澜已经气得语无伦次了，“我要整死她……”

“杀人犯法，你怎么整死她啊？”周浪冷冷地说，“钱已经给出去了，这件事，你除了认了，没有别的办法。”

“我不认！”周澜大叫着，“你主意多，你帮我想想办法，我要是不出了这口气，非气死不可！”

“那好，我教你一个办法，但是北京是你的地盘，得你找人来干。”

“行，你说。”

周浪详细地说出了自己的计划，周澜一边听，一边叫好。周浪阴冷地笑了，他知道，周博是一个极要面子的人，这件事一出，他无论如何都不会再用何欢了。

[3]

刘恒来找宋振峰。

从知道周博要来那天起，宋振峰一直把自己关在屋里画画——画何欢。十几年了，每当他想起何欢，想得心痛不能自拔的时候，他就会画一幅画。这一次他选的词是李清照的《点绛唇》：

蹴罢秋千，起来慵整纤纤手。

露浓花瘦，薄汗轻衣透。

见有人来，袜划金钗溜。

和羞走，倚门回首，却把青梅嗅。

这次画的是深刻在宋振峰脑海中的，何欢小时候的模样。站在开满鲜花的小院里的小女孩，美好、矜持、纯真……

刘恒的话在他的耳边不停地回荡：“不好？太客气了，他们根本就是彻头彻尾的卑鄙下流！不仅他们周家的人不好，也绝了，这一家子娶回的媳妇，招回的女婿都没一个好东西！”他不敢相信，他不能相信，他的何欢，他今生最爱的女子，竟然变成了一个那样被人所唾弃的女人！不，这不可能！宋振峰用心地画着，每一根线条，每一笔颜色，都饱含着心血。他要用画笔唤回记忆中的何欢！

今天，画终于画完了，宋振峰也平静了，画笔和记忆又给了他自信：一定是刘恒搞错了，即使周家的人都很坏，何欢也不会变坏，一个那样纯净的女孩子是不可能变坏的。

宋振峰把画又收藏进了那间专门放置何欢肖像的画室里。这时刘恒正好也走了进来：“振峰，你找我？”

“对。”

“那你先说，正好我也有事要跟你说。”

“是这样，画院的几位创始人看了你的报告以后很满意。最后他们是这么决定的：因为他们都很欣赏你，所以想聘请你当敦煌画院的院长。他们觉得在你的领导下，敦煌画院一定能够保持住它的本色。当然，师长们也考虑到，跟大的画廊比起来，敦煌画院毕竟是一个很小的画院，而且环境也很艰苦，所以还是以尊重你的选择为前提。如果你能出任敦煌画院的院长，那么敦煌画院下一步是跟别人合作还是独立发展，就由你来做主。如果你不能出任这个院长，那么画院就和天海画阁合作。但是希望你能继续帮助我们完成这次合作的谈判。”

刘恒没有想到，敦煌画院竟然会做出这样的决策，能得到别人这么大的信任，让他感动。

“给我几天时间，让我想想，好吗？”

“没问题，你找我有什么事？”

“是这样。”刘恒有些吞吞吐吐，“过两天就是五一长假了，周博想先回北京一趟，等假期结束再回来。他想……”刘恒一边对宋振峰察言观色，一边小心地说，“他想，在走之前，见你一面。”刘恒认为宋振峰听见这个消息，一定会变了脸色，因为他还记得，宋振峰是多么不愿意面对周博。

可让他意外的是，宋振峰竟然还是那么平静：“我也应该去和他见个面了，他来了这么久，我这个真正的负责人还没有露过面，从礼貌上也说不过去。安排在什么时候见面？”

刘恒目瞪口呆地望着宋振峰：“你要去吗？”

“我应该去一趟吧，你说呢？”

“当然，你当然是应该去。”刘恒决定不再说话了，看来学画的人果然都很感性，情绪变化比较大，也比较突然，对，肯定是这样。

“那就今天下午吧，周博明天就走了。”

“好。”

周博朝宋振峰的办公室走去，宋振峰的回避在周博的意料之中，但是周博有把握，今天的见面，他一定能完全占据主动。

周博刚一敲门，宋振峰就迎了出来：“周董，对不起，我因为有事去兰州，这些天失礼了。”

宋振峰态度从容，不卑不亢。

周博哈哈一笑：“一家人用不着这么客气。”周博说着自己就找了把椅子坐了下来，“你也别周董周董的了，你师傅是我师弟，叫我一声伯父不会辱没了你。”这是周博惯用的伎俩——先声夺人。

宋振峰当然是没话可说，只能站起来，再次行弟子礼，恭敬地叫了一声：“伯父。”

周博频频点头：“你这么有出息，我也高兴，你师傅教导有方啊。过去学画的时候，我也是一门心思想当画家，可我没坚持住，你和你师傅坚持住了，比我强。”周博绝口不谈生意，不谈合作，不谈何家的任何事，只是以前辈的身份，认真地和宋振峰讨论艺术，两个人之间的气氛越来越融洽了。

刘恒在隔壁办公室里上网，他在等宋振峰。桌子上的塑料袋里，放着何欢的日记，他们说好了，等宋振峰谈完，就带他去找个画窟把日记烧了。

刘恒打开画家的专业网站，随意浏览着，突然，何欢的名字跳入了他的眼睛！

刘恒赶紧打开相关内容仔细看，越看越吃惊，越看越觉得怒不可遏。刘恒一下子蹿了起来，三两步就闯进了宋振峰的办公室，办公室里，宋振峰和周博正是相谈甚欢。刘恒突然出现，把他们两个都吓了一跳。

"周博，我一直就知道，你们姓周的没好东西，可我真没想到，你们竟然会这么卑鄙无耻！"

宋振峰不知道刘恒怎么了，赶紧出言制止："刘恒，有事好好说，出什么事了？"

宋振峰觉得，周博毕竟这么大年纪了，不管他做了什么事，这么骂他都是不应该的。而且，周博一直在敦煌，也不会做什么啊？

周博也意外，但是还能保持得住冷静："刘恒，我希望你的修养能够和你的能力相符合。"他的声音中充满了威严。

可刘恒根本没有被他的气势所慑服："修养？周博，你不配跟我谈修养。当初，你逼得欢姐几乎走投无路，欢姐用了三年的时间，才刚刚走出伤害。而她走出伤害的第一件事，就是劝我放下对天海画阁的仇恨，帮你们渡过难关……"

这次周博失去了冷静："你是说，让你接受我的聘请的人是何欢？"

刘恒一声冷笑："对，欢姐对我有恩，我不跟天海画阁合作，就是因为你们太过狠毒，周涛尸骨未寒，你们就把何欢赶出家门，甚至造出她精神失常的流言。可是就在我来敦煌之前，她对我说，她已经放下了仇恨，希望我也能放下仇恨，因为她不忍看见天海画阁毁于一旦，不忍看见你垂暮之年再受到致命的打击。"

周博觉得此时天地都在晃荡，他喃喃着："何欢真是这么说的？"其实他不用问，他已经相信了，何欢一定会这么做，何欢在他身边学习了六年，何欢是他的女儿啊！

还没等刘恒说话，宋振峰开口了，他现在仍旧处于震惊之中，"刘恒，你说何欢怎么了？"

"你也知道何欢？"刘恒这才想起，屋里还有一个宋振峰。

"告诉我何欢到底怎么了？"宋振峰一扫平时的斯文儒雅，像一头受伤的野兽似的吼了出来。

"她……你想知道什么呀？"刘恒有点不知道该从何说起。

"你说周涛尸骨未寒是怎么回事，是什么时候的事？何欢现在怎么样？"

宋振峰的神情，让刘恒觉得恐惧，他觉得自己如果不尽快给出答案，宋振峰会掐死他："周涛三年前死于意外，何欢一直在老家寡居。"

宋振峰重重地跌倒在了椅子上。

周博打起精神，问："你发怒究竟是为什么？"他的声音低落，他现在已经没有力气做出什么气势了。

刘恒转身打开了桌子上的电脑，很快地找到了一个网页让周博看。网页上是一篇新闻报道，大意是说——天海画阁广东分公司的前经理何欢，一贯卑鄙无耻，十年前，就贪图周家的财产地位，为了嫁进周家，蓄意破坏了周涛和恋人的关系，勾引周涛和她结婚。婚后，周涛看穿了何欢的为人，想和她离婚，重新和初恋情人组成家庭，但是何欢为了得到周家的财产，死活不肯离婚，最后逼得周涛和恋人双双殉情。而何欢却在周家上下最痛苦的时候，榨取了周家近百万的现金远走高飞。现在，何欢故技重施，又勾引上了另一个在商界举足轻重的人物——秦云瀚。不顾对方已经结婚的事实，为达到自己攀龙附凤的目的，苦苦勾引秦云瀚，和秦云瀚公然出双入对，可见其品质败坏至极……

周博没有再看文章的后半部分，他觉得天突然黑了，四周变得非常的安静，一点声音都没有，"刘恒，振峰，我先走了，我没什么话可说，只有一句，如果你们还愿意听的话，这件事，我一点也不知道……"

周博走了，他没有再做无谓的解释，他知道，能写出这篇文章的只有他的那一双儿女……

宋振峰也看完了文章，轻声问："刘恒，让你烧掉日记的是何欢吗？"

"是。"刘恒小心地说，他清楚地看见，宋振峰眼中泪痕依稀。

"那些日记能给我看看吗？"

"可是欢姐说，不能给任何人看。"刘恒已经感觉到，也许何欢日记中的那个人就是宋振峰，但是，没有何欢的允许，他不能给任何人看这些日记。

宋振峰点了点头："你做得对。"

刘恒有些失望，心中不由得对宋振峰暗生埋怨："你怎么这么容易放弃啊，你就不能坚持一下？跟欢姐还真是般配，在感情上决不积极主动。"

宋振峰站了起来："带上日记，跟我来。"

"去哪？"

"去看些东西。"

刘恒跟着宋振峰来到了那间装满了何欢的肖像的画室！刘恒呆住了，他当然能认出来，画中人是谁。看看画上题的日期，这些作品整整跨越了十个年头！刘恒愣了良久，没有再说一个字，径直把日记推到了宋振峰的怀里："给你了。就算欢姐怪我，我也认了……"

[4]

午休时间。萧雪飞和何欢吃完午饭，在办公室里各自打发时间。突然，正在上网的萧雪飞大叫了一声，正在闭目养神的何欢已经习惯了她的一惊一乍，连头都没抬。

“表姐！”萧雪飞又喊了一声。

“我就在这呢，你不用喊这么大声。”何欢闭着眼睛说。

“你快来看啊！”萧雪飞急得声音都变了。

何欢终于站了起来，虽然她认为萧雪飞不会从网上发现什么正经事，但为了让萧雪飞恢复安静,她还是走到了电脑前。屏幕上赫然显示出的是周浪兄妹炮制出来，谩骂何欢的那篇文章！

何欢的眼神集中了起来，她碰了碰萧雪飞，萧雪飞会意，站起来把座位让给了何欢，何欢坐了下来。从始至终，何欢的目光都没有离开屏幕。她紧紧盯着电脑，逐字逐句地认真阅读着。

萧雪飞紧张地看着何欢，不知道何欢看完这篇文章后会作何反应。不过她的心里已经准备好了一大套说辞，准备安慰何欢。

可是萧雪飞惊异地发现，何欢看着看着，嘴角竟然浮现出了一缕笑意，天啊，表姐不会是受刺激了吧。

萧雪飞目不转睛地盯着何欢，手都摸到了电话上，她已经在考虑，如果何欢真有什么不对头，应该先给谁打电话了。

何欢脸上的笑意渐浓，最后她简直就是兴致盎然地看完了这篇文章！

“好！”何欢双手击案，“还是古人透彻啊，‘天若亡之，人力难阻’，人，终究是违背不了天意的。”

“啊？表姐，你，你说什么呢？”萧雪飞忐忑不安地望着何欢，想努力地从何欢脸上看出来她的精神是否正常。

“你听不懂我的话，是吗？”

萧雪飞点了点头。

“那好，你现在给秦云瀚打个电话，把这句话告诉他，我想他能听懂。”

“哦。”萧雪飞刚要点头，才发现不对，“我没有他的电话，我不认识他，我……”

“好了，小雪，咱们是姐妹，我不会为这点小事怪你的，乖，快给他打个电话。先问问他是否介意这些流言，如果他不介意，你就把我刚才那句话告诉他。”

“我，我……”萧雪飞仍旧不知所措。

“快打吧，你就直接说，是我问他的，没事的。”何欢的脸上始终挂着微笑。

萧雪飞只觉得晕头转向，唯一能做的，就是按照何欢的吩咐，拨通了电话。

“喂，秦总，你好。咳……”萧雪飞艰难地清了清嗓子，“就是，是这样……是、是何欢让我给您打的电话。”天啊，让老总知道，自己的真实身份已经被何欢看破，老总会怎么制裁她啊？萧雪飞觉得自己的手都在微微发颤。

秦云瀚稳健的声音从电话那一端传了过来：“是不是何欢看见网上那篇报道了？”

“是。”

萧雪飞做梦也没想到，秦云瀚接下来的话竟然是：“告诉何欢，我很抱歉，我没想到和她一起参加拍卖会，会给她带来这么大的麻烦。”

“可是，何欢让我问你，你介意这些流言吗？”

“我当然不介意。”

“何欢说，你如果不介意，就让我告诉你句话。”

“什么话？”

“天若亡之，人力难阻。人终究是违背不了天意的。”

“这是何欢说的？”秦云瀚的声音难掩激动，听声音，他是突然站起来了。

“是，她看完文章后说的。”

“何欢现在在你身边吗？”

“在。”

“好，把电话给她。”

萧雪飞现在根本跟不上秦云瀚的思路，只能非常机械地把电话递给了何欢。何欢似乎早就预料到了这一幕，微笑着接过电话：“你好，我是何欢。”

“你决定接受我的聘请了？”

“对。并且想请缨出任广东分公司经理。”

“好！你的待遇……”

“这个就不用谈了。就算你一分钱都不给我，我也会干，毕竟我从天海画阁抢了八十万，够花了。”何欢面带微笑，却言语冷峭。

“明天或者后天，我去找你，咱们面谈。”

“好的，我等你。还有，如果你正式决定聘用我了，我想请你尽快高调宣布这个消息。”

“和我的想法不谋而合，看来我们未来的合作会进行得非常愉快。”

何欢挂断了电话：“小雪，你去找点事干，我想自己待一会儿。”

“那，好吧。”

萧雪飞走远了，何欢脸上的笑容慢慢隐去，她开始细致地收拾桌子。留恋啊，大学毕业以后，在研究所里的这三个多月是她过得最宁静最幸福的一段生活，原来还打算去读书，然后就一辈子过这种日子，没想到才三个月，就得走了。

刚刚还觉得，自己一辈子都不会再踏足商场，可是才一转眼，就又披上了战袍。其实，是可以不去的，周家的人愿意说什么，让他们说去好了，装作不知道，接着过平静的日子。但是不行啊，何欢太了解自己了，如果面对这样的羞辱而不反击的话，那自己一辈子都不会快乐。

这一去多长时间才能回来呢？至少得三四年吧。而三四年后的世事变化，更是不可预料。入商场难，出商场更难，也许这一次，自己就作为商人终老了。

萧雪飞心烦意乱地转着圈子，今天中午发生的一切，让她混乱不堪，最后她决定再给秦云瀚打个电话。

“秦总，是我，萧雪飞。”

“哦，你好，有事吗？”

“对不起，秦总，何欢看出了我的身份。”

“没关系，其实在北京的时候，她已经暗示过我这件事了，并且说，她不会怪我们。”

“那我现在怎么办？”

“也该放假了，你休息几天，8号就回来上班吧。”

“谢谢秦总……”

另一方面，宋振峰和刘恒中午回来以后，就一直留在了宋振峰的卧室里。宋振峰在看何欢的日记，而刘恒则在画室里逐一观赏着宋振峰画的何欢。太美了，刘恒在心中赞叹，不知道他们两个结婚以后，会不会同意把这些画展出……刘恒一边看一边异想天开，不觉日已西沉。

刘恒的电话铃声响了起来。

“你好，我是刘恒，哪位？”

“你好，我是周董的助理王斌。”一个礼貌的男声传了出来。

“有事吗？”刘恒的眉头微微皱了起来。

“是这样，周董刚才心脏病复发。”

“什么？那他现在怎么样了？需要我们做什么吗？”不管有什么私人恩怨，周博毕竟是敦煌的客人，病在这里了，总不能不管。

“比较严重。但是不用麻烦你们了，我已经和机场联系过了，今晚还有飞北京的飞机，我们开车过去能够赶上飞机。是周董让我给你打个电话，算是告别，也请转告宋院长。”

“我会的。对了，他是什么时候病的？”刘恒记得，周博离开办公室的时候，虽然很生气，但也没有犯病的样子。

王斌似乎迟疑了一下，轻声说:“你上网看一下，就明白了。我该走了，再见。”

又出什么事了？刘恒不明所以地打开了电脑，直接找到了和美术有关的专业网站。

“天啊……”刘恒几乎是呻吟了出来，因为他已经没有力气喊了，“振峰，你来看。”

宋振峰也来到了电脑前，这次出现在屏幕上的，是一条简短的新闻：

天海画阁广东分公司前总经理何欢，刚刚接受了欧洲一家著名投资公司的聘请。该公司中国市场总裁秦云瀚对何欢的加盟表示了热烈的欢迎。何欢将出任该公司的广东分公司经理，为其开拓广东市场……

新闻发布的时间是两个小时之前，周博肯定是看见了这条新闻，才突发的心脏病……

“这是什么意思？”宋振峰盯着屏幕问刘恒。

“意思就是，这回打热闹了。欢姐要和天海画阁不死不休了。”

“可是看她日记上写的，她不会再经商了啊？”

“她的确是不会再主动去经商了，但这一次周家欺人太甚，等于是兵临城下，她不能再退了。”

“我明白了。”宋振峰点了点头，“给我何欢的地址。”

“你要去见她？”

“是，我马上就走，这里你先帮我盯几天。”

“你是去阻止她吗？”

“不，她的任何决定我都会无条件地支持。只是她现在是在被逼之下，做出了这么违反自己意愿的决定，一定非常痛苦，我不放心她……”

怨憎会，爱别离，求不得

[1]

晚上，何欢坐在客厅里看书，萧雪飞心神不宁，不停地轮换着电视频道。终于，何欢开口了：“小雪，你有什么话就说出来吧，你这个样子多不舒服啊。”

萧雪飞深深地吸了一口气：“你什么时候知道我是为了工作才接近你的？”

何欢想了想：“开始呢，没有多想。我那时候的状态你也知道，不会过多地去关注什么事情。后来，不断地发生巧合，关于我的任何事情，只要你知道了，秦云瀚马上就会做出反应。这样，我当然就会想到，你是秦云瀚安排在我身边的人喽。”

“秦总说，你不介意我骗你？”

“对。”

“为什么？”

“为什么？”何欢站了起来，“我为什么要介意呢？秦云瀚是为了事业，而你是为了工作，这都是很正当的理由，而且你们又没有伤害到我什么，我为什么要介意呢。”

“我不理解。如果是我，被人这么欺骗，我一定不会原谅他们。”

何欢笑了：“那是因为你还年轻。”

“你比我也大不了几岁。”

“不在于生理年龄，而在于心理年龄。等你多经历一些事情，你就会发现，什么事才是真的值得生气的。而其他的那些琐事，就算请你去为它们生气，你都不会生气。”何欢的声音有些苍凉。

萧雪飞似懂非懂，可又不知道该问些什么了。

周博的病榻前。

周博又一次被抢救了过来。

病房很大，显得空荡荡的，周博醒来后第一件事，就是逐走了守在身边的所有家人，所以现在只有一个很年轻的小护士在病房里陪着他。

“周董，您醒了，需要点什么吗？”小护士的专业素质不错，一看周博睁开了眼睛，马上走了过来。

周博微微摇了摇头：“我什么都不需要，你去外面坐一会儿吧，不用这么干守着我。”

“那不行，我必须得留在您身边。”

“不用。”周博虽然虚弱，但是态度依旧威严，“我想一个人待会儿，想点事情。你去外面正好给我看门，除了我的助理，别人来了，你一概说我还不能见客，必须绝对休息。”

“那好吧。”小护士有些无奈，真是奇怪，普通人家的人病了，还得说着好话让护士多过来几趟。可这些有钱人吧，你给他配了专职护士，他却老往外打发你，“周董，我就在门口，如果您不舒服，一叫我我就能听见。”

“知道了，你放心吧，我没事的。我这不是第一次犯病了，我心里有数。这一回，我又挺过去了。”

小护士走出了病房，轻轻掩紧了房门，病房外面是一间类似于起居室的房子。供病人活动和会客用。小护士拿了一把椅子，紧挨着病房门口坐了下来，用心关注着病房里的动静。

身边一个人都没有了，周博打起的最后一点精神，也瓦解掉了，无尽的疲倦和哀伤源源不断地涌了出来。

“我心里有数，这一回，我又挺过去了。”周博的脸上浮现出一丝自嘲的苦笑，是啊，又挺过去了，因为他不能不挺，他别无选择。如果周涛还活着，那么他现在唯一要做的一件事，就是躺下来好好睡一觉，他的身心都累透了。

刚刚过去的这两三天，让周博彻底体会到了什么叫大喜大悲，什么叫峰回路转，什么又叫腹背受敌。

相传，做生意讲究的是天时天意。最近这一年多，天海画阁步步受挫，周博都快认命地相信，是天意要让天海画阁灭亡了。可是，突然之间，一切都有了转机，敦煌画院同意合作，刘恒接受聘请……这一切似乎都昭示着，天意终于被扭转了，天海画阁又一次渡过了危机。

可就在一夜之间，一切都变了。周浪、周澜这两个逆子，竟然鬼使神差干出这么愚蠢的事情来！难道这真是天意使然？

周博醒来后的第一件事，就是赶走了所有的家人，因为他知道，天海画阁需要他继续支撑下去，而他的身体恐怕再也经不起一次狂怒了，所以他现在必须保持绝对的冷静。而他一旦看见那两个逆子,肯定会怒火勃发。到时候,把他气死事小——反正养了这么一群孩子,他活着也没什么意思了——天海画阁被他们糟蹋完了事大,那是他一辈子的心血啊。

而他醒来后做的第二件事，就是让助理调来了那天拍卖会的全部资料。因为他一直想不明白，何欢为什么会突然在这种场合出现。

敲门声响起，周博的特别助理王斌——就是和刘恒打电话话别的那个男人，走了进来，“董事长，你好些了吗？”

周博点了一下头：“我没事了。我让你查的东西查出来了没有？”

“查出来了。”王斌拉开了皮包，掏出了一沓纸，“这是我刚才从拍卖会的举办公司那里复印来的。您看，”王斌翻出了其中的一页，“和你的猜测完全一样，何欢在拍卖会上使用的那个号码，确实是属于何达的。而且，据组织者说，之前来看样、交定金的一直是何达，他们也没有想到会变成何欢。不过他们是认请柬不认人，所以只要有请柬，不管谁来都行。”王斌看见周博闭上了眼睛，就停了下来。

“怎么不说了？”周博闭着眼睛问。

“我看您有些累了，您先休息一下，我再接着汇报。”

“不用，你就说吧，我都听着呢。”

“是。我还查出来，主办方也邀请了秦云瀚。但不知道为什么，秦云瀚没有使用自己的入场券，反倒是作为何欢的男伴入的场。还有，据主办方说，不管是在拍卖过程中，还是在事后的交易过程中，秦云瀚都没有给何欢提供任何帮助，都是何欢独立完成的。唯一的一次帮助，就是……”王斌又闭上了嘴。

“怎么不说了？”

“就是拍卖过程中，周澜经理似乎是找何欢争吵了几句，何欢一直没有做任何反应，是秦云瀚出面解决的。”王斌一边说一边偷眼看周博的反应。

可是周博始终闭着眼睛，很平静，看不出心里在想什么。

“董事长，您休息一会儿吧。”

“不用，陪我聊会儿天吧。”过了一会儿，看王斌不说话，周博又说，“你随便跟我说点什么吧,我的脑子一闲下来就要想事情,可我现在太累了,不想考虑工作。”

“是。”王斌想了想，才说，“董事长，您是怎么想到何欢其实是替何达来竞拍的呢？”

周博冷笑了一下：“何欢拍走的几幅画，全部都是没名画家画的宫廷花鸟，他们要不是何达的学生，就是何达也是受人所托。但是何达不善于干这种事，所以叫

何欢出面了。这么简单的问题，周澜都看不出来！”虽然一直提醒自己不要发火，可是一想起周澜，气还是不打一处来。

“您还是认为何欢只是替何达办件事，并不是她想借这个机会，重新回到商场中来。”

“当然，如果她想重新回来，那么在拍卖会上，就不会那么低调。这里面不乏她以前生意场上的故交，如果她想出来做生意，一定会先和这些人搭上线，可她几乎谁也没理。”

“那她和秦云瀚到底是怎么回事？”

“这我就不知道了。”周博的手上还有一些那天拍卖现场的照片，照片上的两个人状似亲密，“不过，至少周澜胡闹之前，何欢还没有想加入秦云瀚的公司，否则，她不会建议刘恒接受我的聘请。应该是秦云瀚有心要结交何欢。”

王斌点了点头，“董事长，您觉得，您要是和何欢好好谈一谈，能说服她不跟天海画阁作对吗？”

“你认为呢？”

“不知道，因为已经隔了几年，所以我觉得我也把握不住现在的何欢。”

周博认真凝视着照片中何欢的样貌，“她比过去深沉了，而且笑容中没有了快乐。”

王斌也拿过张照片来看：“没错，即使在她笑得很开心的时候，她的眼睛中也没有一点笑意。”

“我还听到一个消息，是从秦云瀚身边传出来的。”

“什么？”

“据说是何欢主动请缨要做广东分公司经理的。”

周博点了点头，没有做任何评论。

“周董，她这摆明了是冲咱们来的。”王斌试探着说。

周博冷笑了一下：“无所谓，兵来将挡，水来土掩。做生意就是这样，不是你攻击我，就是我攻击你。她愿意来广东就来吧。”

王斌没有想到周博竟然如此的沉着，但既然董事长不在乎，他也就不用再多想了，于是王斌站起来说道：“您休息一会儿吧，我先回去了。”

王斌走了，周博脸上的自信也消失了。

唉，即使是心腹，有些话也不能说啊。刘恒跟何欢的关系非同一般，所以现在肯定不会再接受天海画阁的聘请了。宋振峰目前执掌着敦煌画院，所以和敦煌画院的合作也等于落空了。周博知道，秦云瀚一直虎视眈眈盯着天海画阁的广东市场，而且背后是雄厚的外资支持，现在又有了何欢的加盟，更是如虎添翼。天海画阁的一条条出路都被堵死了，而且都是因为何欢被堵死的。

如果三年前，他能想到何欢会拥有这么强的破坏力的话……周博不由得冷笑了一下，想到了又能如何，能让何欢继续留下来吗？不能，儿女们不会答应。能再狠一些，彻底逼垮了何欢吗？可是他当时做得已经够狠了呀。

没得可怨，只能说天意如此啊。

主动请缨开辟广东市场。现在的何欢可比过去狠多了。周博不由得又拿起了何欢的照片，照片中何欢的眼睛深不见底、寒沁人心。何欢，看来你这三年进步不小。

何欢，三年前我打败了你，现在你在勇猛过后，伤痛过后，又整整沉淀了三年时间，我还能打败你吗？

涛儿，你若有知，帮帮你的父亲，帮帮天海画阁吧……

[2]

秦云瀚如约来找何欢。虽然中间才隔了短短几天，但是两个人的关系已经发生了翻天覆地的变化。所以两个人见面以后，再也没说一句废话。

“从现在起,咱俩就拴到一起了,一损俱损，一荣俱荣。”两个人找了个茶社坐下，秦云瀚端起茶杯，以茶代酒，说出了今天第一句话。

何欢也举起了茶杯：“没有俱损，只有俱荣，只要一天不大获全胜，我就会一直走下去。”

秦云瀚赞许地点头：“好气魄，不愧是天才画商。”

何欢也笑了：“只有气魄没用，还需要有很多具体的东西。”

“我明白，昨天我没来找你，就是因为我在安排这些事情。现在都安排好了，你不仅全权负责广东的工作，在我不在国内的时候，你可以暂代我行使职权，这样就能保证你在广东的工作不会因为任何原因而受到任何拖延。”秦云瀚笑望着何欢，“好像你听了我这些安排，并没有感动。”

何欢淡淡一笑：“我不需要感动，食君之禄，分君之忧，你给予我的信任越多，我需要回报你的就更多。”

秦云瀚也笑了：“说得好，有你这句话，我就放心了。我当天就把你受聘的消息发出去了。”

“我看见了，你动作够快。”

“有一个可靠的消息。”秦云瀚认真地盯着何欢的眼睛，“在我发出消息的当天，周博再次突发心脏病，现在还在北京住院。”

何欢沉静如水：“你怕我听到这个消息又会动摇？”

“我开始怀念你过去的温情和含蓄了。”秦云瀚笑着说。

“你不需要含蓄的下属。”何欢的笑容消失了，“天海画阁也不会需要一个温情的对手。”

“‘天若亡之，人力难阻’，你终于接受天意了。”

“什么是天意？”何欢冷笑了一下，“天够忙的了，没空管人世间这些琐碎的是是非非。”

“既然不相信天意，你为什么会说‘天若亡之，人力难阻。人终究是违背不了天意的’这句话？”

“天意，只是一种象征。从三年前起，天海画阁灾难不断，看起来，好像是冥冥中有人在操纵，事实上，这些灾难都来自于一个根源，就是天海画阁内部的问题，或者说是周家内部的问题。周博缔造了天海画阁，而他一手缔造的儿女，又毁了天海画阁。”

何欢微微叹了一口气，“不管是天意还是人意了，开始谈咱们的事情吧。”

两个人谈起了筹备公司的具体事宜。

萧雪飞在何欢的家里百无聊赖地待着，今天是五一的第一天，她知道何欢跟秦云瀚在一起，不知道他们中午如果一起吃饭的话，会不会叫上她。

门铃声响了起来，不会吧，回来得这么早？萧雪飞跳到了门口，一打开门，她直接跳了起来：“振峰，怎么你来了？你终于来看我了！你真过分，这么长时间都不跟我联系，我恨死你了。算了，看在你一放假就来看我的分儿上，我饶了你了。对了，你北京的学校联系得怎么样了，我8号就回北京上班了，咱们就可以在一起了。快进来啊，站门口干吗？”

宋振峰不能置信地看着萧雪飞，愣了半天，才迟疑地问：“你怎么会在这里？”

“这是我家啊？”

“你家？”宋振峰又看了一遍手里的纸条，地址没错啊，刘恒这是在搞什么？

萧雪飞从刚一见面的喜悦中冷静了下来，她眯起了眼睛：“你不是来看我的？”

“我……”

“你是来找何欢的？”萧雪飞妒火中烧，理直气壮地指责宋振峰，“你这么长时间不和我联系，一来竟然是找她？”

宋振峰努力地控制住自己的情绪，他知道萧雪飞多么能胡搅蛮缠，所以尽快搞明白目前的状况要紧：“这里确实是何欢的家？”

“是。”萧雪飞昂着头说。

“那你怎么会在这里？”

“我是她表妹，我现在住这儿。”

“你是她表妹？”宋振峰的神色冷峻了起来，“你早就知道何欢的事了？”

“什么事？”

“周涛的事。”

“对。”萧雪飞仍旧很硬气。

“那你竟然不告诉我！”宋振峰低吼了出来。天啊，他认识萧雪飞也有两三年了，萧雪飞竟然一直没有告诉他何欢的事。

宋振峰的神情吓到了萧雪飞，她从来没见过宋振峰这个样子：“你嚷什么？一开始我也不知道你认识何欢，后来我知道了，可是我爱你，当然不能告诉你了。爱情本来就是自私的！”萧雪飞仍旧是一副很有理的样子。

宋振峰决定不再理萧雪飞了，自己找了张椅子坐了下来。

“喂，你干什么？”

“等何欢回来。”

“这是别人的家，你经过我允许了吗？”

宋振峰冷笑了一声：“这不是别人的家，是何欢的家，在何欢的家里，我还不需要得到别人的允许。”

萧雪飞急了：“是吗？你既然这么自信，当年为什么一走了之，连抢都不敢抢，就把何欢让给周涛了。”

宋振峰并没有被激怒：“那是因为我那时太幼稚，正因为我当年由于幼稚犯了错，所以我现在才不会再犯了。”

萧雪飞冷笑着：“我知道，你觉得自己现在有名了，不像过去那么一无是处了，所以你自信了。可是你知道吗，何欢这三年守寡也没闲着，她身边的男人比你可强多了。”

宋振峰没理她，径直找到书橱，找出本书来看。

萧雪飞又不明白了：“你怎么知道那里会有书？”

宋振峰也愣了一下，他似乎没意识到这个问题，只是很自然地顺手拿了一本，他想了一下，说：“我也不知道，只是觉得如果何欢住这里，那书就应该放那儿。”

宋振峰确实是老老实实地解释，可是萧雪飞又被激怒了，“宋振峰，你别执迷不悟了，你知道现在何欢身边都是些什么男人吗？你根本没机会！”

宋振峰揉了揉额角，他真的头疼了，如果他现在跟萧雪飞之间气氛融洽的话，他真想问问萧雪飞：“你确实是何欢的表妹吗？怎么你们的性格差这么多呢？”他的脑子里突然涌出了一个可怕的念头：天啊，这个萧雪飞不会是齐英的什么人吧？太可怕了。

“宋振峰，你知道吗，何欢现在就和我的老板秦云瀚在一起，他们两个的绯闻，网上都传遍了！”

“我知道。”

“你不在乎？”

“何欢如果不爱他我不用在乎。何欢如果爱他，我会再送她嫁一回。”

“何欢还有一个关系暧昧的干弟弟，叫刘恒，上个月，他还在何欢的卧室里待了一夜，长得比你英俊多了。”

“第二天一早，他就来了敦煌，何欢的地址就是他给我的。”

“何欢还有一个大学同学，是她的初恋情人，过年的时候为了和他见面，何欢整整打扮了两天。”

“那个人叫方成钢。”何欢的日记里提到了他，所以宋振峰记住了。

“还有一个叫张志远的，想让何欢当他的情人。”萧雪飞慌不择路，连这个都说出来了。

这回宋振峰倒是愣了一下：“张志远，金羚的丈夫？他是不是精神失常了，不然怎么会有这种念头。”

“我看是你精神失常了！”萧雪飞恼羞成怒，“你等着吧，我走！”萧雪飞摔门冲了出去，把宋振峰一个人扔在了偌大的屋子里。

屋子里突然没有了萧雪飞的吵闹，一下子就变得分外安静了。宋振峰舒展开了身体，感觉出有些疲倦，从知道了周涛已经去世的消息到现在，宋振峰几乎就没闭过眼。尤其是看完那些日记以后，他的心就被狂喜翻卷着，一刻也停不下来，何欢是爱他的！这个消息让他如醉如痴如狂，原以为这辈子就这么错过了，没想到，还能等到这一天。他一分钟也待不下去了，只想马上飞到何欢的身边。不管何欢是想经商，还是想做研究，还是什么都不干，他都会义无反顾地陪着她，再也不会放手了。已经错过了十几年，太足够了。

可是刚才萧雪飞的话，犹如一盆冰水当头浇了下来。他可以在萧雪飞的面前表现得不在乎，可是当他一个人独处，面对自己的心的时候，他不得不承认，萧雪飞所说的这些，让他惴惴不安。

他已经整整十年没有见过何欢了，这几天所发生的一切，都证明着，何欢更优秀了，她已经成为了画商中一位举足轻重的人物。现在的何欢见多识广，她还会再爱上自己吗?

这些年何欢受了那么多苦，自己一点都没有替她分担，连一点安慰都没能给她，自己还有资格要求她的爱吗?

虽然，何欢的日记里，是爱自己的，可她爱的是留在她的记忆中的，十年前的那个宋振峰啊。宋振峰来到洗手间，从镜子里审视着自己的脸。大漠的风沙让他的脸变得粗糙，十年的光阴，让他显得苍老，他再也不是何欢婚礼上，那个颠倒了众多女生的翩翩少年了。何欢看到现在这样的自己，会失望吗？

何欢是让刘恒去烧日记的！宋振峰突然想起，刘恒刚来敦煌时对他说的话："我的一位朋友，想在敦煌烧掉一些东西，好把一些记忆埋葬掉，开始新的生活。"

天啊，何欢是要埋葬掉他啊！他之前怎么没有想到啊？

宋振峰越想越狂躁，一把打开了水龙头，冰凉的水迎头浇了下来，不知过了多久，宋振峰才从水里抬起头来，一扬头，满头满脸的水都甩在了他的身上，他的大半截衬衣都湿透了。

宋振峰解开了几个衬衫扣，挽起了衬衫袖子，随手扯了条毛巾，擦了擦脸上的水，从镜子里看了一眼，自己的头发还在向下滴水，胸膛几乎都是裸露着的，上面全是水迹，后背的衬衫也湿透了，贴在了他的背上……真是一团糟。

就在这个时候，门外突然传来了哗啦啦的钥匙撞击的声音，宋振峰本能地一边擦着头发，一边走出了洗手间，朝门口望去。

"摁这么半天门铃都没人开门，这疯丫头肯定是跑出去了，我还想让她做饭呢。"何欢一边低头插钥匙一边说。

"为什么要让她做饭？"秦云瀚跟在何欢的后面，手里提着一大堆袋子。

"我们俩说好的，只要买了菜就不用做饭了，一人干一样。"何欢打开了房门。

"不行，至少今天不行。我早就听说你厨艺精湛，今天一定得你亲自下厨。"

刚刚推开房门的何欢停住了脚步，有些无奈地回头看着秦云瀚："你连这都知道？我身上还有什么事是你不知道的吗？"

秦云瀚没有看何欢，他越过何欢看见愣在屋子正中的宋振峰，宋振峰几乎半裸着水淋淋地站在哪，让人想不误会都难。

"当然有。"秦云瀚一眼就看出了宋振峰眼中压制不住的渴慕和思恋，嘴角扬起了一丝高深莫测的微笑，"至少我就不知道宋院长竟然会是你的入幕之宾。"

"你说什么？"何欢一下子没听明白，她随着秦云瀚的目光看去，眼前站着的是谁？何欢只觉得一阵眩晕，她想说什么，但是没能发出声音来。

宋振峰毕竟也不是当年那个青涩书生了。他很快地从慌乱中镇定下来，因为他也看出了，此刻秦云瀚笑容中隐藏着的敌意和嫉妒，强敌当前，他不能失态，"秦总你好，真是没想到会在这遇上你。"

"我也没有想到。好像不管在哪一个地方出现，宋院长永远这么一表人才，风度翩翩。"秦云瀚脱口而出，可是话一出口，秦云瀚就后悔了，这话听起来太像讽刺人了。

其实秦云瀚说的是真心话，虽然有些话里含酸。因为宋振峰的容貌气质风度本来就是有口皆碑的，而现在的宋振峰头发有些凌乱，衣衫半裸，还略带着些仆仆风尘，给平日的儒雅中平添了几分性感。

何欢终于找回了自己的声音，轻轻唤了一声："峰哥……"

轻轻一声呼唤，让宋振峰如同遭了雷击一般，他浑然忘记了身边的一切，只是深深地凝望着何欢。何欢的眼中泪光依稀，清澈见底，眼睛中只有一个身影——宋振峰。一时间，十年的隔膜，世事沧桑的变迁，世俗的看法，曾经阻碍过他们的人和事，曾经有过的猜疑和不确定，都在这一瞬间烟消云散。

宋振峰的眼光又移向了秦云瀚，两人四目相对，秦云瀚仍旧挂着那一丝微笑，静观事态的发展，没有离开的打算。宋振峰也笑了，笑容温煦优雅，就算秦云瀚身家千万又怎么样？就算秦云瀚现在已经跟何欢很亲密了又怎样？他已经不是十年前的那个宋振峰了，他用了十年的时间来学习，该如何去爱，现在他学会了，他不会再让周涛的事情重演。

宋振峰没有再看秦云瀚，他随手扔了毛巾，向前走了几步，把何欢拥进了怀里，紧紧地，像是要把她糅进自己的身体里一样。何欢微微挣了一下，宋振峰贴近她的耳边低语："我昨天才听刘恒说了周涛的事，我看了你的日记，我知道了你的心，我一直没有结婚，十二年前没有任何人和我一起去敦煌，那是个谎言。"

够了，有这几句话就足够了，何欢不再挣扎，也紧紧地拥住了宋振峰。

秦云瀚也听见了宋振峰的话，他不禁苦笑了，天啊，十二年，难道人们都是这么严肃地去恋爱的吗？难道他们就不懂，人生苦短，应该尽量多地去发现美好吗？

秦云瀚看了一眼桌子上堆着的那些蔬菜，又看了看那一对已经忘了他存在的恋人，洒脱一笑，转身走出了屋子，临走还为他们轻轻带上了房门。

不知过了多久，宋振峰才想起秦云瀚。

"欢，秦云瀚走了。"宋振峰紧紧抱着何欢说。

"是吗？"

"这里就只剩下咱们两个了。"

"是，怎么了？"

"我想吻你。"

"峰哥……"

"别再叫我峰哥了，我不再是你的哥哥了，我要做你的丈夫。"

何欢刚要说话，就被宋振峰吻住了双唇。宋振峰把何欢压倒在沙发上辗转吸吮，几乎让何欢窒息了过去。趁宋振峰停下来的空隙，何欢急促地喘息着。突然，何欢看见宋振峰的眼神变得很深很深，何欢有些了然，轻唤了一声："峰……"

宋振峰把头埋在了何欢的胸前，压抑着声音说道："别怕，欢，我没事……"

"峰……"

"我知道我该怎么做，我会等到娶你。"

"峰……"

"你是我最珍爱的宝贝，我不会伤害你……"

"峰，别打断我，我是想问你，你爱我吗？"

"当然爱！"宋振峰不明白何欢为什么会问这么个问题。

"如果你能确定你爱我。"何欢一个字一个字地说，"那就现在娶我吧……"

"你说什么？"宋振峰差点跳了起来，本能地拒绝，"不行……"

何欢根本不理会他的拒绝，她直起了身子，一个一个地解开衣扣，"峰，我已经长大了，知道自己在做什么。自从金羚点醒了我，我才明白了其实我爱的一直都是你。我最大的遗憾，就是没有把握住你。我曾经暗暗发誓，如果你我有来生，我一定在爱上你的时候就表白，就把自己交给你……"

开始宋振峰还在听何欢说话，到后来，他已经不知道何欢在说什么了，因为何欢已经把一件件的衣服都脱了下来，赤裸着上身跪坐在他的眼前。

宋振峰嗥叫了一声，把何欢搂到了怀里，咬住了何欢白嫩的肩头，何欢微微呻吟了一声，贴上了宋振峰的胸膛，宋振峰的一切理性都瓦解崩溃了，他抱起何欢朝卧室走去……

[3]

秦云瀚开着车，在陌生的城市里漫无目的地兜着圈子，心中有些失落又有些好笑。现在的当务之急，是想好这几天干什么。他原计划利用这个假期和何欢好好磨合一下，所以取消了一切计划，可现在看起来，何欢恐怕近几天之内没有时间理会他了。对了，到老师家蹭饭去。

"我一直很好奇，为什么不管我在什么时间什么地点出现，您都不会吃惊。"秦云瀚坐在张所长家的饭桌边，一边吃饭一边快乐地问。

"因为我早就说过，只要你上课的时候能按时出现，其他的是你的自由。"张所长笑容可掬，"现在可以把你的失败说出来了吧。"

秦云瀚差点呛着："有那么明显吗？"

"没有没有。"张所长赶紧说："别人不会看出来的。"

"那您是怎么看出来的？"

"你是我的学生啊。"似乎这就说明了一切。"说说吧，到底什么事？"

“简单地说吧，何欢有男朋友了。”

“哦？”张所长终于表现出吃惊了，“是吗？是谁，干什么的，我认识吗？”

“您大概不认识。叫宋振峰，敦煌画院的院长，三十四岁，一位优秀的画家，一直以忠厚、严谨受到人们的称颂。”

“那很好啊。”

“两个人好像十几年前就有感情纠葛，宋振峰一直未娶，刚刚知道了何欢恢复了单身，马上就来了。”

“这就是你失败的原因？你不会是真爱上何欢了吧？”

“为什么不会？”

“你们两个，虽然看起来一个沉静一个张扬，但骨子里是一种人，都太有个性，不可能走到一起。”

“好像我什么都瞒不过您。的确，我没有爱上何欢，但是，怎么说那种感觉呢？对于男人来说，不管见到多少优秀女人，都想收入深闺只供自己一个人玩赏。在这个时代，当然不能再这么做了。但当男人身边出现优秀的女人的时候，他还是会希望这个女人能爱上自己。这是男人的本能。”秦云瀚服了。

“这是你的本能。”张所长纠正。

“是有征服欲的男人的本能。”

“我也有征服欲，但我想征服的是更多的春秋文化。”张所长突然想起了什么，“不过，我可以把你这句话记下来，也许以后再研究殉葬文化用得着。”

秦云瀚脑子中灵光闪动：“老师，这几天我给自己放个假，我去你的研究所里，补习一下春秋文化怎么样？”

“求之不得。”张所长回答得非常快。弄得秦云瀚有些不好意思了，“别这样嘛，老师，我的确还是非常热爱春秋文化的，只是现在没时间。我早就想好了，等我老了，也像您现在这样，放下一切，和妻子一起全身心地徜徉在春秋文化之中。”

张所长失笑：“就凭你现在这么到处征服女人，我很怀疑你那位研究外星人的妻子会不会等到你老了的那一天，还留在你身边。”

“这就是您不了解女人了，我要是真娶了何欢，她肯定不能容忍，但是春鸥就会，因为春鸥是一个喜欢不断挑战的女人，她也喜欢这种游戏——我身边不断地出现优秀的女人，可是都不如她，这让她自信。如果有一天我安静下来了，她就会觉得我乏味了。”

“两个怪胎。”

“而且爱情和丈夫不是她生活的全部，甚至只占一小部分，这样，如果有一天我真的想离开她，就不会有任何负担。当然，恐怕我不会离开她，因为她适合我。”

这时候，萧雪飞一直就在街上乱转，气恨难平。当她转得筋疲力尽的时候，她的脑子又开始运转了。宋振峰现在见到何欢了吗？他们在干什么？叙旧？那是肯定的，他们十来年没见面了，光是互相询问对方的情况，就得花上不少时间。询问完了呢？他们会考虑会思量，对方的身上发生了哪些变化，这些年何欢见到的都是商场上的顶尖人物，她还会看得上宋振峰吗？宋振峰在敦煌，身边就没断过有才华有灵气的女画家，他现在再看见何欢，会不会觉得何欢太市侩了呢？

萧雪飞越想越觉得自己干了件傻事。她怎么就这么跑出来了！她大可以像刘恒来的时候那样，一尽地主之谊，然后留在他们身边，看看事态的变化再说啊！

萧雪飞，你笨死了！你怎么就这么不懂人的心理啊？宋振峰当年穷，被甩了，肯定一直咽不下这口气去，而他错把这种较劲当成了爱情，所以一听说何欢倒霉了，马上就赶了过来。现在，他以胜利者的姿态，在何欢面前出现过了，他的目的也就算达到了。何欢在他心中也就不算什么了。

而何欢现在身边有个秦云瀚，除非她傻了，才会放弃秦云瀚选择宋振峰，而何欢虽然看上去不如自己机灵，但她肯定不傻。

萧雪飞看了看表，才两点多，估计他们还在吃午饭，决定了，马上回去，她不会放弃的。

何欢蜷缩在宋振峰的胸前，宋振峰紧拥着她。

“欢，咱们今天去注册结婚吧。”

“为什么？”

“为什么结婚？”

“我是说为什么这么快。”

“因为我不能再等了。我要合法地拥有你，合法地碰你。”

“你真的没有过别的女人？”

“我没碰过任何人。”

“可是我有过别的男人，这算不算不公平？”

“别再提那些事了，我不在乎，只要你以后只有我就行了。”

“你妈呢？”

“她知道我一直在等着你。”

“她不介意我结过婚吗？”

“欢，别再提这个了，好吗？没有人介意。”

“今天好像注册的地方休息。”

“对，那咱们8号一上班就去。”

“好吧。”

“欢，那个秦云瀚喜欢你？”宋振峰有些迟疑地问。

“不会，顶多是性格太过于争强好胜而已。”何欢贪恋着宋振峰温暖的胸膛，不想多谈别人。过了一会儿，见宋振峰没说话，就又问，“怎么，你不相信？”

宋振峰笑了：“相信，只要是你说的我全都相信。”

“峰，我有好多话想说，可是现在又不想说。”

“我知道，我也是。不用着急，从今天起，我再也不会和你分开了，咱们有一辈子的时间慢慢说。”

屋子里又安静了下来，只能听见两个人细微的喘息声。他们都有太多的问题要问，太多的话要说，可是他们谁也不愿意打破这份温馨，只是紧紧拥抱着，倾听着彼此的心跳，就想这么拥抱着度过生生世世。

过了一会儿，一声刺耳的门铃声撕破了屋内的静谧！看来摁门铃的人心很急，门铃声还没有停止，就又传来了拿钥匙开门的声音。

宋振峰吃了一惊，何欢倒还沉着：“没事的，是我表妹，她和我住在一起。你来的时候就是她给你开的门吧。”

“表姐，你在哪呢？”萧雪飞已经朝卧室走来了。

宋振峰突然警醒，他一直觉得有件很重要的事要告诉何欢，但是刚才怎么也想不起来是什么了，现在他想起来了，他必须先说清楚他和萧雪飞的事，因为他了解何欢有多么敏感：“欢，你听我说……”

就在宋振峰说话的同时，何欢也开口了：“小雪，你先别进来！”

“为什么？”萧雪飞已经推开了房门。

一切都来不及了。

萧雪飞目瞪口呆地愣在了门口。何欢满脸通红，宋振峰本能地把何欢搂进怀里，另一只手拉高了被子，把何欢遮住，却全忘了自己留在被子外面的上身也是完全赤裸的。

“你们在干什么？”萧雪飞不能置信地看着床上一对赤裸的男女。

何欢瞠目结舌：小雪竟然不赶紧回避，还问出这种话来，她不知道他们在干什么吗？

“你们在干什么？”萧雪飞吼了出来，“何欢，你知道他是谁吗？”何欢怔怔地看着萧雪飞，萧雪飞的脸都变成了青色，眼中全是泪水，指着床的手指在颤抖，“宋振峰，你、你真对得起我！？

“我爱了你三年了，我住在你们家，我陪你去画画，你带着我去看画窟、看风雪、看山花，我们每天晚上聊天，你都一直看着我，你，你竟然，背着我干出这种事来，好，好，宋振峰，你干得好。”

说完，萧雪飞摔门跑了出去。

宋振峰回过神来，第一件事就是想抱紧何欢，可何欢的整个身体都已经僵硬了。宋振峰吓坏了，他把何欢拥在胸前，急急地抚摸着她，吻着她的脸，想唤回何欢的热情。何欢没有躲避，但是也没有回应，只是像一尊洋娃娃似的，冷冷地任凭宋振峰摆弄。

“欢，你别这样，你别吓我，你说句话。”宋振峰一边吻着何欢，一边哀求着低喃。

何欢无动于衷，只是用力想挣开宋振峰的拥抱。

感觉到何欢的抗拒，宋振峰急了，他用尽全身的力气把何欢抱在了怀里：“欢，别这样，别离开我，我好不容易才得到你，别让我失去，我受不了……”宋振峰语无伦次地说着，就是不肯放手。

“她说的都是真的？”何欢说话了。

宋振峰愣住了，在他的记忆中，从来没有听过何欢这样说过话，冷得让人想哆嗦。

“我问你，她说的是不是真的。”何欢的眼神空洞，盯着莫名的虚空。

“是，可是……”

“放开我。”何欢轻轻地说。声音显得特别遥远。

“你放开我。”何欢又重复了一遍，声音决绝，让宋振峰恐惧莫名。

“欢，你听我说……”

“她说谎了吗？”

“没有，但是……”

“那你就什么都不用说了。”

“不是像你想象的那样。”

“我知道，你是想说，你并不爱她，你和她的交往是朋友间的友谊。”何欢拉高了被子，把自己脖子以下的身体都密不透风地缠了起来，被子下的身体蜷缩成了一团。

“对。”宋振峰赶紧说，他长出了一口气，还好还好，他真怕何欢像小时候那样，一下子就失去理智，什么话也听不进去了，那就麻烦了。

何欢的眼睛慢慢停留在宋振峰的脸上：“振峰。”

宋振峰应声靠了过来，双手轻轻扶住了何欢的膝盖，虽然何欢肯和他说话了，他还是不敢唐突。

何欢的神情和语调都恢复了平静：“你还记得我爸妈离婚那会儿吗？”

宋振峰当然记得：“别想那些了，都过去了，我们不会那样的。”

“你知道周涛是怎么死的吗？”

宋振峰摇了摇头。

“因为周涛在两个女人之间，选择了我，可是结婚后，他又放不下那个女人，所以瞒着我和她偷情，后来那个女人和他一起自杀了。他骗我。他可以不爱我，可他不能骗我。”

“欢，别想了，人已经没了，那些是是非非也就一起没了。不要再让他们伤害你了。”

“这些确实都过去了，但是你呢？”

“我怎么了？”

“周涛有苏菲，你有小雪，现在你选择了我，以后呢，在我们的爱情变薄的时候，再去和小雪偷情，再骗我！”何欢嘶喊了出来，“你走，马上走——”

“欢！”宋振峰急了，“我不会骗你！”

“我爸妈结婚的时候也没想过要离婚！周涛娶我，也不是为了骗我！”何欢声嘶力竭，“我不会再给任何人欺骗我的机会，永远不会！你走！”

“何欢！”

何欢的声音突然低落了下来，变得很虚弱，很无力：“振峰，你走吧，求求你，你远远地离开我，别再出现了。我怕了，我真的怕再受伤害。”何欢的眼中坠落下两滴沉沉的泪珠，“我父母离婚，我疯狂过，但我恢复了。周涛骗我，我折磨了自己三年，我也恢复了，可是你和他们不一样啊，我从十几岁就爱你，如果你背叛了我，我不知道我会怎么样，是疯？是死？我真的不知道。”

“欢，不会的，我不会伤害你。”

“现在就已经有一个小雪了。”

“她不是问题！”

“周涛娶我的时候，苏菲也不是问题！”何欢的眼泪像断了线的珠子簌簌地落了下来，滴滴都烫在了宋振峰的心上。

“你走吧。”何欢泪流满面，一双眼睛乞求地望着宋振峰。

宋振峰的心都疼了：“欢，你别这么看着我，我受不了。你别哭了，只要你愿意，我什么都答应你，我这就走……”

此时，萧雪飞的车在高速公路上狂奔，她心中充满了被人背叛的愤怒和痛苦，还有恨。“不行，我必须得干点什么，我至少要让别人和我一起去恨他们！”萧雪飞在服务区停了车，掏出了电话。

“喂，刘恒，你好，我是萧雪飞，还记得吗？”

“当然记得，你好，有事吗？”

“何欢的地址是你告诉宋振峰的吧？”

“对，怎么了？”

“你给的时候没有想到后果吗？”

“出什么事了？”刘恒的声音有些紧张。

“就在刚才，我一回家，看见我表姐正和宋振峰在床上。”萧雪飞阴冷地说。

“真的！”

“当然是真的。”萧雪飞心想，刘恒你现在也该痛苦了吧，何欢刚和你聊完通宵就上别的男人的床，你也尝到恨的滋味了吧？

“振峰可以啊！”刘恒欢快地说，“我还替他担心呢，怕他太矜持，不定得拖多长时间才会表白。没想到他这么快就搞定了。呵呵，这家伙还真是真人不露相啊。”

萧雪飞越听越糊涂：“你不恨她吗？”

“恨谁？”

“何欢？”

“我为什么要恨？”刘恒莫名其妙。

“那你还会和何欢做朋友吗？”

“当然了。”

“可是她已经有宋振峰了，你不在乎吗？”

“不在乎，他俩很般配啊。”

“没事，我挂了。”

萧雪飞深深地吸了一口气，又拨通了秦云瀚的电话。

秦云瀚正在张所长的研究室里，如痴如醉地看着春秋时代的文物，真美啊，每一次看到，秦云瀚都会觉得灵魂受到了震撼。

电话铃声不合时宜地响了起来，秦云瀚此时非常厌烦这种突如其来的打扰，但还是拿起了电话：“喂，你好。”

“秦总，您好。”萧雪飞听出秦云瀚声音不快，就先少了几分气焰。

“是这样，您不是让我关注何欢的情况吗？”

“嗯。”秦云瀚用心地看着一件器皿上的铭文。

“敦煌画院的宋振峰来找她了。”

“哦。”不对，这个字翻译错了，一定是错了，得记下来，晚上去找老师研究一下。

“他们两个好像很亲密。”

“哦。”可是如果改过来，下面又不好解释了，得去查查书。

“我刚才回家，看见他们两个在床上。”

“哦。”这么解释就对了！我就说嘛，我的专业不会退步得这么厉害……

“你刚才说什么？”秦云瀚终于注意到萧雪飞的话了。

萧雪飞看见了希望，老板终于有反应了，“我说他们两个在床上。”

“他们在床上干吗呢？”

“他们……”天啊，老板不会是气晕了头吧，这还用接着往下问吗？

秦云瀚也觉出自己问得不合适，人家毕竟还是个姑娘家，能汇报到这份儿上已经不错了：“啊……咳……那个，你确定他们已经非常亲密了是吗？”

“是。”

“好，你工作做得很好。”

“秦总，你还会继续聘用何欢吗？”

“会，怎么问这个，网上又传出什么谣言了吗？”

“没有。但是，您真的确定您还会聘用何欢吗？”

“确定。”

“我没别的事了。”

“对了，既然宋振峰现在在何欢那里，你再回去就不方便了。正好你利用这个假期，回公司整理一下手头的工作，好保证在8号能跟上公司的节奏。”

“是。”萧雪飞扔下电话，扑在方向盘上失声痛哭，这个世界疯了，每个人都疯了，她不过是想找个人陪她一起恨何欢，怎么都找不到啊？

电话挂断很久了，秦云瀚望着手中的电话，仍旧感觉到不可思议，一个冷美人，一个众所周知的正人君子，从来对女人都不加以辞色的冰山男人，十来年没见面，一见面就直接上床了，天啊，这是何欢和宋振峰吗？

好，输给宋振峰不冤，以前只知道他才华出众，品貌出群。今天才知道他还很有胆量。要知道他面对的是何欢啊。一个永远那么冷静，那么透彻，一开口就能把别人骨子里的想法给说出来的女人，他竟然敢在一见面就跟何欢提上床的事，而且还真上了，这份气魄就比他秦云瀚强。

算了，不想了，也许人家学艺术的就是这么富有激情吧，不像他们学考古的，越学越冷静。

乐观一点想，何欢已经和宋振峰如此亲密了，那么她就算是彻底和天海画阁划清界限了吧。

今天一定要把这篇铭文重新翻译一遍……

宋振峰走了很久了，何欢仍旧裹着被子，依靠在床上，一动不动。眼泪一直在流，不知道在什么时候，眼泪已经不流了，然后脸上的泪痕就自己干了，再然后被角上被泪水浸湿的地方也干了，屋子也被黑暗包围了，何欢仍旧一动没动。

屋子里越黑，何欢的思想就越清楚，无数件不愿想起来的人和事，在何欢的眼前跳跃，越来越清晰。何欢知道，靠自己挺过这一夜去，太难了。她拿起了电话。

金羚正在家里做饭，“喂，何欢啊，怎么了？”

“想跟你说件事，你忙吗？”

“不忙，你等我换个屋啊。”金羚一边说着，一边走出了厨房，“志远，你看下锅，何欢找我有事。”现在的金羚比过去厉害多了。张志远也很吃这套，很快地进了厨房。

“好了，你说吧。”金羚走进了卧室。

“今天上午振峰上我家来了。”

“宋振峰？”

“对，他说他刚听说周涛的事，就马上来了。他还一直都没有结婚，也没有女朋友。”

“啊！”

“他说他一直爱我。”

“啊！”

“后来我们就上床了。”

“啊！”

“后来我们吵起来了。”

“啊！”

“我就让他走，说再也不想看见他。”

“啊！”

“后来他说，我让他干什么他都会干的，他就走了。”

“啊！”

“金羚……”何欢痛哭失声。

金羚把电话移得离耳朵远了一些，她需要把刚才何欢说的所有的话重新消化一遍：宋振峰来向何欢表白，然后他们两个人就定下终身，然后就开始闹分手。这两个人倒好，把人家十来年的活一天之内就干完了。电话里，何欢哭声让人心酸。金羚叹息了一声，这两个人折腾到什么时候才是头啊。

“志远，你带着小伟，我得上何欢那去一趟，要是晚了就不回来了。”金羚一边换衣服一边交代。现在张志远只有点头的份儿了。自从何欢给金羚找到工作以后，金羚因为自己的特长，在单位越来越受重视，人也就越来越自信。不知为什么，她一自信了，张志远的气焰马上就迅速消退，也不在外面胡作非为了。结婚十几年了，现在两个人终于成了比较平等的夫妻了。

金羚见到何欢的时候，何欢的嗓子已经哭哑了，她断断续续地向金羚说了事情的经过。最后，何欢说：“金羚，你知道吗，你说对了，我真正爱过的男人只有振峰。今天振峰抱着我的时候，我的感觉是从未有过的，那是一种跋涉了千山万水终于找到了家的感觉，靠在他怀里，我感到了一种从未有过的放松，好像把心中的肩上的所有负重都卸给了他。在那一刻，我明白了，人们为什么说爱人是归宿，我觉得振峰就是我的归宿。可是小雪突然出现了，当时我的脑子就炸了，听小雪说那些话，我嫉妒得快发疯了。我第一回尝到了什么是嫉妒。”

金羚坐在床边，轻轻抚着何欢的头发："你们这是何苦啊？你难道真不明白宋振峰的心吗？以他的条件，这十来年里，不可能没人追他，可他一直都没结婚。他认识小雪也快三年了，要是他们之间有什么，他还会来找你吗？"

何欢抽噎不语。

"何欢，你得听我的劝，要是想爱一个男人，就得包容他、体谅他。我的事你都知道，志远干了那么多伤我心的事，现在他改了，我就都不提了，因为我爱他，我还想和他做夫妻。不要让嫉妒伤了感情。"

"金羚，你不明白。我不是不肯包容振峰，我是怕。"

"你怕什么？"

"我怕我父母的事、周涛的事又在我和振峰身上重演。所以我想着趁一切都还没有开始，就把振峰赶走，这样就不用开始了。我太爱他了，如果他伤害了我，我不知道我会怎么样。"

"瞎操心。你不是你妈，宋振峰也不是周涛，没那么多重演。"

"周涛放弃了苏菲，选了我，结果后来后悔了，活生生搭进了两条人命。我觉得自己受了伤害，可是他们俩连命都没了，不是比我还惨吗？你也说了，凭振峰的条件，这些年不会没人追。他现在选了我，万一哪天，他又和别的故人遇上了，又动心了，到时候，他要是能狠下心离开我还好……"

"等等，什么叫他要是能狠下心离开你还好？"金羚不能明白。

"他要是能离开我，至少他还能得到幸福。我一个人反正也无所谓了。可是他要是跟周涛似的，犹豫不决，再把命搭上，那怎么办啊？"

天啊，金羚不由得仰天长叹："女人痴情的极限究竟在哪儿啊？我原以为我对志远就已经情深似海了，可跟你比起来，我差远了，你对宋振峰的爱已经把自己逼到死路上了。"

两个女人一时相对无言。

"金羚回去吧，家里还有孩子呢。"

"不用，我今晚住你这。"

"别了，我也哭累了，一会儿吃点安眠药就睡了。你留这也没什么用。"

"也行。你有宋振峰电话吗？"

“没有，怎么了？”

“没事，他有你的电话吗？”

“我不知道，应该有吧。你问这干吗？”

“没事，你快吃药吧。看你睡了我就走。”

看着何欢睡着了，金羚拿起了何欢的手机……

[4]

宋振峰不在家的时候，刘恒仍旧住在宋家的小院里，这些天画院也放假，人都走得差不多了，所以刘恒总是有空就去画院里转一转，看看各处是不是稳妥。既然答应了宋振峰，总要替他照应着。

刘恒早上起来又准备去画院，刚一出院门，就看见宋振峰远远走了过来。刘恒笑了：“你怎么回来了？我还以为你得乐不思蜀呢。你也太厉害了，一见面就抱得美人归……”

刘恒愣住了，宋振峰已经走到了他的眼前。天啊，这是宋振峰吗？脸色铁青，双眼布满了血丝，步履蹒跚。

欢姐出事了！这是刘恒脑子里出现的第一个念头，刘恒努力克制住自己的慌乱，伸手扶住了摇摇欲倒的宋振峰：“你怎么了？”

宋振峰仍旧没有搭话，只是推开了刘恒，径直回到了自己的卧室。

刘恒看着宋振峰进了屋，定了定神，掏出电话，深深吸了一口气，拨通了何欢的号码，终于，电话接通了，可接电话的不是何欢！刘恒觉得自己的心都已经不跳了：“喂，我找何欢。”

“你是？”

“我是她朋友，我姓刘。”

“哦，我是何欢的妹妹，何欢把电话丢家里了，等她回来我让她给你打。”

“你是萧雪飞？”听着声音不像啊。

“我不是小雪，我姓金。”

“欢姐没什么事吧？”

“没有啊，挺好的，怎么了？”

“没事，那我先挂了。”看来何欢没出事，那就好。

金羚看着电话，叹了口气，她从何欢家里出来的时候，偷偷把何欢的电话转移到自己的手机上了。她这么做也是没办法啊，何欢不知道怎样联络到宋振峰，弄得金羚想替他们调解都找不到人，只好寄希望于宋振峰主动找何欢了。还好，这么长

时间才有一个电话，但愿别耽误了何欢什么事才好。

刘恒来到了宋振峰的卧室。宋振峰和衣躺在床上，一看就是一进门就把自己直接扔到了床上。刘恒走到床边，只见宋振峰身体躺得笔直，眼睛闭得紧紧的，看上去非常憔悴：“你是怎么回来的？”

“坐飞机。”

“机场没把你当通缉犯特别审查一下啊？”

“审查了，没查出问题来，就让我走了。”

要不是时机不对，刘恒真想为宋振峰的幽默喝彩。

“我妈呢？”宋振峰问。

“后面村子里有家办喜事的，好像跟阿姨很熟，喊她过去帮忙了，今晚都不回来。”

“太好了。”宋振峰一跃而起走了出去。

“你说什么？”刘恒还没明白过来，宋振峰已经回来了，手里拿着两整瓶白酒，“我妈不在最好，省得她看见我这个样子担心。”

“说得对。你想喝酒吗？我陪你。”刘恒说。

“不用，我就找到这两瓶，太少。”

“你说什么……”刘恒又没听明白，可他还没问完就明白了，宋振峰已经打开了一个瓶子，一仰头酒喝了大半瓶。

“你干吗呢？”刘恒大惊，话音未落，剩下的半瓶酒也被宋振峰喝了进去。喝完后，宋振峰又把自己重重地扔到床上。

“你心情不好的时候都这么喝酒吗？”刘恒算是开眼了，一瓶高度白酒就这么进去了。他真不知道宋振峰会喝酒，平时有躲不开的时候，宋振峰也只是浅酌而已。

“这是第二次，上次是何欢结婚的那天。”冰冷的白酒倒进了胃里，化作一道炙热的火焰从体内涌起，灼烧着他的心。

刘恒在床边坐了下来，宋振峰喝成这样，他肯定是不敢离开了：“你还想喝吗？我再买几瓶去。”

“你应该劝我别喝了。”真不知道是宋振峰就是这么理性，还是酒精还没有作用到大脑，反正他现在仍旧非常清醒。

“我不劝你。既然想喝就多喝点，酒入愁肠化作相思泪，流出来就好了。”看着宋振峰的眼角涌出的一滴泪水，刘恒说。

宋振峰闭目不语，唯恐一睁眼，泪水就会源源不断地滚出来。

过了一会儿，刘恒才问：“振峰，到底出什么事了？”

“她让我走，让我永远消失。”宋振峰仍旧紧闭着双眼。

“她？何欢，为什么？”

“是我的错，我让她伤心了。这些年我的行为不检点，伤害了她。”

“你行为不检点？我还没见过比你更检点的男人呢！”刘恒跳了起来，“我给欢姐打电话。”

“别打，确实是我的错。”宋振峰的声音充满痛苦，“她已经答应嫁给我了，结果有一个我认识的女人出现了，何欢不能原谅我。”

“你和那女的什么关系？”

“我们没任何关系。她来敦煌，我们就认识了。我只是带她在附近参观了一下，可是她在何欢面前造谣，说得很严重，何欢不能接受。”

“如果这样确实挺麻烦的。可是怎么会有你认识的女人在那里出现啊？”

“她是何欢的表妹，我也是刚知道她们的关系。”

“萧雪飞？”

“你也认识？”

“欢姐是不是昏了头了，她是不了解萧雪飞还是不了解你啊，就算把你和萧雪飞在一个笼子里关上半年，你们俩也产生不了感情。算了，我这就给欢姐打电话去，又不是什么大事，把话说开了就行了。”

“你别去。”宋振峰厉声阻止。

“为什么？”

“因为我爱她，所以我不想让她为难。”

“为难？”刘恒不明白，这是从何说起。

宋振峰坐了起来，面对着刘恒：“你知道秦云瀚吗？”

“知道。你不也认识他吗？”

“我只知道他是给敦煌投资的那家外资公司的总裁，但是他来中国做总裁的时候，他们公司在敦煌的投资已经基本结束了，所以我们虽然见过面，但是我并不了解他，你跟我说说他的情况。”

“他？他是目前中国艺术市场上身价最高的职业经理人，能力卓越，是个非常优秀的商人。还很有学识，尤其是对春秋文化造诣颇深。”

“而且风度绝佳，一表人才。”宋振峰冷峭地加了一句，话中不无心酸。

“振峰，你不是相信了网上那些谣言了吧？”

宋振峰又打开了一瓶酒，仰头喝了一大口，“何欢和秦云瀚一起回的家，买了很多菜，就像……夫妻一样。而且……”宋振峰语调低沉了下来，“我能看出来，他爱何欢。”

刘恒没想到情况变得这么复杂，他想了想，认真地说：“你说的这些情况我不

了解，所以我不能妄加评论。但是，振峰，你应该对自己有信心，你不应该就这么放弃。”

宋振峰的声音苦涩、悲哀：“我爱她快二十年了，我不想放弃。在我刚刚看到秦云瀚时，我对自己说，我无论如何也不能再次让别人夺走我的爱。可是，当何欢赶我走的时候，我的自信心一下子就全部瓦解了。我不敢硬留在她身边，我怕她的心在犹豫。她不是也让你把日记带到敦煌烧掉，好重新开始吗？万一她心里已经有了秦云瀚的影子，可她却因为我一直没有结婚，为了报答我而嫁给我，那不是委屈她了吗？我从十六岁就爱她，我只想让她幸福，我不能让她受一点委屈。”

刘恒愕然难言。

宋振峰突然拿起酒瓶，把几乎一整瓶高度白酒一饮而尽，高声吟道：“拟把疏狂图一醉，对酒当歌，强乐还无味，衣带渐宽终不悔，为伊消得人憔悴。”

“好！”刘恒也大喝了一声，不知道是在为宋振峰的痴情喝彩，还是在感叹造化弄人。他转身走到宋振峰的书桌边，铺开纸，挥笔疾书：看落花飞尽，雨洒庭前，可恨春来秋去，风雨里摧损朱颜！君休问年来瘦减，底事忧煎？缠绵，几番伫立，将满腹柔情俱化飞烟！叹情飘何处？梦落谁边？我欲乘风飞去，云深处，直上青天！争无奈，谁堪比翼？

宋振峰睡着了，他太累了。刘恒扔下了笔，看着眼前这个铮铮铁汉：欢姐，难道你真的要放弃这么一个重情重义的好男人吗？

天黑了，宋振峰还没有醒。刘恒一直在自己房间里等何欢的电话，“欢姐干什么去了，都这会儿了还不回家？”刘恒忍不住了，又拨通了何欢的电话，接电话的还是那个姓金的女人。

“欢姐还没回来吗？”

“啊，她睡了。”

“睡了？这么早？”

“她有点不舒服，就吃药睡了。你有什么事吗？”

“我……”这怎么说啊，“明早我再给她打吧。欢姐病得严重吗？”

“不重。”金羚说，就在金羚说的同时，另一个声音从门口传了过来：“何欢病了？”声音如晴天霹雳，吓得刘恒一下就挂了电话，回头一看是宋振峰。

“你醒了？”

宋振峰根本没答理他，眼中尽是恐惧，两步就来到了刘恒的面前，“何欢到底怎么了？”

“今天你回来以后，我就一直给欢姐打电话，可都是一个姓金的女人接的，她说欢姐病了，但是不严重。”刘恒发现，在宋振峰的培养下，自己的汇报能力显著提高。

“姓金？”宋振峰沉吟了片刻，“你现在给她打电话。”

刘恒又拨通了何欢的电话，金羚有些头疼了，这个姓刘的到底有什么事啊？

“你好，何欢还没有醒。”不等刘恒说话，金羚就直接说。

“稍等一下。”刘恒把电话递给了宋振峰，“还是那个女的。”

宋振峰接过了电话：“你好，是金羚吗？”

“是我，你是哪位？”金羚很意外有人能叫出自己的名字。

“我是宋振峰。”

“天，我总算把你电话等来了！”金羚大叫。

“何欢怎么了？”宋振峰的声音都颤抖了起来。

“她没事。不，是没什么大事。你走了以后，她跟我说了些话，我为了能和你联系上，就趁她睡着的时候，把她的电话转移到我的电话上了。”金羚开门见山，“我想联系你，就是想问你，宋振峰，你爱何欢吗？”

宋振峰迟疑了，他当然爱，这毋庸置疑，但是现在还能说吗？

金羚又开口了：“好了，你什么也不用说了，从小我就知道，你跟何欢一样，不要指望你们能痛痛快快地把心里话说出来。现在，宋振峰，你听我说，你的手机通话效果肯定不如座机，你找个座机再拨一遍我的电话，这是号码……”

宋振峰不明所以，但还是从座机上拨通了金羚的电话，话机那一端的金羚只说了两个字：“听着。”

说完后，金羚打开了手机上的录音功能，手机里传来了嘈杂的声音，金羚又说：“这是你走了以后，何欢跟我说的话的录音。”嘈杂声渐渐减弱，何欢哭哑了的声音传了出来：

“金羚，你知道吗，你说对了，我真正爱过的男人只有振峰。今天振峰抱着我的时候，我的感觉是从未有过的，那是一种跋涉了千山万水终于找到了家的感觉，靠在他怀里，……振峰就是我的归宿……”

宋振峰呆住了，手在剧烈地颤抖，几乎都握不住话筒，刘恒摁下了免提键，帮他放下话筒。

“……可是小雪突然出现了，当时我的脑子就炸了，听小雪说那些话，我嫉妒得快发疯了。我第一回尝到了什么是嫉妒……怕周涛的事又在我和振峰身上重演。所以我想着趁一切都还没有开始，就把振峰赶走，这样就不用开始了……凭振峰的条件，这些年不会没人追。他虽然现在选了我，可万一哪天，他又和别的故人遇上了，又动心了，到时候，他要是能狠下心离开我还好……”

“等等，什么叫他要是能狠下心离开你还好？”

“他要是能离开我，至少他还能得到幸福。我一个人反正也无所谓了。可是他要是跟周涛似的，犹豫不决，再把命搭上，那怎么办啊？”

“……你对宋振峰的爱已经把自己逼到死路上了……”

录音结束了，宋振峰久久看着电话，看着电话，他突然一转身冲了出去。电话里，金羚的声音又传了出来：“喂喂，怎么没人说话啊，宋振峰，宋振峰，你还在吗？喂？”

已经听得目瞪口呆的刘恒这才回过神来：“哎，在、在……不是，我是刘恒，振峰出去了。”

“出去了？”

“他可能需要一个人冷静冷静。”

“那让他冷静吧。有效果吗？”

“太有效果了。”

“那就行，我挂了，再见。”

“再见。哎，我再问你句话！”

“什么事？”

“你怎么想起录音来的？”

“因为我是何欢打电话叫过去的，所以我去之前就想好了，不管她说什么我都先录下来，预备着给他们劝架用。你觉得就刚才那些话，何欢会当着宋振峰说出来吗？”

“你太聪明了，上午我怎么就没想到给振峰录音呢？”

“不是聪明，是太了解他们两个了。”

刘恒走出房间，仰起头，看见满天繁星璀璨，可惜酒都被宋振峰喝光了，不然，他真想也大醉一场：多么完美的结局啊——两个痴人的痴心痴情都寄对了地方……

觉得宋振峰应该恢复平静了，刘恒敲响了宋振峰的房门。

“进来吧，你什么时候进我的屋敲过门啊？”宋振峰清亮的声音传了出来。因为都是单身，所以刘恒来宋振峰的卧室向来都是推门就进。

“今天不是情况特殊吗？”刘恒嘿嘿一笑，走了进来，“听你的声音精神焕发啊，看来这两瓶酒作用不小。”刘恒忍不住拿宋振峰开玩笑。

宋振峰正背对着门口洗脸，可能是听见刘恒来了，想赶紧洗去脸上的泪痕。

“所以以后你要喝酒就像我这么喝，保证对你的身心都特别有好处。”宋振峰擦完脸转过身来，坐到了一个阴影里。

“美酒易得，佳人难觅啊。”刘恒左顾右盼，故意不看宋振峰那双红肿的眼睛。一看之下，刘恒叫了出来，“你怎么把这些画都拿出来了？”

原来屋子里到处都是宋振峰为何欢画的肖像，那间专门的画室已经搬空了。

“这是我跟金羚通电话之前拿出来的。”

“你不是也想找个画窟烧了它们吧。”

“我烧它们干吗？”宋振峰走到了桌前，轻轻抚着画稿，温柔得就好像是真的在触摸何欢的容颜，“酒醒以后，我想了很多。十年前，面对周涛的财势，我懦弱过，为了我的懦弱，我伤心了十年，而何欢也没有得到幸福。我是个男人，所以，我一辈子只允许自己懦弱一次，决不允许再有第二次。既然现在何欢还肯犹豫，就说明我还有机会，所以，我要回到何欢身边去，带着这些画，向她表白，让她了解我的心，我的爱。即使她心中真的有了秦云瀚，只要她肯给我机会，我就再也不会离开她，我要用一辈子的时间给她爱，给她幸福，给她快乐，让她忘掉别人，真正属于我。我那会儿去找你，就是想让你帮我把这些画装箱。”

“那现在呢？”

“我明天还是会去找何欢，只是现在我知道何欢的心了，这些画就不用带了。”

“为什么不带？”

“因为我这次去，就是为了带她回来一起看。”

“好，你放心走吧，我负责帮你把这些画重新挂回去，布置好。”

“谢谢你。”

“不用。你明天真的去找欢姐吗？”

“对。”

“那你把这个交给她。”刘恒把手中一直把玩着的一支录音笔递了过来。

“这是什么？”

“录音笔。”

“我认识，但是为什么要给她这个？”

“金羚教我的，她说就算用刀逼着你们，你们也不会互相表白，所以替你们录下来，再放给你们听，这样比较省事。这里面，是你刚才的演讲录音。你觉得是你放给欢姐听比较好，还是我现在给欢姐打电话放录音比较好？”刘恒态度真诚地问。

宋振峰一时面红耳赤，扑上来就抢录音笔。

“你别抢，你答应放给她听，我就给你。”刘恒旋身躲过，赶紧把笔握在手里。

“我答应，我该说的话，我都会说给她听，你先把这些删掉。”宋振峰咬着牙说着。

“不可能，我已经很后悔今天上午你说的那些话没录下来了，你当时那个‘拟把疏狂图一醉，对酒当歌，强乐还无味。衣带渐宽终不悔，为伊消得人憔悴’简直太经典了。”

宋振峰抓着窗户，脸红得像要冒出火来一样，看来如果不是需要解决录音笔的问题，他早就跳窗而逃了。刘恒不忍再逗他了，把笔扔给了他：“你确定以后不用我们再劝架了？”

“永远不用了。”宋振峰一个字一个字地说，脸上慢慢恢复了颜色。

“振峰。”刘恒躺在宋振峰的床上，“其实我挺佩服你的。”刘恒非常真诚地说，“佩服你的才华、你的人品，更主要的佩服你的专一和执著。真的，有一回周博和我谈起你来，也很赞赏你，他说在这个时代，能像你这样不为繁华所魅惑，一心追求理想的年轻人太少了。”

宋振峰淡淡一笑：“怎么想起这个来了？”

“不知道，就是突然想起周博来了，其实周博人不坏，也很有能力，就是在儿女的态度上太狭隘了，偏偏儿女们又太不成材。这次欢姐和秦云瀚联手，估计天海画阁没什么希望了。”

“你不去天海画阁了？”

“还去干什么？跟欢姐作对？还是等着周浪、周澜他们对我因妒生恨，再对我进行造谣诬蔑，人身攻击？”

宋振峰如有所思地看着刘恒：“何欢做生意很厉害吗？”

刘恒点了点头：“估计能跟秦云瀚打个平手。怎么了？”

“没事，就是觉得何欢作为商人的那一面让我很陌生，我想了解她。”

宋振峰坐到了床边的桌子前：“何欢的日记里，只有她这三年里的灰暗和挣扎，可是我想更多地了解她作为商人的样子。刘恒，你能给我讲讲她在深圳的事吗？”

“你为什么对这个这么好奇呢？”

“可能是觉得不可思议吧，不管是在我的记忆里，还是这次看见何欢，都觉得她是柔弱温婉的，我怎么也想象不出来，她会是一个厉害的商人，甚至可以和秦云瀚一决高下。”

刘恒听宋振峰这么说，不由得笑了，随口接道：“欢姐平时看起来确实比较文静。这可能是你们师兄妹的特质吧——身上存在的反差比较大。你不也一样？我刚认识你的时候，甚至在出现欢姐这件事之前，我都认为你真的少了根感情神经。可事实上，你绝对是个情种，而且我无论如何也想象不出来，一个像你这样儒雅，看见女人就冷若冰霜的男人，怎么会在一见面就能和欢姐上床。”刘恒犹自沉浸在自己的思想里，直到听见宋振峰的惊叫，他才意识到自己说了什么，刘恒一翻身坐了起来，和宋振峰四目相对，“对不起，我不是故意的，我走神儿来着。”刘恒赶紧表白。

宋振峰的脸都涨成了紫色，盯着刘恒却说不出话来，他转身就朝屋外走去。

“振峰，你别走。”刘恒从床上跳了下来，“我把深圳的事都告诉你，包括周涛的死，你明天就去找欢姐了，现在知道了这些事好一些，省得说话的时候一不小心勾起欢姐的伤心事来。”刘恒急急地说。他知道，他要不硬留住宋振峰，以宋振峰的腼腆，他宁可今晚上在戈壁滩上睡一晚，都不会再看见刘恒了。

刘恒的最后一句话打动了宋振峰："好，你说吧。"宋振峰背对着刘恒——因为他脸太红，没法见人，"不过你先告诉我，你怎么知道的？"

"知道什么？"话一出口，刘恒差点没掐自己一下，"今天是怎么了，老说错话。是萧雪飞打电话告诉我的。"

"她？"宋振峰倏地转过身，"她想干什么？"

"我也不清楚，不过她的事你不用管，正好你走了我也没什么事，我去和她聊聊，省得她以后给你们捣乱。"刘恒接着说，"还是说咱们的事吧。我认识欢姐的时候大学还没有毕业……"

[5]

秦云瀚沉迷地观赏着一件又一件春秋时代的文物，太美了。

每一件文物的外形都是原始而粗犷的，充满了张力，充分显现着那个时代的人所特有的骄傲和不屈服。看着这些艺术品，让从小就被重重准绳约束着长大的现代人，心中忐忑慌张，却又莫名地血脉喷张。那是怎样的一个时代啊，男人和女人都崇尚着力量和自由……

唉！秦云瀚叹了口气，有些无奈地合上了资料。已经四天了，他一头扎进了张所长的研究室，把每一分每一秒的时间都用来研究、学习，就是为了不去想现实世界中的东西，不去理会心中那隐隐的丝丝心痛，可，还是做不到。

有一万个理由，甚至于他自己的理智都在告诉他，何欢并不适合他，适合他的仍旧是他的妻子祝春鸥。但是，一想到此刻何欢正在和宋振峰无尽地缠绵，他的心还是会痛。

当然，秦云瀚毕竟是秦云瀚，他是一个工作至上、理性至上的人，所以，在他第一眼看见宋振峰，并且发现自己在嫉妒的时候，他就迅速用理智控制了感情。所以他非常有风度地离开，所以他来钻研春秋文化，所以，他甚至于体贴地替他们打发走了萧雪飞。他也没有忘记按时给妻子打电话，他的一切行为都是无可挑剔的，他的全部生活都是波澜不惊的。秦云瀚成功地用理智解决了一切问题，只是有一件事是理智无法驾驭的，那就是理智不能阻止他的心痛。

秦云瀚不能不怀念和何欢在一起的点点滴滴，从最初的相互试探，话里藏刀，到后来的情谊日深直到坦诚相对，件件往事，虽然不是甜蜜得醉人，但却别有一阵淡淡馨香，让人沉浸其间，不忍离去。

秦云瀚相信，如果时光能够回到从前，让他和何欢重新相识、相知，那他还是不会娶何欢当妻子，因为他很清楚他们两个不合适，但是当何欢身边突然出现了一

个她真心爱着的男人的时候，他的心还是会痛。

想通这一点，秦云瀚都被自己气乐了，他甚至想去找老师，把自己这些心思原原本本地都告诉老师，然后请老师大骂他一顿，看能不能把他从心痛中解救出来。但他没这个勇气，因为他的心思真的很难向老师启齿。

因为秦云瀚很明白，他如果离开祝春鸥，而娶了何欢，那对祝春鸥而言可能没什么要紧的，但是他和何欢都不会得到幸福，因为他们太不适合当夫妻。所以秦云瀚的愿望非常简单，他就是想让何欢当他的知己，真的，就这么简单。因为何欢够聪明，因为何欢够透彻，因为何欢懂得游戏规则，也因为何欢有些变幻莫测，到现在都没让秦云瀚完全了解她的全部，所以，秦云瀚还不想放手。

但是当知己的前提是何欢身边不能有别的男人，因为秦云瀚明白，这种知己和床伴之间的距离，连一步之遥都不到。或者可以说，别的男女可能都是上完床以后才会如此相知。甚至可以说，只是因为何欢太冷了，秦云瀚才不敢提出非分的要求，如果是何欢提出了和他上床的要求，那么秦云瀚马上就会答应，而且会答应得非常自然。

这时候，何欢正在家中收拾房间，其实正确的说法，应该说是在洗刷房间——因为房子基本上是空的，所以，只是认真地把房屋的墙壁、地板、玻璃、灯具等原有的装饰，都擦洗得干干净净。

金羚走后，何欢一觉睡到快第二天中午了，醒来以后，反倒觉得不怎么伤心了。也许是跟金羚哭诉了一场以后，何欢更加清楚地看透了自己的心和宋振峰的心——两个人都在爱，这就足够了。

听见电话铃声响，秦云瀚掏出一看，来电竟然是何欢。

“秦总，你好。”自从宣布了接受聘请以后，何欢对秦云瀚的称呼也自动改了回来。

秦云瀚欢快地笑了，把真实的情绪掩藏得滴水不漏：“我真没想到竟然会接到你的电话，你现在应该没空想起我才对啊？”

“因为我想处理点私事，但考虑到可能会对公司造成些影响，所以想还是先向你汇报一下比较好。”

看来何欢说话做事都极守分寸，秦云瀚暗暗点头：“什么汇报不汇报的。何欢，在说你的事情之前，你先听我说句话，在人前你我是上下级，我希望在只有你我的时候，我们还是朋友。”

“但……”

“你让我说完。”秦云瀚打断何欢，“就算不论你我的私交，单就天海画阁的问题而言，我需要的也不是一个步步请示汇报的下属，我需要的是一个能和我同担待、共进退的朋友。”秦云瀚停了一下，再开口时声音略显沉重，“何欢，我想你能明白我的意思，因为周博的能力你最清楚。”

何欢暗暗佩服：秦云瀚用人果然很有一套。

“秦总，是这样，周家在网上发布的我榨取他们财产的事情，确实不是空穴来风。我离开天海画阁的时候，确实带走了些财产，包括我现在住的房子和几十万现金。”

“这有什么？”秦云瀚不明白何欢为什么提起了这件事，“以你那六年在天海画阁的业绩，带走这些并不多啊，也只是历年的工资而已。”

“我当时确实是这么想的，但是最近我的想法发生了些变化，我想把这些东西还给周家。”

“为什么？就因为周澜说了那些话？”

何欢冷笑了一声：“她还不足以影响我，可以说，我这个决定和天海画阁，和周家都没有关系，我这么做只是因为个人的原因。”

秦云瀚当然听明白了，何欢的话外之意就是，不想告诉秦云瀚原因。秦云瀚想了想：“按说这是你的私事，我不应该置喙。”他谨慎地措辞。

“只要我在公司一天，我和天海画阁之间就没有私事。”

秦云瀚心里一松，他越来越感觉，何欢实在是一个很懂得规则的人，秦云瀚一直认为懂得规则并且能不折不扣地执行规则，这对于女人来说太难了。

秦云瀚认真地想了想：“我相信，你既然决定了这么做，就一定有充分的理由，但我还是希望你慎重。”

“我也是怕会影响到大局，才想先和你商量一下。”

“大局倒还无所谓。反正你我和天海画阁也已经对上了，不差这点火药。我考虑的是，周家刚刚公开骂了你榨取他们钱财，你就把这些还回去，那等于是承认了他们的谣言，如果到时候，周家再拿着这件事大做文章，恐怕对你的名声不利。”

何欢承认，秦云瀚说得不无道理，但她也有自己的想法：“我并不太在乎别人对我的看法，我主要是担心我的声誉影响到公司的信誉。”

何欢的话很出乎秦云瀚的意料：“这样，你先停一下，我再考虑考虑，然后给你答复，好吗？”

何欢只能点头：“那好吧，我等你的消息。没事了，我挂了。”

直到何欢开口告别，秦云瀚才惊觉不舍——刚才他又全身心地投入到考虑工作中去了。

“你就不问问我在哪儿呢？”秦云瀚开始没话找话。

“你在北京？”

“我没在北京，我目前的位置是春秋文化研究所。”

“你在那儿？干什么？”何欢总算吃惊了。

“和你一样，学习。本来想和你好好讨论一下天海画阁，但你有贵客临门，我只好自己来学习了。”

“你真在那儿？”何欢笑了出来。

“当然是真的。”

“为什么？你不可能只是为了学习。”

“你永远这么透彻，我来学习是为了疗伤。我们每一个学习春秋文化的人都相信春秋文化中蕴含着能让人振作的力量。”

“哦。”

秦云瀚有些忍不住了：“你的反应还真冷漠，难道你就不想知道我疗什么伤吗？”

“可是我认为，这种话题很私人，好像不应该讨论。”

天啊，这是女人吗？

“但是，我不介意讨论。”秦云瀚都快觉得自己无聊了，“事实上是，我失恋了。”

可这次何欢的反应更不正常了，她笑了，“你失恋了，那太好了。咱们正好可以同病相怜了，我也失恋了。”

这回轮到秦云瀚吃惊了：“你说什么？”

“我说我也失恋了。”

“那，他呢？”

“谁？”

提到宋振峰，秦云瀚不由得心里泛酸：“中国画坛首席美男子。”

“你到底说谁呢？”何欢还真不知道宋振峰有这个绰号。

“敦煌画院院长。”

“这又是谁？”

“我说的都是同一个人，前天我在你家里见到的那位男士！”

何欢的眼神一暗，但声音没有丝毫的变化：“你说他啊，他当天就走了，我们分手了。我还真不知道他有这么多名号。”

听到何欢对宋振峰这么陌生，秦云瀚不知道该喜还是该无奈：难道这两个人什么都没交流就直接上床了吗？

“怎么会分手？”秦云瀚不想问，但还是问了出来。

“是我的原因吧。”何欢用一种和她此时的表情非常不符的轻松声调说，“我突然发现，也许是我经历了太多悲剧的缘故，我有些不大愿意接受感情了，或者说没有了接受感情的这项技能，所以，我希望他能够找到一个经历比较简单的女孩子，好好过正常的生活。”

何欢的话，秦云瀚似懂非懂，但是能够听出来，他们两个确实是分手了，这倒不失为一个好消息，“那你以后有什么打算，在感情上。”

秦云瀚本来以为何欢会绕开这个问题，没想到，何欢很快就回答了：“这几天，我也在想这个问题。通过这次的事,我发现,我的心老了,确实不适合再经历感情了，所以我想以后就这么一个人了，挺好的。大不了，寂寞的时候，找个床伴。”最后，何欢心酸地自嘲起来。

秦云瀚差点脱口而出：“你现在寂寞吗？”，但他终究没敢问出来，挂断电话之后，秦云瀚不由得又是一声长叹：“如果去对每一个认识我也认识宋振峰的人说：秦云瀚不如宋振峰胆大妄为，谁会相信啊！”

秦云瀚没有心思研究文物了,开始考虑何欢的问题。说实话,就算何欢还了钱，而周家又抓住这件事大做文章，秦云瀚也有办法把这件事情简化成儿媳和婆家的财产纠葛，这对于公司的信誉不会有什么影响。他之所以阻止，纯粹是出于对何欢的爱护之心。

他真没想到一个像何欢这样的女人竟然会不在乎社会的看法和舆论，之前他认识的差不多每一个人，包括他自己和祝春鸥，都是努力要造出一个完美的社会形象的人。

何欢生在书香之家，嫁入豪门为媳，也算是曾经风光无限过，所以他认为何欢的思想应该和自己，和现在社会上所有的称得上成功的人差不多啊，她怎么会她怎么能不在乎社会的舆论呢。人过留名，雁过留声，这是中国人的做人准则的基础啊。

秦云瀚自认为非常了解何欢，他知道何欢不是一个冲动草率的女人，所以既然今天何欢提出了这件事，那一定是经过深思熟虑并且有充分的理由的。于是，秦云瀚决定今晚和何欢一起吃晚饭，趁机跟她好好谈一谈，帮她把心中的结解开。这样何欢既不用为了某件事而负重，又可以放弃这个打算，让名誉不受伤害。

这一边，宋振峰又来到了钻石庄园，看了看已经快到晚饭时间了，就掏出了电话，电话铃声响了两声就接通了。

“喂？”

宋振峰一愣，这不是何欢的声音，于是迟疑着：“你好？”

“哪位？”对方问。

这回宋振峰听出来了：“金羚！怎么你还拿着何欢的电话呢？”

这回金羚也听出来了：“宋振峰！天啊，我看你们俩没事了，就忘了把电话转回去了，现在我在孩子他奶奶家呢，我回不去啊！你是要找何欢吧，这、这……”

宋振峰哭笑不得："行了，你别着急了，我就在何欢家楼下呢，我帮她转回去吧，你玩吧。再见。"

宋振峰无奈地笑了笑，他本来是想打电话问问何欢，看用不用买些晚饭上去，现在是没法问了，便索性进超市里采购了起来。

金羚刚挂断了宋振峰的电话，还没来得及出口长气，手机又响了起来："喂？"

对方又迟疑了："喂，你好，我找何欢。"电话里传出一个男声。

天啊，金羚不由得想要哀号："你好，是这样，何欢的电话转移到我的手机上了，过一会儿就转回去了，你稍等一会儿再打，再见啊！"金羚不容对方多说就挂了电话。

秦云瀚看着被挂断的电话有点懵，弄不清这是什么状况。想了想，干脆也不打电话了，直接去找何欢算了。

何欢坐在落地窗前，天色已经暗了下来，可她没有开灯的打算，就这么任着夜色一点点地吞没自己。秦云瀚的态度基本在她的意料之中，大战在即，确实不应该多生是非，既然决定了合作，就应该事事以大局为重，这没什么可说的。何欢唯一的遗憾，就是自己没有早一点看透自己的心，要是在和秦云瀚合作前，把这些事都想清楚就好了，那时候自己不管干什么，都算是个人行为，不用有这么多顾忌。

门铃声忽然想起，会是谁？何欢不认为有谁会来，更希望是有人走错了门，因为她现在不想被人打扰。可是门铃声始终执著地响着。

就在宋振峰已经在考虑是不是要联系何达的时候，防盗门下面，终于泄出了一丝光明。

"谁呀？"何欢没精打采的声音传了出来。

"欢，开门，是我。"

何欢来不及多想，打开了房门。宋振峰一步跨进门来，两手紧紧地抓着何欢的双肩，眼中全都是恐惧，甚至脸色都有些发白了。

"你怎么了？"何欢奇怪地问道。

宋振峰古怪的表现让何欢忘了挣扎，也忘了问他为什么又会再来。

"欢——"宋振峰的声音竟然在发颤，他紧紧抓着何欢的肩头，从头到脚地一遍遍上下打量何欢，似乎想确定何欢是完好的。终于，宋振峰长长地出了一口气，把何欢拉到了怀里，头埋在了她的肩上，"刚才听见你的声音，我突然特别恐惧。想到你有整整三年时间，就这么一个人住在这个空屋子里，我不敢想，要是敲门的是个坏人或者你有些意外情况，那会怎么样，那会怎么样……"宋振峰反复低喃着，似乎还没有从自己臆想出的惊吓中恢复过来，"欢，答应我，不管未来你我如何，但如果你遇到了什么问题，需要人帮助的时候，一定来找我，一定来找我……"

可是如果你结了婚，我就是死也不会去找你的。何欢在心中说。

门铃声突然又响起来，何欢的身体重重颤了一下，倏然抬头，一双布满疑云的眼睛，直盯着宋振峰。

“欢，我是一个人来的，没有任何人和我一起来，除了刘恒和金羚也没人知道我会来，我也不知道门外是谁，我再次从敦煌回来找你，就是为了来娶你。萧雪飞和我没有任何关系，这辈子我都不会再让她伤害到你。”宋振峰太了解何欢了，一看到何欢的脸色，马上就知道她心中在想什么。

“除非你杀了她。”何欢妒意难平。

宋振峰轻轻捧起何欢的脸，盯着何欢的眼睛，双目灼灼，一字一字极其认真地说：“如果只有杀了她才能让你相信我，让你快乐，我就去。”

“你疯了，我就是这么说说。”

宋振峰仍旧望着何欢的眼睛：“可我不是说说而已。你知道吗，眼看着她让你这么痛苦，眼看着她把你吓成这样，听到一声门铃声响，都会又陷入到伤害中去，我不仅想杀了她，还想杀了我自己，因为如果我从来没和她接触过，这一切就都不会发生。”

门铃声仍旧在执著地响着，宋振峰把何欢扶到了沙发上坐好：“你什么都不用管了，我去开门。”

门开了，门里的人和门外的人同时想开口说话，又很有默契地闭上了嘴，然后同时掩盖住自己的惊愕和敌意，把目光从对方脸上移开，分别看向不同的方向。这一切行为都发生在电光石火之间，转瞬工夫，两个人都找回了自己的风度和声音。

“秦总。”

“宋院长。”

无奈，又是同时。何欢已经应声来到了门前，秦云瀚看向何欢，脸上荡漾着明媚的笑容：“我以为你是说你们分手了。”

“我们的确是分手了，他是在三分钟之前进来的，我还没来得及问他，他为什么来。”

秦云瀚闻言又看向宋振峰，宋振峰朝着秦云瀚淡淡一笑，也看向了何欢：“反正我今晚住这儿，有时间跟你解释，还是先说你们的事吧。”

秦云瀚差点没晕过去，好，好个宋振峰，秦云瀚暗咬钢牙，你没出来经商，真是可惜了。

“也好，秦总，进来坐，我一直等你的电话，没想到你亲自来了。”何欢一边说话一边率先来到客厅。

秦云瀚无奈，只好先说他的事了：“我是给你打电话了。但是是别人接的，说你的电话转移了，我就只好来了。”

何欢还在莫名其妙，宋振峰已经开口了："是金羚。那天你睡着以后，她把你的手机转移到她的手机上了，你赶紧转回来吧。"

"她想干吗？"何欢差点跳起来。

"她想联络上我，没有别的办法，只好等我给你打电话。"

"你不可能给我打电话！"

"我确实没打，刘恒打了。"宋振峰仍旧一派往日的忠厚，"这事说来话长，我晚上再慢慢告诉你，你先处理工作吧。"

秦云瀚实在忍无可忍了，自从进了这个门，或者说从前天看见宋振峰，他就一直被动到底，不行，他必须反击，秦云瀚洒脱一笑："你给我打完电话，我想了很久，这件事对公司的声誉不会有影响。但是从你个人考虑，我还是觉得这件事你不做为好，毕竟事关你的声誉。众口铄金，积毁销骨，你闯荡这么多年，应该明白这个道理，要在这个社会上立足，就必须随时注意世人的评论，你做的这件事太授人话柄了。"

秦云瀚停了一下，突然朝宋振峰笑了："对吧？"

宋振峰一愣，但很快地笑了："我还不知道什么事呢？"

"就是我这里有些周家的财产，我想还给他们。怕会对公司造成不利的影响，所以问秦总的意见。"

"肯定不会影响公司吗？"宋振峰问秦云瀚。

"肯定不会，但是周澜刚刚造出了谣言，何欢就采取这种行为，太容易让人误会了，如果再让周家人蓄意利用这件事造出新的谣言，何欢会受伤害。"秦云瀚解释。

宋振峰又看向了何欢："如果还了他们，你会轻松吗？"

"会。"何欢毫不犹豫，说得斩钉截铁。

"如果是这样的话，那你想还就还吧。"宋振峰轻描淡写地说。

"啊？"秦云瀚和何欢两个人都愣住了，这是宋振峰吗？端正严谨的正人君子？

面对两个人的惊异，宋振峰耐心地解释："我说的是真心话，而且事情的严重性我也都听明白了，秦总分析得很合情理。只是我个人认为，人生在世，没必要在意那么多别人的看法，'谁人背后无人论，哪个人前不说人'，这是社会现实，谁也无力更改，任凭你生出三头六臂，步步谨慎小心，也一样堵不住世人的悠悠之口。所以，做事的时候，不要想太多，问心无愧，足矣。"宋振峰的笑容云淡风轻。

"峰哥，你真这么想？"

宋振峰想开口纠正何欢的称呼，但又把话咽了回去，含笑说道："我确实是这么想的，但前提是你必须把一切都想好了，不是盲目从事。"

秦云瀚插了进来："宋院长做人严谨，有口皆碑，我真想不到你竟然会有这种想法。"

宋振峰明白，自己往日的名声和今天的态度差别太大，难免秦云瀚会认为他是故意唱反调，所以淡淡一笑："那只是因为以前我的行为碰巧符合人们的要求，如果有一天我想做的事情，会招致非议，我想我不会因为非议而改变。人生苦短，我不能为了别人的看法而活。"不待秦云瀚反驳，宋振峰就接着说道："就比方说现在，我劝何欢按照自己的想法去做，你难免会认为我是为了讨好何欢，而故意和你唱反调。明知道你会这么想，我还是坚持说出自己的观点，不怕你会认为我是个伪君子。"

秦云瀚被宋振峰赤裸裸地说到了心里，但他来不及难堪，他心中想的是另一件事，宋振峰刚才还是那么温文尔雅，但他所说出的言辞却是那么透彻、辛辣，让人难以承接。好眼熟的手段！像谁？像谁？秦云瀚脑海中突然火花一闪，脱口问出："上次你说到十二年前，你们俩认识有十二年了？"

没错，宋振峰所表现出来的透彻和尖锐，与何欢如出一辙。

宋振峰没有马上回答秦云瀚的话，而是转头看向何欢，眼中倾泻出无尽的温情，声调悠远："比十二年长多了，我们认识至少有二十年了，我们同门学画。"

"难怪你们两个这么相像。"秦云瀚由衷地说了一句，"你们的老师，不应该培养画家，他应该去培养商人。"

一句话把何欢和宋振峰都说笑了，因为他们无法想象何达经商会是什么样子。

何欢跳了起来，"好了，我的事情说完了，你们聊一会儿，我去做饭。"

秦云瀚知道自己应该告辞了，但他不想走，他觉得自己今天一直都很窝囊，他需要干点什么，好找回自信心和面子。

厨房是开放式的，何欢在厨房里忙碌，两个男人在餐厅看着。宋振峰坐在餐桌边，眼神一直追随着何欢，秦云瀚则靠在一侧墙上，跟何欢聊天。

"何欢，今天我们通电话的时候，我跟你说我失恋了，你竟然那么无动于衷。咱俩再怎么说也算是朋友，我的婚姻出现问题了，你不应该关心一下吗？"

"那是因为你说话的态度已经告诉了我，造成你失恋的不是你的妻子。"

"你是怎么听出来的？"

"女人的直觉。"何欢手里一直在忙着。

"那你就不关心是谁让我感受到失恋了？"

"这还用问吗？不是明摆着的事吗。"何欢有条不紊地切菜，"肯定是你生活中遇到的比较优秀的女人，而你想长期霸占她，结果由于某种原因，霸占不成了，你的自尊心和征服欲，受到了挫折，所以你觉得自己失恋了。"

"我没想霸占……"秦云瀚急了，他不能容忍这个词，可是何欢打断了他，"我说的霸占不是指肉体，是精神和灵魂。"何欢转过了身，和秦云瀚四目相对，声音沉静如水。两双深不见底的眼睛胶着在一起，无数的思想在通过眼神传达，万千心思，尽在不言中。

不知过了多久，秦云瀚才舒出一口气来，“你真的非常了解我。”

何欢仍旧静静地看着他：“对于一个在我身边派驻了四个月商业间谍的人，我怎么能不去了解呢？”

秦云瀚也没有移开目光：“我曾经担心你会为此采取报复行动。”

何欢牵动了一下嘴角，做出了一个类似于笑的动作，“所以你应该感激周博，他磨掉了我当年的气焰。”

秦云瀚认真地点了点头：“我能够想象。”

两个人的目光仍旧胶着，他们都想看到对方的灵魂深处去。也许现在他们两个的心中想的都是同一句话：但愿不要在未来的某一天，和这个人成为对手。

何欢率先打破了这种目光的胶着，转身去厨房照看晚餐，秦云瀚暗暗松了一口气，调整了一下声音：“其实在老师的办公室第一次见到你，我就后悔了，当时我就知道萧雪飞肯定不是你的对手。”看何欢没有说话，秦云瀚又加了一句，“她没做什么不合时宜的事情吧？”

“没有，她除了对我如影随形以外，就是一心一意地给我介绍男朋友。”何欢朝秦云瀚回眸一笑，“咱俩不就是她给撺掇到一块儿的吗？”说话间，何欢意味深长地瞟了宋振峰一眼，又转回了身去。

宋振峰心中暗笑，这丫头今天还没完了。

秦云瀚又换了话题：“既然你打定主意要把东西还给周家，就想想怎么操作，看看我有什么能帮你的。”

“我也没想好，我想找个人代表我私人，把这些东西还回去。”

“按说萧雪飞的身份合适，但是怕她处理不好。”秦云瀚说。

“你知道现在周博身边的助理是谁吗？”何欢问。

“叫王斌。”

“还是他？”何欢有些意外。

“你们很熟？”秦云瀚问。

“我在天海画阁的时候，他就是周博的助理，认识，也很熟，但没有私交。王斌是一个很会把握尺度的人，他只忠实于周博，和周博的所有儿女都保持距离。如果是他就好办了，只要把东西给他就行了，他肯定会瞒过所有人，交到周博的手里。你有他的电话吗？”

“我可以查一下，应该很容易查到。”

“我有。”宋振峰突然插了一句，把秦云瀚吓了一跳，不知道是宋振峰太安静了，还是秦云瀚太专心了，他竟然忘了他的背后还坐着个宋振峰。

何欢问："你刚才说你有什么？"

"我有王斌的电话。"不待他们发问，宋振峰自动解释了起来，"周博想和敦煌画院合作，我因为不想见周家的人，所以委托刘恒代表我，后来周博提出的方案对画院非常有利，我们准备接受，刘恒也口头接受了周博的聘请，就在这个时候，周家的人开始在网上攻击你。刘恒看到那篇文章后就和周博闹翻了，而周博在敦煌犯病，连夜被送回北京。"

宋振峰的叙述简单明了，可是听在秦云瀚的耳朵里却是串串惊雷。他竟然一点儿都不知道周博在打敦煌画院的主意，如果不是周澜突然发难，那么现在天海画阁已经转危为安了。

秦云瀚和何欢的眼神碰在了一起，两人几乎同时说出了一个词："天意。"

夜已经很深了，宋振峰拥着何欢靠在床上，他已经把这些天发生的一切都原原本本告诉了何欢。现在两个人已经沉默了很久了。

"欢，睡吧。"

"舍不得，怕一觉醒来，又会出什么变故。"

宋振峰拥紧了何欢："别怕，这一回咱们再也不会分开了。"

"振峰，我得跟你说件事。"

"什么事，这么严肃。"

"我要还给周家的是这套房子和八十万现金，等还了这些，我就身无长物了。"

"就算你不还给他们，我娶了你也不会住这套房子，也不会花那些钱。这点自尊我还有。"

"峰，对不起。"

"欢，你又多心了，你太敏感了，这样不好，我这话的意思只是说我不想用别人的钱养自己的妻子，我的妻子当然由我自己来养，不是说介意你结过婚。"

何欢把头埋在宋振峰的胸前，悄然不语，宋振峰轻轻摸着何欢的头发："你呀，听刘恒给我讲你做生意的事的时候，还有刚才看你跟秦云瀚唇枪舌剑的时候，我还真以为你长大了。可现在看，你跟小时候一点都没变，还是这么纤细、敏感。欢，别这样，太伤害自己，知道吗？"

何欢点了点头，问："刘恒有没有跟你说，我这笔财产是怎么来的？"

"说了，他还说，你当时其实不是在争钱，是在反击。"

"对，当时周家夺走了我全部财产，我什么都没有了。但是，我又从周家夺回了我应得的。所以，和周博的那次对决，我不后悔。"

"那你现在把这些还回去，是为了我？"

何欢摇了摇头："当时，我以为咱们又错过了，根本不敢想你还会回来。我要

还回去，是因为我明白了一些事。”何欢调整了一下姿势，面对着宋振峰，“金羚曾经问我，以我的敏感，怎么会没有问过周涛的感情经历，没有感觉出周涛的感情变化，并且由此推论出我没有爱过周涛。当时我对她的话半信半疑。直到那天你来找我……”

何欢的脸上涌起了一层红霞：“和你在一起之后，我发现，感觉和过去完全不一样，我和你在一起时的那种水乳交融的感受，是从来没有过的。我记得有人说过，男人因性而爱，女人因爱而性。把身体交给你以后，我才明白，这句话一点都没有错。我对周涛只是感情而不是爱情，所以，我们俩之间是一场错误。想明白了这一点，我就一点都不恨周涛了，甚至还觉得对不起他，如果我够成熟，也许早就发现了我们之间的问题，他也就不用惨死了。当没有了爱情的制约，那么再看周涛和苏菲的事，也就根本谈不上背叛。只能说，我们三个都是一场错误的牺牲者。所以，我想把这些还给周家，真正了断我和周家的一切。”

“只要你决定了，我就支持你。你什么时候准备好，我替你还给周家。”

“那就在这几天吧。我先租房子，然后就搬出去。”

“要不，你就住我那。”

“你家的房子还在？”

“当然在，这些年我们没有回来，一直委托一位邻居照顾。就是太简陋了，怕你住不惯。”

“只要你陪在我身边。别的我都不在乎。”

[6]

天海画阁北京分公司。周浪和周澜正在烦躁争论着，周博的特别助理王斌坐在一旁，静默寡言，无动于衷，和周浪、周澜的暴躁形成了强烈的反差。

周澜尖锐的声音又响了起来：“爸爸到底什么意思啊，为什么不见我们？”

周博仍旧坚持只见王斌一人。

王斌似乎没听见，他们兄妹两个已经在这里叫嚣了两个多钟头了。

自从周博住院，周浪就扔下了上海那边的所有事情，来了北京，并且一直滞留到现在，丝毫不理会周博已经通过王斌五次三番地下达让他回上海看管生意的命令。

在周博身边工作了十几年了，对于周家的内政，王斌一直恪守着“万言万当，不如一默”的信条。但不说，并不意味着他心中不明白。比方说此时，他绝不会认为周浪执意留在北京，是出于孝心，是关心周博。周浪是怕周博病危的时候，他不能守在周博身边，而会造成继承遗产上的损失。

对此，王斌心寒，但也只能心寒而已，作为一名被聘用的员工，他不想也不能介入到老板的家事中去。

“王斌，你每天都能看见爸爸，他的身体到底怎么样了？到底还能不能治好？”周澜呼喝着。王斌不愿意把周澜想得很坏，但是他确实觉得周澜在说这句话的时候，是在希望周博的病已经治不好了。

“我每天都把主治医生的签字报告带回来，报告上的内容还是很客观真实的。”王斌安静地回答，他的眼睛始终没有看周澜。

周澜本身丝毫不具备沉着的气质，所以她一看见沉稳的人，就会不由得火冒三丈：“我不管，我就要见爸爸！”

王斌已经太习惯周澜的歇斯底里了，所以他仍旧不为所动：“您随时可以给董事长打电话。”

一句话戳到了周澜的痛处，她真不敢打电话，周澜气急败坏了：“王斌，你别太狂了，别觉着现在有我爸爸给你撑腰。你别忘了，等我爸爸死了，天海画阁就是我做主了，你得为你的未来考虑考虑！”

“董事长如果不在了，我还会留在天海画阁才是怪事。”王斌心中暗道，嘴里却什么都没说。

周浪一直在冷眼旁观，他们一直就是这样，周澜是狼他是狈，他负责出谋划策，周澜去冲锋陷阵。现在，眼看着周澜又一次在王斌面前败下阵来，周浪开口了：“周澜，别说了，越说越过分。王助理，别在意，周澜就是这个脾气，她也是关心爸爸。”

男人可以不理会撒泼的女人，但不能不理会一个跟你好好说话的男人，王斌微微欠了一下身，表示自己并不介意。虽然脸上不动声色，但是王斌真是有点烦了，这兄妹俩都快闹了三个钟头了，总算盼到周浪开口了，希望他能赶快说到正题。

“王助理，我有些想法，想和你讨论一下。”

“您请说。”虽然不齿周浪的为人，但必需的礼貌还是要遵守。

“你也知道，现在艺术市场越来越不好做。我想请你和我们一起劝说爸爸把天海画阁卖掉。”不知道是王斌的涵养已经好到了极限，还是已经太了解周浪了，以至于不管周浪说出什么来，他都不可能吃惊，反正面对周浪这个能把周博直接气死的提议，王斌依旧是一片平和，静静地等着周浪说出下文。

多年来，每次面对王斌的沉默，都让周浪浑身不适，尤其是在他想算计周博的时候，王斌似乎已经洞察一切的沉默，更让他从心底不安。周浪横了横心，接着说：“我现在算是看明白了，经营画廊是最难做的生意。我早就想好了，把天海画阁卖了以后，就去投资房地产。你看人家做房地产，房子放在那儿，就有的是人抢着买。老板们什么都不用干，每天就是吃喝玩乐，就是享受就行了。哪像咱们开画廊，这么

辛苦。”

停了一下，周浪问王斌：“王助理，你有没有听爸爸说，他病好后有什么打算？”

王斌摇了摇头：“董事长这段时间没有谈到工作。”

“我想，爸爸一定会和秦云瀚硬拼。王助理，你一定要阻止爸爸这么做，咱们肯定拼不过人家。秦云瀚想要广东市场，咱们就把广东市场让出来。秦云瀚现在势力这么大，惹了他咱们不会有好处的。”

王斌心头火起，他可以容忍一个男人没有能力，却无法容忍一个男人没有血性。王斌淡淡地说：“你是怕现在和秦云瀚争夺广东市场，会让天海画阁承受损失？”

“当然了。”周浪理直气壮地说，“我绝对不能看着爸爸这么糟蹋钱。爸爸不能这么自私，他已经这么大岁数了，现在又病成这样，也没多少日子了，他当然是什么都不在乎了。可我们还年轻呢，他现在要是去和秦云瀚争夺市场，等于是在糟蹋我们的钱。别说根本赢不了秦云瀚，就算能赢了秦云瀚又怎么样？我们又能得到什么好处，我和周澜都已经决定了，不再干画廊了。”

饶是王斌镇定功夫一流，现在都快被气得变了颜色。他尽量克制着，想听听周浪还能说出什么来。果不其然，周浪终于说出重点了：“有一家台湾的公司要收购天海画阁，他们已经和我接触过了。我必须得在爸爸和秦云瀚竞争之前，把天海画阁卖掉，否则，到时候天海画阁被爸爸弄得一败涂地的时候，就不值钱了。”

周浪看着王斌，王斌似乎仍旧没有什么反应。周浪决定丢出撒手锏了：“为了表示诚意，我已经根据对方的要求，把最近一年天海画阁所有的经营资料都提供给对方了。”

王斌第一个反应是觉得自己听错了：“你说什么？”

“我是说，为了表示诚意，我已经根据对方的要求，把最近一年天海画阁所有的经营资料都给他们了。”

“资料里面都包括什么内容？”王斌的态度特别的小心翼翼，像是怕一不小心踩到什么易碎的东西似的。

“什么都有。经营状况，收购敦煌画院的计划，官司的情况，资金储备和画的储备还有画家储备……”

王斌虽然一直坐在椅子上，但还是紧紧按住了桌子，才稳住了身形：“这些，你都说了？”

“对啊。”

“为什么？”

“因为对方是这么要求的，而且我想，既然想卖给人家，总得有个真诚的态度吧。”

“这是什么时候的事？”

“就在前几天，对方一直和我有接触，后来我接到通知，说爸爸犯病，我就先和他们联络了。”

王斌站了起来，眼神有些恍惚，“对不起，我头疼得厉害，我得先回办公室找点药，我先出去了。”

王斌出了房门以后，周澜才问：“哥，你把什么都告诉他了，他是要告诉爸爸怎么办？”

“他肯定会告诉的，我就是让他告诉爸爸，只有这样爸爸才能明白，他这次已经阻止不了咱们卖掉天海画阁了。”周浪眼中寒光闪动——人被气死了就什么都阻止不了了。

王斌没有回办公室，他径直冲出了办公楼，漫无目的地在大街上走着，心乱如麻。他不能想象周浪怎么可以这么愚蠢，这么胆大妄为，怎么敢把天海画阁的绝密资料全部泄露出去，而且是泄露给对天海画阁虎视眈眈的买家。王斌不敢想，这个买家在掌握了天海画阁所有的内幕以后，会如何压低收购价格。他更不敢想，如果这些资料再流入秦云瀚的手中，或者流入其他窥视天海画阁的商人手中，那将是一场怎样的劫难。

五月的北京，阳光白亮得刺眼，树木都换成了结结实实的绿色，大街上车水马龙，人声喧哗。王斌举目四望，却看不到丝毫的生机。

这时候，王斌听见了手机铃声，可能已经响了很久了，只是他太过专心，没有听见。是一个陌生的号码，王斌犹豫了一下，他现在没有心情接听陌生人的电话，但是多年来的职业训练，还是让他接通了电话，而且是一副标准而礼貌的口吻：“你好。”

“你好，请问是王斌先生吗？”

“我是，哪位？”

“敦煌画院，宋振峰。”

“宋院长你好。”虽然意外，但王斌的态度还是马上热情了起来。

“是这样。我现在在北京，想和您见个面，不知道是否方便。”

“当然方便。你现在在哪里？”

“我就在天海画阁总公司附近。因为我是替我师妹何欢做件事情，她特别嘱咐我要单独见你，所以最好能在公司外面找个地方。”

听说竟然事关何欢，王斌的精神高度集中了起来，多年特别助理的训练，还有对周博的忠诚，让他在一秒钟之内做出了决定——不管来者何意，先替天海画阁接下来再说：“没问题，在公司附近有一家西餐厅，还算清静，在那里见面可以吗？”

“好的。”

两人落座，简单寒暄之后，宋振峰进入了正题：“我来找您，是受我师妹所托。她说，只要联络到你，她所干的这件事，就能避过周家兄妹，因为她不想再生波折。”

王斌点头表示理解，宋振峰拿出了一个袋子，轻轻推过了餐桌：“这里面有一张银行卡，是我师妹离开深圳的时候，带走的八十万现金，三年来一直没有取用过，本息都在卡里。”

王斌吃了一惊，刚要说话，宋振峰又开口了：“还有当时天海画阁给何欢的那套房子的房产证明和钥匙。何欢还附上了一张她亲笔签署的空白授权委托书和个人资料复印件，等你们在办理过户的时候，直接办理就可以了，不用再找她了。她说这样比较方便。”

王斌目瞪口呆，他不知道何欢此举所为何来？

“里面还有……”宋振峰又说。

“还有什么？何欢带走的就这些了？”作为周博的特别助理，王斌很清楚，当年何欢和周博之间发生的那次对决。

“她还带走了一件东西，不过是她回到老家以后，才发现的。”宋振峰把手伸进袋子，拉出了一根丝带，丝带的尽头是一颗硕大美丽的水晶。

王斌已经没有力气再掩盖自己的疲倦了，他抬起手重重地搓了搓脸：“宋院长，请您稍等一下，今天发生了很多事，给我点时间，好吗？”

王斌站起来朝洗手间走去，他用冷水洗着脸，他有些遗憾水龙头里流出的水不够凉，他觉得自己现在需要的是冰。

王斌终于又回到了座位，也恢复了商人该有的冷静和尖锐：“能告诉我，何欢为什么这么做吗？”

任你千变万化，我自以平和对之，这是宋振峰天生就有的本事，所以他就像根本没有感觉出王斌语气中的火药味，仍旧温声对答：“她说她这几年想明白了一些事情，所以才想把这些还给周家。”

“能具体点吗？”

“师妹说，在周涛去世不久，她曾经和周博先生谈过一次话，在那次谈话中，周博先生告诉她，周涛其实不爱她，甚至可以说是因她而死。当时何欢不能接受这个说法，还为此受了强烈的刺激。可是现在她年岁大了一些，也算是经过了些磨难，懂得了一些道理。所以她现在的想法产生了变化，她现在认为，既然两个人之间没有刻骨铭心的爱情，也就谈不上背叛。她甚至经常自责，觉得如果当年她能够成熟一些，发现了她和周涛之间的问题，也许周涛就不会惨死。当年，她不顾一切要得到这些财产，是为了得到一个公道，现在既然不认为周涛或者周家对她有什么亏欠，也就不需要什么公道了。所以，她要把这些还给周家。”

“她真的不是为了打击周董？”

“如果为了打击，我可以直接送到医院去。假你的手，就是为了能缓冲一下，可以让你在适当的时候再交给周家。”宋振峰不卑不亢，话带威严。

王斌终于发现，宋振峰决不是外界所传的那样，只是个书生。

“宋院长，别怪我多心，主要是现在何欢已经接受了秦云瀚的聘请，关于她的一切行为，我都必须要小心。”

宋振峰淡淡一笑，可笑容转瞬即逝：“我不是商人，所以也不懂你们的规则，我只知道，如果不是周家突然发难，那么刘恒现在恐怕已经是天海画阁的经理了。”

王斌有些心虚，他越来越觉得宋振峰不好对付：“如果，何欢是因为周澜说的那些话才这么做，那她大可不必。我现在就可以替周董决定，请您代何欢把这些东西收回。这些确实是属于她的。”

“这个问题秦云瀚也问过她，但她说周澜不足以影响她，她这么做只是因为这样能让她快乐。所以，也请您转告周博先生，不要把这件事想得过于复杂。”宋振峰声调一正，“我可以用我的人品为师妹作保，这件事绝对与商事无关。更何况，王助理经商也快二十年了，应该了解这区区百万，根本不足以影响秦云瀚和天海画阁之间的大局吧？”

王斌无言以对。的确，就像宋振峰所言，区区百万根本无碍大局。而且如果何欢想要借此打击周博，那么就不会采取如此迂回的方式了。

王斌沉默了。宋振峰等了很久，看王斌还是没有继续说话的打算，他回想了一下，觉得自己该说的已经全说了，就准备告辞了，“王助理，如果您没有别的要问了，我就准备回去了。”

“宋院长，您是回何欢那里吗？”

宋振峰略一沉吟：“我准备先去见师妹，告诉她这件事的处理情况。”

王斌又思忖了良久，似乎下了很大的决心：“宋院长，我能和您一起去见何欢吗？我想和她谈些事情。”

宋振峰愣住了，他没想到王斌会提出这样一个要求，一时间不知道该如何回答。王斌又非常真诚地继续说道：“宋院长，自从我做了董事长的助理以后，从来就没有一件事是不经过董事长的批准而自主进行的。今天去见何欢，是我第一次不向董事长汇报，而擅自采取行动。所以，请您相信我，我想见何欢确实是有不得已的理由。”

“可是……”宋振峰有口难言，何欢现在正在何达家里等他，好和他一起向何达说明二人的关系。这在宋振峰看来，这实在是一件让他紧张不已的大事。所以他不知道，如果突然带回去一个王斌该如何安排。

王斌显然是误解了宋振峰的意思：“你可以现在给何欢打个电话，问她愿不愿意见我。”

宋振峰无奈，起身离座去打电话。片刻之后，宋振峰就回来了，把电话递给了王斌：“何欢的电话。”

王斌接过了电话：“你好。”

“王助理，你好。”

虽然已经有三年多没有过联系，但是两个人还是在第一时间就听出了对方的声音。简单明了的开场白曾经一直是他们的习惯，今天不由自主地又被使用了出来，让两个人都恍如回到了从前。

“我想和你见个面，有些事情想要聊一下，方便吗？”

“你来我这里会不会太远了？”

“没关系。”

“那好吧。快到我家的时候，给我打个电话，我家附近，有一家咖啡厅，我在那里等你。”

“好的。”

王斌把电话交给宋振峰：“你是坐车来的吧。我开车送你回去。”

何欢望着挂掉的电话，有些失神。

何达正在屋子里兴奋地指挥鲁萍做饭，没有注意到何欢的变化。今天何欢突然回来，告诉他她准备和宋振峰结婚！问清了事情的来龙去脉以后，何达简直是欣喜若狂，已经快一天了，仍旧沉浸在兴奋之中。

老天厚爱啊，他的女儿有了归宿。

“欢，你们准备什么时候办事啊？”

“过一两年吧。”

“干吗等那么长时间啊？”何达有点着急，“要让我说啊，一会儿等振峰回来，跟他要个他妈的电话，我直接就跟他妈商量就行了，他妈肯定也早就着急了。”

“哪有女方跟男方提亲的。”鲁萍刚好来到了客厅，“女方这时候不能太主动，应该等着男方上门提亲。”

“哎呀，那是别人家。咱们家不一样，振峰就等于是我儿子，谁先提还不都一样啊。”

鲁萍还想理论，在她看来这不是小事，她不能让何欢被人轻视。

何欢插了进来：“爸，你不用着急，我和公司说好了，5 月 30 号报到。等我把手边的事处理清了，想和振峰一起回趟敦煌，见一见王阿姨。”

“那样也行。”何达想了想又问，“你真的打算上班了？”

“当然是真的。”何欢突然一笑，“再说了，我把房子都退回去了，怎么着也得挣钱啊。”

“真是搞不懂你想什么，当初费那么大劲要过来，现在又莫名奇妙地还回去。”说到这件事，何达又叹了一声。

何欢笑了笑，没有说话。

“欢，你们要是结婚缺钱，就从家里拿。现在家里钱有富余。”

“对对对。”鲁萍忙不迭地应和，身为继母，这个时候最为敏感，所以她迅速地表明立场。

“不用，我现在还不想结婚。就算结婚，他的钱也够了。”

“那倒是，现在振峰的画越来越被人看重了，他这十几年的苦算是没白吃。他小时候，我就看出来，他必定能成才。”何达的话语中充满着为人师、为人父的双重骄傲。

“你要去广东工作，宋振峰怎么办？”鲁萍比较关心现实的问题。

“他和我一起去。”

鲁萍寻思良久，终于问出了一个已经在她心中萦绕了一天的问题：“欢，他和他们家真的一点都不介意你结过婚？”鲁萍的声音有些低沉。这是她最担心的事情，如果宋振峰真的像丈夫说的那么优秀，那么出名，又一直未婚，那他们的家庭会接受何欢吗？毕竟中国千百年来的风俗中，死了丈夫的女人都是受人轻视的。

何欢还没有说话，何达就已经开口了：“你瞎想什么呢？这都是绝对不可能的事。你就放心吧，何欢跟了振峰肯定受不了气，这我心里还不清楚吗？当初振峰毕业实习的时候，就想回来教书，其实他一直就喜欢何欢，是我非让他去的敦煌。”

何达的声音低了下来，当年的一念之差，拆散了一对年轻人，结果，女儿没有得到幸福，徒弟一直孑然一身，想想，都是他的错啊。

另一方面，王斌正专心地开着车，一路上都没有再和宋振峰说一个字，因为他的脑子在紧张地运转着，他需要想清楚，见到何欢以后说什么，怎么说。

是啊，说什么呢？王斌踌躇着。

劝何欢放下对天海画阁的仇恨？可何欢已经放下了啊，不仅自己放下了，还力劝刘恒接受天海画阁的聘请。

劝何欢不要帮秦云瀚打击天海画阁？根据可靠的消息，秦云瀚为了吞掉天海画阁的市场，已经筹备了很久，这一次对天海画阁是势在必得。即使没有何欢的帮助，天海画阁也难逃此劫。因为天海画阁现在是内部出现了问题。此时的天海画阁就好似一个庞大的动物，已经奄奄一息，周围虎狼环伺，都在等待着它生命的最后时刻到来。所以就算没有何欢，没有秦云瀚，也会有别人来争夺天海画阁的市场。

那就劝何欢回来帮助天海画阁？这个念头刚一冒出来，就被王斌苦笑着打了回去。让何欢回天海画阁，简直就是痴人说梦，周家兄妹那一关就过不了。

要不，就求何欢日后对天海画阁手下留情？可王斌清楚地知道，商战和打仗一样，一旦交上手，很多事情就不是轻易控制得了的。到时候，何欢、秦云瀚、周博，加上他王斌都只会是被大潮翻卷着的棋子。

直到此时，王斌才发现，自己今天的行为太冲动了。

也许，最初他想见何欢，只是想找一个和他一样了解天海画阁，也关心天海画阁的人，诉说一下心中的苦闷。自从周博住院起，王斌身上的压力太大了。尤其是今天，目睹了周家兄妹的丑恶表演，要不是心中还在感念着周博的知遇栽培之恩，王斌真想一走了之。

罢了，罢了，回去吧。

"宋院长。"王斌放慢了车速，"快到何欢的家了吧？"

"差不多了，我现在就给她打电话。"

"不用了，我想过了，不必再打扰何欢了，我送你回来了，我就回去了。"

宋振峰一怔："专程让你送我，这怎么好意思。"

"不用客气，我也不是专程送你，本来是想见何欢，可是后来又改主意了。"王斌微微一笑，"好了，前面就是何教授的家了吧？我就不进去了，代我向何教授问好。"

宋振峰无奈，只好下了车目送着王斌离去。

回来的路上，王斌的车开得不快，在高速公路上徐徐前行。如果有办法，他真想让这条路永远都没有尽头，因为他有些怕回北京，怕去面对天海画阁内部，此时正在发生着的纷杂矛盾。

电话铃声响起，王斌接通了电话："你好。"

对方似乎在沉默。王斌提高了声音："你好，哪位？"

"你好，我是何欢。"

王斌一愣，他没想到何欢会打过电话来。一听到何欢自报家门，王斌的脑子里迅速做出了反应，把他今天见到宋振峰以后说的每一句话都回忆了一遍，他需要马上判断出何欢这个时候打来电话究竟有什么目的。是否是自己出现了什么失误的言辞，让何欢察觉到了可乘之机。

倒不是他对何欢有什么成见，实在是多年的商海生涯，已经把这种条件反射培养成了一种本能。

思考尽在几秒钟之内完成，王斌坦然应对："何欢，你好，没想到你会打电话过来。"

何欢又沉默了片刻，她每一次沉默都让王斌紧张：沉默说明何欢确实有事要说。

"王助理。"何欢的声音沉静悠远，"是不是天海画阁出了什么事了？"

"有什么传言吗？我还没有听到，是不是刚传出来的，在我正好离开北京的这段时间。"

何欢没有觉得被得罪，反倒态度更加的真诚，"我没有听到任何传言。王助理，您一直就有过人的冷静，突然擅自做主要来见我，又突然离去，才让我产生这种想法。"

"哦，那是因为……"

何欢打断了王斌："王助理，您不用解释，我打这个电话，只是因为我有几句话想对您说。"何欢语调轻缓，字字清晰，"王助理，虽然你我交往不多，但是您对天海画阁的忠诚和感情，让我感动，也让我钦佩。"

王斌不语，因为他不知道何欢为什么会说出这么一番话，所以他静静等待着下文。

何欢接着说："我既然接受了秦云瀚的聘请，就不能失信于人，这是其一。其二，既然为人下属，就要全力为雇主创造利益最大化，我相信，这些您都能理解。"

王斌还是没有说话，但是他的目光已经变得锐利了。

何欢的声音仍旧在继续："但是，利益并不一定非得是破坏和占领才能带来。"

何欢不说话了，王斌也没有说话，良久之后，何欢突然话题一转："王助理，您一定读过赵国割城联秦然后伐燕的史书吧。"何欢语调一扬，"好了，言尽于此吧。我要说的都说完了，王助理，再见。"

王斌还没来得及说话，何欢就已经挂断了电话。

赵割城联秦然后伐燕？何欢的话像一道闪电照亮了王斌被晦暗笼罩着的心，何欢的意思是……难道，可以？王斌猛地踩下油门，朝北京飞驰而去。

[7]

夜色已深，宋振峰家的旧宅里，仍旧亮着一片昏黄的灯光。何欢他们两个刚刚从何达家回来。

"欢，你是不是后悔接受秦云瀚的聘请了？"

何欢坐在桌前翻着一本不知名的书，也是了无睡意："为什么这么问？"

"因为你今天好像是在帮王斌。"宋振峰看着何欢脸色凝重，又解释道，"你别误会，我不是干预你的工作，我是怕你干得不快乐。我是想告诉你，如果你是为了急于挣钱才去帮秦云瀚，那大可不必，我现在的收入足够咱们生活了，还能生活得很好。"

何欢合上了书，重重地靠在了椅背上："只能说是天意，如果你早几天来找我，让我找到安宁和归宿，我肯定不会为了那几句谣言再次涉足商场。可现在，我既然答应了秦云瀚，就得言而有信，这是最起码的原则。快乐与否都得干下去，而且绝不会，也绝不能心慈手软。"

"那你跟王斌说的话？"

"那是我已经考虑好的经营策略，我希望能够迫使天海画阁主动让步，这样既能实现秦云瀚的目的，又能保全天海画阁。如果真要追究刚才的电话有什么私情，那只能说王斌对天海画阁的忠诚确实感动了我，让我提前透露了一部分我的计划。如果天海画阁命不该绝，那他们应该明白我的意思。而我也有把握，我对王斌说的话，不会给秦云瀚带来任何不利的影响。外人只看到天海画阁日薄西山，但是我了解天海画阁隐藏的实力，如果逼周博硬拼，那么秦云瀚的损失会过大，加加减减算下来，和天海画阁拼一个两败俱伤，决不如逼天海画阁求和。"

宋振峰走过来，拉起何欢，把何欢搂进了怀里，和她并肩坐到了床上。

"欢，咱们不是说好明天一上班就去注册结婚吗？你怎么又跟师傅说一两年以后再说。"

"我那是推托之词。"宋振峰刚松了一口气，就听何欢很淡然地说，"其实我是不想结婚，只想同居。"

"你说什么？"宋振峰大惊。

"我说我只想同居。"

"可是那天？"

"那天说要结婚，只是情话，这些天我认真想了想，还是同居好。"

"为什么？"宋振峰的情绪依然激烈。

"因为如果是同居，你就不会有责任的压力，这样如果有一天你爱上别人了，就可以很轻松地告诉我，就不用骗我了。"何欢的声音平静却隐含凄楚。

宋振峰没再说话，只是抱紧了何欢，用力又用力，好像要把何欢糅进身体里。过了很久，宋振峰才又开口说话："欢，我给你读首诗。"

"什么诗？"

"新裂齐纨素，皎洁如霜雪。裁为合欢扇，团团似明月。出入君怀袖，动摇微风发。常恐秋节至，凉飚夺炎热。弃捐箧笥中，恩情中道绝。"

何欢从宋振峰的怀里愕然抬首，"你怎么知道这首诗。"

宋振峰重新又把何欢搂进了怀里，"你把鲁萍打伤的那一夜，一直都是昏昏沉沉的，一整夜你几乎都在背诵这首诗。那时我就发誓，一定要娶你，一定要一辈子对你好，永远都不让你再有机会背这首诗。后来，你嫁给了周涛，我躲到了敦煌。

我总会想起你，可每次想起你的时候，我都盼着周涛能对你好，因为我宁可一辈子都得不到你，也希望你能永远快乐，不再伤心。可没想到，事与愿违，你还是受了伤害，你十七岁的时候就惶恐于感情的善变，直到今天，这么多年过去了，你还是不敢相信感情。”宋振峰长叹一声，“没事，欢，我等着你，我相信，精诚所至，金石为开，我会一直陪着你，直到你能信任我，愿意嫁给我那一天。”

何欢的眼泪涌了出来，她不好意思让宋振峰看见自己的泪水，用力在宋振峰的衣服上擦了擦眼睛，强笑着说：“原来是我告诉你的，我说你怎么会知道呢？”

过了一会儿，何欢抬起了头，认真地问：“我有一件事一直没问你。这次你又来找我，和上次不一样了，为什么？”

“你是指我对秦云瀚的态度，还是对你拒绝结婚的态度？”

“都有，就是觉得你自信了，不知道为什么？”

宋振峰轻轻抚摩着何欢的头发：“因为金羚告诉了我你的心声，因为我又认真地看了一遍你的日记，我才知道我错了，我根本就不该怀疑你对我的感情。”

“你已经为了我耽误了十年，难道你真的还肯为我等待？中间隔了十年，也许我变了呢？”

“虽然隔了十年，虽然你多了那么多经历，但是你还是我记忆中那个何欢，你没有变，一点都没变，还是那么纤细、敏感，那么追求完美，那么渴望美好。”宋振峰捧起何欢的脸，专注地看着，“就是你，没有错，你就是我心中那个人，所以我肯为你等，肯为你做一切。”

看着何欢的眼泪又涌了出来，宋振峰笑了，轻轻替何欢抹去眼泪，“好了，欢，太晚了，快睡吧。过两天咱们就一起去敦煌，我还要送给你一件礼物呢。”

“什么礼物？”

“到时候，你就知道了。”

[8]

同一时间，同一空间，另外一对年轻男女，也在熬夜长谈，不过他们不是在面对面地谈，而是在网上谈。

宋振峰离开敦煌以后，刘恒就和萧雪飞联系上了，两人约定，每天晚上在网上聊天。

刘恒施展出自己的一贯伎俩，先是一派纯真烂漫地引导萧雪飞倾诉，然后再非常胸无城府地为萧雪飞出谋划策，几天下来，萧雪飞已经在不知不觉间被刘恒洗了脑。

萧：“我都有什么优点？”

刘：“我不是都说过了吗？”

萧：“可是我想听你再从头说一遍。这对我很重要，每次听你说一遍，我的心里就会好受一些。”

刘：“那好吧。”刘恒不厌其烦地把早就烂熟于心的词打了一遍。

萧：“你说得真准，你是怎么看出来的？”

刘恒有些无奈地笑了，女人真好哄，随便说说她有气质、有能力、有头脑、够独立，她就这么感动。

刘：“看出来并不费劲啊，这些都明摆着。”

萧：“我比何欢怎么样？”

刘：“你们不是一种人，她是贤妻良母型的，你是天生的女强人，你们没法比。”刘恒早就摸透了萧雪飞了，这是她最爱听的话。

萧：“难道像振峰这么优秀的男人也会这么浅薄吗？他为什么要选择何欢，他应该找一个有能力的、能够帮助他的女人啊？”

刘：“其实宋振峰没有你想的那么好。”刘恒明白，对于萧雪飞这种女人，必须得把她以外的每一个人都贬得一文不值，才能让她平静下来。

萧：“你说得对，我并不完全了解宋振峰，也许，当时如果他一下子就爱上了我，可能我就看不上他了，可是他竟然一点都不爱我，我就是想让他爱上我。”

刘恒打了个哈欠，“生肉好吃还是炖肉好吃？”

萧：“什么？”

刘：“就是问你哪样更好吃。”

萧：“当然是炖肉好吃。”

刘：“可是老虎啊狼啊，都爱吃生肉。秃鹫还专门等着吃腐肉。明白我的意思了吗？”

萧：“明白，你是说宋振峰没品位，不懂得欣赏。”

晕，刘恒又重新看了一遍自己刚才发过去的话，还是觉得晕，难道他的意思是在说秃鹫不如狼有品位吗？算了，随她吧。

刘：“工作忙吗？”

萧：“很忙。我们是大公司，我的岗位很重要，所以节假日还得加班。”

刘：“那你不是前程似锦了？”

萧：“那倒是，我的老板非常器重我。”

刘：“那你就好好努力吧，你注定了是当女强人的命，现在要是把你关在家里做贤妻良母，那简直是犯罪。”

萧：“你说得对，我确实没法像一个普通的女人那样，每天只知道照顾孩子，庸庸碌碌地过一辈子。”

要是每个女人都这么想，那人类的孩子还不如动物的孩子幸福呢！刘恒嗤笑了一声。

刘：“你心目中的理想男人是什么样子的？”

萧：“没有太具体的样子，但首先他得有高学历，要仪表堂堂，要有自己的事业，要完全支持我的工作。当然，最重要的是，他不能庸俗。因为我不是一个俗气的人，所以我最不能容忍庸俗。”

刘：“怎样的男人才能算是不庸俗呢？”

萧：“至少他得有学问，有见识。我从上大学起就一直生活在北京，而且我学的是外文，又在外企工作，所以只有很有见识的男人才能配得上我。”

刘：“那宋振峰呢？”

萧：“说实话，本来我还觉得他不错，但是通过这几天和你聊天，我才发现，原来我这么优秀。”

刘：“以前你不知道吗？”刘恒有点急，要是本来萧雪飞不这么自恋，完全是被他给误导成这样了，那他的罪过可大了。

萧：“我以前当然都知道。”

刘：“那就好。”

萧：“不过从来没有人像你这样，这么连续地夸我。”

那是你要求的。不过这句话，刘恒只是在心里说了说，没有打出来。

萧：“我想明白了，你说得对，像我这样的女人，确实不应该为了某个男人或者是女人而影响了自己，我有更重要的事情可干。”

刘恒笑了，功德圆满。

一下线，刘恒就倒头睡了。

萧雪飞却辗转难眠，经过刘恒的专业洗脑，她已经认定了宋振峰确实配不上她。她现在想的是另一个问题——原来她在刘恒的心目中是如此的美好。刘恒一定是已经暗恋她很久了，现在才鼓起勇气这么绕着弯子向她表白，对，一定是这样。

刘恒的一言一笑在萧雪飞的眼前闪过。帅气、开朗，单从外表上看也配得上自己，而且他单纯，热情，全身充满书卷气，有些文弱。这正好契合自己的强势。没错，就像刘恒说的，她太优秀太强了，应该找一个文弱一些，柔和一些的。

人们不是都说吗？女人不要嫁给自己爱的男人，要嫁给爱自己的男人。只有这样的男人，才会无怨无悔地爱她，无怨无悔地为了她付出一切。

萧雪飞决定了，既然刘恒这么爱她，那么就给他一个机会！如果他表现好的话，

就让他得到自己吧。

千里之外的敦煌，睡梦中的刘恒，丝毫也没有感觉到他刚刚把一场灾难引到了自己的头上。

第七章

烽火台

[1]

王斌回到北京就直接去了医院。时间已经很晚了，他没有打扰周博，就在病房外面的起居室里睡了。因为心乱如麻，不知道过了多久才睡着，等他醒来的时候，看见周博正坐在床边看着自己。

王斌吓了一跳，从床上一跃而起："董事长，对不起，我睡着了。"

周博温和地笑了："才五点，我是整天没事干，才会醒这么早。一看你就是累坏了。你半夜来的吧，我昨天十一点多才睡，都没看见你。"

王斌这才想起，自己今天是有事要说。王斌低下了头。

"先去洗把脸吧。然后到阳台找我。"周博依旧温和舒缓。王斌眼中一热，看此时的周博这么平静，他实在不忍心把昨天发生的那些事告诉周博。

王斌洗完脸回来,看见周博已经坐在病房另一侧的阳台上了。病房向阳的一面，有一个很大的开放式阳台，种着绿色的阔叶植物，摆着一张藤桌，几把藤椅。五月中旬的北方，夏日已经滚滚而来。但是在这样早的清晨，还微微有些凉意。绿叶上滚动着几颗露珠，一两声鸟儿的鸣叫透过薄薄的晨雾传了过来。

王斌刚一走到阳台，就感到丝丝凉风拂面，让他精神为之一振。

"先过来吃点东西吧。"周博坐在桌边招呼王斌。藤桌上摆着一个小碟，碟子里码着几块精致的点心，旁边还有一杯冒着热气的牛奶。

"这是？"王斌很是诧异。

"这是刚才你洗脸的时候，我替你准备的，你昨晚就没吃饭吧？"

王斌想了想，还真是没吃，不由得笑了："您怎么知道的？"

周博没有答话，只是招呼王斌快吃东西。王斌也觉出饿来了，很快地就把这些点心都吃了下去。点心吃完了，王斌也打定了主意，天海画阁所发生的一切，都先不告诉周博，自己再抵挡一阵吧——在这样的早晨，向一位花甲之年的老人诉说昨天所发生的一切变故，太残忍了。

“吃饱了吗？”周博关心地问。

王斌赶紧点头：“饱了。”

周博又笑了：“吃这些东西，饱也饱不到哪去。你先垫垫，我七点半开早饭，你再和我一块吃吧。”

“是。”王斌点头。

周博看了一眼表，站了起来，走到花木中，深深地舒展了一下身体，用力地呼吸了几口清冽的空气：“快五点半了，还有两个小时开饭，时间应该够了。”

说着话，周博又坐回到桌边，直视着王斌：“开始说吧。”

王斌有些心虚地笑：“说，说什么啊？”

周博轻轻叹了一口气：“我还没老到禁不住事的地步，等我真那么老了，你再替他们瞒着吧。”

王斌还在用尴尬的笑掩藏着心中的慌乱：“我，我没瞒您什么啊。”

周博脸上现出些疲惫：“周浪和周澜那两个混账又干什么了？何欢那边又出什么事了？”

王斌已经笑不出来了。周博望着王斌，眼神依旧温和：“王斌，你从大学毕业就跟着我，已经快二十年了。我知道你关心我，也关心天海画阁，就算你要瞒着我什么事，也是出于好心。但是有些事，不是你能扛得住的。”

王斌的眼神黯淡了。无言地低下了头。周博也没有再逼问他，只是有些伤感地眺望着远处的树木。良久之后，王斌才轻声问：“您是怎么知道的？”

周博从身旁的椅子上拿起了一个纸袋，轻轻放到了桌子上：“早上我看见你的时候，你在睡梦中还紧紧抓着这个纸袋。我想帮你拿下来，让你睡得安稳点，结果这个从袋子里滑了出来。”周博打开了攥着的手掌，手心里躺着一颗美丽的水晶。

王斌目瞪口呆，周博拿着的，正是何欢委托宋振峰转交给他的那个纸袋！王斌不由得暗骂自己粗心。

周博的态度已经很平和：“放心吧，还没有什么我禁不住的事。说吧，这个袋子里还有什么？”

王斌深深叹息了一声，开始讲述了起来。他说了周浪、周澜的打算，还有他们的愚蠢行为，还讲了宋振峰来找他的经过。讲到最后，王斌从纸袋里拿出了银行卡和房契。

周博始终都非常平静，而事实上，他心中已经五内俱焚。他勉强支撑着，不让悲痛流露出来，因为他不想让眼前这位忠心耿耿的下属为自己担忧。这是现在支撑着他看似平稳的唯一力量。

等王斌把事情都说完了，周博又看了一眼表，“到时间了，咱们去吃饭吧。”

“但是董事长，我还有些事要说。”

“和谁有关？”

“和，和我，我昨天下午擅自采取了一些行动。”

“那就不用着急，先吃饭吧。”

“可是……”

周博挥手阻止住了王斌：“我相信，你不会鲁莽的。走吧，赶紧吃饭，吃完饭，我还有事情要你做。”

“什么事？”

“我想回家一趟，开你的车送我回去。不要惊动任何人，对医院的人就说我出去活动一下，明天就回来。”

“明白。”王斌没有再多问，起身安排去了。

快到中午的时候，周博和王斌两个人回到周家大宅。徐兰按照周博的指令，一直留守在大宅里。徐兰和儿女们一样，也联系不上周博，每天在家里也是如坐针毡。今天突然间，看见周博从天而降，把她吓了一大跳：“你怎么突然回来了，身体怎么样，又出什么事了……”

“什么事都没出，我回来找点东西。我这次病得本来就不严重，我不过是想在医院里清清静静歇几天，想点事。”

大半辈子的夫妻了，徐兰当然不会被这几句话给骗住。从周博的神情中，她已经清楚地看到一场危机正在蔓延开来。但是周博既然不想说，那么她就不会问。还是那句话，几十年的夫妻了，她知道自己什么事情能插手，什么事情不能插手，什么事情连问都不能问。

“那你们忙吧，我安排午饭去。我就在这所房子里，要是他身体不舒服，你喊我一声就行了。”徐兰后面一句话是冲着王斌说的，王斌赶紧站起来点头答应。

看着徐兰出了客厅，周博站起来，走到了落地窗前，王斌也亦步亦趋地跟在他的身后。

又是五月，花园里花木繁茂，郁郁葱葱。周博久久凝望着花园，半晌无言。不知过了多久，王斌听见周博发出了一声长叹：“快十年了。那一年就是这个季节，周涛第一次把何欢带了回来。那时花园里也是这个样子，一点都没变。那天，我就站在这里看着何欢，她单纯、纤弱，但她的眼睛却在看见这个院子、这座别墅、这间客厅的一瞬间，燃烧了起来！那是被财富点燃的火焰。几乎就在那一刻，我就决定了，我要让她做我的儿媳，我要把她培养成最优秀的商人，我要让她把天海画阁发扬光大……”

周博的话没有说完，他也不想再说下去了，只是用一声长叹结束了这段回忆。这声叹息太沉太重了，让王斌的心都跟着抽动了一下。

周博振作了一下精神：“好了。吃完饭我要休息一会儿。下午四点钟，在我的画室里找我。”

王斌点头领命。

红日已显西沉，周博站在他那间硕大的画室里沉思。当年他也是站在这里等何欢的。那时他的心情激动也有些忐忑，他怕何欢会让他失望。可现在，他的心情远没有那么复杂了。因为他现在是准备应战，决战之前的武士的思绪必须是单纯的。

是啊，到了决战的时候了，决一死战。

自从听见王斌说出周浪那些愚蠢的行为，周博的心就已经坠到深渊。他不知道自己还能不能在有生之年把自己的心拯救出来。反正现在看起来,是没什么希望了。

本来他这几天精神略微有些恢复，已经开始谋划怎么对付秦云瀚和何欢了。但是家里这两个畜生，竟然干出这种事来。

敲门声响起，王斌走了进来。不待王斌说话，周博就问道：“王斌，你知道什么是烽火台吗？”

王斌一愣，他当然知道啊：“知道，怎么了？”

“在古代，一旦一座烽火台被点燃，烽火就会一座座接着传下去，传递速度非常之快，古人就用这种方式阻挡了一次又一次异族的侵略。”

王斌不明所以，只能静静地听着。

“不知道为什么，今天早晨，你跟我说了周浪对外公布了天海画阁的内部资料，我的眼前就出现了这么一个场面:漆黑夜色中，一座烽火台被点燃了，而在黑暗中，有无数双眼睛在紧紧地盯着烽火台看。一旦看见一座烽火，他们就会不停地点燃一座又一座烽火台。在很短很短的时间里，所有的烽火台就都会被点燃，熊熊烽火照亮夜空，告诉人们战争开始了。周浪的行为就等于在夜色中点燃了第一个烽火台，只不过它宣告的不是有人要入侵,而是……”周博突然惨笑了一声,“而是告诉人们，现在是入侵天海画阁最好的时机！”

“董事长。”王斌被周博惨烈的声音惊呆了，腾地站了起来，“您别着急，现在还没有听见任何风声。我们还可以采取补救措施。”

周博疲倦地挥了挥手：“没用了，我跟你说了这么多，你还没听明白吗？烽火台一旦被点燃，就不再受人力的控制了。现在已经没有人能够阻止资料外泄带来的灾难了。”

“那我们到底要承受多大的损失？”

“我不知道，恐怕没人会知道。因为我们的对手都不知道这一次我们究竟会落败到什么地步。”

“为什么？”王斌吃惊地问。

“秦失其鹿，天下共逐之。周浪这一下，把那些本来不敢窥视天海画阁的人都吸引过来做了我们的敌人了。所以我们现在已经不是一个或者两个敌人了，我们的敌人太多了。在这种情况下，谁能预测天海画阁的未来呢？”

王斌颓然地坐到椅子上，他突然像是想起了什么：“秦失其鹿，赵割城联秦然后伐燕。”天啊，怎么把他跟何欢通电话这么大的事给忘了。

王斌赶紧坐到了周博的对面：“董事长，我想把我昨天擅自行动的事汇报一下。”

“你说吧。”

王斌一五一十，包括自己的心理活动都毫无隐瞒地告诉周博。这是他追随周博以来唯一的一次擅自行动，只有都说出来，心里才能轻松。当王斌说到，何欢在电话里，说起赵割城联秦然后伐燕的故事时，王斌清楚地看见周博的眼睛中火花一闪。

王斌全部都说完了，心情也终于坦然了。不管怎样，说出来了，是责是罚，就随它去吧。

“然后你就直接来了医院？”周博问。

“是，我思忖再三，还是想不出办法解决这一团乱麻。”王斌谨慎地回答。

“你做得很好。”周博含义不明地点头赞许。

“我——”

“不管是你对待周浪、周澜的方式，还是你贸然去见何欢，包括你又决定不见何欢，这些都做得很好。当然，如果你当时同何欢见了面，我也会认为你做得很好。”

王斌听不明白，有些茫然地看着周博。

周博微微一笑，耐心地解释：“就像你刚才所说的，现在的局面就是一团乱麻。在这个时候，积极寻找出口或者是冷静地静观其变，都是一种有效的解决问题的态度。这些你都做到了，不管你的积极和冷静是否起到了作用，能做到就说明你至少没有混乱，没有逃避，这就很好，很不容易了。所以我说你做得很好。”

王斌点了点头。

“王斌，何欢说的那句话，你是怎么理解的？”周博换了个话题。

“我有一个想法，但是觉得不太可能。”王斌斟酌着字句，一个字一个字地说。

“接着说。”

“赵割城联秦然后伐燕的故事，这句话的字面意思并不难理解，说的肯定是干罗的故事。干罗十二岁出使赵国，说服赵国的君主主动送给秦国五座城市，然后再在秦国的默许下，去攻打燕国。何欢在这个时候提起这个故事，只能有一个用意，就是希望天海画阁不和秦云瀚硬拼，保存实力，在稳定住秦云瀚以后，再从别的地方弥补损失。”

“你分析得应该差不多，你觉得这个方案如何？”

王斌很缓慢地摇了几下头：“觉得有些匪夷所思。”

“为什么？”

“觉得这个方案的可操作性太差了。”

“说说看。”

在周博的引导下，王斌的思路越发清晰，语言表达也流利了起来：“秦云瀚窥视天海画阁已经不是一天两天的事了，为此他也做了大量准备。现在可以说天时地利人和都倾向于他的那一边，在这种情况下，天海画阁如果想和他合作，代价会不会太大了？”

周博站了起来，在书房里踱着步，看王斌说完了，才又开口：“这些天，我一直在考虑如何解决天海画阁的这次危机，反复思量，割地求和是唯一的出路，这一点，我和何欢不谋而合。”

王斌吃惊地抬起头，正好看见周博的眼睛。在略显昏暗的书房里，周博的眼睛分外明亮。

“你为什么这么吃惊？”周博问。

“没什么。”王斌收拾心神，“就是没想到，何欢会提出一个对天海画阁有利的方案。”

“这是一个双赢的方案。”周博坐回到王斌的面前，开始侃侃而谈，“摆在我和秦云瀚面前的都是两条路，决一死战或者是暂时合作。如果决一死战，双方的损失都会过大。暂时合作，可以让秦云瀚在短期内得到很大的收益，也可以让我获得一个休整的机会。”

“那何欢能够说服秦云瀚吗？”王斌的情绪也被调动了起来。

“何欢既然会跟你提起这件事，那就说明她有足够的把握实施这个计划。但是……”周博的眼神突然黯淡了，“但现在这些都不重要了。周浪把天海画阁的内部资料外泄，天海画阁已经成了众人眼中的肥羊。现在就算秦云瀚同意合作，那也不是合作了，而是在给天海画阁提供保护。那意义就全都改变了。”

王斌默然了，周博也没有再说话，两个人就这么枯坐在书房里，任凭迅速蔓延开的黑暗吞没了他们。

等书房中重新亮起灯光的时候，周博再一次恢复了淡然和平和。

“也许，现在我唯一的欣慰，就是何欢没有再继续仇恨天海画阁。”

“对。”王斌认同，“否则她一定会趁机对天海画阁斩尽杀绝。既然何欢对天海画阁还存有感情，那我们能不能想办法，劝她回来帮我们渡过危机。”

“天意啊。”周博又是一声长叹，“当年我为了彻底打垮何欢，让她永远都没有对抗天海画阁的能力，不惜编造谎言，说周涛从来就没有爱过她。现在倒好……”周博无力地笑了一下，“何欢没有被打垮，却完完全全地信了我的话。现在就像她所说的，既然周涛没爱过她，她和天海画阁的恩怨纠葛就都不过是一场错误，那她和天海画阁之间也就没有任何关系了。事已至此，我还怎么叫她回来？”

又沉默了一会儿，王斌忍不住了，小心翼翼地问："您手里不是有一套完整的资料，能够证明周涛和苏菲的关系吗？”

周博的眼光跳动了一下，这件事是绝密中的绝密，只有他和王斌两个人知道。周博打开了书桌上一个紧紧锁着的抽屉，从里面拿出了一个密封着的纸袋。

当初，周博始终都怀疑周涛的死是另有隐情。所以，把何欢逐走以后，他就委托一家国际知名调查公司，着手调查事情的真相。调查公司历时七个月，遍访法国，终于查清了苏菲这些年的所有行动记录，包括她在法国的生活状况、出入境记录，甚至包括她的艾滋病史。一系列的证明材料，证明出了一个问题，周涛在婚后，根本不可能和苏菲有暧昧关系——光时间上就说不通。

然后又调查了周涛和何欢结婚以后的生活状况。总之，最后的结果只有一个，周涛没有背叛何欢，这一切都是苏菲的阴谋。本来，周博调查这一切的初衷，只是不想让儿子在九泉之下还背负着不白之冤。可是一切调查结果都出来以后，他却又不敢给何欢了，他怕何欢知道了事情的真相以后，会很快振作起来，会威胁到周浪、周澜对天海画阁的继承和统治。到了后来，天海画阁的危机越来越重，周博又想用这份资料打动何欢，让何欢重回天海画阁。但是，如果让何欢重回天海画阁，那势必就会得罪周浪和周澜，这是周博最不愿意做的事情。所以，哪怕还有一线希望能够拯救天海画阁，周博都不能让何欢回来。于是，向何欢公开这份资料这件事，就一拖再拖，拖到了现在。

周博拍了拍资料，苦笑了一下："你是想把这个给何欢？”

“对。”

“然后呢？”

“然后？”

“是啊。把这个给她，你总有个目的吧。”

王斌有些糊涂，当然有目的，而且这个目的是明摆着的啊。看周博还在望着自己，王斌整理了一下思路，答道："虽然我不了解现在何欢变成什么样子了，但是通过她力劝刘恒接受我们的聘请和她昨天跟我通电话，可以看出她对天海画阁还是有一定感情的。而且抛开周涛不谈，她和您之间也曾经是情同师徒父女。我觉得有这样的感情基础，再让她知道其实周涛是含冤而死，这样，不管是从情从理，何欢都会全力帮助天海画阁渡过这次危机……”王斌突然顿住了话头，因为他发现周博的眼中弥漫着深深的失望。王斌有些踌躇，“董事长，我说错了吗？”

周博垂下了眼帘，沉声说道：“你没有说错，说得很好。”

“那您？”

“你分析得很对，但是太迟了。”

“太迟了？”王斌不解。

“对，太迟了。”周博有些疲倦地仰躺在椅背上，“你刚才的分析都是站在天海画阁的立场上。你有没有想过，如果现在你站在何欢的立场上，会怎么考虑这个问题？”

“何欢的立场？”王斌还是不明白。

“你觉得何欢会相信这些东西吗？”

“为什么不信？”王斌的声音提高了，“这些都是真的啊，如果有必要，我们还可以让调查公司为我们作证。”

周博轻叹了一声：“有一件事就说不通。这份资料事关涛儿的清白，哪一位父亲在知道了儿子是清白的之后，会不急于公开事情的真相，还会一拖三年？任凭儿子在天之灵每天都被他所深爱的女人仇恨。”

王斌默然了，周博继续说道：“还有，天海画阁的危机早就开始了，如果存在这样一份资料，我为什么不早拿出来，用它说服何欢重返天海画阁。而且，就在十天前，周澜刚刚对外发布了消息，说周涛是被何欢所逼，才和苏菲殉情而死。而现在周家却拿出了这样一份资料，王斌，咱们先不说何欢，就算你是一个外人，一个旁观者，你会怎么想这份资料？”

“我会觉得这份资料是天海画阁临时炮制的。”王斌老实地回答。尽管他也知道这个答案过于残酷，但是他只能实话实说。经过周博一番分析，王斌怎么想怎么觉得这份资料不像真的。

“昨天何欢刚刚表示，她相信了我的话，接受了周涛没有爱过她这个事实，今天我就送她这样一份资料，并且告诉她，当年我是说谎，其实周涛是爱你的，你回来帮天海画阁渡过危机吧。”周博自嘲地惨笑了一下，“如果这样，连我都快觉得这份资料是我杜撰的了。更何况何欢。”

周博坐直了身子，望着王斌：“哪怕是二十天前，我把这份资料交给何欢，都能让何欢答应我的一切要求，可现在不行了。所以，我现在唯一的感受就是失望。完全看不见希望了。王斌，这些年你一直跟在我身边，天海画阁事无巨细你都清楚。

你说，我究竟哪里做错了？”

王斌低头不语。周博狞笑了一声：“我知道你不敢说，其实你不说我也知道。我错就错在太在乎周浪和周澜这两个畜生了！”

王斌听见周博的语调悲痛愤怒，赶紧抬起头，“董事长，您别这么想，关心自己的儿女也是人之常情。”

“为了他们，我把何欢逼上了绝路，逼成仇人。为了他们，我迟迟不敢还涛儿清白。怕他们不高兴，我连有能力的经理都不敢聘用。可结果呢，他们竟然恨不得一下子就气死我！”

王斌一直都没有说话，因为作为一个外人，一名下属，有些话纵然心里明白，也无法说出来。王斌看得很清楚，与其说周博是关爱自己的儿女，还不如说他和很多中国人一样，被宗族思想牢牢控制着。在周博的心目中，他所创下的基业一定要交到周家的儿子手中，然后再传给孙子，这样一代代流传下去。他所积累的财富一定要让儿孙们世代享用，只有这样才算是完成了生命的意义。

正是这种狭隘，带来了今天天海画阁无穷无尽的灾难，也许还会毁灭天海画阁。

[2]

次日一早，王斌就被叫到了周博的书房。周博眼中尽是血丝，一看就是彻夜未眠：“我叫你来，是想问问你，你对宋振峰这个人的印象怎么样？”不待王斌发问，周博就开门见山地说。

王斌已经非常了解周博的习惯，马上就听出周博有重要的事要谈，所以也就在转瞬间进入工作状态：“通过这次接触，我发现外界对宋振峰的传闻有些失实。他不像人们所认为的那么温和木讷。宋振峰其实是外柔内刚，身上有一股一般人无法抵御的刚硬和尖锐。就这一点而言，他倒是跟何欢很像，不愧是同门师兄妹。”

周博苦笑了一下，“他们是同门师兄妹，所以他们同样的敏锐，同样的犀利，那他们又是被谁给教导出来的呢？被何达？何达一辈子也没这么厉害过。唉，只能说是天意了。”

心中虽苦，但是周博表面上却不动声色，问：“你觉得他的品质怎么样？”

“品质？”王斌略一沉吟，“宋振峰的人品一直都是有口皆碑的。”

“你和他接触以后呢？”

“刚硬却不失忠厚。的确是个磊落君子。”

“那就好。”周博右手握拳，稳稳地落在了桌子上。

“您的意思是？”

“你现在联络宋振峰，就说我想见他。”

“见他？”

“对。我昨天想了一夜。虽然这份资料现在不太可信，但是还是要利用它。可是不能给何欢，因为何欢太聪明了，这样的人往往就会多疑。”

“可是宋振峰也是一个很聪明的人。”王斌提醒道。

“聪明和聪明不同。宋振峰尽管聪明，但是他毕竟不是商人，没有经过商场上的尔虞我诈，不会把事情想得过于复杂。”

“所以您想把这份资料交给宋振峰？”

“对，我先让宋振峰相信这些都是真的，然后再由宋振峰去说服何欢。”

“您肯定能说服宋振峰，这不是问题。但是宋振峰能说服何欢吗？”

“应该能。看起来他们兄妹的感情很好，而且通过宋振峰和你的谈话能够看出来，何欢非常信任他。”

“宋振峰的确是一个可以让人信赖的人。”王斌一边回忆着宋振峰的举止谈吐一边说。

“更何况，现在已经没有别的办法。我想了整整一夜，利用宋振峰是唯一的出路。”周博目光阴沉。

看着周博的神情，王斌的心没来由地打了个寒战，他站起身，“我明白了，我和宋振峰联系一下。”

“好，把他带到这里来就可以了。”

“如果他不想来呢？”王斌迟疑着问。

“那你就在字里行间流露出来，要和他谈的事，事关何欢。我相信，他会来的。明白该怎么做了吗？”

“明白。”王斌没有再多说话，站起身来朝外走去。

当他走到门口的时候，周博又加了一句：“让他直接来，来之前，不要跟何欢商量。”

看见王斌不解，周博耐心地解释：“我怕何欢知道了我找他，会有所猜忌，不让他来或者提前对宋振峰说些什么，那样，我对宋振峰所说的话，就会事倍功半。”周博站起身来，走到了窗前，转过身，背对着窗户。他的身影遮挡住了窗外的光亮，整个书房瞬间暗了下来，周博的脸因为背着光，也显得阴晴不定，“宋振峰是我打动何欢的最后一颗棋子了，不能出一点差错。”

王斌看了周博一眼，什么话都没有说，只是点了点头，就径直走了出去。

这时候，何欢和宋振峰商量好，两天后就去敦煌，票都买好了。今天一早，金羚就把何欢叫走了，说是他们公司要送金羚去南方参加一个培训，这让金羚兴奋不已，昨天就约好何欢陪她去买衣服，要到晚上才能回来。面对着让他和何欢重归于好的大恩人，宋振峰只能割爱。说真的，宋振峰从敦煌回来的这些天，一直都是跟何欢形影不离，乍一分开，还真有点不习惯。宋振峰独自一人在家里，百无聊赖，收拾出画笔，想着画幅画，可是一时间却无从下笔。

电话响起，竟然是王斌打来的电话，宋振峰的心有些紧张，他不愿意再和周家有什么瓜葛了。

寒暄过后，王斌进入了正题："宋院长，我们董事长想见您一面。他现在正好在家中休养。"

"有什么事吗？"

"是有一些家事，想要和您谈谈。"

"家事？"

"对。周董也没有跟我细说，好像是关于何欢的事。"

宋振峰的心提了起来，但是声音仍旧不疾不徐："关于何欢的什么事？"

电话的另一端，王斌的汗都冒出来了，周博、何欢，现在再加上一个宋振峰，没有一个好对付的。王斌干咳了一声："是这样，周董说。有些跟何欢有关的事情，只有他自己知道。现在，周董的身体一天不如一天了，他想在有生之年，把这些事情告诉何欢。如果万一周董还没来得及说，就出了什么意外，那么何欢就只能一生都生活在伤害之中了。"

宋振峰的眉头皱了起来，他当然不能让何欢一辈子都生活在伤害之中，"直接跟何欢说，不是更好吗？"

王斌已经在考虑辞职了——这份助理的工作越来越难做了，他艰难地说："主要是，你也知道，何欢的性格其实很刚烈，周董怕她不能冷静地听他把事情说完，或者是听完了不能冷静地分析，弄不好还会起副作用。周董这么做，是出于对何欢的关心，他不想适得其反。"

"我明白了。"宋振峰犹自沉吟。

"那您什么时候来？"

"很着急吗？"

"对，周董今天就要回北京的医院了。他其实还没有出院。"

"那好吧。给我地址。"

"还有……"

"还有？"

"啊，是这样，这是我自己的一点想法。因为我，咳，不知道何欢跟您说过没有，其实我们曾经合作得也不错。"

“她没怎么提过，但她确实很尊重您。”

“不敢，其实，我也敬重何欢的能力。所以从私人角度出发，我有一个建议。”

“您说？”

“如果可能的话，您最好先别告诉何欢要和周董见面的事，先来听听周董说什么。”

“为什么？”宋振峰确实是想先跟何欢联系一下，再去见周博。

“因为。”王斌硬着头皮说，“我是这么想的，因为我也不知道周董要说的究竟是什么事。所以我想，不如，您先去听一听，判断一下有没有必要告诉何欢。这样呢，如果您听完以后，觉得没有必要，就不用告诉何欢了。您说呢？”

王斌最后一句话打动了宋振峰，是啊，如果周博要找宋振峰只是出于商场上的目的，那宋振峰听听也就罢了，就没有必要告诉何欢了。这么一想，周家还是非去不可了，如果周博存心要耍什么手段，那他如果找不到宋振峰，恐怕就会直接找上何欢了。那还不如先替何欢把这件事给挡了。想通这一点,宋振峰也就不再犹豫了，“好吧，我先不告诉她。给我地址，我这就过去。”

王斌长长地出了一口气，总算完成任务了。他越来越觉得，自己已经无力应对商场上无穷无尽的阳谋阴谋了。

待宋振峰走进周家的大宅之前，他已经决定了，不管今天周博会说出什么，他都要坦然对之，毕竟何欢和周家的一切纠葛都已经成为过往。所以，当宋振峰出现在周博面前的时候，是坦然从容的。周博满怀欣赏地看着宋振峰，真是越看越爱，这么好的弟子怎么就没有落到他周家的门下呢？

“伯父好。”宋振峰躬身行礼。

“振峰，坐。”周博和蔼地招呼着宋振峰。

“您身体好些了吗？”宋振峰在周博的对面坐了下来，上身挺直，始终保持着弟子的恭敬。

“还好，不过要继续住院治疗。我这次回来，就是因为听王斌说你回来了，我想见你一面，所以才从医院里告假出来。”王斌已经如实汇报了他和宋振峰通电话的内容，所以周博说得半真半假。

“如果您要找我，直接叫我去北京就可以了。您身体不好，不该这么奔波。”

“也奔波不了几回了。我太了解何欢那孩子的脾气了，所以才想到要找你。”周博的神情变得伤痛了，“振峰，何欢跟你说过她和涛儿的事吗？”

“说得不多，她只是觉得有些愧对周涛。她说，如果当时她及时发现周涛感情的变化，那也许大家都能得到一个幸福的结果。就不用弄成最后那个局面——周涛纵然死得冤枉，而何欢虽然活着也是生不如死。”宋振峰语气沉稳，似乎只是在讲述一个人尽皆知的事实。

周博听在耳朵里，心中不禁打了个冷战，好个宋振峰，话语不多，却直中要害，他等于在明明白白地告诉周博，当年周涛死了活该，这笔旧账周家最好别提，如果非要翻出来，就算何欢能饶过周家，他宋振峰也不会轻易放过他们。

一时间，周博差点忘了今天邀约宋振峰来的目的，他欣赏地看着宋振峰，心中暗暗赞叹：真是个人才，竟然能把这么一番刀光剑影的话，如此温文儒雅地说出来，难得，实在难得。

周博只当做完全没有听出来宋振峰的话外之音，“你说得没错，涛儿确实是死得太冤枉。”周博的眼圈红了，这倒是真情流露，周涛的死是周博这辈子都放不下的伤痛，“他是被苏菲害死的。”

周博在等着宋振峰说话，好让他继续把戏唱下去，但是宋振峰好像并没有发表意见的打算，只是静静地听着。

周博说话的时候已经咬紧牙关，他实在不想再回忆这些痛苦的往事了。但是没办法，事情既然开了头，就收不住了。周博狠了狠心，接着说道：“涛儿和何欢都被这个苏菲害惨了。”

宋振峰虽然想再看看周博专门把自己叫来说这些旧事，究竟是何用意，但是他实在不忍心再看周博此刻难以掩盖的痛苦了：“伯父，人死不能复生，您就别老想这些事了。”

周博轻轻擦拭了一下眼睛：“不想了，这件事压在我心上已经三年了，今天我把这件事告诉了你，我就再也不想了。”

周博站起身来，从书桌下面的一个柜子里，拿出了一个精致的皮箱。他把皮箱轻轻地放在宋振峰的面前，打开皮箱，把里面的东西一样一样地拿了出来。

最先拿出来的，是一个厚厚的密封着的纸袋：“振峰，涛儿死后，我耗巨资委托国外一家著名的调查公司调查他的死因，这是他们的调查结果。”

周涛的死因？周涛死于枪伤，原因是殉情。这在公安局是早已经结了案的啊！宋振峰还没来得及发问，周博就又拿出了一沓资料：“这是周涛和何欢结婚以后，所有的生活记录。”

“这——”

“你先别急着问，还有些东西。”周博说着，把皮箱掉转了一个方向，让宋振峰能够清楚地看见皮箱里的东西。皮箱里装满了大大小小的首饰盒，“这些，都是周涛送给何欢的首饰，据我所知，何欢自己没有买过任何首饰。她所有的饰物都是周涛给她买的。”

最后，周博拿起了皮箱里的一个画筒，悲伤地说：“这些东西，我只看过一次，就永远地封存了起来，因为我无法承受。等你把这些都看完了，如果愿意，还可以看看这幅画。”

“您为什么要让我看这些？”宋振峰完全被周博的举动弄糊涂了。

“因为周涛是被冤枉了，他从来就没有背叛过何欢。”

宋振峰猛地抬起了头，因为太过于惊愕，他张开了嘴，却没有发出声音来。

“好了，你自己看吧。我先出去了。我无法面对这些东西，每次看到这些，我好像都能看见涛儿死不瞑目的样子。”周博的语调哽咽了，他步履蹒跚地离开书房。

周博出去了。宋振峰没有急于打开这些资料，他强迫自己冷静下来，今天发生的事情，比他预想的要复杂得多。很快地，宋振峰恢复了他一贯的沉稳淡定。他拿起那个密封的纸袋，端端正正地摆在自己的面前，然后抬起右手轻轻地拂过纸袋的表面，就像在抚摸一件稀世珍宝，这是宋振峰的一个习惯性动作。每次开始画画的时候，宋振峰都会这样轻轻拂过画纸，这就意味着，他已经全身心投入到这件作品之中。

周博此刻就坐在书房旁边的画室里，王斌垂手站在他的身边。

周博刚刚用一条热毛巾擦过脸，眼睛还微微有些发红。

“董事长，您别太伤心了。”王斌也知道自己的劝说没什么实际意义，可他现在实在是找不出更有意义的话来。

周博也已经恢复了平静，他疲倦地靠在沙发上：“这个宋振峰真难对付。他简直就是石雕铁铸，我根本找不到他的弱点。没办法，我只好放任自己去想涛儿，让自己真正地伤起心来，才算是打动了他。”

“那他现在相信那些资料了吗？”

“不知道。”周博无力地摇了摇头，“我这次是孤注一掷了，把全部的东西都亮给了他，成与不成，全看天意了。”

片刻之后，周博突然抬起了眼帘：“宋振峰是一个成功的画家，画家的感情肯定要比常人细腻敏感得多。他一定能够从这些东西中，看出周涛对何欢的感情。所以，这一次天意应该眷顾我们天海画阁了。”

此时此刻，宋振峰的脸已经变得苍白了。他已经看完了最厚的那份资料，上面清清楚楚记载着苏菲在法国的生活状况——在周涛婚后，她一共回了两次深圳，总共待了不到十天！而周涛婚后就从没有去过法国。而且她在法国的时候私生活极为混乱，相信任何一个有点理性的男人，都不会包养一个这样的情妇。

另外那份资料，详细记载了周涛和何欢结婚以后的生活状况。其实与其说是周涛的生活状况，不如说是他们夫妻的生活状况。因为结婚六年，他们夫妻基本就没有分开过。资料里详细记录着他们夫妻比翼双飞、神仙眷侣般的生活。资料非常详细，一幕幕场景似乎就在宋振峰的眼前上演：他们夫妻转战商场，叱咤风云，他们两个游遍中外名胜……

资料全部看完了，宋振峰的心在撕痛。宋振峰不想再看那些首饰了，但是他此时的行为已经不被感情控制了，他不由自主地打开那一个又一个华贵的首饰盒。

首饰很多，每一件都价值不菲，光华璀璨，耀人双目。宋振峰一件件拿起，又一件件放下，每碰触到一件珍宝，他心中的酸涩都会又增添一些。这倒不是因为这些首饰的价值，而是这里的每一件首饰，都是那般的精巧，那样的不俗。宋振峰深深地了解何欢，所以，每看到一件饰物，他都能想象出，这件饰物佩戴在何欢身上的效果，效果只有两个字——完美！这些饰物太符合何欢的容貌和气质了。

宋振峰能体会到，周涛在每一件首饰上都是煞费苦心。作为一个男人，宋振峰也深深地体会到了周涛买回这些饰物的良苦用心，他不是简单地用钱打发自己的妻子，他是在用全部的真心来打扮自己深爱的女人！因为同样是男人，所以宋振峰明白，除非爱一个女人到了极致，否则，男人根本不可能为了女人花这么多的心思。

宋振峰的手在颤抖，心在颤抖。在这个世界上，竟然还有一个男人，是如此深刻地了解何欢的美！如此深沉地眷恋着何欢。如此，如此，如此这般地生活了六年。

不能再看了，理智再一次在宋振峰耳边轰鸣。可宋振峰的手已经打开了那个画筒。一张卷着的素描纸，从画筒里滑落了出来。

展开画纸，宋振峰只看了一眼，就把画稿反扣了过去。但只看这一眼就足够了，足够让宋振峰身边的世界充满了刺骨的寒风冷雪。

不知过了多久，仍处在混沌之中的宋振峰，听见了敲门声，是周博来了。

宋振峰迅速调整了一下有些僵硬的坐姿，抻了抻衣服，恢复了往日从容的神色。

“都看完了吧。”周博又坐回了宋振峰对面的椅子上。

“看完了。”宋振峰礼貌地回答。

宋振峰的寡言少语，让周博有些无所适从。他干笑了一声，拿起了那个已经重新装好的画筒：“这幅画你看过了吗？”周博又把画拿出来，递到了宋振峰的面前。

宋振峰的神情仍旧稳如磐石，他接过画，轻轻展开，唯一流露出他此时真实感受的动作，就是他把画举了起来，挡住了自己的脸，只不过周博没有发现他这个细微的动作。

“是何欢亲笔画的，我能认出来。”宋振峰努力维持着自己的嗓音。

“那首词的字迹也确实是涛儿的亲笔。”周博特意强调。

宋振峰扫了一眼那首词，没有多看，但还是不由自主地脱口而出：“字写得不错。”

“能得到你的赞扬，也算是难得了。”周博曼声吟诵：“奈何许！天下人何限，慊慊只为汝！真没想到，涛儿还有这份才情。”话到最后，又变成了深深的伤感叹息。

“确实涉猎很广泛。”宋振峰的心中酸涩不已，以前一直认为周涛有钱，会经商，今天才知道，他还很有才华。作画，题诗，郎才，女貌！他们还合作了多少幅作品？

“振峰，你明白我的意思了吗？”

“您是说周涛是无辜的？”

“这是事实。”周博紧紧盯着宋振峰的眼睛。

宋振峰一时无言，良久才长叹一声：“是，这是事实。”铁证在前，他也无法反驳了。

周博一下子就松了一大口气，布局这么久，就是在等这个结果。

“振峰，能帮我一个忙吗？”

“您说。”

“把这些东西转交给何欢。”

宋振峰一愣，刚才他一直沉浸在自己的痛苦之中，还真没有想到接下来该做什么。看宋振峰没有说话，周博不敢耽搁，赶紧说道：“只有让何欢知道了真相，涛儿的在天之灵才能安息，你也看见了，他们本来这么恩爱，结果却弄成这个样子，涛儿不能瞑目啊。”说到这里，周博的眼泪又流了出来。

宋振峰还能说什么呢，“我会告诉何欢。既然这些都是事实。”是啊，既然是人家夫妻间的真实状况，他一个外人又有什么资格隐瞒呢？

周博擦了擦眼睛，非常诚恳地望着宋振峰：“振峰，伯父想求你件事情，我知道。你一定会答应我。”一贯高高在上的周博，此时竟然显得有些惶恐卑微。

宋振峰无法应对他这个样子，赶紧说：“您别这么说，如果是我能做到的事，我一定尽力。”

“你一定能做到。”周博肯定地说，“你帮我去劝劝何欢，让她回来。”

“回哪儿？”宋振峰一下子没听明白。

“回家啊！”周博说得非常的天经地义，“她当初负气出走，是因为觉得涛儿辜负了她，现在，一切误会都解释清楚了。她和涛儿的感情其实一直都很好，我们当然还是把她当儿媳妇了，她也就该回家来了呀。”

宋振峰的脑子真的乱了，何欢再回周家？肯定是不行，自己就不能答应！可是听周博说得似乎又有些道理。

看宋振峰沉吟不语，周博不肯放松，仍旧步步紧逼：“我不知道你听说了没有，现在天海画阁碰上了大麻烦，我老了，又病成这样，周浪和周澜他们两个不争气，也就何欢还能帮我了。她是周家的儿媳妇啊，怎么也不能看着周家就这么完了啊。”周博一声长叹，又流下了两行老泪，“要是涛儿还在，有他们夫妻俩主持着天海画阁，我哪还用操这么多心啊。”

宋振峰不知道该说什么，只能劝慰：“您也别太伤心了，总有办法的。”

周博盯着宋振峰：“我能想出来的唯一的办法，就是让何欢帮我，在我的心中，儿媳妇和女儿是一样的，可能是我真的老了，我觉得自己没力气了，只能去依靠儿女了。”

“何欢工作上的事，我不太懂。您也知道，我不懂生意的。”宋振峰已经快招架不住了。

“我不是让你帮我做生意，我让你帮我的事，其实很简单，就是让你帮我说服何欢，让她回周家来，帮天海画阁渡过危机。天海画阁是周家的，也就是周涛的啊，就算她不看周家的人，也得看周涛的在天之灵啊。”

“您的意思，我当然可以转告她。但是，最后怎么做，还得看何欢自己的想法。”

周博突然紧紧握住了宋振峰的手，吓了宋振峰一跳，他本能地想把手抽出来。但是周博的手攥得非常的紧，宋振峰没有抽动。他感到周博的手瘦骨嶙峋，还在微微地颤抖着，宋振峰不忍心硬把他的手甩开。周博握着宋振峰的手，急切地说：“我了解何欢，她是个重感情讲道理的好孩子，就是有的时候个性强一些。你好好劝劝她，你师傅说过，从小你们就像亲兄妹一样，她一定会听你的话。要是周澜他们得罪过她，我替他们赔罪。”周博竟然站了起来，深深躬下了身子，“这就当是，我替周家，替我那不成材的儿女给你们娘家赔罪了，以前周家有什么对不起何欢的地方，看在我的面子上，看在周涛的在天之灵上，都让它们过去吧。”

在周博躬身的同时，宋振峰就已经从椅子上弹了起来，双手扶住了周博：“伯父，您别这样，都是他们年轻人之间的事，跟您没关系。”

周博老泪纵横：“谁让我养出了这么两个惹祸的畜生呢。”这一次，周博的眼泪倒的确是真的。

宋振峰叹了口气：“伯父，您别激动，保重身体要紧。我回去以后，尽量说服何欢。但是，您也知道我不敢跟您保证什么。”

周博赶紧说：“没关系。即使何欢不回来，只要她不再记恨周家，我就心满意足了。”

周博平静了一下，紧紧盯着宋振峰，一字一字谨慎地说道：“振峰，你肯去帮我说服何欢，我就已经很高兴了。你一定记住，我特别希望何欢能回来帮帮我。我老了，自己的女儿能够临危受命，这对一个老人来说非常非常重要。”

宋振峰点了点头，周博接着说道：“但是我也知道，何欢可能会有些难处，那你千万别逼她，别让何欢太为难了。”

宋振峰听见周博这么说，有些意外，看来周博人还不坏。于是道：“放心吧，伯父，我明白了。”

周博仍旧盯着宋振峰的眼睛：“但是现在周家真的很难，如果何欢确实有难处，你就劝劝她，看她能不能还让刘恒回来帮我。”

宋振峰一愣，没想到话题转到刘恒身上，但转念一想，反正刘恒也已经同意接受周博的聘请，只是因为何欢和周家又起了矛盾，才拒绝了天海画阁，现在看来，周涛没有背叛过何欢，周博的态度又这么诚恳，就算有天大的事，也该过去了。劝刘恒来帮助天海画阁应该不是问题。再说，周涛毕竟对何欢痴情至此，总不能眼睁睁看着周涛的父亲如此痛苦。于是，宋振峰说道：“这一点我想没什么问题，我会建议何欢找刘恒谈谈，而且，我也可以和刘恒说说这件事。”

周博心中一喜，但是脸上什么也没有流露出来，仍旧是沉浸在悲痛之中：“对对，我都忘了，你们也是好朋友。瞧我这脑子，真是老了。你不还是敦煌画院的院长吗？真有出息。”

宋振峰自谦地笑了笑，刚想说话，周博就又开口了：“我这一病，把什么都耽误了。要不是我病了，咱们早就该签约了，你说呢？”

事情一下子又绕到敦煌画院上，宋振峰没有丝毫防备。他想了想，刘恒说过，天海画阁的合作计划对敦煌画院非常有利。当时也是因为周家对何欢的突然发难，他们才停止了跟周家的合作谈判。现在看起来，不管周澜他们做了什么，周博以花甲之躯如此道歉，宋振峰作为晚辈都不应该再计较了。

“您还想跟敦煌画院合作吗？”

“当然了，现在天海画阁是四面楚歌，如果你肯帮我，就算是救了天海画阁了。”

“那好吧。我可以委托刘恒继续谈判。”

王斌一直就站在门口，冷眼看着屋子里所发生的一切，现在，戏该落幕了，王斌仍旧像被定住一样，一动不动，因为他已经动不了了。

王斌只感到彻体的冰凉，从商快二十年了，他今天才见识到，什么是真正的商场。

宋振峰已经走了很久了，周博始终都没有再开口说话，他觉得累透了。王斌送走宋振峰以后，就一直坐在周博的身边，紧张地观察着周博，不放过周博身上任何一个最细微的表情和动作，生怕周博的身体出现什么不适。终于，周博吁出了一口长气，睁开了眼睛。

王斌也跟着放松了下来：“董事长，您累坏了吧？去休息一会儿吧。”

周博疲倦地摇了摇头：“不用了，一会儿你直接送我回医院吧，那里还清静些。在家里待时间长了，难免会走漏消息，到时候，周浪、周澜他们又要来烦我。”

王斌没有再多说话，能说什么呢，养儿子养到了有家都不能回的地步，相信周博的心里更难受。

周博问 :“刚才你一直在门外面? ”

王斌赶紧站了起来 :“对不起，董事长，我不是要听您谈话，我是怕您太累或者太激动，身体会受影响。”

周博轻轻摆了摆手:“坐下吧，没事。一看见你跟过来，我就知道你是什么心思，难为你还有这份心。”周博突然话题一转，“会不会觉得我太狠了? ”

“没有。”王斌很快地回答，说完之后，才发现自己说得太快了，以至于用词不太适合，赶紧重新调整了一下辞藻，“毕竟周涛的事都是事实。”

周博用力舒展了一下眉头，王斌这才发现，不知什么时候，周博额头上的皱纹变得像刀刻的一般深了。

“江山代有人才出，一代新人胜旧人啊。”周博深深地感叹了一声，“今天这次交锋，我是用尽了我毕生历练得来的手段了，还是没有达到目的，这个宋振峰真是不好对付。”

“我看，您已经控制住他的思想了啊? ”

“我本来想让他当场给我一个承诺，可是他什么都没给我，每件事都是留的活口。”

这一点王斌当然也看出来了，但是不知道为什么，眼看着宋振峰没有整个人都掉进周博挖好的陷阱里去，王斌竟然感到有些欣慰，但他赶紧警告自己 :这个想法是错误的，不能再产生这种情绪了!

“我看效果已经不错了，宋振峰已经完全接受了周涛是清白的这个现实，而且，您的伤痛也确实打动了他，下面就看他对何欢的影响力了。”

周博点了点头 :“君子可以用之方，宋振峰非常善良。我想，这一次，他的善良将会给天海画阁带来转机。”

宋振峰回到家后，就一直静静地坐着。他的眼前摆着那两份调查资料，还有何欢的自画像。本来周博让他把何欢的那些首饰也一起带回来。

“这些本来就是何欢的，我一直都帮她存着呢，正好你给她带回去。”周博是这样说的，同时周博还说，“这八十万现金和房产证明你也一起给她捎回去。”

宋振峰没有多想，就婉言回绝了 :“伯父，资料我暂时带走，因为它们可以用来说服何欢，至于这些财物，我确实不能替何欢做主，要与不要，只能由她自己来决定。”

宋振峰也不想带那幅自画像，因为他不想再看见这幅画了，这幅画会带给他太多的联想。但是周博坚持让他带上 :“看到这幅画像，何欢就什么都相信了。”

宋振峰无奈，只好也把画像带了回来。

现在，尽管宋振峰的理智在提醒他，不要再看这幅画像了，但他还是不由自主地展开这幅画像，反反复复地看着。

中肯地说，至少画这幅画像的时候，何欢的画技退步了，但她还是很好地捕捉到了那一瞬间，自己身上所迸发出的光彩，并且很好地表现出来。

画上的何欢很美，真的很美。有力而灵活的线条，把二十多岁的少妇的胴体勾勒得淋漓尽致，她的身体是那样的富有弹性。宋振峰觉得一股燥热直涌丹田，身体不自觉地扭动了一下。

突然，画像下角的题字又跃进了宋振峰的眼里，犹如一桶冰水，迎头浇下，浇灭了宋振峰心中的欲火，也浇凉了他的身体。

“画这幅画像的时候，周涛就在旁边？一定是。那画完之后呢，那还用问吗？哪个男人能在目睹了一个女人画完这样的自画像后，还能无动于衷？更何况这个女人是他的所爱，是他合法的妻子。”宋振峰的心又是一阵绞痛。

突然，宋振峰抬起手，一拳砸在了画像旁边的桌面上，这一拳用的力气太大了，桌子上放着的茶杯都跟着晃动了几下。与此同时，他发出了一声低吼：“宋振峰，你还是不是男人？你什么时候变得这么心胸狭隘，堂堂一个大男人去跟一个死人计较。别说周涛已经死了，就算他还活着又怎么样？现在何欢爱的是你，这就够了，其他的那些，你都不应该再计较了。”

宋振峰又看了一眼画像，还用手轻轻拂过画像上何欢的全身，满含柔情，“欢，今天我乱发脾气了，对不起。乍一听说周涛那么爱你，我有些失态了。其实，我不应该恨周涛，我应该感激他，毕竟他那么用心地关怀你六年。既然，我心甘情愿地用生命去爱你，那么每一个曾经真心对你的人，都应该得到我的尊重。”

想到这里，宋振峰又不由得想起了周博，想着今天周博的那种老态龙钟、满怀伤痛的神情，宋振峰也不禁有些伤感。谁能想到，曾经在中国画坛呼风唤雨的天海画阁总裁，竟然沦落到如此伤心的境地。

唉，等今天何欢回来，好好跟何欢说说，看她和刘恒能不能帮帮天海画阁。周博毕竟是周涛的父亲，不管周浪、周澜做了什么错事，周涛毕竟是清白的。再怎么着，也不能眼睁睁地看着周涛的父亲遇上这么大的麻烦，他们却在一旁袖手旁观。

宋振峰相信何欢一定会答应的，因为何欢和他一样，也是一个恩怨分明的人。

这时候，楼梯上响起了脚步声，是何欢回来了。虽然宋振峰家住二楼，每到傍晚上下楼的人非常多，但是宋振峰每次都能听出何欢的脚步声。宋振峰随手把画像翻过去扣在了桌子上，迎到了门口。

何欢显得兴致盎然：“你吃饭了吗？我说回来吃，结果金羚非让我跟她一起吃了再回来。”

宋振峰搂住了何欢，一天没见，真的是感到想念了："没吃呢，你不用管了，我自己随便吃点就行了。你什么都没买啊。"他看见何欢空着两手。

"我没有，光帮她挑了。累死我了，我先去洗个澡。"何欢想要挣脱宋振峰的怀抱，无意中却触到了宋振峰的身体。宋振峰刚才被那幅画像点燃的欲火，这一下子就像脱缰的野马一样跃了出来。

宋振峰不让何欢挣开身子，反而更加用力地抱住了她："欢，我想要你了。"

说话间，还没等何欢明白过来，宋振峰就抱起何欢朝卧室走去。

"你疯了。"何欢轻喝。但她根本没有机会反抗，宋振峰已经脱下了她的衣服。

"你没回来的时候，我就疯了。"宋振峰忙里偷闲地回答着她。惹得何欢一阵轻笑。

宋振峰已经脱光了何欢的衣服，但是他没有急于动作，而是支起上身，从上至下一遍遍地看着何欢的身体，何欢早已被他看得满面绯红，"我看你真疯了，看什么？"何欢躲避着宋振峰炙热的目光。

"欢。"

"干吗？"何欢仍旧不看宋振峰。

"站起来，让我看看，好吗？"

"你说什么？"何欢一下子没听明白。

"我说，我想看看你不穿衣服站着的样子。"

"你——"何欢一时间又羞又急，已经不知道说什么好了，只是一味地扭着头不看宋振峰。

"不行吗？"宋振峰问得非常认真。

何欢还没有觉出来宋振峰的变化，脱口而出："当然不行。"

"为什么？"

"你说为什么？"

"是因为在你心里，我还不是最亲近的，是吗？"毫无预警地，宋振峰心中的酸涩就蔓延开来，一下子就吞噬了他所有的理性。

何欢终于发现了宋振峰的失常，她突然抬头盯上了宋振峰的眼睛，宋振峰眼中的愤懑和嫉妒惊呆了她。

何欢是何等的敏锐："振峰，出什么事了？"说着话，何欢已经开始下意识地在屋子中寻找。

何欢那突如其来的冷硬语气惊醒了宋振峰，宋振峰这才意识到自己的失态，赶紧解释："没事，欢，我跟你闹着玩呢。"

但是太迟了，何欢的目光已经落到了桌子上面的那幅画上。

宋振峰看见何欢要去拿那幅画，抢先一步，把手按在了画上。何欢朝宋振峰伸出了手："给我。"

"欢，你先听我解释。"

"给我。"何欢的语气变得沉重了。

宋振峰无奈，松开了手，何欢拿起了画。只看了一眼，何欢就认出了这幅画，她的手一松，画像就飘落到了地上。何欢没有理会画像，仍旧紧紧盯着宋振峰："哪儿来的？"

"今天周博找到了我，是他让我转交给你的。"

"你是因为看了这幅画，所以才那么对我？"何欢的声音变得尖锐了起来。

"欢，是我不对，其实也不是像你想的那样……"

但是何欢已经什么都听不进去了，她开始穿衣服。宋振峰想要抓住她，但是看着她那种冰冷决然的样子，又不敢硬去拽她。何欢几下就套好了衣服，摔门而去。

等宋振峰追出去的时候，何欢已经消失在了夜色中。

[3]

宋振峰像没头的苍蝇一样在大街上乱转，时间越来越晚，何欢还是踪迹皆无。渐渐地，路边那些黑黢黢的建筑，疾驰而过的车辆，还有路上那些看不清五官的行人，在宋振峰的眼里都变成了一个个会随时吞噬生命的怪兽，宋振峰觉得它们中的任何一个都有可能把何欢给生吞活剥了。宋振峰越想越怕，无数个可怕的幻影在他脑海中翻腾，最后，宋振峰几乎都在发抖了。

冷静，冷静。宋振峰命令着自己，想一想，何欢会去哪里。她几乎没什么朋友，明天一早金羚就要去南方出差，何欢应该不会去打扰她。她也不会去师傅家，自从她十七岁那年师傅闹离婚开始，何欢从来就没有主动找过师傅。等等，十七岁，师傅闹离婚。对啊，宋振峰一拳打在了自己的脑袋上，真该死，他怎么把这个茬忘了，从那个时候起，何欢养成了一个习惯，一伤心就会跑到她家附近的一个小公园里去。宋振峰急忙朝公园的方向跑去。

那是距何欢家的小院不远的一个街心花园，现在小院已经拆了，街心花园倒是还在，十几年前的小树都长大了，夜色中，街心花园更像一个小树林。宋振峰辨别了一下方向，就一头扎进了树林里，沿着记忆中的方向一直朝树林深处走去。果然没走多远，他就看见何欢蜷缩在一棵树下。

宋振峰如释重负，他紧走几步，来到了何欢的面前，一把就把何欢搂到了怀里。宋振峰搂得很紧，他怕何欢再挣脱开他的怀抱跑掉。就着月光，宋振峰看见何欢的脸上沾满了泥土。

“欢，你这是怎么了，摔倒了？”宋振峰一边问，一边急急地打量着何欢的全身，想看看有没有伤痕。还好，看起来，何欢没有受伤。

“欢，你听我说，那会儿是我不对，事情不是像你想的那样，真的不是。”宋振峰等不及回家再说，索性就坐在何欢的身旁解释起来，而且他也怀疑，如果他不把这些说清楚，何欢还会不会跟他回家。

“今天你走了以后，王斌给我打电话，说周博要见我，本来我也想先跟你商量一下，但是王斌说，建议我先去看看是什么事，如果又是让你心烦的事，索性就别告诉你了，我觉着也有道理，就自己去了。”

何欢没有说话，只是默默地听着，宋振峰只好接着往下说：“周博给我看了一些东西，这些东西能证明周涛其实是被冤枉的，他并没有背叛你们的婚姻。”

宋振峰以为听到这句话，何欢会非常吃惊，但他没想到，何欢一点反应都没有，宋振峰有些担心了，他忘不了何欢十七岁时失常的样子。

“欢，你怎么不说话啊，你没事吧。”宋振峰轻轻抚摸着何欢的脸庞。

“我没事，你接着说。”何欢语调平淡。

宋振峰只好先接着说下去：“我承认，看见那些东西，尤其是看见这幅画，我心里特别难受，当时我嫉妒得要发疯了，比你结婚的时候，还要嫉妒。这可能是因为我已经真正得到你了，所以就更加不能容忍别人的存在。不过，后来我想明白了，我不应该这样。我知道你现在爱的是我，这就足够了。至于刚才，我确实是失态了，我保证，这是最后一次，真的，以后我不会再这样了。”

宋振峰急切地表白着，何欢却始终沉默，让他越来越不安：“欢，你别不说话，我知道你不信我了，再给我个机会，我保证以后再也不会这么伤害你了。”

何欢终于开口了，语调沉缓：“我现在没想你会不会再伤害我的事，我在想另外一件事。”

“什么事？”宋振峰紧张地握住了何欢的手。

“我坐在这里，却发现虽然你伤害了我，但是我根本恨不起你来。不仅现在恨不起来，即使你有了别的女人，背叛了我，我也恨不起来。你听明白了吗？我发现我完了，这段感情我陷得太深了，已经深得不懂得去抵御伤害了。我从来没有这么投入地爱过，这种爱让我陌生，也让我惶恐，我不知所措，我感到害怕……”

何欢话音未落，宋振峰就已经把何欢抱进了怀里，他哽咽了：“欢，谢谢你，谢谢你。对不起，你不用怕，真的不用怕，我发誓永远都不会伤害你，永远都不会……”

两个人回到了家里。

宋振峰胡乱吃了点东西，见何欢还在洗澡，就坐在了沙发上，手里拿着从周博那里拿回来的资料，准备等何欢出来后，详细地告诉她。

见何欢从浴室出来了，宋振峰招呼道："欢，你坐这边来，我跟你说点事。"

何欢应声走了过来："什么事？"

宋振峰刚想开口，却呆住了。何欢身上只穿了一件丝制的睡袍，睡袍的质地非常的单薄，一头湿漉漉的头发披散在肩上，滴下来的水几乎洇湿了睡袍的整个上半身。湿了的睡袍贴在了身上，弄得何欢胸前的曲线纤毫毕现。睡袍是极淡的绿色，更衬托得何欢所有暴露在外面的皮肤分外娇嫩，吹弹即破。

"你要说什么呀？"何欢看宋振峰总不说话，就又问了一遍。

"我要说……"宋振峰已经忘了他要说什么，他的视线紧紧地胶着在了何欢的身上，此时，他的眼里只有何欢。

"我想画你。"宋振峰脱口而出，"对，我想给你画幅像。"

"现在？"何欢看了看时间，现在已经很晚了，她不知道宋振峰怎么突然这么有兴致。

"对，就是现在。"宋振峰的眼睛始终没有离开何欢的身体，"没错，我就要画你现在的这个样子。"

"可是……"

"这样，咱们来卧室画，你躺在床上，要是太累了你就睡，我自己画就行了。"说着话，宋振峰已经把何欢拉到了卧室，按在了床上，"对，就是这个样子。"宋振峰转身去布置画纸。

"那你不累吗？"

"我没事，我画起画来，经常几天几夜地连着画，直到把一幅作品完成为止。"

何欢无奈，擦干了头发，依靠在了床上。

宋振峰站在画架前，迟迟没有动笔，他久久地审视着何欢，眼神清澈，神采奕奕。就在这一瞬间，他整个人都变了，变得自信而且充满睿智。此时，宋振峰周身都散发出了耀人的光芒。

何欢的眼神变得深沉了："在想什么？"

"在想我应该捕捉住你哪一个瞬间的神态。"宋振峰犹自沉思。

"我一直就想问你一个问题。"

"什么？"宋振峰没听明白。

"小的时候，我最爱看的就是你画画前，这种专注的神情，每次我都想问你，你究竟在想什么，可是我从来没敢问过。"

"为什么？"宋振峰笑问道。

"因为在我小时候的记忆里，这个时候的你，显得那么的高不可攀，像神。"

“胡说。”宋振峰失笑。

“真的。”何欢却没有一点开玩笑的意思，“在深圳的时候，我每次看到别人画画，都会想起你准备画画时的情形。分开的日子久了，别的印象模糊了，但是你画画前那一瞬间的神情，却一直都特别清晰。”

宋振峰迎住了何欢的目光，“你在深圳想起过我？”

“经常会想起。除了你的神情，还会想起你在画画前，用右手拂过画纸的那个动作。”

宋振峰闭上了眼睛，挡住了眼中奔涌的情潮，他口中低喃着：“够了，足够了……”

“你在说什么？”何欢问。

宋振峰笑了：“我在说，能得到你这几句话，纵然我放逐了自己十年，也值得了。老天实在是厚爱我，还让我得到了你。”

何欢的脸上笼上了一层红云，可能是因为刚刚大哭了一场的原因，她的眼睛里还蕴含着浓浓的水意。这对凝露般的双眸，分外撩人情思。

宋振峰突然朝床边走来。

“你怎么不画了？”

“因为我现在想出来画你哪一种神态了。”

“哪种？”

宋振峰已经在解自己的衣服了：“侍儿扶起娇无力，始是新承恩泽时。”

“你胡闹……”何欢总算弄明白了宋振峰的意思。

宋振峰打断了她的反驳：“我说的是真心话，我要画出你最美的时候的样子，只有我见过的样子……”话音未落，宋振峰就已经脱掉了何欢的睡衣。

何欢还想挣扎，宋振峰的左手已经钳住了她的双腕，把她的手固定在了头的上方。

此时的何欢狼狈不已。她的双臂向上伸展着，带得双峰也高耸了起来，宋振峰单腿跪在床边，贪婪地欣赏着何欢的身体。

何欢被他看得局促不安，双腿紧紧地挨在一起，扭动着身子，想着摆脱掉宋振峰的钳制。

宋振峰抬起右手，落在了何欢的额头上，然后沿着何欢的眼睛，鼻子，嘴唇，脖颈，小腹……一路向下抚摸着，一直抚摸到何欢紧紧并拢在一起的双足。他的手就这样在何欢的身上游走着，感受着何欢每一寸肌肤。

“你先放开我的手。”何欢已经经受不住宋振峰热切的目光，哀求道。

宋振峰痴痴地望着她，缓缓地摇了几下头，即使是在他摇头的时候，他的目光也没有离开何欢的身体。

“为什么？”何欢都快急死了。

“因为你的身体这么扭动着，太诱人了，所以我舍不得放开，不想让你停下来。”宋振峰的右手仍旧放在何欢的身体上面，随着何欢的身体的扭动而来回滑动着，“你不是说，我在画画前总是会用右手拂过画纸吗？我确实有这个习惯，现在我也是在用右手拂过画纸，因为今天，我要画出一幅最美的画。”宋振峰如同呓语般地说道。

“你真是疯了！”何欢有些气急败坏了。

宋振峰的手移到何欢的脸颊上，他俯下身，深情地望着何欢的双眼，“欢，看在我在大漠深处折磨了自己十年的分儿上，你就让我疯一次吧，好吗？”

何欢被宋振峰眼中的深情与脆弱震撼了，她像被催眠了一样，迷醉在了宋振峰的眼神之中。宋振峰松开了手，何欢的双臂自然地搭在了宋振峰的脖子上，仰起了头，吻住了宋振峰的双唇。

两人相拥着，辗转吸吮，不知过了多久，才喘息着分开。宋振峰压在何欢的身上，开始一点一点地，细致地吻遍何欢的全身。他吻过她的睫毛、唇角，轻轻啃咬着她的耳垂。细细密密地吻过她的脖颈，舌尖滑过她的肩膀……就像是火炬在点燃草原，宋振峰的唇和舌每到一个地方，都能燃起一把火焰。渐渐地，随着宋振峰的吻越来越深入，何欢的整个身体都燃烧了起来。

宋振峰已经吻到了何欢的小腹，何欢的喘息声也渐渐传了出来。

“峰！”何欢哀告着。

“想要什么？”宋振峰的舌尖在何欢的腿上来回滑动。

“我……”何欢语塞，虽说结婚好几年，但何欢一直都是被动的，从来没有主动要求过什么，她真说不出口，“峰，你知道。”

“我想听你说。”

何欢喘息不已：“别闹了，我真说不出来，我从来没说过。峰。”

宋振峰抬起了头，笑了：“没关系，我教你。”

“你说什么？”

宋振峰没有再说话，他把手臂向上伸去，手指轻轻把何欢胸前的温润肆意揉捏成各种形状。

何欢的喘息声愈加剧烈，“峰，求你。”

“求我什么？”

何欢已经呻吟了出来：“求你要我，我想给你。”

“给我什么？”

“把我给你……”

宋振峰再也不想克制自己的激情，紧紧地抱住了何欢……

难怪有人说，男女之间真正美好的爱，不是一个给予另一个承受，而是把两团火烧到一处，让他们的火焰互相撩拨，直到融合成一团更猛烈的火焰。今天就是这样，何欢根本分不清今夜这场激情，他们两个人之中，谁更主动一些。她只知道，自己从来没这么疯狂过，也没这么满足过。

激情过后，宋振峰一直拥抱着何欢舍不得放开，直到看着何欢已经昏昏欲睡了，宋振峰才狠了狠心，下了床来到了画纸前。

“你还画呀？”何欢迷迷糊糊地问。

“当然画。”一触摸到纸和笔，宋振峰的精神马上就来了，“你先睡吧，我画完就睡。”

“没事，我陪着你。你有好多年都没给我画过像了。”何欢也打起了精神，可是没过多久，她就不由自主地合上了眼睛。望着何欢恬然的睡颜，宋振峰宠溺地笑了，“等到了敦煌，我会给你一个惊喜。到时候，你就知道了，这些年，我从来没有停止过为你画像。”

清晨，何欢醒来，看见宋振峰和衣躺在她的身旁睡得很沉。床边的画架上，摆着一幅画好的底稿。何欢轻轻起身，来到了画前。只看了一眼，何欢就被吸引住了。

画上的何欢，玉体横陈、恬然慵懒、丰腻的体态、柔媚的眼神……

“画得好吗？”宋振峰的声音从何欢的背后传来，何欢被吓了一跳，脸变得通红。

“你什么时候醒的？”

“刚才。画得怎么样？”宋振峰从背后搂住何欢的腰，不让她改变话题。

“你干吗非要画这个样子？”何欢娇嗔道。

“多美啊。”宋振峰站在何欢的身边，欣赏着画面。

“不许看！”何欢的脸又红了，抓了一块画布盖在了画上。

“不看它，那我看你。”宋振峰一边笑一边揭开了画布，“不逗你了，从纯艺术的角度说，画得怎么样？”

“那还用说吗？你现在不是都成画家了嘛。”何欢笑言。

“但我想听你的评论。”宋振峰认真地说。

何欢也不再嬉闹了：“画得非常好。尤其是这些线条，灵动、飘逸，组成的画面雍容丰满。”何欢认真审视着画，双眼闪闪发光，“还有画面的整个布局，很奇特。”

“为什么说奇特？”宋振峰欣赏地看着何欢。

“因为我想不出更适合的词。主体几乎占据了整个画面，这种构图方法很少见，看上去雍容华贵，绚丽逼人。”

“这是我从敦煌壁画上学的画法。”

“那些壁画得多美啊。”何欢点头赞叹，“我都迫不及待地想看见那些瑰宝了。”

宋振峰眼中充满了激赏：“我一直都不能想象你是怎样当商人的。刚才，我突然明白了，画商是你最适合的职业。任何一种你不了解的风格画法，你都能在第一时间里发现它的价值所在。难怪人们都说你是天才画商。”

“所以，我也感激周涛，如果没有他，我也许永远都成不了画商。”

宋振峰有些黯然：“周涛确实很好。”

何欢望着宋振峰，宋振峰没有再说话，他轻轻拉起何欢，来到了客厅里，郑重地拿出了那两份资料，“这就是昨天周博给我的，我昨晚会失态，其实还不是因为那幅画像，主要是因为这些东西。看了这些我才明白，周涛原来那么爱你，所以，我担心自己做得不够好，担心没法让你像过去那么幸福快乐。”

何欢接过来信手翻了翻就扔回到了桌上：“还有别的吗？”

宋振峰不能理解何欢的无动于衷：“还有周涛送给你的那些首饰。周博让我给你带回来，我说那些最好还是让你自己做决定。”

何欢冷笑了一声：“周博说什么了？”

“他说希望你能去帮他，但他也让我千万别勉强你。”

“没别的了？”

“他还说，他现在确实很需要帮助，所以他希望你能劝刘恒接受他的聘请，还希望能和敦煌画院继续合作。”

何欢又是一声冷笑：“振峰，你听我说，这些，我根本不信。”

“不信？”宋振峰不明白，这么多白纸黑字，何欢怎么会不信！

正在这时，何欢的电话响了起来，是秦云瀚。因为有了工作关系，他们两个几乎每隔三两天就会通一次电话，“你好，我记得你是明天去敦煌，是吧。”

“对。”何欢的态度仍旧是一种很恰当的恭敬。

“那好，有些工作上的事，我现在想和你面谈，方便吗？”

“没问题，我现在去北京吗？”何欢马上问道。

秦云瀚暗暗点头，不可否认，用何欢这样的下属，实在是一件很舒服的事情。

“还是我去找你吧，你那边还清静点。我现在已经快到你那里了，把你的新地址给我。”

何欢的神情变得严肃了，这么小心，又要来家里，说明是要长谈了：“出事了？”

秦云瀚没有否认：“确实出了点问题，见面谈吧。”

挂了电话后，何欢回头抱歉地看向宋振峰：“对不起，他要来家里。”

宋振峰飒然一笑：“没关系，你们有工作嘛，正好，我把这幅画画完。”

另一边，在北京，周博的病房里，王斌一脸沉重地走了进来。

周博在心中叹了一口气，“又出什么事了？”

“董事长……”

“说吧，现在是多事之秋，我已经有充分的思想准备了。”

王斌低声说道：“我按照您的吩咐，去看望您的那位朋友。”原来昨天一回到北京，周博就派王斌去看望那位敦煌画院的创始人，好把中断的谈判继续下去。

“他说什么了？”

“我按照您的意思，没有过多地谈工作，只说您的病现在已经好得差不多了，过两天就去拜会他，还说您因为自己的病，耽误了天海画阁和敦煌画院的合作，感到非常抱歉。”

“结果呢？”

“结果他哈哈笑着说，没事没事，多谢你们董事长了，自己病着还牵挂着我们敦煌画院的事。你回去告诉他，安心养病，我们画院的事基本解决了。”

周博大吃一惊：“你没问是怎么解决的？”

“问了，他说这几天刘恒一直跟他联系，说刘恒有意出任敦煌画院的经理。”

“什么？”周博狂暴地喊了出来。

王斌低下头没敢说话。

“那他对刘恒是什么看法？”周博平静了一下情绪，沉声问道。

“他似乎很喜欢刘恒，对于刘恒能做出这个决定，非常高兴。”

周博闭上了眼睛，此刻，他的脑子在高速运转，“刘恒这些天的动向调查了吗？”

“我听到这个消息以后就已经调查过了。”王斌很简练地说。周博点了点头，还好，王斌还算机灵，多少能给周博点安慰。

“刘恒一直没有离开敦煌，宋振峰回家探亲，刘恒则一直住在宋振峰的家里，替宋振峰照顾母亲，也帮他打理画院的事务。”

周博喃喃着：“替他照顾母亲，看来两人交情匪浅啊。”

“的确是。”

“那刘恒和敦煌画院签约了吗？”

“还没有。”

“那就好。”周博想了想，又问道：“宋振峰什么时候回敦煌？”

“明天。”

周博点了点头，此时的周博已经完全恢复了正常，从容和蔼，态度安详，“王斌，你马上着手安排，干这么几件事。”

王斌应声站了起来。

周博开始有条不紊地布置："一是在北京业内散布消息，败坏刘恒的名誉。敦煌画院两代院长都是书生，他们很看重人的品质。二是再和宋振峰联系一次，想办法告诉他，我病入膏肓。三是对外高调发布消息，天海画阁高薪招聘总经理，年薪百万诚聘英才。"

王斌听着周博亲切优雅的声音，只觉得脊背发凉。

"我的意思你都明白了吗？"

王斌机械地回答道："明白。"

"说说看。"

"最好能让宋振峰说服刘恒来天海画阁，如果他铁了心不来天海画阁，也不能让他破坏天海画阁与敦煌画院的合作大计。"王斌像背书一样说道。

周博微笑了："还好，我还有你这么一个得力的助手。马上就办，越快越好。"

"是。"王斌再也没有多说一个字，无言地转身出了病房。

等王斌走远以后，周博拨通了电话："喂，是我，这段时间你的工作做得不错。继续关注王助理的行动，随时向我汇报，还是老规矩，每天至少要和我通一个电话。"

[4]

秦云瀚来到宋振峰的家的时候，还不到中午。看到何欢竟然住在这样一座狭窄的旧房子里，秦云瀚暗暗吃惊，当然，他什么都不会流露出来。

"宋院长，不好意思，打扰你了。"秦云瀚优雅地和宋振峰打招呼。

宋振峰仍旧如春风般和煦："没关系，工作要紧。正好我有一幅画要画，你们就在这里谈吧，就是地方太小了。"

宋振峰的家里除了一间很狭小的客厅之外，还有两间小卧室，稍微大点的那间，过去是王芳住，这次何欢他们俩就住在那里。宋振峰的卧室则被他当成了临时画室。现在，宋振峰就回到了临时的画室里画画去了，进去后，还随手关紧了房门。

狭小的客厅里只放着一张旧桌子和两张旧沙发。

宋振峰离开客厅以后，何欢脸上一直洋溢着的礼貌的微笑马上就消失了。巧的是秦云瀚也在这一瞬间收起了脸上的笑容。两人四目相对，一时无言。

过了好一会儿，秦云瀚才开口："考考你，我是为什么事情而来。"

何欢微微摇头："我不知道。"说完话，何欢又若有所思地摇了摇头，"的确是不知道。见到你之前，我还在想究竟有什么事，会令你来这里找我，可是一见到你，我就发现事情的严重性远远超出我的想象。所以，我无从猜起。"

秦云瀚摸了摸自己的脸，有些自嘲地问道："有那么明显吗？看来我的镇定功夫还是没有练到家。”

何欢嘴角微扬："是你从走进这个房门起，就不想再掩盖心中的压力，如果你想掩盖，恐怕没有人能看出来。”

“说得对，这几天我几乎在睡觉的时候都警醒着，唯恐流露出什么不安的情绪，被人看到。可一走进这所房子，我突然间放松了。”秦云瀚巡视着这间拥挤、陈旧的狭小客厅，“说实话，刚一看见这所房子，我非常吃惊，我无法想象，你怎么能心平气和地从那所豪宅搬到这里。可是过了一小会儿我就明白了，这个地方远离商场，远离名利是非，在这里能让人的紧绷着的神经放松下来。”

何欢环顾四周，温和一笑："确实是，这里有一种能让人静谧下来的氛围。不过，我觉得这和房子无关，而是因为这里的人是沉静安然的。”说这话，何欢不经意地瞥了一眼画室的门口。

这个细微的动作没有逃过秦云瀚的眼睛，秦云瀚迅速垂下了眼光，用唇边滑过的一抹戏谑的笑影掩盖了心中淡淡的失落："所以说，你的选择非常聪明。”

何欢无言地轻笑了一下，脸上浮一层若有若无的红晕："我倒觉得不是因为我有多聪明，而是因为我幸运。正因为太幸运了，所以有的时候我都会担心，怕这份幸运并不真实，怕它其实并不是属于我的，只是命运之神偶然的疏忽。总是担心有一天醒来，这份幸运就会莫名其妙地无影无踪。”

何欢几句无心的感慨，却触动了秦云瀚的心事。

秦云瀚似是自语："命运之神会这样疏忽吗？如果它真的这样随随便便地给予别人幸运，又随随便便地收走，那可太戏弄世人了。”

何欢自然听出了秦云瀚的弦外之音，她的神情一正，声音也随之严肃了起来，“听你这话，你这次遇到的麻烦不小？”

秦云瀚没有再岔开话题，他的神情也沉重了："的确是，我经商以来还没有面对过这么大的压力。”

“能告诉我多少资料？”何欢这么问倒不是有什么想法，因为她看出来这次秦云瀚的公司确实是遇上麻烦了，多年的职业生涯让她懂得了一个道理，每到这个时候，公司内部的消息都是严格封锁的，绝对禁止外泄的。每一次对外传播都带着很强的目的性和针对性，都是经过周密的研究和安排的。所以，何欢才会这么问，她需要知道秦云瀚准备告诉她多少资料，好分析出自己需要干什么，怎么干。

秦云瀚赞赏地看了看何欢，提起一直放在身边的手提电脑，放在了桌子上。

“我今天既然来，就是想告诉你全部情况。”秦云瀚停了一下，加重了语气，“知无不言，言无不尽。”

“为什么？”何欢意外，因为这很不合常规。

秦云瀚舒了一口气，“等你看了以后，可能就明白了。”

秦云瀚一边打开电脑一边问：“你对台湾的公司了解多少？”

何欢摇了摇头：“不了解。”

“那台湾人的经营方式呢？”

“也不了解。”

“很好。”

“很好？”

“对，如果你一点不了解的话，我相信你今天下午不会虚度，至少你会受到震撼。”

“震撼？”何欢越来越不明白。

秦云瀚已经打开了电脑，他紧紧盯着屏幕：“对，台湾有一个王氏财团，已经有一百多年的历史。它最显著的特点是从诞生之日起就从来没有分割过，而且不断地通过联姻兼并其他企业。所以百年来，它的资产一直就在不断地扩展，现在可以说富可敌国。美国财富杂志曾经这样评论过它：最具东方特点的产业集团，靠东方人所特有的家族观念，撑起了亚洲最庞大的金融帝国。”

秦云瀚言简意赅地向何欢复述着电脑文档里的内容：“鉴于王氏财团的这一特点，所以历年来，王氏家族中有能力的子弟都会回家族企业中效命。而王家有一条很独特的家规，就是子弟们加入家族企业之后，可以在现有企业中服务，也可以根据自己的爱好和特长开辟新的领域。如果子弟在自己开辟的领域有所建树的话，就会得到家族的支持。这比银行贷款厉害多了。若干年前，有一个王家子弟，进入了艺术品市场。”

何欢基本上已经听明白了，但是她不理解秦云瀚这么沉重所为何来，商人就是要不停攻城略地，不是你打我，就是我抢你，秦云瀚也经商多年，不应该这么沉不住气啊？

秦云瀚沉默了一下，才又接着说：“因为近期王氏对大陆的艺术品市场产生了兴趣，所以我向他的公司内部派出了员工。”这句话，秦云瀚说得有些艰难，何欢知道，在他们两个人之间，“商业间谍”这个词比较敏感，秦云瀚唯恐这个话题会引起何欢的不快。所以何欢故作轻松地一笑，“希望他的工作开展得比小雪有成效。”

秦云瀚也笑了：“应该是吧。”他看了看手表，“我和他约好今天在线联络，这样由他来直接说，会清楚一些，我也想再听一遍，如果你准备好了，我就通知他开始。”

“音频？”何欢问。

“对。”

何欢转身去拿来一沓白纸和两支笔，说：“你和他谈，我有什么不明白的，或者有想问的就写给你，我想，他可能会希望只面对你一个人。”

对于何欢的安排，秦云瀚有些愕然，但很快就笑了，“你的驭人之术不亚于我。”

“食君之禄，分君之忧，是我的本分。”何欢笑而言他。

紧张的工作开始了，电脑中传出的是一个年轻的男声，声音不够响亮，甚至有些柔软。不难听出声音的主人是一个耐心细心兼备的人，但是绝不刚强。

何欢突然在纸上写了一句话，推到了秦云瀚的面前。

秦云瀚奇怪，怎么还没开始谈工作，她就有问题了？他低头一看，纸上赫然写着这样几个字：这个王家子弟不会是女人吧？

何欢的敏感和直率让秦云瀚有些窘迫，但他又没有办法回避，只好在何欢的字迹下面写到：四十四岁，无子女，有一个形式上的丈夫，常年旅居国外。

接下来的谈话，很快就让何欢严肃了起来。

看起来那个男声似乎非常了解王氏艺术品公司的内幕，对于王氏的那些绝密构想如数家珍，他一口气讲了将近两个小时，开始何欢还在不断地提问，可是到了后来，她基本上就沉默了。秦云瀚因为已经听过了这些内容，所以在一个适当的时候，中止了对方的谈话，“好，先到这里，你也休息一下，五分钟后，开始讲下面的内容。”

“是。”

秦云瀚挂断了连线，回视何欢，只见何欢仍旧死死地盯着电脑屏幕，目光深沉。

“你怎么了？”秦云瀚轻声问。

何欢没有开口，双目漆黑不可见底，半晌，她才说话，而且是不答反问：“我说我被吓住了，你信吗？”

秦云瀚认真地看着何欢：“我不信，他们的计划虽然骇人，但是没有具体的操作方案，光凭着远景计划，不可能吓住你。”秦云瀚看着何欢都有些发白的脸色，不禁柔声问道，“何欢，你是不是觉得我太卑鄙了，这么利用一个女人的感情？还是因为同样是女人，在同情她？”

这是秦云瀚最担心的，因为女人总是容易被感情所控制，可是他没想到，何欢听完他的话后，竟然发出了一阵冷笑，让人毛骨悚然：“秦总，这些计划，你是什么时候知道的？”

“五六个月以前吧，怎么了？”

“为什么当时没有引起你的重视？”

“因为……”

何欢不待秦云瀚说完，就打断了他的话，并且替他说了下去：“因为就像你刚才所说的，这些只是远景计划，不足为惧。”

秦云瀚点了点头，何欢终于把目光从电脑屏幕上收了回来。

“秦总。”何欢盯着秦云瀚的眼睛，一字一字认真地说道，“我给你一个忠告，千万不要轻视女人，永远都不要。”

“你说什么？”秦云瀚不明白。

何欢微微叹息了一声：“现在请你换位思考一下，如此机密的计划，如果是您，会泄露给一个来历不明的秘书兼床伴吗？”

“当然不会，但是女人……”

“别的女人会不会我不知道，但是一个四十四岁，私生活不慎检点的女人，能够在这样庞大的家族企业中脱颖而出，就说明她肯定不会！”

“那她向外泄露就说明……”

“就说明她是有意识的，不是有恃无恐，就是有目的地要引起一场大乱！”

一句话让秦云瀚如醍醐灌顶！不禁惊呼了出来：“天啊，我怎么没想到？”

何欢仍旧语调冷酷：“所以直到大乱发生了，您才突然惊觉并且措手不及。”

“确实是。你分析得对，她一定通过很多渠道泄露出了计划，目的就是吓跑一些胆小的，再引来一些鲁莽的，同时肯定会有些愚蠢的人被她所操纵……”

何欢冷笑了一声：“商场中本来就不乏这些人。等他们都动起来，搅乱一池水，就可以浑水摸鱼了。”

秦云瀚点了点头：“你说得对。现在是不是可以继续了？”

“好的。”

秦云瀚再次连线。

“好了，现在你继续介绍情况，把你昨天给我说的内容再重复一遍。”

“是。”那个男人的态度始终都十分恭敬，“大约在三天前，我见到了这份报告，这份报告的起因是从天海画阁里流传出来的一份内部文档。”随着他的描述，秦云瀚熟练地打开了一个文件夹，周浪交出去的那份天海画阁的详细资料，赫然出现在了电脑屏幕上。何欢认真阅读着报告，越看越心惊，报告还没有看完，她就抓过笔，在纸上写了一行字，推到了秦云瀚的面前。

秦云瀚接过一看，上面写着：他们是怎么得到这份报告的？

秦云瀚写道：怎么，你怀疑这份报告的真实性吗？

何欢写道：不，正因为它太真实了，我才不理解这种东西怎么也能流到公司以外的地方？

“是周浪给他们的。”

何欢差点喊出声来，她瞪大眼睛看着秦云瀚，秦云瀚苦笑了一下，写道：周浪想把天海画阁卖给王氏。

何欢拿了拿笔，却没有写出字来，不过秦云瀚没等她发表意见，就直接写道：

我明白你的感受，刚一开始我也觉得匪夷所思，但是我已经调查过了，确实是周浪给他们的。就像刚才咱们所说的，王氏财团有效地控制了一批愚蠢的人。”

写完以后，秦云瀚不再理会何欢的惊愕，因为他知道任何一个头脑正常的人，听说了这么一件事，都会需要一段时间来平静，所以他径直对着电脑说道：“我已经看完天海画阁的状况分析了，请继续。”

“是。公司内部公开天海画阁的这份报告以后，我才知道，还有很多公司已经通过各种渠道和王氏财团进行了联络。所以才催生了现在这份报告。现在最新的情况是，财团的台湾总部已经批准了这份报告，并且将根据报告上所需要的资金给予支持。”

“好，现在我先看这份报告，有什么问题再问你。”

“是。”

秦云瀚断开了连线：“报告我已经看过很多遍了，你看吧。”

何欢面无表情地坐到了电脑前，报告写得很详尽，内容很多。报告中详细地分析了目前大陆字画市场的构成，恐怕目前任何一家大陆的画廊，对大陆市场都没有这么全面地分析过。

“她已经把整个大陆的画廊都摸透了。”何欢感叹。

“因为有很多画廊出于各种居心，自觉自愿地把自己的和别人的内部资料交给了他们。”

“小的时候，我看武侠小说，上面说魔教布一个局，让很多名门正派的侠士陷到里面去，然后他们就出于各种原因和目的，把自己的武功秘籍给了魔教，而魔教则因为掌握了各门各派的武功和秘密，一举称霸武林。当时我以为这都是瞎编的，因为那么重要的东西，怎么会有人心甘情愿交给敌人呢？今天我才明白，原来真有这样的事情存在。”

“所以一开始我就问你，是否熟悉台湾人的经营思路。这就是他们的思路，貌似幼稚，也很无聊。”

“但是他们取得了让人震惊的效果。”

秦云瀚无奈地笑了一下：“恐怕真正让你震惊的还在后面。”

何欢望着秦云瀚，秦云瀚移动着鼠标，“前面是他们的调查，从这里开始就是他们的应对策略了。”

何欢接着往下看，这次她连话都说不出来了，她只是僵直地坐在那里，反反复复一遍一遍地看。看了一遍又一遍，似乎想把这些内容都背过，事实上，她也确实背过了。终于，何欢的身体动了一下，有些虚弱地问秦云瀚：“你确定王氏财团是要支持这份计划吗？”

“确定。”

“那你确定，把这个计划交给你的人，对你是忠诚的，不是弄了一份假计划骗你？”

“确定，我已经从其他的渠道得到了证实。”

何欢重重地靠在了椅背上，说出了一句话：“你听说过一句话吗？金钱不是万能的。”

“听过。”

“这句话错了，在某些时候，金钱绝对是万能的，至少现在是！”

秦云瀚终于弄明白了何欢的意思，他苦涩地笑了一下，的确，此时此刻，在这份计划中，金钱绝对是万能的。

其实计划很简单，简单得根本谈不上经营策略，这就是一份收购书。上面把大陆每一个稍具影响的画廊都明码标价，不仅天海画阁，连敦煌画院这种还没有开始进入市场的机构都名列其中。而且提出的价格都极低。

你不卖？没关系，在每一个画廊的标价下面，还有一些标价，是标给这些画廊的经理和画家的。而且每一个人的标价都极高！最后，是一些零散的人名，这里面包括了秦云瀚、何欢、刘恒，还有大陆所有有名有姓的画家，都在他们的收购之列。

总之，他们的规律就是：给画廊的价格远低于它的价值，而给每个人的价格，则远远高于他目前的价值，至少是高于原来公司给他的薪金。

有几个人能禁得住这样的诱惑？何欢不知道。她只知道，没有了画家和画商的画廊，将变得没有任何价值。

“这人是个疯子。”何欢只能这样来总结对方的行为了。

“这种手段并不是她的创举。二战中后期，欧美在战后复苏的阶段，这种手段曾经被人大规模地使用，也由此诞生出了一大批垄断财阀。”

何欢直起了身子：“她有没有搞清楚，她现在面对的是中国大陆，庞大的人口基数造就了庞大的人才市场，她买得过来吗？而且现在市场这么多元化，还是艺术品市场，怎么可能垄断呢？”

秦云瀚刚想开口，何欢就又接着说道：“不，她没有疯，她也搞清楚状况了。这是假象，对，肯定是假象，她并不是真正想全部收购，她只是造出这个势，而她真正的目的只会是其中的一家或者几家。她横空出世，给画廊造成极大的混乱和压力，在这个时候，她再想去夺取哪家画廊，就根本不会有人跟她竞争，因为人们觉得她实力太强，根本争不过。而且每个人都上了她的收购榜，也许下一个会收购到的就是自己，在这个时候，自保才是最重要的。同时，还会有像周浪这样禁受不住压力的，主动把自己的画廊给她。这样，用不了多长时间，她就可以收购几间颇具规模的画廊，然后轻而易举地拥有一个成熟的市场份额。”

秦云瀚作势鼓掌：“天才画商名不虚传，这个问题我想了将近二十个小时才想明白，而你很快就想明白了。”

“谈不上，旁观者清而已。”何欢重新坐了下来，笑望秦云瀚，“怎么办，人家给我出的价比你高。”

秦云瀚也含笑相对：“给我的价也比现在公司给我的高。”

“那咱俩一起跳槽吧。”

秦云瀚清冷地一笑：“我知道你这是在开玩笑。但是据我所知，现在已经有很多经理人闻风而动了，包括我的公司里面的人。”

何欢冷哼了一声：“说真的，她不太道德，她把人们夺走只是为了搅乱别的画廊，她的公司里即使是一年以后，也没有这么多空位安排所有这些人，所以，这些人很快就会被以各种理由再清除出来。”

“可是话又说回来了，人家只是给出了价格，并没有逼着谁跳槽，所以即使以后他们被甩了，也无人可怨。”

“对，她利用了人性的贪婪和永不满足的欲望。”

“好了，改造人性是牧师的事。现在说我的事吧。”秦云瀚面对何欢，“既然你什么都想明白了，那你也就明白现在我面临的危机了吧？”

“基本明白了。”何欢手中的笔在纸上随意画着线条，“她争夺大陆市场的计划，无形中和你在大陆的扩张计划冲突上了。你布局这么久，现在刚刚准备全线展开。可是现在你不敢展开了，因为你看不出来王氏的目标是哪家画廊。事实上，我怀疑她现在自己都没有确定的目标，她在等待着，看谁先出现破绽。所以，如果你战线过长或者在和天海画阁的对决中损伤过大的话，那你就可能成为她的目标。”

秦云瀚无言地点头，看他的神情，似乎何欢并没有说到要害，这让何欢不解，因为何欢觉得她已经找到了问题所在：“怎么，我说的不对？”

“不，很对，那依你的意思，我们现在应该放弃争夺广东市场？”

“对。”何欢肯定地说，“我相信，卖掉天海画阁是周浪个人的想法，只要周博还有三寸气在，他就不会卖天海画阁，所以争夺广东市场必将是一场恶战。在这个时候，我认为一动不如一静。否则你不是后方空虚被王氏抄了后路，就是在广东被王氏坐收了渔翁之利。所以现在，你应该坐守北京，静观事态发展，等王氏目标确定，安静下来后再作打算。”

“这倒和我的想法一样，那你和天海画阁的事呢？”

何欢轻松一笑：“你难道还没有发现，我是一个顾全大局的人吗？”

秦云瀚点头：“确实是。所以，即使我已经放弃了广东市场，我还是希望你能出任我的经理。”

“这应该没问题吧。”

听何欢说完这句话，秦云瀚站起身来，来回走了几步，似乎下定了很大决心似的，重新又坐在了何欢的面前：“何欢。”他认真地叫了何欢一声，两个字如金石掷地一般。

何欢吓了一跳：“怎么了？”

“我想问你个问题。”

“问。”

“你称呼我什么？”

“秦总啊。”

秦云瀚轻叹了一声：“我记得曾经有一段时间，我们是彼此称呼名字的，你叫我云瀚。”

何欢一愣，好像是有那么一段时间。

“我现在还希望你这么称呼我。”

何欢不由得笑了一下：“可是，现在咱们两个的关系变了啊？”

“可这个变化是我所不乐见的。我记得在北京的酒店里，你曾经对我说过，商场无情，商人每天的生活就是由设防、戒备、算计、随时考虑利益得失组成的，所以每一个商人的心灵都是孤独的，所以你愿意留在商场以外的地方，做我的朋友。这番话，你还记得吗？”

何欢点头：“当然记得。当时我还说，相濡以沫，不如相忘于江湖。可惜，世事难料，我还是返回了商场，并且成为了你的部下。”

两个人都太过于专注了，谁也没有发现，宋振峰恰好从画室里走了出来，正好听见了后几句对话，他也愣住了，但想了想，还是退回到了画室里，并且又关上了房门。

“何欢。”秦云瀚注视着何欢，目光灼灼，“如果我现在对你说，工作上我需要你，所以我不能放弃你这个部下，可是从我个人而言，我还特别需要你这个朋友，你能接受吗？”

“我们一直是朋友啊。”

秦云瀚当然听明白了何欢话中的搪塞之意，他也明白，像何欢这种人，是不会主动和上司走得太近的。

但是秦云瀚还不想放弃，这是他今天来的主要目的，他当然不会轻易罢休。

“何欢，我曾经听说，你对刘恒有过一个承诺，如果他被商场上的龌龊小人给欺负了，那不管你多么不愿意踏足商场，你也会为他出头，替他报仇。”

何欢目光闪动，“我的确说过，而且也会这么做。但不知道转告给你这句话的人有没有告诉你，我后面还有一句话，虽然我不愿意沾染血腥，但是并不意味着我就能，眼睁睁地看着自己的骨肉手足被人欺凌。”

秦云瀚的眼神黯淡了下来：“看来我没有福气做你的手足。”

虽然何欢确实是拒绝的意思，但是看到秦云瀚突然间变得如此萧瑟的神情，还是心中不忍。她正要开口安慰一下秦云瀚，秦云瀚却抢先说话了：“我还有些话想说，希望你会听。”

“当然。”

“刚才你对王氏分析得都对，但这还不是我现在所面临的最大的危机。”

“哦？”这次何欢感到意外了。

“何欢，我知道你曾经是天海画阁的经理，但是说实话，你并没有做过真正意义上的职业经理人。”

何欢想了想，点头认同，只听秦云瀚接着说道：“所以你不太理解职业经理人所面临的压力。比如说我，业内称我为目前大陆市场身价最高的经理人，那是因为我历年来的业绩摆在那里，才让我的公司决定这么高薪聘我。”

秦云瀚说得很慢，似乎怕何欢有听不明白的地方。见何欢又点了点头，才接着说了下去：“所以，在我上任之初，就和公司一起拟出了一个发展计划，如果我在规定时间没有完成这份计划，我就面临着被解职的危险。”

何欢有些吃惊，她还真没想到这个问题：“可是客观条件会变化，计划也应该调整啊。”

“会有所调整，但是有一个利润增长率的最低限额，这个是必须保证的。”

何欢想了想，公司这么提出要求，也不算过分，就问：“现在你完成这个最低限额有难度了？”

“是，因为这个指标是直接跟我的薪金挂钩的，薪金给得高，指标要求当然也高。但这还不是最主要的问题。”

“还不是？”

“不是。”秦云瀚的态度突然变得轻松了起来，可能是因为一直压在心头的压力说了出来的缘故吧：“我面临的问题是，不管我是因为工作不力被提前解雇，还是在聘任期内只完成了最低限额，那等待我的命运都是一样的。”

“是什么？”

“市场就会自动把我的身价降下来。”

看何欢一下子没听明白，秦云瀚进一步解释：“我现在可以说已经跻身于世界一流的公司了，为此我奋斗了十几年，可如果我这次失败了，那么我将重新回到二流甚至三流的公司，那么……”

“那么你将失去这个高处的平台，而在低处的平台，即使做出业绩，也难以和高处的平台所作出的业绩相提并论，所以，你也许就再也没有机会重新回到一流的公司了。”何欢沉声替他说出了答案。

秦云瀚的脸上浮现出了一丝微笑：“我说过，得知己如卿，当浮一大白。所以，王氏越是来势汹汹，我越不能后退，我怕这一退，在我的任期内，就没有机会翻盘了。”

何欢无言，是啊，就再也没有机会翻盘了。此时，她还能说什么呢？每个人都知道，商场是海，商人就在海里行船，一旦下海，就永远也看不见岸。望着秦云瀚，何欢不由得涌起一阵相惜之情。

“你需要我做什么？”

“我希望你能帮助我。”

“我已经接受了你的聘请，肯定会在工作上全力帮助你。而且，客观地说，就你目前的困境而言，换做是我，恐怕也没有能力闯过这个难关。所以，就算我现在有心帮你，也只能是尽力而为之。”

秦云瀚目视何欢，态度真切而诚恳：“我今天来找你，并不是要把你当做补天圣手。而是希望你能做我的朋友。我所说的这个朋友不是一般意义上所说的那个朋友。我的意思是说，希望你，希望你能把我当成知己、亲人。”

把这句话说了出来，秦云瀚显得放松了许多，开始侃侃而谈：“这次我面临的危机的确很严重，但不到最后关头我都不会放弃。所以我需要你的帮助。因为我需要一个真正关心我、真正能够替我考虑的朋友。你也明白，商场上没有真正的朋友，公司里我也找不到可以交心的人，而我的朋友们又不懂这个行业，所以，我能够信赖的，只有你。”

不等何欢说话，秦云瀚就又急急地接着说道：“中国有一句古话‘打虎亲兄弟，上阵父子兵’，虽然用在这里不太贴切，但是我希望你能够明白我的意思，如果你能以亲人之心待我，和我同心同力，我们就能做到真正的眼观四路，耳听八方，那就等于是有两个秦云瀚，或者三个、四个秦云瀚在面对危机，我的胜算就会大许多。”

何欢沉默了，她听明白了，虽然秦云瀚说了很多，但归根结底只说了一层意思：让何欢把秦云瀚的事当做自己的事来干！

谈何容易啊，何欢长叹了一声：“我一入行，在天海画阁其实就是现在你所要求的这个身份，我努力了，也见到了成效，但是却惹来了无休止的嫉恨，直到现在还余波未了。”

“我明白你的意思，如果我陡然赋予你和我一样的权力，公司内部的员工的嫉妒和猜疑，肯定会带给你很大的压力。这一点我确实是无力改变，但我能够保证我个人对你绝对信任。”

何欢有些凄凉地一笑：“当时，周博对我也是绝对信任，但是一出变故，恰恰是他亲手把我赶出了天海画阁，还险些葬送了我。鸟尽弓藏，狡兔死，走狗烹，古来有之。”

秦云瀚失望地低下了头，看来是无法说服何欢了。就在这时，何欢又悠悠开口了：“所以，我决定答应你，从现在开始和你同进退共得失。”

“什么？”秦云瀚怀疑自己听错了，因为何欢前半截话和后半截话根本接不上。

何欢目光冷然，直透人心：“我说，从现在起，你的事就是我的事，谁要和你为难就是在伤害我的利益。”

“为什么？”

“因为你是一个尊重商业的人，所以我敬重你。也因为我是一个半路折翼的商人，我知道这种痛苦，所以我不希望眼睁睁地看着你也半途折翼，所以我愿意尽绵薄之力。怎么，你不同意？”

“我当然同意。”秦云瀚赶紧说，“只不过你前面说得那么灰暗，我以为你不会帮我的。”

何欢清冷地一笑：“正因为灰暗，我才更要去。就像张所长说的，我缺失了从底层奋斗的经历，所以我脆弱。就像我曾经说的，我要重新再攀一回山。”何欢突然向着秦云瀚绽开了让人目眩神迷的微笑，“等一切都结束了，你不妨再试一试我，看我这次有没有学会下山。”

何欢的笑容绚丽，秦云瀚却心中一凛，他当然明白何欢的意思，面对着此时的何欢，秦云瀚不知道，如果有朝一日，自己再像周博那样，想把何欢逼到绝地，那究竟会是谁生谁死。

想到这，秦云瀚微笑了，他缓缓伸出了右手：“感谢你助我于危难，我相信我们会永远是朋友，永远都没有可能成为敌人。”

两个人又谈了一会儿工作，忽然发现屋子里暗了下来。

“几点了？”

秦云瀚看了眼表：“哎哟，快七点了，咱们已经说了十个小时了。”

“天啊，真快。我师兄一直都没出来啊？”何欢说着就朝画室走去。

“还叫师兄啊？”秦云瀚坐在桌边笑道。

“我们俩的时候我不这么叫。”何欢一边敲门一边随口回答。秦云瀚的目光闪烁了一下，但几乎马上就又恢复了盈盈笑意。

宋振峰已经应声走了出来：“你们谈完了？”

“我们这事没完。”何欢说，“你一直在画啊，怎么这么长时间？”

宋振峰跟秦云瀚打了个招呼，也在桌边坐下，“我那会儿画完的，出来看你们还在谈事，就又去斟酌了一会儿画面。”

“你还是有这个习惯，画完画反复看，直到挑出毛病来为止。”何欢感叹。

“所以宋院长才会艺无止境啊。”

宋振峰谦虚地笑了。

“对了，你还没吃饭呢，你一天都不饿啊？”何欢突然想起了这个问题。

“我画起画来经常就忘了吃饭，你们俩不也没吃饭吗？”

宋振峰一提，何欢才惊觉他俩也饿了一天了，不由得抬头看秦云瀚，正好看见秦云瀚正在望着她了然而笑，何欢也笑了：“我们做起生意来也经常忘了吃饭。”话一出口，三个人不禁同时笑了起来。

何欢跳了起来：“这一说，我还真饿了，你们先聊着，我去找找看家里还有什么吃的。”

秦云瀚看着宋振峰，宋振峰此时虽然略显疲惫却已经神采照人：“有一句话我记得我曾经对你说过，但我现在还是想再说一遍。我似乎不管在任何地方在任何时间看见你，你都是这么风度翩翩气宇不凡。”

宋振峰无言一笑。秦云瀚又道：“刚才我跟何欢说好了，她答应帮我，所以可能有一段比较长的时间她都会很忙，为此我先向你道歉。”

宋振峰的目光追随着何欢：“只要是她自己决定的事，我都会支持她，因为我相信她的判断力。”停了一下，宋振峰又补了一句，“只要她能快乐就好。”

过了一会儿，秦云瀚又试探着问道：“何欢是一个很守信用的人，所以我想她既然答应了和我共渡难关，就一定会做到。但是商场险恶，人心难测，如果传出什么流言飞语，还请宋院长体谅。”

宋振峰沉吟了半晌，才说：“如果我爱她，就会无条件地信任她，如果我不爱她，我也就没有资格成为她的阻碍。所以，我想你不用过多地担心，在日后的工作中，何欢不会有来自于家庭的困扰。”

秦云瀚被宋振峰指出了心中所想，有点不好意思，他尴尬地笑了笑，“你们师兄妹一样的敏锐，透彻得让人难以招架。”

何欢端了一盘水果、点心出来，“明天我们就走了，所以现在家里面基本是空的，将就着点吧。”说着话又端来了几个茶杯，“这一天光说话了，连口水都没喝。”

“你别忙了，我也该回去了。你们明天出远门，今天也得早点休息。”秦云瀚站了起来。

“你先别急着走，我刚才想起来还有点事要和你商量。”

秦云瀚又重新坐下，双眼发光：“怎么，你已经有计划了？”

"算是吧，不过还不成熟，说出来大家讨论一下。"

"好。"

宋振峰一看两个人几乎马上就进入到了工作状态，觉得有些好笑，看了看茶壶空了，就端起茶壶到厨房续水去了。

"我想把我们和天海画阁争夺广东市场的计划继续进行下去。"何欢的声音不高却很清晰，一听就是已经经过了深思熟虑。

"为什么，刚才你不是和我一样想先把这个计划停止下来，保证公司竞争资源的完整性吗？"秦云瀚很不理解，怎么何欢这么快就改了主意。

"那会儿我是你的员工，所以我考虑问题当然是从稳定周全出发。可现在我的身份变了，现在我就是你，所以我不能再出这种四平八稳的主意了。"何欢的眼中闪过了一道寒光，"周博曾经教过我一句话：富贵险中求。"

秦云瀚感受到了何欢最后一句话中的重量，身体不由得绷紧了，"你准备怎么做？"

"以其人之道还治其人之身。"何欢的语调愈加的刚硬冷峻，"王氏是想搅乱一池水，好趁机浑水摸鱼，而我现在就把这池水搅得更乱，乱得让王氏都找不到方向，我们就可以也趁乱摸条大鱼了。"

秦云瀚似乎是听明白了，眼中光芒闪动："我们在这个时候大张旗鼓地去争广东……"

"王氏如果一直都在窥视你的公司，那她一定就会乘虚而入……"

"可事实上我们早有防备，不仅不会受到损害，没准还能让她偷鸡不成反蚀把米……"

"这是其一，我这么计划，还有第二层构想，由于周浪外泄资料，王氏恐怕已经把天海画阁看做是囊中之物了……"

"所以我们一夺，她就会觉得我们是在抢她的市场，就很有可能加入广东的混战……"

"这时，我们夺天海画阁是假，可她却是真，而周博肯定会不遗余力地保住广东市场，顺利的话就可以让他们残杀起来，这样我们就成了渔翁……"

"如果我们去争夺广东，即使王氏沉得住气，我们也会引诱周家暴露出全部的实力，相信这样一来，会让王氏重新评估周家……"

"只要王氏不再低估周家，能把周家仍旧当成大陆的头号劲敌，我们就等于被掩护了起来，就有了足够的时间和空间干我们的事。"

何欢话音落处，秦云瀚不禁轻轻鼓起掌来："你的计划太完美了。"稍微停顿了一下，秦云瀚又加了一句，"我们的配合也堪称珠联璧合，我没有看错，你一定能帮我渡过难关。”

何欢微微一笑：“但是这么做的风险也很大。”

“没关系，就像你说的，富贵险中求，我自认我秦云瀚还不是输不起的人。战死沙场，总好过窝里窝囊缩着，任人宰割。”

“何欢。”听到宋振峰的一声轻唤，何欢蓦然回头，才发现，宋振峰一直拿着茶壶站在厨房门口，他可能是续完水回来，看他们两个谈得非常热烈，就没有走过来，直到这时才开口说话。

“怎么了？”何欢见宋振峰的眉宇间拧上了一股淡淡忧虑，不禁站了起来。

宋振峰走到桌边，把茶壶放到了桌子上，轻柔却低郁地问道：“欢，你的工作我不插手，但是因为这件事关系到天海画阁，所以我想问个问题。”

“什么问题？”

“如果你们刚才说的计划要真正实施的话，天海画阁会怎么样？”

何欢和秦云瀚交换了一下目光，秦云瀚先开口了：“天海画阁只有一个命运，当炮灰。”

宋振峰眉宇间的忧虑更重了：“欢，非要这样吗？”

“这没办法，就像打仗，总有成败，总得有人牺牲。更何况——”何欢眉梢一挑，“他们也是咎由自取。”

秦云瀚冷眼旁观，不知道这两个人是在唱哪一出。宋振峰似乎是在维护天海画阁，这是什么状况？他看宋振峰欲言又止，因为是当着他这个外人，宋振峰有些话不好明说。

“你们先聊，我去欣赏一下宋院长的大作。”说着话，秦云瀚就站起身朝画室走去。宋振峰在考虑怎么说服何欢，何欢在认真地看着宋振峰，两个人一时间都忘了现在画室里的是一幅什么画。

秦云瀚回避了，宋振峰说起话来也就没有了什么顾忌，他握住何欢的手，急切地说：“欢，听我的话，别这么做。”

“如果不是天海画阁，也会是别的画廊牺牲，事情就是这么残酷。”

“那就让别的画廊牺牲！”宋振峰毫不犹豫地说。

“为什么？”

宋振峰紧紧抓着何欢的手，语气沉重：“欢，你听我说，你现在觉得周家负了你，可如果有一天，你发现其实周涛是爱你的，你会因为你现在的所作所为而自责，而后悔，到那个时候，受折磨的还是你。相信我，欢，我了解你，比你自己还了解。你根本不像你自己所表现出的这么冷，这么无情，其实你是一个多情而敏感的人，我不能看着你因为一个错误的决定而受伤害。”

“你还是相信那些资料上所说的事情？”

“我信，而且我确信，有一天你也会相信。”宋振峰肯定地说。

秦云瀚走进狭小的画室，一眼就看见了迎门摆放着的画，秦云瀚如同突然遭到雷击一般，呆住了。残存的最后一线清明的思想在指挥着他反手关了房门之后，也消失殆尽。现在，秦云瀚什么都忘了，眼前只有何欢，没错，他一眼就认出来了，画面上的人就是何欢。

画面是横开的，顶端和两侧祥云缠绕，似锦的繁花点缀其间，画面的下面是一床赤金色软缎，温柔凌乱地簇拥着软缎上的佳人。

整个画面色彩浓重绚烂，充满了东方宫廷所特有的豪华富丽。画面上唯一的浅色，唯一的淡雅就是横陈在画面中间的何欢。

何欢未着寸缕，头枕在曲起的右臂上，左臂向上伸展，搭在头顶，指尖缠绕起一缕黑发愈显出头发的凌乱，何欢微微向后仰，上身基本是仰躺着的，双峰挺立，从腰部开始改为侧卧，更显得纤腰不盈一握。她的双腿微曲，交叠着紧紧贴在一起，似乎担心如果不贴得这样紧，就会痉挛起来。整个人慵懒、娇柔，毫不掩饰地把整个身体的风情展示了出来，一看就是云雨初歇，喘息未平。

何欢的脸色不似往日那样略带苍白，反而是双颊红润，杏面桃腮。玫瑰色的嘴唇微微开启着，似有娇喘声传来。一双杏眼满含着春色，似含羞，似凝喜，似爱似嗔地望着眼前的人。这双眼睛画得太传神了，让人一看就能明了它其中的含义，她是欣喜的，可是惯有的矜持又让她有些嗔怪意中人刚才的鲁莽……

秦云瀚握紧了双拳，他已经移不开目光了，画面上不知从何方飞来了一段轻纱飘带，飘带是极淡的绿色，薄如蝉翼，灵动地飞舞着，如同敦煌壁画上飞天身畔的彩带。飘带的一端，不经意间就落到了何欢的身上，刚好堪堪遮住她胸间的两点姣嫩的蓓蕾和小腹之间。而飘带刚刚遮住小腹之间就又飞离了何欢的身体，飞到了画外。

飘带极窄，刚刚盖住了两点姣蕾。飘带极柔，衬托得两个乳房更加浑圆饱满结实。飘带极薄，影影绰绰可见姣蕾坚挺。飘带极轻，更显得小腹间凝脂滑腻，曲线宛然。

秦云瀚的呼吸急促起来，此时的何欢是他从来没有见过的。她是如此的诱人，如此的魅惑，就像一杯斟得过满的红酒，你如果不赶紧扑上去喝一口，珍贵的琼浆就会泼洒出来。秦云瀚禁不住向前迈了一步，伸出手去，但终究还是没敢落到画上……

秦云瀚感叹，宋振峰画得太好了，他不仅完全展现出了何欢的身体，何欢的风情，最主要的，他还完美地表现出了何欢的矜持和骄傲。

秦云瀚颓然站在画前，因为他发现，他现在已经无力自拔。他也拥有过很多女人的身体,但是不管是他的妻子祝春鸥,还是其他的女人,她们都有一个共同的特点，聪慧、强悍，因为秦云瀚只欣赏这样的女人。他以前之所以欣赏何欢，也是因为她的聪明和锐利。而这样的女人，即使是在最性感的时候，也是强悍而高傲的。所以秦云瀚几乎从来没有见过，哪个女人在云雨之后，像画上的何欢这样的柔媚入骨，娇羞可人。一个男人如果能够让女人展现出这样的风情，夫复何求？只可惜，这份风情不是因他而展现。

好，宋振峰，我佩服你，你竟然能够让何欢展现出如此的状态。我也嫉妒你，因为你拥有了我心中的珍爱——此时的秦云瀚已经爱上了何欢，画中的何欢。

喜欢就要争取，争取就是为了拥有。没关系，未来的日子里，何欢还会留在我的身边，我还有机会……

客厅里，宋振峰还在试图说服何欢，他突然看见何欢的眼睛里流露出惊慌的神情。

“你怎么了，我说什么了？”

何欢的惊慌愈加强烈，她一把抓住宋振峰的胳膊：“你画室里的画！”

宋振峰此时也明白过来，不由得惊呼了一声：“天啊！”

与此同时，何欢已经扬声喊了出来：“秦总！”

喊声惊动了秦云瀚，可能是心里有鬼，秦云瀚的脸一下子红了，觉得外面的人已经看透了自己的心思。他有些狼狈地逃了出来。

三个人面面相觑，都从他人的神色中看出了各自的心思。

秦云瀚最先开口，他干笑了一声：“对不起，我没想到……”

何欢此时已经神态从容，她语调轻松地笑道：“你这么严肃干吗？我们学画的人，不介意这些，对我们来说，这是艺术。”

秦云瀚心中由衷地佩服何欢的镇定功夫，因为他刚才分明从何欢的喊声中听出了慌乱，可几乎就在转瞬间，何欢就恢复了正常，还反过来替他圆场。

宋振峰当然明白何欢的意思，也就一如往日的和煦，“我曾经也是你麾下的画家，为你的公司作了十年的画。作为我的画商，你对我这幅画评价如何？”

秦云瀚努力镇定了一下：“宋院长言重了，现在恐怕没有人敢自称是你的画商了。”秦云瀚开了句玩笑，想让自己也放松下来，可是效果不大，他脱口而出，“我其实不太懂画。”

“可你懂得如何做一个画商。”何欢笑道，“因为你知道在一位画家把画画出来以后，就该压价了。”话音未落，三个人就都笑了起来，“坐下吧，我找你有事。”

何欢率先坐到了桌边。

宋振峰和秦云瀚也分别落座，不经意间，他们两个的眼神撞击到了一起，虽然此时两个人的神情都非常自然，但是眼神交汇处，他们还是读懂了彼此的眼神中，那些只有男人才能读懂的东西。

何欢对眼前这两个男人之间的暗潮汹涌，浑然未觉。她把桌子上摆着的资料推到了秦云瀚的面前，“昨天，周博的特别助理王斌，给师兄打电话，说周博要见他，还特别叮嘱不要让我知道，这是师兄从周博那里带回来的。现在天海画阁是我们的大敌，所以我喊你来一起听听。”何欢对秦云瀚说完，又看向宋振峰，“你一直都没有机会跟我详细说昨天的事，正好，趁现在把昨天的事情都告诉我，我还真想知道，周博是怎么把你打动的。对了，有些情况，秦总不知道，那就从你在北京和王斌见面讲起吧。”

宋振峰点了点头，开始娓娓道来。秦云瀚一边翻动着手中的资料，一边聚精会神地听着。当听说王斌自作主张要见何欢，可是又突然离去的时候，他突然插了一句：“会不会是王斌知道周浪外泄资料的事了？”

何欢点头：“凭我对王斌的了解，如果不是大事，他不会这么贸然地要求见我的。现在想来，只能是周浪的这件事。”接着，何欢又说了她给王斌打的那个电话，“按照我原定的开拓广东的计划，也不是硬拼而是逼天海画阁订立城下之盟。所以，意识到天海画阁内部有问题发生，我就通过王斌传达出了这个信息，希望可以得到天海画阁的响应。”虽然秦云瀚再三强调，让何欢把自己当成亲人，不要有那么多顾忌，可何欢还是对自己的行为进行了必要的解释。

“你做得很好，订立城下之盟也确实是最具效益的策略。”

宋振峰又说到了昨天王斌打来电话的情形。

“王斌和你私交如何？”秦云瀚若有所思地问。

“我和他之间根本没有私交，所以我才会认为，他建议师兄先不要告诉我，是出于周博的示意，目的就是怕我阻拦师兄。”

接着，宋振峰详细地描述了他在周家的情形，以及周博说过的话和他见到的那些东西。

“都说完了？”何欢问。

“完了。”宋振峰回答。

“就因为师兄看到了这些东西，所以他阻止我针对天海画阁。”何欢对秦云瀚说明。

秦云瀚再一次被宋振峰的磊落和胸襟震撼了，一个什么样的男人会在得到了这些东西以后，毫不迟疑地转交给妻子，难道他就不怕那个曾经存在过的男人，再次打动自己深爱着的女人吗？他究竟是太自信，还是太君子？正在秦云瀚狐疑的时候，宋振峰给出了答案，“因为我怕你把天海画阁打垮以后，会自责，我不能看着你受伤害。”他又一次对何欢说。

“你能被这些东西打动，是因为你不了解周涛，也不了解周博。”何欢说道，“是，周涛是买了那些首饰，那只能说明他是一个对女人用心的人，而那一阶段，那个女人恰好是我。更何况，资料显示苏菲的情人几乎超过三位数，她怎么不找别人陪着她死？”

这一次，宋振峰和秦云瀚都没有说话，男人的直觉已经告诉了他们，周涛确实是清白的，他们也明白苏菲的心理究竟是怎么样的。但是这些是很难向一个女人解释清楚的，尤其还是他们爱着的女人。

看着宋振峰有口难言的样子，何欢忽然深深发出了一声叹息，这声叹息，让坐在桌边的这两个大男人，都觉得心酸：“你的意思我都明白。但是相不相信资料上的事，对我而言已经无所谓了。你知道吗？我看到苏菲和周涛拥抱着死在一起，是什么样的感受，看到苏菲那封信，是什么样的感受。”何欢的眼中蕴满了泪水，“刘恒有没有告诉你，周涛死后，周博马上把我隔离起来，对外宣扬我精神失常，如果不是爸爸及时地赶到深圳，我会被周家直接送进精神病院。”

宋振峰的脸色变了，他还真不知道这些。

何欢深深地吸了一口气：“我忘不了那个夏天，刘恒他们在深圳挖地三尺也找不到我的踪迹，我忘不了他们冒着酷暑为我作画，我忘不了周博把我赶出周家的时候，连随身的衣服都没让我带走……”

这次连秦云瀚的脸色都变了，他一直认为何欢在三年前太脆弱了，今天他才知道，当时曾经发生过这么多事情，设身处地地想一想，有几个人能够经受得了这样的惨变呢？

宋振峰紧握着的双拳已经青筋毕露：“欢，这些我不知道，我原来只听你说，你愿意放下仇恨。”

“是，因为仇恨别人首先就会让自己不快乐。所以我也想走出阴影，愿意忘记这些仇恨。”可能是刚才太激动了，何欢显得有些无力，“可是周博这次的行为再次激怒了我！”

“你是指……”

“对，就是指他找你这件事。”何欢刷刷地翻动资料，“这上面的日期显示，事情的真相三年前就调查出来了，周博为什么一直没有告诉过我？”

宋振峰愣住了，他还真没想到这个问题。

何欢又是一声冷笑：“因为他怕我恢复正常，他不能让我威胁到天海画阁！他让我回天海画阁是假，让刘恒和敦煌画院与天海画阁合作才是真！为此，他不惜利用你的善良，利用我的感情，甚至利用他亲生骨肉的惨死！”何欢的眼中的光芒像刀锋一样锐利，狠狠地加了一句，“他连周涛的亡灵都要利用！”

宋振峰无言以对。

这时，一直沉默不语的秦云瀚突然开口了：“何欢，愿意听我说几句话吗？”声音分外沉稳，无形中冲淡了此时房屋里凄厉的气氛。

何欢也意识到自己有些失态，她拢了一下头发，看向了秦云瀚，等着他开口。

秦云瀚没有看任何人，也没有看资料，他只是盯着眼前的果盘，“这家调查公司我有所了解，他们的信誉很好，如果是他们确定的结果，肯定是真实的。”

何欢闻言，眉头皱了一下。

秦云瀚仍旧盯着眼前的果盘，但他似乎感觉到了何欢的不耐烦：“你别急，听我把话说完。我相信你的判断，我也认为周博昨天这一招确实是用心良苦。还有你所说的那些往事，我以前并不知道。听完了你说的这些，再看看周家的行为，作为你的朋友，我也认为周家既然这样做事，那么天海画阁死有余辜。”

何欢有些茫然，她本能地觉得秦云瀚还没有说到重点，果然秦云瀚话锋一转：“可是，何欢，你有没有站在周博的立场上想过这一切？”

“周博的立场？”何欢不解。

“对，你想过没有，周博这么费尽苦心的目的究竟是什么？”

“我从一开始就知道，他是为了给他的儿女保住天海画阁。”何欢干脆地说。

“没错，那你会不会觉得，虽然从商人的角度来说，周博的确太过阴险。但是如果从一位父亲保护孩子的角度来说，他也有他的无奈？”

何欢愣住了。

秦云瀚继续说道：“现在，我们三个人都还没有孩子，可能还不能体会。那让我们想一想，我们的父母会不会为了我们的利益不惜一切？”

何欢沉默了，是啊，我的父母会不会呢？父亲不就是为了让自己幸福，逼宋振峰远走大漠吗？

何欢定了一下心神，问：“你为什么要对我说这些？”

“因为按照我们的计划，现在打击天海画阁，对我是最有好处的，但是，在做这件事之前，我一定要把我所想到的都告诉你，让你冷静地分析之后，再做出决定，我不想让你过于草率地决定，而事后，再像宋院长所说的那样，用自责来伤害自己。”

“为什么？”

“因为你以知己亲人之心待我，为了我的事业，不畏险，不避嫌。如果我再只考虑自己的私利，不为你着想，我真就枉为男人了。”

宋振峰用一种全新的眼光看向秦云瀚，他真没想到，秦云瀚还有这份胸怀。秦云瀚则在暗暗地希望，自己学习宋振峰的磊落的时候，不要太着痕迹。

还好，现在何欢和宋振峰都没有注意这个问题。何欢看着秦云瀚，问："那你准备怎么做？"

"我想这样，你不是准备去敦煌吗？你先去，给自己一段时间重新思考这一切。在这段时间里我什么都不做，等你的消息。等你回来以后，如果你还决定打击天海画阁，那我们马上启动计划。可如果，你决定再次原谅天海画阁，不管你是为了周涛的惨死，还是为了周博曾经对你的培育之情，只要你决定放下仇恨，那么我们就用别的方式渡过难关。好吗？"

"除了打击天海画阁我们还有其他的出路吗？"

"至少还有一条。"

"哦？"

"就像你原来计划的，订立城下之盟，我稍微修改了一下：联合天海画阁，打击王氏财团。毕竟天海画阁越来越威胁不到我们，而王氏绝对不能放任它做大。当然，合作的前提是，我们真的决定了跟天海画阁做朋友，伙伴。"

何欢点了点头，正要说话，秦云瀚的电话铃声响了起来，秦云瀚看了一眼屏幕，微微皱眉："是公司，我安排人二十四小时监控着各方动向，随时向我汇报，这么晚了会有什么事？"秦云瀚接通了电话，只听了一两句话，脸色就有些变了，最后，只听秦云瀚对着话筒说道，"很好，我明白了，你们继续观察。还有，大家轮换着点，注意休息。"

秦云瀚收线后，竟然笑了，笑得无奈而又苦涩，他笑了一会儿，才对一直望着自己的两个人说："我接电话前跟你们说什么来着？"

何欢和宋振峰互相看了一眼，不明所以。宋振峰回答："你在劝何欢放下对周家的仇恨。"

秦云瀚又是古怪一笑："那你打算放下吗？"

"我还不知道，但你说的确实也有道理。"何欢答道。

秦云瀚突然仰天长笑，似乎发生了什么特别可笑的事情："何欢，你说过，刘恒是你的手足，你绝不能让他被商场上的龌龊小人给欺负了，这话还算数吗？"

"你到底怎么了？"何欢问。

"会一直算数，对吧？"秦云瀚追问。

"是。"何欢正色回答。

"唉。"秦云瀚又是一声长叹，"天若亡之，人力难改。"秦云瀚突然换上了严肃的神情，坐正了身子，只对着何欢，"今天网上突然间涌出了大量诽谤刘恒的新闻，各个美术专业网站争相转发，很多曾经和刘恒共过事的人，匿名指责刘恒人品低劣，行为卑鄙，还列举了大量事实，据可靠情报，消息的来源全部是天海画阁！”

何欢和宋振峰都大吃一惊。

“为什么？”宋振峰问道，“天海画阁不是还准备聘用刘恒吗？”

秦云瀚还没有说话，何欢就冷冷地开口了：“因为这样一来，除了天海画阁，就再也不会有人雇用刘恒了。”

“这就是他们诋毁刘恒的理由？”宋振峰问。

“应该是。”秦云瀚回答。

“这会有用吗？”宋振峰又问。

“当然有用。”秦云瀚说道，“现在这个社会，人们都爱传播别人的负面消息，根本不管真假。没有画廊敢雇用一个声誉不好的经理。周博这一招够毒。”

宋振峰突然笑了一下：“可是他忘了一件事。”

“什么事？”

秦云瀚看着宋振峰，正好看见宋振峰冷笑了一下，不知怎的，宋振峰的冷笑，竟然让秦云瀚的心里颤了一下，只听宋振峰优雅地说道：“周博低估了我对敦煌画院的影响力。”

“你的意思是？”

“不管是什么样的人，只要是我决定要聘用的，敦煌画院的创始人和参与者都会无条件接受！”

在这一刻，秦云瀚感到他所面对的宋振峰，不再是一个画家，一个书生，而是一位王者。

“你都不问网上究竟是些什么内容，就决定聘用刘恒？”秦云瀚不愿意看到宋振峰如此的气魄。

宋振峰又笑了，笑容优雅而危险。

“我不用问。因为我了解他，因为何欢信任他，因为他帮助过何欢。这就足够了。”

秦云瀚走了，何欢第一件事就是到画室里，把那幅画卷了起来：“我现在没地方放，先带到敦煌放到你那里吧。”

宋振峰站在一边看着她忙碌，笑而不语。

“你笑什么？”

“看你这么介意别人看你的画像，我高兴。”

“你不介意吗？”

“我当然介意。”宋振峰说着话，打开了手机。

“你电话什么时候关了？”

“昨天晚上。我一直是这样，一开始画画就先关电话，不想被人打扰。”

“你画多久就关多久？”

宋振峰点了点头。

“那如果有人有急事找你呢？”

“朋友们都知道我这个习惯，打不通电话就知道我又开始画画了，就过几天再找我。除了画画，我也不会有什么要紧的事。”宋振峰的声音突然一沉，“这十年里，我真正牵挂的人，除了我妈就是你，我妈和我在一起，我随时都能见到。而你又不会给我打电话。”宋振峰的声音越来越低。

何欢心头一窒，搂住宋振峰的腰，把脸贴在了宋振峰的背上。

[5]

周博的病房里，王斌正在给宋振峰打电话。

“我跟他联系了一天了，他一直关机，不知道出什么事了。”王斌一边拨号一边对周博说，“通了。”王斌突然低声喊道，他赶紧把电话紧紧地贴在了耳朵上，周博也紧张地注视着电话。

电话铃声惊扰了相拥着的何欢和宋振峰。

“是王斌，他找我干吗？”宋振峰接通了电话。

“宋院长你好，我找你一天了，你一直关机。”

“啊，我在画画。”

“我说呢，您在画画啊。”王斌轻松了下来，看了看周博，周博也点了点头。

“找我有什么事吗？”

“有点事，想当面和您说。”

“那这恐怕不行了，我明天就回敦煌了，什么时候回来还不一定。”

“您明天就回敦煌了啊？”

王斌目视周博，周博压低了声音：“约他在北京见一面。”

“那宋院长，您看这样行吗？你早点来北京，我们在机场见一面。”

“这——”

一直在旁边听着的何欢，突然说道：“答应他。”

宋振峰来不及多想：“那好吧。我提前到机场。”

两人又约好了时间地点，才挂断了电话。

“看来没什么变故，宋振峰只是画画来着。”王斌挂断电话以后，对周博说。

周博沉吟了半晌：“你这样，明天见到宋振峰，就说你是自己想要见他的，我并不知道你们要见面的事情。然后多跟他说一些我的病，再说说周浪他们多么不争气，就说你实在是看着我太难了，争取进一步打动宋振峰。再找机会问问，他跟何欢谈过了没有。”

“是。”虽然任务让人为难，但是身为特助，是没有选择的余地的。

“网上那些消息发出去以后怎么样？”周博又问。

“和其他的负面小道消息一样，马上就被很多人追捧，传得非常快。”

“那就好。”

“但是……”

“什么？”

“我是在想，那些消息毕竟都是假的，禁不住调查，恐怕很快就会冷下来。”

“没关系。有这几天的热闹就足够了。”周博声音阴冷，“刘恒还很年轻，突然面对这么多的攻击，难免会心浮气躁，这个时候，只要我拉他一把，他就感激不尽了。”

王斌离开了病房，他真的感到厌倦了。

这一方面，宋振峰回到卧室，看见何欢蜷缩在床上，若有所思。

“想什么呢？”

“想明天你看见王斌时会发生什么？”

“对了，我还没问你，为什么让我答应和王斌见面？”

“因为我要见他。”

宋振峰一怔：“你要见他？”

“对，所以我才让你约他到机场。”

“为什么？”

“因为我想看看天海画阁究竟要干什么。”

宋振峰坐在何欢的身边，伸出食指，轻轻抚平何欢微微蹙起的眉梢：“以前我一直想不出你经商会是什么样子，今天，我看到你和秦云瀚谈工作，才发现你工作的时候竟然这么美，整个人都焕发出炫目的神采。我真爱你那时的样子。可是，看到你为工作这么劳神，我又心疼。”

何欢握住了宋振峰的手指，淡淡一笑：“我经商就和你画画一样。我也觉得你画画的时候最完美，可是又心疼你一旦画起来，就没日没夜地忘了休息。”

“欢，我有些为你担心。”

“为什么？”

“你现在就向周家公开我们的关系，会不会对你不太好？”

“随便吧，我已经不在乎他们了。”

王斌依约来到了机场候机大厅二楼的休息厅，可能是因为时间的原因，休息厅里空空寥寥。休息厅里放着一组组的绒面沙发，每三四张沙发都面向里围成一个小圈子摆放着，把一间大厅分割成了一个个独立的小区域。一进门，王斌就看到宋振峰从正对着门的一张沙发上站了起来。

王斌紧走几步，来到了宋振峰面前，不等振峰说话，就开口道："不好意思，宋院长，让您久等了。"王斌和宋振峰握手之后，才发现宋振峰似乎一直有话要说，他随着宋振峰的眼光转身一看，顿时僵在了当场，何欢正安详地坐在他身后的沙发上。

这是两个人自周涛死后第一次见面，他们相互审视着，三年时间不长，可两个人的身上都发生了太大的变化。为什么会这样，是自然的世事变迁，还是这三年里他们都经历了太多？

何欢打破了沉默："抱歉，王助理，让您意外了。你想坐下吗？"

这时休息厅的服务员已经走了过来："先生，您需要点什么？"

王斌趁机松了一口气："咖啡。"说完后，他顺势坐在了宋振峰左侧的沙发上。

王斌平时只是低调，但绝不是无能，现在他非常迅速地找回了状态，"何经理，你好，我确实没想到会在这里见到你。本来我是想约宋院长随便聊聊，没想到他会告诉你。"

"他没有专门告诉我什么，昨天你们通话的时候，我碰巧就在旁边。"

已经那么晚了，他们两个怎么会在一起？王斌心中虽然吃惊，但是他的脸上什么都没有显露出来。因为事情关系到周家的家务事，所以王斌宁可装作没有听出何欢的暗示。他淡淡一笑："是我忽略了，宋院长的母亲既然在敦煌，那他家中就没有别的亲人了，回来探亲当然是住在何教授家里。"

宋振峰看到，王斌对他们二人的恋情有意回护，不由暗生感激——不管他是出于什么目的，他这种毫不是非的作风都为何欢减少了很多麻烦。

"王助理，你这么着急找我，是有什么事？"

"其实我今天是有点私事想找你帮忙。"王斌按照预先想好的台词说道。

宋振峰有点意外："私事？那你请说。"

王斌刚要开口，可他一抬头正好看见何欢了然的目光，他就什么都说不出来了。王斌心里清楚，他和周博编好的那些话，骗骗宋振峰还可以，可要是当着何欢说出来，就只剩下可笑了。

沉默良久，王斌把心一横，他是带着任务来的，完不成没法回去交差："宋院长，我想和您单独谈。"

"这——"宋振峰看向何欢。

何欢开口："那好吧，现在离登机还有一段时间，我先说我的事，等我说完了，我会自行回避，你们再谈。好吗？”

王斌点了点头，早点知道何欢为什么找他也好。

“那你说吧。”

“其实，我就是想问问天海画阁为什么要那样诋毁刘恒？”何欢的样子仍旧是一派平和。

王斌暗暗心惊，他没有想到何欢会这么开门见山。怎么办？不承认？可是看何欢的样子，分明是已经确定了这件事就是天海画阁做的。王斌不愧是在周博身边历练多年，闪念间，就想好了对策：“真没想到，何经理这么关心刘恒。”王斌神情自若，“也真不枉三年前在深圳，刘恒全力助你对抗天海画阁了。”

这段时间，周博和他反复讨论过这件事，觉得刘恒应该就是当年为何欢画画的那个人，只是没有确凿的证据，今天王斌被何欢的突然出现打乱了方寸，万般无奈，只好把这件事抛出来，希望能够惊扰了何欢的心神。他认为何欢绝不可能承认这件事，只要何欢肯反驳，事情就好办了。所以，王斌说完话，悠然地望着何欢，等待着何欢的回答。

他没想到，何欢听完他的话后，不惊反笑：“没错，正因为当年刘恒全力助我，所以今天我要全力助他，受人滴水，报以涌泉，这个道理，何欢还是懂的。”

好一个难对付的丫头，三年不见，变得这么刻薄。王斌暗暗咬牙：“几年不见，何经理变化真大，我还记得过去何经理的含蓄优雅，业内有口皆碑。”

“有口皆碑的不见得就是事实，我和周涛还曾经是有口皆碑的恩爱夫妻。”何欢根本不理会王斌的嘲讽，依旧是步步进逼。

不行，现在的何欢太刁了，一旦让她占据了主动，自己就再也没有翻身的余地了。想及此，王斌不守反攻：“既然刘恒当年处心积虑地破坏天海画阁的信誉，也就别怪我们现在投桃报李了。”王斌简简单单的一句话，就把诋毁刘恒这件事和当年刘恒打击天海画阁的事情连接了起来。

何欢的脸上笑意更深：“王助理真是把董事长的这一招‘后发制人’运用得炉火纯青。”

王斌有些气馁，他怎么忘了，要是论起经商，何欢跟他等于是周博这一个师傅教出来的。

“好了，你问天海画阁为什么要对付刘恒，现在我已经回答了你，你还有别的事吗？”

何欢敛起了脸上的笑容，双目深不见底：“王助理，虽然过去你我接触不多，但是从你身上，我学会了做人做事永远要把握住分寸尺度，这让我终生受用。”

王斌不想跟何欢多谈，他坚信言多语失这个道理：“何经理，如果你没事的话，我必须得跟宋院长说些事情了，不然就没时间了。”

何欢叹了一声，似是自语般的，“何必呢。”话音落处，她从身边的行囊中，掏出了周博交给宋振峰的资料，放在了茶几上，推到了王斌的面前，“师兄带回来的那幅画像我留下了，这些资料请你代周家收回。”

王斌一愣：“这？”

“王助理，不管你现在对我的态度如何，我始终敬重你对工作的忠诚。我知道，你要跟师兄说的私事，不外乎是周博病重，你作为一名下属，不忍心看他经受这样的折磨，希望师兄可以帮助他。好了，言尽于此，你们聊。”何欢说完，没有丝毫的拖沓，转身离去。

王斌愣在了当场，他回头看了看一直坐在旁边的宋振峰，何欢把他要说的话，都已经抖落出来了，他还说什么？还怎么说？

看王斌犹自发愣，宋振峰轻轻咳了一声：“王助理，你有什么需要我帮助的吗？”

王斌这才回过神来，看宋振峰还在认真等着他说话，更觉得难堪：“我没什么可说的了，我要说的话刚才何经理已经都说出来了。就这样吧，宋院长，打扰了，祝你一路顺风。”

王斌起身要走，宋振峰心中不忍，起身拦住了他：“王助理，其实平时何欢不这样，今天她确实心情不好，一来是她认为你们诋毁刘恒是恶意的，是为了阻止别人雇用刘恒。二来是因为……”宋振峰迟疑了一下，“是因为她觉得，周董事长给我说关于周涛的事，是为了利用我。她非常关心我们，所以她感到不能容忍。”

比起何欢的尖刻，宋振峰的诚恳坦白，更让王斌难以接受，因为宋振峰所说的都是事实。

虽然都是事实，王斌的嘴里却还得硬挺着：“那是她误会了，我们没有这个意思。”

“如果是误会最好。王助理，我说的是真心的，如果你有什么需要我帮助的，尽管提出来，我一定尽力而为。”

宋振峰的真诚让王斌无法再继续戒备下去了，他叹了口气，又重新坐了下来：“这让我怎么说呢？刚才何欢说的那些，确实就是我想说的话。我一直就知道，她很聪明。但我希望您能够相信，今天我来找你的确是我的个人行为。董事长的身体的确变得很差。我在董事长身边这么多年，从来没见他像现在这么操劳、忧虑过。”王斌说得很流利，但他在说话的时候，一直都躲避着宋振峰的目光，“我真的希望您能把敦煌画院和天海画阁的合作进行下去。这样也许可以能为董事长缓解一点压力。他现在真的很难。”

这些难以启齿的话，终于说完了，任务也就算是完成了，此时王斌已经无力顾及这番话的效果了，因为有何欢待在宋振峰的身边，这些话也起不到什么效果。

“何欢今天是专门来见我的，还是想去敦煌旅游？”王斌问。

“她是和我一起去敦煌。她和一个公司签约，五月底就上班了，还有十几天的时间，我带她去玩玩。”

王斌点了点头，“我早就听说，宋院长跟何欢情同兄妹，还请您多劝劝何欢，不要老跟周家为难了。不看僧面看佛面，就当是看在周涛的分儿上吧，毕竟，周涛死得太冤了。”

“我明白，其实我也希望何欢能够放下一切的不愉快，过得心无挂碍，这样对她也好。我会继续劝导她的。”宋振峰想了想，又说，“我想刚才何欢肯定是没说清楚，刘恒为她画画那件事，我也听刘恒说过，当时刘恒根本不知道这些画是做什么用。只是他跟何欢的关系很好，何欢找到他，他就画了。其实，在这件事里，刘恒真是没什么责任。天海画阁现在这么对付他，对他太不公平了。”

王斌的脸有些发红，不是何欢没说清楚，是何欢根本就没想解释。因为大家都明白，对付刘恒只不过是他随口找出的借口。只有宋振峰相信了他的鬼话。不用宋振峰解释，王斌也相信，让刘恒画画的时候，何欢肯定不会告诉刘恒这些画是做什么用的，她得保密，这是常识。

宋振峰继续说道：“刘恒是一个很优秀的年轻人，也很踏实努力。现在因为何欢和周家的恩怨，让他受到连累，这对他太不公平了。”

王斌最后简直是落荒逃走了，后来宋振峰还说了一些话，但是他都没有听太清楚，他的脑子很乱，近二十年的商海生涯，让他已经习惯了钩心斗角，阴谋算计。他不知道，世界上怎么还会有像宋振峰这样的人，别人说什么他就信什么。王斌突然发现，他已经不会和这样坦白的人打交道了。

一线生机

[1]

前面就是宋振峰居住的村庄了，何欢越来越紧张。

“欢，你在怕什么？刚才在车站，我妈不是都跟你通过电话了，说她出去看个人，晚上就回来。现在家里一个人都没有。”宋振峰轻声说道。其实王芳是和宋振峰商量好，先回避一下的，怕何欢突然看见她会不自在。

何欢轻轻摇了摇头：“我真的很怕，前面就是你生活了十年的地方，我怕我进入不了你的世界。我怕当我走进你的世界之后，你才发现我已经拿不起画笔，没有办法陪你作画；发现我已经变得很市侩，匹配不上这个充满灵性的地方；我怕你会突然告诉我，弄错了，我已经不是你心中的那个何欢。”

宋振峰抓住何欢的肩膀，让她的眼睛只对着自己：“欢，你听我说，你担心的这些事情都不存在。十年前，我爱的是那时的何欢，纤弱、温婉，像花蕊般娇嫩。现在，我爱的是我眼前的何欢，聪慧，透彻，坚强。我一直都很清醒，我知道自己需要的是什么，我从来都没有看错过自己的心，现在也没有。”

看见宋振峰家的小院的第一眼，何欢就愣住了，她脸上已经仅存不多的血色，在一点点地消失，她怀疑地摇着头，一点点地细致地看着眼前的这个小小院落。青砖铺成的甬路，砖缝间生着绿苔。迎门的主屋里安着木质的门窗，明净的窗户上挂着淡蓝色的窗帘，窗帘很薄，上面印着一朵朵白色的小花。院子里架着葡萄架，现在还没有挂果，只有茂密的绿叶。葡萄架边是摆得密密匝匝的泥花盆，花盆里，各种有名的没名的花草，自由地生长、开放着。一只懒洋洋的小猫卧在花盆中间，偶尔抬起爪子，拍打一下惊扰它的飞虫，连眼睛都懒得睁开。什么都有了，唯一缺的就是一群在院子里用心学画的学生。

院子的一边是厨房，这不会错。那另一边呢？何欢的卧室的位置？何欢推开宋振峰扶着她的手，径直朝院子一侧，靠近主屋的那间小房子走去。

走到房子门口，何欢停住了，她突然有些胆怯，今天看到的这一切，让她感觉错乱了时空，宛如回到了当年。她真怕一推开门，屋子里还会坐着一个女孩，一个酷似当年的何欢的女孩，一个真正匹配得上宋振峰的纯真少女。

宋振峰一直跟在她的身后，他似乎知道何欢在想什么，伸出手替何欢推开了房门。小小的屋子收拾得一尘不染，靠着墙是一张单人床，窗下是一张书桌，角落里是一个简易的书架，书架边放着一个脸盆……何欢不敢再看下去，她闭上了眼睛。

“为什么要安排这些？”

“我什么都没有安排，这就是我的房间，我来敦煌后就一直住在这里。”宋振峰在她耳畔低声说，“我喜欢这个院子，住在这里，就不会觉得已经失去了你。每天我都会觉得，就像以前一样，我放学后来你家学画，一边在院子里画画，一边等你放学。”

何欢睁开了眼睛，睫毛上挂着晶莹的泪水，“你吓到我了。”

“对不起。”

何欢捏起拳头轻轻捶在宋振峰的胸前：“还有什么，你最好一下子都拿出来。”

宋振峰笑着摇头：“没有别的了，就是还有几张画，是我想你的时候画的，你想看吗？”

“看，在哪呢？”问着话，何欢才看见，屋子里还有一个不起眼的门洞，上面挂着一个布帘。何欢径直走了过去。

这回宋振峰没有跟进去，现在是他有些慌张。他不会忘记，过去他每次给何欢画像，都会被何欢挑出一大堆毛病，有时候，还会干脆大哭一场。

“你觉得我难看！”这是过去何欢哭的时候，最爱说的一句指责。

“我没有啊。”这是宋振峰唯一能想出来的辩解。

“那你为什么把我画得这么难看？”

“是因为我还没学好。”

“瞎说，你每次画那只猫，都画得比它本人好看！”

“那不叫本人……”

“你欺负我！”

“我没有——”

“你挑我说话的毛病！”

往事历历在目，宋振峰越想越紧张，他觉得自己有很多幅画，都没画好。

正在这时，他看见何欢挑帘走了出来，还好，眼中没有泪痕，脸上也很平静。

“你看完了？”宋振峰试探着问。

“画太多了，我就简单看了看，没细看。”

看着何欢这么平静，宋振峰心里突然涌出一种说不出的感觉，是放心，是失落，还是担心？

“我先去洗把脸，然后换换衣服。”何欢脱了外衣。

“啊，好。”

何欢梳洗完毕，顺势就躺在了单人床上：“振峰，我是不是特别傻？”

“你说什么？”宋振峰犹自在不安，一下子没弄明白何欢的意思。

何欢翻了个身，侧对着宋振峰：“我觉得我特别傻，你回来找我的时候，我竟然没有马上嫁给你，竟然会怀疑你的感情，怀疑一份这么深这么浓的感情。结果弄到现在，让自己吃这么大亏，想结婚还得我求婚。”

宋振峰被何欢混乱的语序弄得有点儿乱，一下子没理清头绪：“你到底说什么呢？”

何欢瞪了他一眼，没说话，赌气地翻过身去，脸冲着墙，再也不说话了。宋振峰把刚才的话又回忆了半天，终于弄明白了何欢的意思，他呆住了。过了好半天，宋振峰才清醒了过来，两步就迈到了床边，用力抱住了何欢，和她一起倒在了床上……

良久，何欢才从宋振峰的怀里挣脱了出来，一边用手拢着被弄乱了的头发，一边嗔怪：“别闹了，这里又不是就咱们两个。”

宋振峰意犹未尽，仍旧搂着何欢抚摸着，问：“怎么突然改变主意了？”

“看到那些画，还能不改变主意的，不是神也得是圣了，反正不会是凡人。而我只是个凡人，是一个女人，能得到一个男人这样的十年相思，也就知足了，所以，我认了。不管前面是刀山火海，还是又一次的伤害，我都不在乎了，义无反顾。”

宋振峰拥紧了何欢：“我发誓，前面什么都没有，只有幸福。”

“其实那些画，每一幅我都认真看了，但是还没看够，我要用一辈子去看。”

“行，我还会给你画很多画，让你慢慢看。”

“刘恒呢？”何欢突然想了起来。

宋振峰看了一眼时间：“他现在应该在画院里。”

“我去找他，顺便看看你工作的地方。”何欢跳了起来。

“我打电话叫他回来。”宋振峰摁住了她，“今天你先休息，从明天起，我会带你把各处都看遍了。”

刘恒一进院子，就看见了站在院子中央含笑看着他的何欢。刘恒疾步上前，抓住何欢的双臂，认真端详着，口里还喃喃着：“变了，变了……”

“什么变了？”何欢笑吟吟地问他。

刘恒仍旧望着何欢光洁的脸庞：“欢姐，你还记得吗？三年前，在深圳，也是这个季节，阳光也是这么亮，当时我住的那个院子，和这里一样。”刘恒环看四周，“也种着很多花草。那天，你突然来找我，也是这么站在院子里，可那时，你的样子那么凄苦，那么无助。在很长的一段时间里，我都担心你再也走不出那份悲惨的境地。可是现在你变了，变得比我刚认识你的时候，还要快乐、开朗、满足。”刘恒由衷地说，“真好，看见你现在的样子，我真高兴，真高兴。”说着话，刘恒抬起头望向宋振峰，“谢谢你，振峰。”

宋振峰也被他的热忱所感染了：“应该是我谢你，是你把她的音讯带到了敦煌。”

“那也是因为你的痴情感动了我。”刘恒突然不怀好意地一笑，“欢姐，你见过振峰读诗词吗？”

“我以前经常见到。”

“那你有没有见过振峰喝醉了以后读诗词啊？”刘恒话音未落，就逃到了何欢的身后，因为宋振峰已经扑了过来。

“你们怎么了？”何欢被刘恒拽得左摇右晃，“好了，刘恒，别闹了，我有正经事找你。”

“什么事？”刘恒向宋振峰做着暂停的动作，从何欢身后绕了出来。

“你有没有看见网上关于你的消息？”三个人朝主屋走去。

刘恒脸色一暗，他一进门就东拉西扯，就是不想让何欢提到这件事。

“我都看到了。”刘恒低声说道，“从我看见这些消息，我就在想，我到底是什么时候得罪了这么多人。可是我想来想去，也想不出来。可是网上写的那些事所发生的时间地点，还确实跟我这些年的活动相吻合。唉，总之是我做人的问题。”

“为什么这么说？”

“那还用说吗，这么了解我这些年的活动的人，肯定和我很熟，而所说的那些问题，又都是生活、工作中发生的问题。那肯定是我做人有缺陷，不知道什么时候就把人得罪了，还不自知。”刘恒黯然地说。

“你是这么想的？”宋振峰惊呼了出来，他一抬头，正好遇上了何欢犀利的目光。

“你现在明白，为什么这一次我无法容忍天海画阁了吧。”何欢冷声问道。

宋振峰点了点头，原来他还以为天海画阁只是在业内破坏了刘恒的声誉，现在他才明白，更为严重的是，他们这么做摧毁了刘恒的自信。破坏了声誉，没有人雇用刘恒，他可以雇用。给刘恒一个平台，让他再慢慢恢复自己的信誉。可是如果一个人的自信被摧毁了呢？在敦煌十年的磨砺，让宋振峰变得很宽厚，他已经很久没有愤怒过了。但是今天，他感到了由衷的愤怒：一个人怎么可以为了一己私利，就去摧毁一个二十多岁的年轻人的自信？

看宋振峰突然变了脸色，刘恒很不解：“你们说什么呢？”

“我们在说你还是太稚嫩了。”何欢没有看刘恒，她了然地望着宋振峰，她很清楚现在宋振峰的感受，“所以，你再也不要劝我放过天海画阁，他们不可饶恕。”后一句话何欢是对宋振峰说的。

“我怎么稚嫩了？”刘恒强笑了一下。

“我先问你，这件事是不是对你影响很大？”

刘恒低下了头：“是。”

何欢刚要开口，宋振峰已经说话了：“刘恒，你不要受这件事影响，如果你愿意，就来做敦煌画院的经理，几位老院长都很喜欢你，我和何欢也会帮助你的。”宋振峰说得很急，似乎想一下子把刘恒的精神再鼓舞起来。

可他没想到，刘恒竟然无力地惨笑了一下：“不用了，振峰，我知道你是好心。但是我不想再留在敦煌画院了。”

“为什么？你还是怕这里不好取得业绩？”

“不是。你不在的这段时间里，我想了很多，我觉得我应该踏实下来，认认真真地干一件事情，所以，我打算留在敦煌画院。”

“那很好啊。”

“可是现在，我改变主意了。”刘恒又是一声惨笑，“我连身边的朋友同事都处不好关系，又怎么有能力驾驭好一个画廊呢？”

“等等。”何欢突然打断了刘恒，她紧锁双眉，“你刚才说，你本来已经决定要留在敦煌画院了？”

刘恒点了点头。

“这件事，你有没有告诉过别人？”

“没有，我本来是想等你们回来，先和你们俩商量一下再决定，所以我没有跟任何人说过。”

“你再好好想想。”何欢厉声说。

刘恒不知道何欢怎么突然变得这么严声厉色。

“我……”他沉吟了片刻，突然说道，“对了，有一天，就是那位姓黄的老院长——”刘恒看向宋振峰，宋振峰点了点头：“我知道你说的是谁，他怎么了？”刘恒接着说道：“有一天他把电话打到你的办公室里，说要找你。我说你回家探亲了，让他打你的手机。结果他说，他没什么急事，难得你回趟家，就不打扰你了。然后又问我是谁，我们俩就聊了一会儿，他建议我留在敦煌画院，我就说我也有这个打算，就是想再征求一下你的意见。当时他挺高兴的，说‘放心吧，振峰肯定会同意的。’后来……”

“你不用说了，我全明白了。”何欢的态度放松了下来。

“到底怎么了？”刘恒看了看宋振峰,发现宋振峰也不甚明了,就向着何欢问道。

“刘恒，你听我说。”何欢坐到了刘恒的对面，态度严肃，“如果你执意要在商场上发展，你的心理素质应该再好一些。而且一定要牢牢记住一点，不要因为别人的批评议论，就妄自菲薄。因为商场远比你所想象的要黑暗得多。”

“欢姐，你的意思是？”

何欢耐心地解释着：“比方说这一次的事，那些谣言议论让你压力很大，甚至怀疑自己的人品能力。可你怎么不想想，他们会不会是刻意的诽谤，就像十几天前周家诽谤我一样？”

“因为，周家是和你有利益上的冲突，我并没有和什么人产生利益冲突啊？再说，网上流传的那些消息，除了事情是捏造的，其他的时间地点和我这些年的工作经历完全吻合，如果不是我所熟悉的人，怎么会知道我这些年的工作情况呢？”

“所以我说你稚嫩！”何欢加重了语气，“你怎么知道你和别人没有利益上的冲突，比方说你打算留在敦煌画院，这也许就伤害了某些人的利益。再说你的经历的问题，这些年你既没有出国，又没有从事保密工作，甚至都没有离开这个行业，想打听你这些年的经历，那还不是易如反掌？”

看着刘恒还有些不能置信的样子，何欢叹了口气，“告诉你吧，昨天晚上我得到消息，发布这些流言的是天海画阁，所以今天一早我在北京见到了周博的助理王斌，王斌也已经承认了。”

“天海画阁，他们为什么要这么做？”

“王斌说是为了你三年前帮助何欢画画的事。”宋振峰答道。

“他胡说！这根本不是理由！”刘恒勃然大怒。

“这确实不是理由。”何欢沉静地说道，“我原以为他们是想把你的名誉败坏了，让别人都不敢雇用你，这样他们就可以雇用你了。可今天见过王斌以后，我越想越不对，直到刚才我才突然明白了。周博一定是不知道从什么渠道，知道了你准备留在敦煌画院，而你如果留下来，天海画阁在敦煌画院就等于彻底没有机会。所以，他们这么做的目的，就是为了让敦煌画院不再雇用你。”何欢稍微停顿了一下，接着说道，“业内的人都知道，敦煌画院最看重的就是品行。”

刘恒愣住了，他真没想到，事情竟然是这么复杂，一时间，不知说什么才好。过了好一会儿，他才问道：“这些都是真的？”

“是真的。”何欢轻轻叹了一声，“我想我能体会到你现在的感受——在你自我怀疑的时候，你很不好受。但现在你发现了，其实你是被人诬陷的，按理说你应该感到轻松了，可结果却恰恰相反，你不仅没有感到解脱，反而感觉更痛苦。因为你突然发现人心竟然是如此的险恶。对吗？”

“确实是这样的，你是怎么知道的？”

何欢淡淡一笑：“因为这些我也曾经经历过。有的时候我都在想，也许这些磨难都不是意外，而是一个合格的商人必须经历的考验。我希望通过这件事，你能成熟一些，不要随便就被别人的话和行为所左右，尤其要保护自己的自信心。记住，人什么都可以失去，就是不能失去自信，人的自信心一旦失去了，再想重塑，就太难了。”

刘恒认真地点了点头：“我都记住了，欢姐，谢谢你。”刘恒停了一下，又说道，“还有，欢姐。”

“什么？”

“对不起。”

“怎么了，为什么事说对不起？”何欢诧异。

刘恒咬咬嘴唇，慨然说道：“今天你对我说的这些话，非常非常的及时，也非常非常的重要。我不禁想，如果三年前，在深圳，我也能像你现在帮助我这样，来帮助你，那么这三年，你就不用受这么多苦。”

何欢失笑：“三年前，你才多大，哪里想得到这么多事。还记得，那天你我彻夜长谈，我对你说过的话吗，我说如果我以后能够找到幸福的生活，那么这些磨难，对我而言，就只有好处。现在我就觉得，我所经受的这些挫折帮助了我，而且这种帮助其他的力量无法替代。”

宋振峰温和一笑，握住了何欢的手，对刘恒说：“现在事情都已经说明白了，你该说说你的想法了吧，你想不想留下来？”

“是啊，我还没问你，为什么会做出这样一个决定。”何欢也问道。

刘恒先看向何欢，笑着问：“怎么，我这个想法不好吗？”

“当然是很好。”何欢点头认同，“只是觉得有些意外，我以为你会觉得为敦煌开拓市场太过艰难，以为你会选择一个有一定市场基础的画廊。”

“我确实也矛盾了很久。我担心我在敦煌蹉跎多年以后，到头来什么也没有得到，落下一场空。可是，这些天，我想清楚了，我觉得自己以前的思想太浮躁了，也太功利了。一件工作还未曾开始，就先斤斤计较自己能够从中得到的名与利，这不是正确的做事的态度。我也不小了，所以我想踏实下来，认认真真地去全身心地投入一回。”刘恒看向了宋振峰，“我想和画院签五年的约，五年后，如果画院对我的工作满意的话，我就再签五年。这样，用十年的时间，建立起一座能够印证我的经营理念的成功画廊。”

“敦煌画院暂时给你的薪金会很低。”

“这我知道，但我不在乎。”刘恒回应得飞快，“可是从一定的角度来说，雇用价格毕竟与一个职业经理人的能力相符,意味着行业和市场对我的认可。就此而言，当然薪金是越高越好。所以，我有一个想法，不知道是否现实。”

“说来听听。”

“我想按比例挣敦煌画院的收益分成。”

“那现在你挣什么？”宋振峰奇怪。

“现在我不挣啊。”刘恒天经地义地说，“反正在敦煌过日子也挺便宜。”

何欢笑了：“我看你就答应他吧，”何欢冲着还在发愣的宋振峰说，“这是他的惯性的思维模式，只不过把深圳换成了敦煌。哎，你想什么呢？”

“没，我没想什么。”宋振峰回神笑道，“他刚才的话，让我想起来，我决定定居敦煌的时候也是这么说的。”

“那你现在呢？”刘恒问，“我留下了，你呢？”

“她已经答应了秦云瀚，帮助秦云瀚打理公司，我不想再和她分开，所以我想接受聘请，到北京教书。”

看刘恒有些遗憾，宋振峰补充道：“不过，我还是敦煌画院的院长，没课的时候，我还会经常回来，和你一起开拓这里的工作。”

“那就好，我真怕你们突然都走了，这里就剩下我一个人。”

“你对工作有什么想法？”何欢问。

一谈到工作，刘恒不禁双眼放光：“我想把画院中振峰他们历年来所临摹的作品搞一次巡展，先是小范围的，然后逐步扩大范围，这样既可以收入展费，又可以卖出一些作品，还可以吸引一批新的画家来敦煌画画……”

“想得不错。”何欢赞许。

“对了，欢姐，你听说过有一家王氏财团吗？”

何欢一怔：“听说过，怎么了？”

“他们和我联系，想雇用我，价格很高。”

“你动心了？”

“不是，就是他们的价格高得有些儿离谱，所以我总觉得这背后有什么阴谋。”

“很好。”何欢赞扬道，“能看出这一点，足以证明你很有头脑。”

刘恒又说：“几天前，他们又和敦煌画院联系，想收购画院。”

“动作这么快？”何欢自语。沉思了片刻，她果断地抬起了头，“刘恒，你找个合适的时机，跟王氏联络一下，就说你跟振峰说过他们要收购画院的事了，振峰很感兴趣。现在振峰正在北京探亲，顺便联系工作单位的事，会在……会在 6 月 3 日左右回来，希望他们到时候能派出代表过来见个面。还有，你要透露出去，周博和振峰的恩师，也就是我父亲，是师兄弟这个事实。不要刻意去说，但要让人听出来，周博如果想驾驭振峰是很容易的事，明白了吗？”

刘恒认真地想了想：“我明白了，如果需要，我能不能再透露一下你和双方的关系，当然是半真半假的。”

“这样最好。”何欢点头，“你想得非常好，一定要让人弄不清楚，我究竟站在哪一方。”

“我知道该怎么做了，但是欢姐，你这么做的目的是什么呢？”

“我的目的是要四处出击，扰乱他们自认为已经把持的很稳定的大局。而我这么做的原因是，因为我答应了秦云瀚，但更主要的……”何欢的语气变得严酷冰冷，“是我想会一会王氏财团。他们的嚣张引起了我争夺的欲望。”何欢突然冷笑了一下，“一种久违了的，属于商人的欲望。”

刘恒身上突然一寒，他定了定神，问：“你帮秦云瀚到底是怎么回事？原来不就是说，帮他开辟广东公司吗？”

何欢放缓了语速：“你不问我也准备要告诉你……”何欢把秦云瀚来找她长谈的事，原原本本地说了出来……

[2]

王斌回来后，就向周博汇报了在机场约见宋振峰的情况。对于何欢的意外出现，周博恼火不已：“何欢为什么总是这么阴魂不散地跟周家作对？”

王斌唯有低头不语，商场上本来就没有对错可言，有的只是实力和手段的比拼。

“王斌，你过来。”周博招呼王斌坐到他身边：“我问你几句话。”

王斌依言坐下，心中有些忐忑，不知道周博又在打什么主意。

“王斌，你在我身边也这么多年了，我对你的信任就不用说了。”周博语重心长地说道，“这些年一直都是严格执行我的命令，每一件事你都完成得很好，从来都没有让我失望过。但是……”周博话锋一转，王斌的心也向下一沉，他一直就在等着这个“但是”，“你也从来都没有自己多走过一步。”

王斌一时间弄不清周博这句话到底是什么意思，只能含糊地应道：“对不起，董事长。”

周博呵呵一笑：“你没有什么对不起我的。身为助理，你的尺度一直把握得很好。我今天说这番话的意思，不是想指责你。我想说的是，我了解你的能力，也信任你，在现在这个非常时期，我希望你能不再拘泥于特助的身份，多为公司做些事情。”

“请董事长安排，我一定尽力。”王斌中规中矩地回答。

“问题就是我没有安排，我希望你能自己去发挥出你的能量，去干一些你认为现在应该去干的事。”

王斌茫然地抬起头，至少是他做出了茫然的样子。

周博又是嘿嘿一笑：“你不用这么看着我。我的要求并不复杂，上次，你不就自己决定去见何欢了吗？”

王斌一激灵，腾地站了起来：“董事长，上次的事是我太冲动了，而我也没有真正见到何欢。”

“只是一次没有完成的冲动之举，就换回了何欢的合作意向，就为天海画阁带来莫大的好处，你想过这是为什么吗？”

王斌摇了摇头，此时他也只能摇头。

“这就说明，何欢对天海画阁还没有完全地恩断义绝！”

“可是——”

不待王斌说话，周博就打断了他：“所以，我现在让你去找何欢，以私人的身份，抛开我，抛开周家，甚至抛开周涛，就提天海画阁。何欢和你一样，把自己的青春和年少时的意气风发都留在了天海画阁，所以，她对天海画阁的感情不会亚于你。”

王斌终于明白了周博想要干什么了，他心里有一万个不想去，他不愿意面对何欢。他也不愿意把自己的情感都作为为天海画阁服务的筹码。但现在局势还能由他控制吗？王斌试图做最后的挣扎：“董事长，何欢和我不是一种表达风格，她太犀利，我难以抵御，我怕我会弄巧成拙。”

“所以我不给你具体的任务，就是为了让你没有负担地去面对何欢，在潜移默化中去干扰何欢的感情。”

看来周博是心意已决，王斌气馁地低下了头，现在除非辞职，否则他就只能服从命令。

“这段时间王氏有什么动向吗？”周博见自己的目的已经达到，就转换了话题，自从知道周浪已经出卖了天海画阁以后，周博就开始密切关注王氏财团。

“很活跃，难以掌控。所以不太看得清他们的主要目标。”一涉及到工作，王斌就又变得像一台电脑一样简单明了。

“那不用看，主要目标肯定是天海画阁。”周博冷哼了一声，“周浪还在跟他们接触？”

“是。”

“你先不用理他们，让他先接触着，能让王氏轻敌也好。这样可以多给我一些思考的时间。”周博疲惫地闭上了眼睛。

“董事长。”王斌轻声问道，“你想好办法对付王氏了吗？”

周博摇了摇头，“我有一个设想，想着趁这个机会，把王氏这团火引到别人身上，这样天海画阁就能坐收渔利，就可以借机重整旗鼓了。”

“这样很好啊。”

周博苦笑了一下：“再好的远景也得有人去具体操作呀。我的年龄、身体状况都限制住了我，而且，如果我公然地抛头露面，上蹿下跳，必然会引起各方的关注，那就会背离了我的初衷。我需要一个年轻人。”周博的语气低沉了。

“您可以说服何欢回来帮您啊，您不是也说，她其实对天海画阁也很有感情吗？”其实王斌也知道，说服何欢回来的可能性不大，他这么说，只是希望能够不让他去面对何欢。因为这种面对不是善意的，甚至可以说是一种以利用为目的的欺骗。

周博阴冷冷地说道：“现在我已经不想再用何欢了。”

“您不想用何欢？”王斌感到很意外，不想用她，那干吗还让自己去找她呢？

“这样说也不太准确。”周博沉吟着，“也许最准确的说法应该是，我当然希望能够使用何欢，但不是现在，因为现在她太张狂了。其实我早就看出来，何欢表面文静，可是内心极其不驯服，不是那种可以听任别人呼来喝去的人。而周浪、周澜的心机有限，等我老了，他们肯定控制不了她，我怕她到时候会威胁到周浪他们对天海画阁的掌握。所以三年前我才执意把她赶走。现在我已经老了，不能不为儿女考虑，如果我现在把何欢引进天海画阁，周浪他们两个肯定不是她的对手。我拼了一辈子，就是为了把天海画阁传承下去。所以我希望是在这样一种状态下：比如说，何欢走投无路了，我给了她一个机会，或者她对周涛和天海画阁怀着非常深的感情，只有在这样的情况下，她才会心甘情愿不计私利地为周家打拼，死心塌地地为我，为周浪，为周澜效忠。”

周博说得振振有词，王斌却听得阵阵心寒。

周博长叹了一声：“后悔啊，我三年前错待了何欢。”

王斌一愣，他没想到周博也知道自己错待了何欢，可他做梦也没想到，周博接下来说的竟然是，“如果我当时，对她的打击再狠一些，让她一直都翻不过身来，那样，也许现在我给她个机会，她就会充满感激地为我效命了。唉，人不能心软啊。”

你当时心软了吗？我觉得你已经够狠的了。王斌心中暗想，他没有说话，只是把目光聚焦到桌面上的一点，默不作声地听着。

“涛儿不该走得这么早啊。他要是还活着，何欢肯定还在死心塌地地为周家卖命，哪里还用得着我这么劳心费神啊。”周博的声音中充满了悲伤。

[3]

接下来的几天，宋振峰一直带着何欢欣赏敦煌的画窟。

“现在你要带我去哪儿？”何欢看了看天色，太阳已经快落山了，宋振峰却带着她朝戈壁滩走去。

“带你去看日落。”

“日落？”

“对，我一直觉得，日落时的敦煌最美。”

两个人攀上了一个不算矮的土丘，土丘表面和其他的地方一样，都是光秃秃的，只有最顶上有一粗壮嶙峋的树木，宋振峰就拉着何欢坐到了这棵树下，背倚着树干。

“你常来这儿？”何欢眺望四周，问道。

“嗯。”宋振峰点了点头，“来敦煌不久，我就发现了这个地方，后来每当太想你，实在抑制不住思念的时候，我就会来这里，看着向西方徐徐坠落的太阳。一直到太阳的影子完全都看不见了，整个敦煌都被黑暗所吞没了，我才会趁着夜色回家。因为那个时候，黑暗也是我最好的保护色，只有在夜里，我才能任由我的思念不受约束地流露出来。好了，不说这些了。”看见何欢听见自己这番话以后，面露悲戚，宋振峰朗声而笑，“那些都过去了，现在多好啊，你已经在我身边了。”

宋振峰用力搂了搂何欢的肩膀。笑问道：“现在，你说说吧。”

“说什么？”

“我带你看了这么多画窟，你不会一点感想都没有吧。”

“有，有很多。”何欢随手拔下一根荒草，若有所思地说，“我走进敦煌画窟的时候，冒出的第一个想法就是，你真残忍。”

“谁？”宋振峰一下子没听明白。

“你。”何欢加重了语气，“你在看见了这些瑰丽的壁画以后，竟然没有想到要回去找我，然后带我一起来敦煌。你和我一起长大，你应该最懂得我的心。”

宋振峰沉默了，他把何欢揽到怀里，轻轻拢着何欢的头发，遥望着远方的旷野：“我当然懂得你的心，我知道如果你看到这些壁画，一定也会像我一样，流连忘返，沉醉其间。但是，当时敦煌的生活实在太苦了，我不想让你跟着我受苦。”

何欢任由宋振峰把自己拥在怀里：“什么是苦？什么又是甜？其实这些全在人的感觉，面对自己真心所爱，愿意毕生去追求的，再苦也不会觉得是苦。”

“是我的错，是我当时太懦弱了，看到自己不如周涛，就落荒而逃，连争取都不敢，结果让你受了这么多苦。”

“其实现在看起来，也不能算是苦了，应该说算是一种经历……”何欢本来是

把头埋在宋振峰的膝盖上的，可忽然间，她感觉到天地间发生了变化，像是有什么感应般的，她猛地抬起头，正好撞上了宋振峰含笑的目光，笑容中尽是了然与欣喜：“我就知道，你一定会在日落开始的那一刻抬起头来。”

何欢举目四望，看见整个大漠都映在了一种奇异的红光之中。何欢抬起头，原来是太阳的颜色变了，已经滑到了西方的太阳，此时已经变成了一种明亮的橘红色。此时的太阳就像是一个旋涡的中心，簇拥在它身边的一层又一层厚厚的云彩，就像是围绕着它的惊涛骇浪，被它所吸引，所控制，围绕着它慢慢地移动旋转。太阳的颜色似乎是瞬息万变的，越来越红，把整个西边的天空都映得变了颜色。从太阳身边开始，最近的云也变成了明亮的红色；稍远一些的，是深沉的红；再远一些的，是暗淡的红，更远的地方的云，就像是黑色上面镶上了一层红光；最外面的，则变成了水墨一般的颜色。但这些只是瞬间所看到的，因为太阳的颜色在迅速地变化，所以整个西方的天空的颜色都在随之变化。不仅颜色在变化，云层的薄厚形状也在随着光线不停地变化，时而似山似水，时而又似缕似纱，千变万化，让人目眩神迷。

何欢整个人都呆住了，不知何时，她已经离开了宋振峰的怀抱，站到了土丘的最高处，痴迷地望着西方的天空。

终于，一切都安静了，奔腾的云海停止了喧嚣，因为太阳收敛起了自己的光明，变成了一种凝重的红色，所以簇拥在它身边的云，也就安静了下来由外及里，像谢幕一般，按照次序逐一隐到了黛色的天空中。当身边的最后一缕云，也和黛色的天空融为了一体的时候，当黛色的天空和苍茫的大地连成了一片的时候，太阳变成了一种雍容、深邃的暗红色，悬挂在天地交接之处，明暗相接，显得太阳浑圆的轮廓分外清晰。

太阳就这样沉稳地悬挂着，俯视着大地，它的身体，是此时天地间唯一的色彩，它身边缠绕着的，发着淡淡的光的那一抹云霞，是此时天地间唯一的光亮。渐渐地，太阳向地平线以下隐去了，它慢慢地消失着，这一次它的颜色没有再发生变化，始终保持着那种深邃的红，直到最后一刻。而当太阳完全看不见了以后，它头顶萦绕着的那一缕霞光，还在散发着淡淡的光明，直到最后，太阳走远了，它才完全熄灭。

夜色彻底吞没了大地。

何欢就那么痴痴地站着，也不知站了多久，直到宋振峰把一件外衣披到了她的肩上，她才猛醒过来。

“美吗？”宋振峰暖着她已经冰凉的双手。

“我不知道该怎么说。”何欢呢喃着，“我觉得用‘美’字来形容，浅薄了它。”

“那是因为世人浅薄了‘美’字。”宋振峰拉着何欢沿着人们踩出来的小路，向下走去，“我一直都觉得‘美’字是这个世界上，最深沉、最重要、最美好的文字，它总结形容出了每一个人的心中所爱、毕生所求。”

何欢点了点头：“对，‘美’有太多的层次，蕴含着太多太多的东西。世间万物，一切有形的、无形的，都可以用它来形容。”何欢挽着宋振峰的手臂，迤逦前行，“刚才日落时的景致太恢弘，让人震撼，在那一瞬间，太阳把天和地连接了起来，每一个身处其间的人，都会感觉到人间和神界是如此的接近，举步可达。古人们是不是就因为这个，才选择在这里开凿画窟。”

宋振峰突然停住了脚步，转过头来，深深地望着何欢。

“你怎么了？”何欢不禁问道。

宋振峰仍旧深深地看着她：“我没事，就是突然觉得感动。”宋振峰抬起手抚摸着何欢光润的脸颊，“你刚才说出了我心中一直所想的。我在想，这是不是就是人们所说的知己。”

何欢莞尔：“就像那个‘美’字一样，‘知己’这个词也被人们用滥了，但我想我能明白你的意思，我和你就是知己。”两个人的手紧紧握在了一起。

“振峰，这次再见到你，我发现你最大的变化就是变得深沉，宽厚，一种似乎能容纳整个世界的包容之心。这些天我看了画窟中的壁画，今天又看了这场日落，我觉得我找到了你变化的原因。”

“你说得对，是敦煌的壁画和戈壁滩教会了我宽容。敦煌画窟中，无边无垠的艺术重新荡涤了我的灵魂。每当想到曾经有那么多人，用一生的时光来创作这些珍品，不管他们的动力是什么，他们的执著都让人感动。和他们比起来，世俗间的名利征伐显得格外渺小，不值一提。每天面对着戈壁大漠的荒凉和风沙，看着那些在风沙中执著挺立着的树木、野草，包括那些世世代代生活在敦煌的人们。他们没有被恶劣的自然环境所打垮，也没有被无休无止的风沙所挫磨，他们一直就在顽强地坚持着。在坚持的过程中，他们也宽容了一切扑面而来的灾难。他们没有因为生命中充满连绵不断的灾难，就消极地让仇恨充满自己的生命，而是积极地去学习如何对抗灾难，好在下一个灾难来临的时候能够活得更好。毕竟我们生活的地方不是天堂，所以我们一出生就注定了我们的生命要被一次又一次的灾难所冲击。而面对灾难，最好的办法，就是宽容。”

“你是在说我？”何欢已经听出来，宋振峰说到后来，已经是话有所指了。

“也是在警醒我自己。另外，我确实也希望你能真正放下对周家的仇恨。”

“其实我早就放下了，我说过在周家生活的那六年，就像是一场梦，现在梦醒了，也就完了。”

“我担心的就是这个。”

“是什么？”

“我担心的就是你把它当成一场梦，事实上，它不是梦，它真实存在过。”

“这有什么关系吗，它本身就是一个错误的存在。”

“它也许是个错误，但它确实是真实的。欢，我问你，你和周涛在一起的时候，快乐吗？”

“振峰——”

“我没事，你实话实说就可以了，我不会介意，我是想帮你打开心结。”

何欢只好低声说道：“快乐。但是就像金羚所说的，我们在一起的时候，就像是一场延续了太久的艳遇。”

“我再问你，现在你是不是已经相信了周涛是无辜的。”

“我不知道，因为我已经不关心这个了。”

宋振峰暗暗叹息了一声，看来说服何欢真的很难：“那好吧，欢，我们不再讨论周家了，但我希望你能答应我一件事。”

“什么事？”

“不要在商场上再针对周家了。”

“我没有针对周家。”何欢强调道，“商场上都是利益之争，想获取利益，就得有人丧失利益，这是无法避免的规律。我想获得，就得有人损失，不是周家，也会是别人。”

“那就让别人去损失。”

“为什么，振峰，为什么你总是这么维护周博？”

“欢，我没有维护周博，相信我，听你说了周博对你做的那一切之后，我想，如果三年前，我在深圳，目睹这一切，我可能真会亲手杀死他。包括他这次诽谤刘恒，这都让我愤怒。我之所以这么做，不是在维护周家，我是在保护你。”

宋振峰语重心长：“现在，对你而言，周家可能和商场上任何一个画廊都没有区别，因为你把你在周家的生活当成了梦，也因为你对周涛没有了任何感觉。可是，欢，你想过吗？再过一段日子，也许是十年，到时候你心中的仇恨都沉淀了，愈加鲜明的，是周家对你的恩，是周涛对你的好。”

“你不信我，你还是怕我放不下周涛？”

“欢，两回事。我不在意周涛，即使你爱过他，我也不会愚蠢到去在意一个已经去世了的人。我说的记起，是从正常的感情的角度出发的。人是感情动物，而你我都是性情中人。说实话，在周博的家里，知道了周涛曾经对你那么好，我作为一个爱你的男人都被感动了。现在，你无动于衷，甚至不相信它的存在，只是因为周家对你的伤害太深，可是等慢慢地，日子久了，你的伤口都愈合了，你也冷静了下来，等你再回过头来看这段经历的时候，那时你又会怎么想呢？如果，你坚持认为周家都是坏的，也没关系，可是万一你那个时候更成熟，更宽容了，愿意理性去面对这些事情了，而周家又已经被你打垮了，到时候，你会觉得愧对周涛，会自责。”

何欢轻轻地点了点头：“我明白，你是让我慎重，免得以后后悔。”

“对，等到一切铸成再后悔，就太迟了。”

“我懂了，放心吧，我答应你，一定慎重。”

宋振峰终于松了一口气。何欢忽然换了一个话题：“振峰，我没跟你商量，就决定帮助秦云瀚，你没生气吧。”

宋振峰温和一笑：“当然没有。就是有些心疼你太过劳累，但是你说得也对，这是一个很好的机会，能够让你从头再来一回，把以前没有学到的都学会，多经历一些，就可以让自己抵御伤害的能力更强一些。”

“你真会去北京教书？”

“对，陪着你，也为了多接触一些其他的学问。这样能够丰富视野。但我想当我充分吸收以后，我还会回敦煌。”

“行，到时候，我和你一起回来。”何欢突然略带顽皮地一笑，“未来的两年，我可能会和秦云瀚很接近，你会介意吗？”

“不会。”

“你这么自信？”

“与自信无关，是信任。”忽然宋振峰话锋一转，“但我也相信一件事。”

“什么事？”

“一句你说过的话‘女人因爱而性，男人因性而爱’。”

“你说什么？”何欢没听明白。

宋振峰又把她搂回到怀里：“我没说什么。”宋振峰的嘴角扬起了一丝奇特的笑容——温文尔雅，却又暗藏刀锋，“我说的是，你是我的珍宝，我不会容许别人窥视，除非是你允许，那就另当别论。”

何欢沉醉在宋振峰的怀里，全然没有察觉出刚才那一瞬间，宋振峰心中闪过的万千心思，她呢喃道：“我不会允许的，最好你都把他们远远地逐开。”

听了何欢的这句话，宋振峰唇边的笑意更深了。

[4]

王斌风尘仆仆来到敦煌，他还带着一个助手。在天海画阁里，王斌专门领导着一个部门，这个部门不受各个分公司牵制，也不受各层领导的制约，只接受王斌的领导，终日以周博的工作为核心而运转。这次王斌带来的这个助手，已经在这个部门里工作了好几年了。

“王助理，董事长不是再三说这回的事让你一个人来吗？你干吗还非得死乞白赖地叫着我一起来啊。”助手问正在假寐的王斌，从出了北京，王斌几乎就没说过话。

“董事长不是也批准了你和我一起出来吗？”

“是批准了，我就是不知道你为什么非得这么强烈地要求让我一起来。”

“你随时跟着我，大家都省心，我也省心。”王斌始终没有睁开眼睛。

王斌话里有话，助手也就不敢再硬问了——弄不好再招出点什么话来。他知道，周博信任他远远超过信任王斌，因为周博一直就让他监视着王斌，在部门里，他是唯一的一个有权力直接向周博汇报的人。他一直以来最大的愿望，就是取代王斌，但是好几年了，王斌从来都是滴水不漏。平时他打探王斌的什么消息，都挺容易，但是有的时候，王斌也会冷冷地把他拒于千里之外，就像刚才。所以，这么长时间了，他一直都弄不清，王斌究竟是个什么样的人。

王斌来到了敦煌，没有耽搁，他也懒得耽搁，就直接给宋振峰打电话，简单寒暄之后，就提出来，他想见一见何欢。让他意外的是，何欢马上就同意了和他见面，这让他诧异不已，他是多么希望，何欢坚持不见啊。

像在北京机场一样，何欢又坐到了王斌的对面。

等她来的时候，王斌心中组织了无数套方案，可是现在何欢来了，王斌反倒又不知道该如何开口了。

何欢静静地看着他，良久，她淡淡一笑，笑容飘忽得像清明节的雨丝，若有若无却无尽伤感。不知为什么，看到她这一缕浅笑，王斌突然觉得，两个人此时什么都不用说了，因为他们现在的感受是一样的。

“王助理，我明白你此时的感受，要是我没有记错，到今天为止，你在天海画阁已经服务了十六年，而我在天海画阁里待了六年。虽然在天海画阁的时候，我们从事的工作不一样，服务的时间长短也不一样，但有一点，我们是一致的，那就是我们在天海画阁的时候，都是全身心地投入，一心一意地为天海画阁铸造辉煌。”

王斌不自觉地放松了紧绷着的神经，“你在天海画阁的那六年，是天海画阁最辉煌的岁月。这样的日子恐怕再也找不回来了。”

“满则溢，溢则亏，亏则再满，这是自然规律使然。世间万事万物都恪守着这一法则，天海画阁也不例外。”

王斌何尝不明白这个道理，但是明白归明白，该做的还是得做，就算求个心安吧。

“何经理——”

“就叫我何欢吧。”

王斌沉吟了一下："那好，何欢，恕我直言，你对天海画阁还有感情吗？"

何欢没有马上回答他的话，而是把目光移到了窗外，遥望着那有些灰蒙蒙的蓝天，偶尔有一两只不大的山鹰，在天际掠过。

"在我和天海画阁之间发生了这么多事情以后，如果我说我对它还有感情，那你还会相信吗？"何欢悠悠地问道。

"我相信。"王斌肯定地说。

何欢轻笑了一下，笑容中弥漫着淡淡的涩："那可真是难得，现在连我自己都不能相信，我对天海画阁竟然还会有感情。"

"但是我相信。"王斌舒了一口气，"因为我对天海画阁也有感情。"

何欢收回了目光，看向了王斌："你今天来找我，就是出于对周家的感情？"

"不。"王斌果断否定。

何欢一愣，但马上就释然："对，是我用词不当，是忠诚。"

"也不是。"没想到，王斌还是否定。

"那？"何欢真不明白了。

王斌迎上了何欢的目光："我是有感情，我也忠诚，但这些都不是对于周家的，是对于天海画阁的。"王斌认真地说道。

"那不一样吗？"

"完全不一样。"王斌的态度极其认真，"在你的眼里，可能天海画阁就是属于周家的，两者是一回事，但是在我的心中，天海画阁是天海画阁，周家是周家。天海画阁是一个值得人为之付出、拼搏的画廊，我工作了近二十年的地方一直就是天海画阁，不是周家的私邸。我所为之服务的是我心中的理想，我的理想是建立一座真正意义的画廊，而不是充当某个人的亲信、奴仆。"

何欢愣住了，她一直就知道王斌为人深沉，深藏不露，但她真没想到，王斌的心中竟然怀着如此丰富厚重的情感。

王斌端起眼前的玻璃杯，喝了一口水，见何欢一直没有说话，就接着说道："何欢，我知道三年前，你受了委屈，我也知道，这次刘恒受了委屈。但是你知道吗，十几年来，我在天海画阁所受的委屈也很多。当然，比不过你所经受的那么惨烈，但是加起来，也足以让人拂袖而去。"

"为什么？我一直都以为你是周博最信任的人。"何欢真的没想到，王斌也受过委屈。

王斌淡然说道："没有为什么，性格使然。相比之下，他的确是信任我，但事实上，他没有任何真正信任的人，他信任的，只有他自己的儿女。"

何欢只能点头，因为王斌说的是事实，周博确实只信任他的儿女。

“那你为什么要一直留在天海画阁？”

“年轻的时候没有想这么多，年岁大些了，开始想这些事情的时候，我才惊觉，我在天海画阁已经干了十来年了，就像你所说的，我的青春、我的才智、我的辉煌，几乎都留在了那里，我的感情也留在了那里。所以，我愿意继续奉献下去，因为我建设的是天海画阁。”

何欢冷笑了一声，“那你有没有想过，不管过多久，天海画阁都是姓周。”

“老板姓什么与我无关，我了解我的能力，我能成为一个好的下属，但我永远都成为不了一个好的领导。所以我只能去选择一个老板，帮助他去建设画廊。而我对天海画阁的感情，使我能够容忍下这些委屈，所以我选择留在天海画阁。”

“那你想过没有，周博死后，继承天海画阁的是周浪和周澜。”

“前些日子，我确实想过这个问题，当时我也决定了，如果董事长退休后，是由周家兄妹充当总经理，那我马上辞职。”

“既然你已经决定辞职了，为什么还要来找我？”

“我来，是董事长要求的，本来我不想来。但是见到你，和你说了这么多话以后，我发现我应该来。”

“为什么？”

“因为你带给了我新的希望。”

何欢笑了：“那可能是你误会了，我已经接受了秦云瀚的聘请，月底就要上班了。”

王斌不为所动：“何欢，先不要急着挂上保护色，我没要和你谈生意，你也不用戒备。我所说的希望，是针对我个人而言的。”

“我不太明白。”

“我说过，我对天海画阁有感情，而天海画阁现在岌岌可危，很长一段时间，我都几乎看不见希望了。可是刚才跟你谈过话以后，我又看到了一线希望。何欢。”王斌突然正色问道，“我问你一个问题。如果我成功改组了天海画阁，你愿意和我一起挽救天海画阁于危难吗？”

何欢正在喝水，听了这句话，差点给呛着：“你说什么，你改组天海画阁？”

“别问我可能性，只告诉我，如果我成功了，你愿不愿意帮我。”

何欢沉默了，很久，何欢横了横心，说道：“好吧，为了周涛的情分，为了天海画阁，我愿意。”

“那就好，我很高兴，我能不虚此行。”王斌伸出了右手。

何欢也伸出了手，尽管不能置信，但还是问：“如果你的改组不成功呢？”

王斌轻松一笑，“辞职啊，那样更好，我就可以心无挂碍了。”

[5]

王斌从敦煌回来已经三天了，但是一直没来向周博复命，周博安排在王斌身边的那个助手倒是打来了电话，说是王斌很顺利地就见到了何欢，两个人谈的时间不长，就分手了。

和何欢分开以后，王斌就几乎没说过话，当然王斌一直话就不多，但是像这次这么沉默，还真是少见。

周博听了半天，也不得要领。

再过两天，就是给周涛迁灵的日子了。按照他们这里的风俗，人死后百日之内可以迁坟，如果百日之内没有动，就不能再动了。要想再动，就得等到三年以后，现在周涛的三年祭奠已经过了，周博吩咐儿女，把周涛的骨灰迁到家乡来。

周博已经从医院回到了家里，儿女媳婿也都回来了，他们都在小心翼翼地对周博察言观色。周博早已颁下了严命，命令任何人都不得在他面前讨论生意上的事，所以，他也算是暂时得了个清静。

周博独自坐在画室中，沉思，一直就在沉思。他自幼年起学画，后来他放弃了绘画当了一名画商。为此，他从来都没有后悔过，因为他成为了最成功的画商。可就在这段时间，他发现一切都不对头了，他绞尽脑汁，机关算尽，到头来却总是适得其反。问题究竟是出在哪里了呢？

就在这时，周博画室里的外线电话响了起来，周博一愣，这部电话一般是周博对外联系用的，基本没有人会打这个电话找他，可能是打错了吧，周博决定不去理会。可是电话铃声执著地响个不停。周博无奈，拿起了听筒。

“喂。”

“董事长您好，我是王斌。”

“王斌？你怎么打这个电话？”周博感到奇怪。

“你的手机关了，我觉得这个时间，您应该是在画室。”

“找我有事吗？”周博压下了一丝不快，他一直都不希望，自己被下属所了解。

“我现在在楼下客厅里，有些事情想向您汇报，可是周浪经理说您现在不见客人。”王斌秉承着一贯的言简意赅。

周博心头火起，周浪这个畜生究竟安的什么心？想把他当太上皇，活活给关死？周博刚想对着电话发火，但是转念一想，毕竟以后天海画阁还得让周浪来当家，怎么着也不能在下属面前伤了他的面子，于是周博说道：“对，我是这么跟周浪说过，你有什么要紧的事吗？”

"是，我需要当面和您谈。"王斌当然明白周博的用心，只是故作不知。

"那好，你上来吧。"

整整迟了四天才来汇报，这对于王斌来说，是从来没有过的事情，周博准备看见他，先好好地训斥他一顿，这种在公司工作的时间长的人，最容易居功自傲。可王斌没有给周博机会，他进了画室以后，大步走到周博的面前，微微一鞠躬，然后拿出了一个厚厚的文件夹。

"董事长，我知道我四天前就该来向您汇报去敦煌的情况。我没有来，是因为我一直在准备这份材料，今天我要说的话可能比较多，我想请您先认真听完。"

周博一怔，在他的记忆中，王斌从来没有在他没有提问的情况下，主动说这么多话。周博狐疑地望着王斌，王斌坦然地站在屋子中间，在周博的注视下没有丝毫的慌乱。

"你说吧，你先坐下。"周博指了指他对面的一把椅子。

"是。"王斌坐了下来，始终保持着恭敬的态度，"董事长，我二十三岁大学毕业，进入天海画阁，已经十六年了，这十六年来，蒙董事长的信任，也一直得到董事长的重用，我非常感激。"

周博的眼睛眯了起来，但仍不动声色地听着。

王斌似乎也没有停下来的打算，自顾自地接着说了下去："这些年，我只做您交代我做的事。固然是在恪守助理的本分，但从另一个方面来说，我对于天海画阁的发展从来都没有提出过任何建设性的建议。为此，我也深感愧疚，觉得有负于您的信任。现在，眼看着天海画阁危机四伏，我觉得我应该为天海画阁多做些事情，所以，我写了这份报告。"

"你的想法很好啊。"周博不明白王斌就为了拿出一份计划来，为什么要绕这么大圈子。他伸手想拿起报告，但是王斌先他一步摁住了报告，"董事长，您看报告之前，请先批准这个。"说着，王斌从口袋里掏出了一张纸，递给了周博。周博接过一看，上面赫然写着四个字：辞职报告。周博来不及细看，匆忙翻到后面，下面的落款，竟然是王斌！

"你这是什么意思？"周博斥问。

"董事长，接下来我要说的话和我要提交的报告，都远远地超出了助理的范围。如果我还背负着特别助理的身份，那么有很多话，我根本无法说出口。"

"那你辞职之后呢？"周博不能相信王斌所说的辞职的理由，他怀疑有人在挖王斌，而王斌找了这样一个借口。

"辞职之后，就向您汇报我的计划。"

"你汇报完了呢？"

“汇报完了，如果您能够采纳我的建议，而也愿意继续聘用我的话，我会继续为天海画阁工作。”

“那如果我不采纳呢？”周博步步进逼。

王斌突然惨然一笑：“如果您不采纳，却可以不计较我提出了这样一个计划，也不计较我说的那些话，愿意继续雇用我的话，我仍旧愿意为天海画阁工作。”

周博点了点头：“好吧，我同意你辞职，你可以说了。”

一听说周博同意了自己的辞呈，王斌一下子显得整个人都轻松了，他觉得十几年都没这么轻松过。王斌振作了一下精神，面对着周博说道：“董事长，现在既然我不是你的特助了，那我就托大一回，当自己是您的朋友，可以吗？”

周博很有涵养地点了点头：“当然可以，我们都认识十几年了。而在这十几年里，我和你在一起的时间，比和我的儿子在一起的时间还长。”

“没错，我和您在一起的时间，也比和我老婆在一起的时间长。”

周博是有心为之，王斌是无心回应。可就在这有心无心之间，就在二人面前展开了一幅画卷：十几年的光阴，他们都把自己交给了天海画阁。

“在敦煌的时候，我对何欢说，我把自己的青年时光，全部都给了天海画阁，所以我对天海画阁有很深的感情，而您为天海画阁奉献了一生，我相信您对天海画阁的感情肯定比我还要深得多。今天，我不当你是董事长，您也别当我是下属，我们一起来讨论一下天海画阁的危机，好吗？”

王斌一番话说得周博悚然动容，已经很久没有人要求过，要这么坦诚地跟他谈话了。

“好，我愿意跟你讨论这些问题。”

王斌开始侃侃而谈：“现在天海画阁所面临的外部危机，我想我们就不用讨论了。今天我想讨论的，是天海画阁的内部因素。”

“难怪你执意辞职，我早就看出来，你一直都在刻意回避，决不介入到我的家务事中。”

“是，不介入您的家务，是我的原则，但现在天海画阁的危机是由内部而起。如果我关心天海画阁，真心希望天海画阁能走出困境，就不能再有所拘泥于世俗的看法和个人的蝇头小利的得失了。”

“很好，你说，我会认真听。”

“您一定也觉察到了，这段时间我们的工作开展得非常吃力，每采取一个措施，后果总是让我们的公司更加被动。”

“对，在你来之前，我还在考虑这个问题。”

“那您有没有找到原因呢？”

“没有。”

“我想我找到了原因。”

“那你说说看。”

“原因就在于，您采取措施的时候，不是完全站在天海画阁的立场上出发，而是站在周家的私利这一立场上出发，您先让我把话说完。”看见周博要驳斥，王斌开口阻拦，“我知道您想说，天海画阁就是周家的，这一点我承认，相信任何人也无法否认。事实上，多年来，天海画阁的利益和周家的利益完全就是一致的，所以那个时候，我们站在周家的立场上考虑问题和站在公司的立场上考虑问题，没有任何区别。但是，现在天海画阁和周家的利益已经不一致了，因为您和您的继承人之间发生了严重的分歧。”

“我承认，你说得非常对，我们产生了分歧。”周博面沉似水。王斌暗暗佩服，周博毕竟是周博，永远深沉如斯。

“所以，现在您事事想的都是如何保证周浪他们对天海画阁的传承，而他们时时刻刻想的都是保护自己的私利。到头来，形成的局面就是，你做的每一件事都不是在维护天海画阁，而是在维护周浪他们的私利。”

王斌一席话，让周博如醍醐灌顶！天啊，他真是当局者迷，苦思冥想了这么多天，而答案其实就这么简单：因为儿女能力有限，怕他们不能驾驭有能力的经理，所以他多年来一直不敢重用外人，导致公司里乏人管理。为了保证周家人对画廊的统治，他明知道他们能力不足，却委以重任，致使现在公司的生意四面楚歌！

王斌接着说道：“三年前，您驱逐何欢。我明白您的想法，我也承认，何欢外柔内刚，不好控制，留在天海画阁难免会生出事端，但是您当时采取的措施，太过于激烈了。我深知，你之所以采取这么极端的手段，就是为了不得罪周浪和周澜。”

周博沉默地听着，他也只能听着，因为王斌说的都是事实。

“可是您就不想想，你这么做，是暂时哄好了周浪和周澜，却伤害了何欢，也伤害了周涛的在天之灵，您还伤害了……”王斌猛然停住了，似乎在犹豫，该不该把接下来的话说完。

“我还伤害了什么？”周博的声音有些无力。

王斌狠了狠心，从袋子里抽出了一份东西：“在调查公司提交调查报告的时候，我从里面抽走了这份东西。”说话间，他把一沓复印件递到了周博的面前。

“这是什么？”周博不能置信地翻看着。

“调查公司非常负责，他们为了能够调查出事情的真相，不仅调查了苏菲和周涛，而且所有的相关人员都被他们秘密调查了，这是他们调查出的，何欢离开深圳以前，在一家医院里做过手术的证明，她做的是堕胎手术。”

一时间，周博如五雷轰顶，“何欢竟然有了孩子？”

“是周涛的？”其实周博不问也知道，肯定是周涛的。

“我这次去敦煌，还专门问过何欢，她为什么要打掉这个孩子，她说原因很简单，因为孩子应该是爱的结晶，周涛既然不爱她，那这个孩子就不应该存在。而且她住院期间吃了太多治疗神经的药物，已经影响到了胎儿。如果生下一个有缺陷的孩子，对孩子也太不公平。”王斌当然没有去问何欢，但这个理由不用问，想也能想出来。

周博已经老泪纵横，他做梦也想不到，周涛竟然留下了孩子，而孩子竟然这么失去了。一时间，他心中五内俱焚，他想着痛恨何欢，但是何欢所说的那两个理由，句句真实，他不敢想象，周涛的遗腹子是一个智力有缺陷的孩子。究其原因，这桩惨事的始作俑者还是他周博！周博的眼前又浮现出了他们最后一次谈话时，何欢惨白的脸庞。当时，何欢肯定已经知道了自己怀有身孕，而他却对何欢说，周涛从来都没有爱过她！

“当时，我觉得事情已经不可挽回，不想让您受更多的刺激，所以我擅自做主，隐瞒了这份资料，请您责罚。”王斌冷静地说。

周博无力地挥了挥手：“你也是好意，我责罚你做什么，要说该受责罚的是我，是我没有保住涛儿的血脉。”

“不是您，是周浪、周澜。”王斌毫不容情，“多年来，他们从没有顾及过骨肉亲情，也从来没有关心过公司的发展，他们想的从来都是他们个人能够捞取多少好处！”

周博已经无力反驳，颓然地靠在椅子上。

“董事长。”王斌的声音低了下来，“对不起，我刚才太激动了。”

周博虚弱地摇了摇头：“没关系，至少你还肯为了天海画阁而激动愤怒。”

王斌轻叹了一声，真诚地说道：“董事长，您关爱儿女，这我理解，我也有孩子，如果我的儿子遇到危险，我会毫不犹豫地为他去死。舔犊之情，人皆如此。但是，你爱他们不一定就非要把天海画阁的担子交给他们。董事长，您想过没有，为什么周浪他们会显得如此不肖，就是因为你把公司的担子强加在他们身上的原因啊。”

“为什么？”周博无法理解。

王斌耐心地解释：“您开创了一个画廊，非要让自己的儿子来继承。可您想过没有，您的儿子是否喜爱这个行业，是否适合这个行业，是否有能力驾驭这个画廊？”

一连串的问题问住了周博，他还真没想过这些问题。

王斌继续侃侃而谈：“如果您的儿子有很强的能力，可他不喜欢开画廊，那么如果他全了孝道，就要压抑住自己的兴趣，也许一辈子都不会快乐。换言之，像周浪这样。你有没有想过，为什么周浪和周澜显得如此的不肖，就是因为您把他们放在了他们不适合的位置上，给了他们太多的压力。多年来，我冷眼旁观，他们两个根本就不适合当画廊的管理者，而您非要让他们做，到头来，他们吃力，您不满意，画廊承受损失。这都是何苦呢？每个人都有自己的特长，也许，您让他们去干自己的能力能够驾驭的事，他们会快乐很多。那样，他们不用整天背负着这么重的压力，您也不用整天替他们收拾残局。”

周博认真地听着，虽然这些观点很陌生，但是他不得不承认，王斌说的有一定的道理。

“董事长，家业传承，无可厚非。但是传承的方式有很多种，并不一定非得让自己的子孙来干这个事业。您想过没有，这次周浪想把画廊卖给王氏，你阻止了。那下次呢，您百年之后呢？多年的压力，已经让周浪他们对画廊深恶痛绝，没有了您的制约，恐怕他第一件事，还是卖掉画廊。在这种情况下，天海画阁还能延续下去吗？”

周博目瞪口呆，很久都没有开口说话。

王斌等了一会儿，见周博还是没有开口的打算，就把那份厚厚的文件推到了周博的面前：“董事长，今天我逾越了，还请董事长原谅我的不敬。这是我写的一个方案，是否采纳，请董事长定夺。”说完话，王斌鞠躬告退。

王斌走后很久，周博才从震撼中清醒过来，王斌今天的话，拨开了一直挡在他眼前的迷雾，为他展开了一张绝望的画卷。是啊，王斌说的很有道理，那现在应该怎么做呢？他打开了王斌的报告，报告很详细，但是并不复杂，其实归结起来就是一句话：把天海画阁改为股份有限公司！吸纳新股，划分股份，由周家占据绝对多数的股份，由股东大会推荐股东为董事长，成立监理会，监管公司进程……

周博陷入了沉思，不能否认，这是一个好办法，如此一来，周浪、周澜即使不干画廊，也可以坐享巨额分成，而画廊的大股东永远是周家人，画廊也就是周家的。有董事会、监理会，他们也不能胡来。

周博反复想着，眼见这天已经黑透了，他一天都没吃东西了，但他一点也不觉得饿。吸纳新股，还可以充实画廊的力量，让天海画阁渡过眼前的危机。

周博彻夜未眠……

终于，周博做出了决定，他拨通了王斌的电话，开门见山道：“王斌，你的报告我已经看完了，所以我想你也该恢复助理的职务了。”

王斌一愣，但来不及多想了，只好应道：“是。”

“还有，你通知何欢，后天，给涛儿迁坟祭奠，让她过来一趟。”周博沉吟了一下，“还有，按照我的原话告诉她，就说我说了，天海画阁要进行股份改组，她是我的儿媳妇，又为天海画阁立下了汗马功劳，理应有她一份。”

电话那一端的王斌，一下子就站了起来，他不敢相信地看着电话，心中如翻江倒海：成功了，天海画阁有救了……

[6]

何欢接到了王斌的电话，愣在了当场。

“王助理，你不是开玩笑吧？”

“千真万确。”

“这就是你的改组方案？”

“对。怎么你认为不好吗？”

“很好，这是解决天海画阁目前弊病的最有效的办法，只是我难以相信，你竟然能够说服周博。”

“其实很简单，董事长固然爱他的儿女，但他更爱天海画阁。”

“有道理。”

“你不想失约吧。”

何欢叹了一声：“我不会失约。”

“那就好。见面后我们再详谈。”

“好的。”

“再见。”

“等等，王助理，你会不会太乐观了？”

“你的意思是？”

“不知道，就是一种感觉。”

王斌朗声一笑：“尽人事，听天命，我尽力了。”

“很好。王助理，有一句话，可能有些冒昧，但是我还是想说出来。”

“你请说。”

“如果天海画阁的改组计划失败，如果周家再也没有你的容身之地，我希望你可以考虑我的公司。”

王斌一愣：“秦云瀚的公司？”

“也许是我自组的画廊。”

“你要自组画廊？”王斌吃惊非小。

何欢轻笑了一声：“那是远景，我只是希望能够和你合作，如果天海画阁不给你我机会，我希望可以另找机会。”

王斌沉吟了片刻：“我还是希望我们能够在天海画阁继续合作，因为我们曾经合作得很好。但是我会记住你的邀请。”

刘恒和宋振峰就坐在何欢的身边，这几天，何欢一直在跟刘恒讨论敦煌画院的工作。

“我看你得练分身术了。”刘恒笑言，“秦云瀚、天海画阁、敦煌，还有咱们新近讨论的计划，我算算你得分成几瓣。”

何欢笑斥：“胡说。”

“我怎么胡说了？”

“秦云瀚那里我是客卿幕僚的身份，天海画阁还是未知数，敦煌这里是我准备养老的地方，咱们的计划有你看着呢，我操作好你就行了。”何欢说着话，已经笑倒在了宋振峰的怀里。

刘恒也笑了：“我想起一个关键问题来，你干了这么多事，谁给你发工资啊？”

“好像是秦云瀚。”

“工资高吗？”

“还行，不低。”

“那替我谢谢他，帮敦煌画院省钱了。我就可以白用你，不用考虑你的生活问题了。”三人大笑。

宋振峰扶起了何欢：“欢，祭奠仪式你会去吗？”

“你觉得呢？”

“去吧，夫妻一场，而且又是周博叫你去的。”

何欢敛起了笑容，她还没忘周涛百日祭奠的时候发生的那些事。宋振峰安慰道：“没事，我陪你去。”

何欢一愣：“那，行吗？”

“没事，大家都知道我是你哥哥，陪你祭奠丈夫，也合情合理。”

何欢点了点头。

“还有，欢，既然去了，就好好的，对长辈该怎么称呼就怎么称呼。”

何欢没想到宋振峰会提出这个问题来，她愣了一下，但马上明白了宋振峰的意思：“你还是在千方百计地让我忘掉仇恨。”

刘恒突然插了进来：“那你们今天就得走吧。”

“对，反正我也该去找秦云瀚报到了。报到完以后，我就会回来，会会王氏财团。”

[7]

五月底的一个上午，周家的人，还有一些关系极近的亲朋以及生意上往来的客商，都云集到了周涛的墓地前。

太阳丝毫也看不懂人的心，就那么明晃晃地照着，照得整个大地一片光亮。但是，不管天气如何的光亮燥热，墓地前的小广场上都是阴冷的。

周家的人是最先到的。然后陆陆续续地，客人们也都到齐了。

已经看好了时辰，周涛的骨灰上午十点钟下葬，现在是九点五十分。周博看了看王斌，王斌当然明白他的意思，疾步走到周博的身边，附耳低声说道："她是从敦煌赶回来。"

周博不着痕迹地点了一下头。

其实王斌心里也着急，他不断地向通往外面的小路上眺望着。忽然他看见一对男女迤逦而来。男的穿一身黑衣，身姿挺拔，气宇不俗，虽然脸上的墨镜遮住了他的眼睛，但是王斌还是认出来了，是宋振峰。王斌一下子就松了一口气，不知怎的，他就是信任宋振峰，今天宋振峰肯露面，那至少说明，他是想约束住何欢。王斌真怕今天周浪、周澜再生是非，那么他的一切努力，就又都前功尽弃了。

集中在墓地前的人们，也都注意到了这对出色的男女。和以前相反，这次人们最先认出来的是宋振峰。人们纷纷猜测，跟在他身边的那个女子是谁，因为在人们的记忆中，宋振峰从来都不会和女人一起出现。

今天的何欢一身黑衣，不施脂粉，头发只简单地绾在脑后，脸色略显苍白，手中捧着一大束菊花。

世间心伤何最恸，清泠墓前哭儿声。

宋振峰不记得这是哪本书中的话了，但却是他此时最真切的感受。看着徐兰已经哭倒在了骨灰盒边，周博也老泪纵横，宋振峰不由得暗暗庆幸，他不仅让何欢来参加祭奠，还特意做了那么多叮嘱。不管有什么是非恩怨，现在都不该再伤这对老夫妻的心了。

宋振峰来到了周博的面前，深深一躬："伯父，师傅身体不好，所以让我替他送师妹过来，师傅还让我转告您：保重身体要紧。"宋振峰得体地说道。

全不管这番话是真是假，反正是给足了周博面子。而他这句话，也在人群中引起了一阵骚动：宋振峰的师妹，那不是何欢吗？天啊，这个女人竟然是何欢。前段日子，周家和何欢打得不可开交，业内人尽皆知，她今天怎么又会出现呢？

何欢不理会人们狐疑猜测的目光，径直走到了周博和徐兰的面前，躬身施礼："爸，妈。"

轻轻一声呼唤，让周博吃惊非小，也让墓地前霎时间鸦雀无声。

周博的脑子在飞快地旋转，"何欢突然改变态度，为什么？是为了天海画阁的股份？"但不管她究竟是为什么，至少今天她这么做是对周家有利的。

何欢直起腰，无意间和周博的眼神碰到了一处，电光石火之间，她马上就明白了周博心中所想，何欢的嘴角扬起了一丝淡淡的冷笑，苦涩如手中的菊花，她的身体向前微探，轻启朱唇，用只有他们两个人才能听到的声音说道："父亲教导，师兄监视，仅此而已，您不用多想。"

周博气结，脸上涌起一层暗红："这个死丫头，现在怎么变得这么刁钻刻薄。"他掩盖地转过身，走向了祭台，背对着何欢，"就等你了，你来安葬涛儿吧……"话未说完，周博就已经哽咽不能成声，他朝着王斌挥了挥手，就走到了一旁，看见他这个样子，何欢也不禁恻然。

王斌明白周博的意思，他走上前来，接过了何欢手中的菊花，一边低声告诉她应该怎么做，何欢依言，轻轻捧起了周涛的骨灰。在她的手指碰到骨灰盒的那一刹那，曾经和周涛一起相处的万千情景一下子就涌上了心头。比起来，周涛的死，还有和苏菲的关系，反倒变得不那么醒目了。

此时何欢由衷地感激宋振峰，因为她终于明白了宋振峰一直劝她放下仇恨的原因了。宋振峰果然比她自己还了解她，正因为她没有深爱过周涛，所以她才更容易记住周涛的好,忘掉周涛的错。所以他才不让她与周家为敌！怕她自己想明白以后，会后悔、自责。感谢你，师兄。

何欢刚要捧起骨灰，忽然想起，宋振峰还站在旁边，她不由得抬起目光，望向宋振峰。就像有某种感应似的，几乎就在她抬头看宋振峰的同时，宋振峰已经迈步向她走了过来。宋振峰几步走到何欢的身边，和她一起捧起了骨灰，郑重交到何欢的手里，然后虚扶住何欢的手臂。

几个动作连贯自然，从始至终，他都没有开口说一个字，但是，一切尽在不言中。

看着何欢捧起了骨灰，周博刚刚松了一口气，就听见传来一声大喊："放下！"

是周澜！

"你有什么资格碰我弟弟的骨灰，你以为你是谁啊，你别不要脸了，我弟弟早就不要你了……"周澜发出了一连串的咒骂。

昨天晚上，周博给周浪和周澜说了股份制改组的事，他们两对夫妻连夜紧急磋商，谁都不同意，明摆着，改制了以后，他们多受约束啊。熬了这么多年，好不容易盼到周博快死了，他们可以自己做主了，谁想到周博又想出这么个主意。还要白给何欢股份，这更让他们义愤填膺。所以，他们早就计划好，今天大闹一场，能气死周博最好！

周博大怒，他没有想到女儿会当着这么多人闹事，他抬头看向人群，只见人们的眼中都闪着兴奋的光芒，急切地期待着事情的发展。这可真是把天海画阁的脸丢尽了。

“住口，有什么事回家再说。”周博呵斥道。

“凭什么，她打我的那笔账，我还没跟她算呢！”

王斌一直在紧张地盯着何欢，几次接触，他已经充分了解了何欢现在有多么暴烈，他真怕周澜再出言不逊，何欢会直接把骨灰盒朝周澜砸过去。但他意外地发现，何欢的脸上始终很平静，就像是在看一出已经看了无数遍，已经看厌了的戏一样，百无聊赖，兴味索然。

周浪见周澜无法激怒何欢，只好自己上阵了："何欢，你最好把我弟弟的骨灰放下，你现在和我们周家任何关系都没有。我知道你今天来就是为了钱，我告诉你，我们周家的钱、周家的股份，你别想要，你一分钱也拿不走。你在这折腾半天，只能是自取其辱。"

什么？周家的股份？这是什么意思？周家要有大动作了？看来今天真没白来。

周博已经气得脸色发白，本来王斌不主张提前告诉周浪他们改组的事，就怕他们嚷嚷出去，现在这个消息还没到外泄的时候。可是周博怕突然把何欢叫来，让周浪和周澜不好接受，所以，提前就把计划都告诉了他们。周博觉得自己说得很清楚啊，只有这样，才能挽救天海画阁，他们两对夫妻也受不了什么损失，他们应该能够接受啊。

和周博比起来，何欢则平静得太多，她竟然淡淡一笑，然后面向周浪："你们周家的钱和股份，如果不想给别人，就得你们自己看好。秦失其鹿，天下共逐之？要是你们看不好，就算我不想要，恐怕也有别人想要！”何欢说着话，目光扫过人群，然后别有深意地用心看了其中几个人，那几个被她看过的人，都不禁心中一凛。他们不约而同地在心中祈祷着：快点打吧，把何欢这个煞星打走，不要让她再回来了。如果她留在周家，那么想瓜分天海画阁就太难了。

周浪根本就没听出何欢的话外之音，他只关注一点："你说你不想要周家的钱，我凭什么信你？”

何欢仍旧悠悠然然："我本来也没有要求你相信。"

“哼。说实话了吧，你就是想要周家的钱和股份，告诉你，你别做梦了，我不会给你的！”

面对着周浪的冲天气焰，何欢不禁嫣然，她的笑意温柔和暖，说出话来却字字如冰刀雪剑："我如果真想要周家的钱，也不用周家的人给，我自己有很多办法可以拿到。"

何欢的这句话，踩到了周澜的痛处，她听了这么久，就听明白了一句话：何欢想要周家的钱！周澜勃然大怒："贱货，你别觉得今天带了个男人给你撑腰，你就这么放肆！你打了我，我今天跟你没完！"

看事情连累了宋振峰，何欢变了颜色，脸上凝起一片冰霜，“周澜，你会为你今天所说的话付出代价，从现在起，别再让我听见你说话，否则连本带利，我都要收回来！”

周澜还想撒泼，但是被何欢凶狠的气势慑住了，张了张嘴，到底没敢再发出声音来。

王斌站在一旁，看见周博的脸色已经变成了青白色。王斌意识到，这是周博犯病的前兆，如果周博在众人面前再犯了病，天海画阁就无法收拾了。王斌当机立断，沉声说道：“时间到了，下葬吧。”

眼看着周博摇摇欲坠的身形，周浪明白了王斌的用心，此时此刻，周浪忽然冒出了一个念头：量小非君子，无毒不丈夫。机不可失，时不再来，这件事不能完，再加加劲，周博非犯病不可，到时候，就没有人能够阻止他卖天海画阁了。

于是周浪大叫：“王斌，你有什么资格在这指手画脚，这是我们家的事。何欢，你把骨灰放下，你早就跟我们周家没任何关系了。死了丈夫的儿媳妇，没事老在公公面前闲晃，谁不知道你打的什么主意。”

说着话，周浪走了过来，要夺走何欢手中的骨灰盒。

何欢眼露寒光，双手已经捏紧了骨灰盒。王斌心一紧，就朝何欢扑了过来，可他没想到，一直站在何欢身边的宋振峰，动作更快。几乎就在周浪说话的同时，宋振峰的手已经压在了何欢的胳膊上，低声唤了一声：“何欢。”

何欢当然知道宋振峰的意思，但她不想理会，因为她已经愤怒至极，她仍旧直盯着周浪。

宋振峰的手上又加重了力道，何欢无奈，抬头看宋振峰，宋振峰拿眼色指向周博，何欢这才发现，周博已经倚在了石桌上，青白色的脸上汗如雨下。

何欢无奈，深深叹了口气，双臂松了下来，她看见周浪已经走到了自己面前，并且伸出了手。

何欢看向王斌，此时王斌也近在咫尺：“王助理，我一直敬重您的为人，我尽力了。”

王斌点头：“尽人事，听天命。我感激二位。”

刚才宋振峰的行为，被王斌尽收眼底，他由衷感叹：宋振峰不愧是众人口中的忠厚君子。王斌伸出手，接过了何欢手中的骨灰盒，递给了周浪。

周浪拿起骨灰盒，几步就走到了墓穴前，抬手就把骨灰盒扔了下去，骨灰盒立时砸到了大理石的墓穴底，徐兰应声昏了过去。周博觉得自己的心也被一起扔了下去，不禁一阵天旋地转，他清楚看见，周浪在扔骨灰盒的时候，一直都在偷眼紧盯着自己！周博只觉得喉咙一热，最后一丝残存的理智提醒着他，现在有无数双眼睛在盯着他。周博咬着牙，把一口鲜血生生地咽了下去。

这一声脆响，也打散了何欢脸上和心里的坚冰，她剧烈地颤抖了起来，不可以，怎么可以，周涛有千般错处，也不该被他的亲人如此对待。“难道是因为我吗？”她自问着。

“师兄，我是不是做错了？我要不来，周涛就能安安静静地入土为安了。”

在场的每一个人都在看着这一家人，狼子野心的儿女，已经昏厥的母亲，一息仅存的父亲，被抛入了冰冷墓穴的孤魂，最后再听到何欢这一句像自责又像哀求的话语，很多人都不禁落下泪来。

宋振峰已经说不出话来了，他揽住何欢的肩膀，让她紧贴在自己的胸前，好让她颤抖得轻一些。他不敢想，何欢曾经和什么人生活在一起？

王斌本来是要过去扶住周博，但他看了何欢和宋振峰一眼，油然升起了一个念头：宋振峰扶着何欢，当然这没什么不对，但是如果再被周浪他们做文章怎么办？想及此，王斌走到了何欢的另一侧，扶住了何欢。这样，两个人扶着何欢，也就不显得突兀了。

墓穴封闭，周浪和周澜两家人像是商量好了一样，扬长而去。

何欢接过了王斌递过来的菊花，走到了墓碑前，墓碑上周涛的照片，笑得仍旧那么开朗、阳光，一如生前。何欢的泪水刷刷地流了下来：“周涛，和你在一起六年，我一直都没有机会说谢谢，我真的很感激你。周涛，真相我都知道了，错不在你，我不怪你，一点都不怪你。今生你我都被误了，如果有来生……”

一直站在何欢身后的宋振峰突然走了过来，帮何欢把菊花摆到了幕前：“周涛，我一直很欣赏你，一直都知道，你是一个非常优秀的男人，感谢你照顾了师妹六年，如果有来生，希望你能找到自己的真爱，能够幸福一生。这是师妹的心愿，也是我的心愿。”

宾朋散去，何欢和宋振峰也离开了墓园。离开墓园已经很远了，宋振峰看见何欢还在发呆。他抬手揽过何欢的肩膀，在她的耳边低声问：“欢，知道我为什么替你把话说完吗？”

何欢茫然地摇了摇头。

“记住。”宋振峰认真地说道，“不要把你的来生许给别人，你今生是我的，来生是我的，我要和你一起走进生生世世的轮回……”

决天下

特护病房内，周博平平地躺在床上，盖在薄薄的被单下的身体仿佛已经没有了温度，他能够感受到，生命正在一点点地离自己远去。现在，他连动一下手指的力气都没有了。

可是此时，他的眼睛却分外的亮，闪动着一种异样的光芒，那是一种复杂的光辉，仿佛周博已经把自己这一生的全部经历和智慧都付之一炬，化作了现在眼睛中这最后的光明！

可是，这光明还能亮多久呢？还能再为天海画阁照出多远的路？

这个问题每在周博的心中盘桓一次，周博就情难自禁几乎要老泪纵横！

就在半小时之前，他用尽最后力气，签署了一份文件——申请注销天海画阁这个商标，即刻收回四枚天仪海韵的印章并予以销毁！

让周博做出这个决定比摘掉他的心还要疼，可是没办法，他必须要这样做！他一手缔造出了天海画阁的辉煌，曾经，他把天海画阁当成了他的孩子、他的生命！可当他真正到了弥留之际的时候，他才发现，原来在他心中，天海画阁的重量已经远远地超越了他自己，甚至超越了整个世界在他心中的分量。所以，他决不能让这天海画阁落入到不懂得珍惜它的人的手里，去随意作践！

他也曾经想过，把天海画阁交给何欢，他相信何欢一定会把它延续下去并且发扬光大。可是没有机会了，从他进了这间病房起，周澜和周浪就一步都没有离开过他。他们就像是两只秃鹫一样，在等待着他们的亲生父亲的死亡！所以周博现在想见何欢，再履行复杂的过户手续是根本不可能的了。

无奈，他只得做出了这个最无奈的选择。

“周浪，周澜。”周博的声音倒还不是很虚弱，也许他这一生中都不可能显露出虚弱了。

“爸。”

“我知道你们想卖天海画阁，想卖就卖吧，我管不了了。但是天海画阁这块牌子决不能卖。你们去把王斌找来，我让他去办注销手续，你们不是已经跟王氏财团谈好了吗？等手续办完之后，就卖了吧。”

周博说完话，就重重地闭上了眼睛，他觉得自己的心已经被掏走了。可是没想到，周博这经过撕心裂肺才做出的决定，并没有打动周浪他们，“爸，王斌已经辞职了，你需要办什么事，就让我去吧。”

周浪话音未落，周博刷的一下就睁开了眼睛，一道雪亮的光直直地就射到了周浪的脸上。

周浪被吓了一激灵，赶紧避开了周博的眼神。看到了周浪那闪烁的神情，周博深深地叹息了一声：“你在说谎。王斌没有辞职，是你们不让他见我，因为你们不想注销掉天海画阁，你们想连这块牌子一起卖掉，好能多卖些钱。”

周博的声音是空洞的，他现在连悲哀的力气都没有了。他知道，自己见不到王斌了——这个一直被他所器重，并对他忠心耿耿，而又一直都没有得到他全部信任的人——他是天海画阁最后的希望！而现在，这个希望也破灭了！

周博的嘴角牵动了一下，他想发出一丝嘲讽的冷笑，嘲讽自己叱咤一生最后竟然落到了这样一个悲惨的结局，可是，他现在连冷笑的力气都没有了……

“涛儿，咱们的天海画阁完了，你不该走得那么早，爸爸来了，来陪你了，下辈子我们还做父子，我们重新再创出一个天海画阁……”

周博终于闭上了眼睛。

王斌一直在特护病房外徘徊着。他曾经想说服徐兰，让她帮助自己见周博最后一面。可是发生在周涛墓地上的那些事情，对徐兰的刺激太大了，她已经没有多余的精神来管这些事了。

王斌来回走着，心如火焚，他已经想不起自己有多长时间没吃饭、没喝水了。现在他的脑海里一片空白，只有一个念头——见到周博，为保住天海画阁做最后的努力！

他可以不管周家，不管何欢，他什么都可以不管，但是他不能不管天海画阁！那是他为之付出了十六年的地方！十六年啊，王斌觉得自己全部的生命和精力已经都留在天海画阁了，他不敢想，假如天海画阁真的落入到了周浪兄妹的手里，被肆意扭曲作践，他怎么能承受得了！

忽然，几个医生护士神色紧张地走了过来，直接就进入了周博的病房。王斌的心提到了嗓子眼，指尖都有些发抖了。

是时候了，我该做决定了。王斌用尽全部的力量下定了最后的决心。

当医生从特护病房出来之后，王斌尾随着他来到了办公室，并且随手关严了房门。

“王助理。”医生已经和王斌很熟了。

“我想问一下，周董的情况怎么样了。”王斌开门见山。

“很不好，已经陷入昏迷状态了。”医生也不跟他绕圈子。

“如果靠人工维持生命，还能维持多久？”王斌问。

“这个。”医生犹豫了一下，“这个不好说，这一般得看家属的要求，但是……”

王斌明白医生要说什么，周博的家属肯定不会提出这样的要求。

“请您在不惊动家属的情况下，再把周董的生命延长三到五天，可以吗？”

“为什么……”

“可以吗？”

“这……”医生还在犹豫。

王斌从皮包里拿出了一沓厚厚的钞票放到了办公桌上。

“这不行，绝对不行。”医生一下子就从座位上弹了起来，坚定地拒绝着。

王斌非常平静，“您放心，我是商人，这是您应得的，我绝不会给您带来任何麻烦，如果您答应了，我马上就走，可能短期内都不会再出现了。”

“这不行……”

“最多五天就行！”

看着王斌，医生忽然感到这个一直都分外沉默的男人，身体里却隐藏着那样强烈的霸气。

“好吧，但是最多五天。”

“谢谢您。”

王斌没有再多说一个字，转身就出了办公室。他刚一走出医院，就拨通了何欢的电话：“你好，我是王斌，我现在在北京，我要见你，越快越好。”停了一下，王斌又加了一句，“是我自己要见你，与周家无关。”

何欢没有犹豫，迅速和他约定了见面的时间和地点。

“又出事了？”看着何欢接完电话，宋振峰有些忧虑地问。

何欢轻叹了一声：“周博生死未卜，正是最乱的时候。”

宋振峰看着何欢那沉重的样子，有些心疼：“这些事情到底还是把你给卷进去了。”

何欢忽然笑了：“准确地说，不是事情把我卷了进去，而是我自己走进了这一团乱麻之中。经过了这么久，经历了这么多事情，我终于想明白了，就像你是属于画笔的一样，我是属于商场的，不是商场离不开我，是我离不开它。”

何欢和王斌见面了，没有任何客套和寒暄，他们从彼此的神情中都看到了期待，那是一种被逼到了绝境之后才会产生的，对最后的角逐的期待——只有真正的商人才能理解的期待。

“周董已经到了弥留之际，天海画阁完全落入到了周浪和周澜的手里，我尽全力了，也只能让周董的生命再延续三到五天。”王斌言简意赅。

何欢静静地听着，虽然王斌的话很简单，但是她还是听懂了。

“你需要我做什么？”

“周董只要还有三寸气在，周浪就不敢卖天海画阁，我们两个合作，就利用这个时间差，全方位出手，夺过天海画阁的全部市场份额！”

“目的呢？”

“卖给王氏财团一个空壳，这样他们就会彻底忽略掉天海画阁。毕竟王氏并不想真的经营艺术品，只是想通过控制各个画廊实现对大陆艺术品市场的控制。”王斌的声音忽然间就变得异常疲惫了，“天海画阁是完美的，它不应该落到不懂得珍惜的人手中。而且，天海画阁的市场是周董毕生的心血，还有你我和周涛我们多年的付出，我不想把它们拱手让人。”

“我明白了，你对天海画阁的这份执著和感情也的确让我感动，可是我没有这个经济实力。”

“说服秦云瀚。”王斌毫不犹豫地说道，显然，这个计划他已经考虑了很久了，“秦云瀚的公司本身就是艺术品投资公司，说服他注资支持敦煌画院来拿下这些市场份额，如果注定了天海画阁不能再继续维系的话，我情愿看到它的市场被真正尊重艺术的人去传承。”

何欢沉默了，她想起了就在不久之前，她和刘恒的那次彻夜长谈，那一回他们详细分析讨论了，在面对秦云瀚的强大攻势面前，他们该如何去做才能争取到最大的利益。当时何欢就提出了这种方案。

可能是何欢沉默得太久了，王斌打断了她的遐想，“你是不是不想和我一起做这件事？”

“如果我说，我的确是不想做呢？”何欢问。

“那我就自己去做。”王斌毫不犹豫地说道，“也许是杯水车薪，蝼蚁撼树，但是我还是要做，哪怕只是为了给自己一个交代，让我眼睁睁地看着天海画阁就这么完了，却不做出任何努力，我原谅不了我自己。”

何欢的脸上浮现出了一层淡淡的笑容：“虽然已经说过了，但是我还是想再说一遍，你对天海画阁的执著让我感动。”说着话，何欢掏出了手机，“云瀚，安排一下，三十分钟之后我们见面，有事需要谈。”

王斌望着何欢：“希望我没有让你太为难。”

“我没有为难，说实话，就算你不找我，我也在寻找一个可以和王氏财团对抗的机会。”何欢忽然笑了，笑容灿烂，“天下生意天下人做，按说各走各路，我们可以井水不犯河水，但是他们太霸道了，大陆艺术市场还没有沦落到任她一个人嚣张跋扈。”

秦云瀚认认真真地听完了何欢的计划和要求：“其实你的计划，还是让我们找代理人来经营这块市场。”

“对，只是这个代理人由天海画阁变成了敦煌画院。你们在投资期内会拿回丰厚的回报，我们借你们的力进入市场，打开我们自己的局面，各得其所。”

秦云瀚轻轻地舒出了一口气：“在我向老师提出聘用你的时候，曾经说过，中国社会整个就是一个‘人和’社会，人与人之间的关系与和谐是构建一切社会关系的基础，在这种大背景下，你们做起生意来就会有得天独厚的优势。但是，我们对回报率的要求是非常高的。”

“至于回报率的问题，我甚至可以答应在合作的最初三年给你们利润的百分之八十，但是口说无凭，你们不会光听我说，你们需要真正看到我创造出的利润，所以，给我六个月时间，如果我创造出的利润不能让你们满意，我带敦煌画院撤出合作，争夺下的市场份额留给你们。而如果届时，你们相信了我们的能力，认为和我们合作是正确的，你就向你们总公司申请正式批准我们的合作。”何欢侃侃而谈。

望着何欢，秦云瀚忽然笑了：“何欢，你知道吗？你似乎就是为谈判而生的，因为每次和你谈起生意来，都会让我忘了我们彼此之间还是朋友。”

“这很正常，因为你我都是专业商人，就像专业的运动员一样，一旦上场，就只有队友和对手这两种关系，而没有了朋友这个概念。”

秦云瀚的目光微微一黯，他刚才的话其实是在暗指自己对何欢的感情，可是也不知道何欢是真没听懂，还是故意避而不谈。不过秦云瀚毕竟是秦云瀚，他只黯然了不到一秒钟就恢复了过来，朗然一笑：“专业商人，这个说法很有趣。说吧，我们怎么开始。”

“你居中调度，我和刘恒分头出击，王斌毕竟还没有公开离开天海画阁，所以他在暗处，随时为我们协调各方关系。”

“好！”秦云瀚停了一下又问道，“你刚才说计划用六个月时间，来完成这次市场争夺？”

“当然不是。”何欢惊笑了出来，“六个月，怎么会？六个月是我的生意进入正轨，产生足够打动你们总公司的利润的时间。”

“那你准备用多长时间来完成这次对天海画阁市场的全面接收？”

秦云瀚对这个问题很感兴趣，因为他曾经对这项工作进行过专门的分析和研究，最后的结果是，他如果真的和天海画阁对抗的话，需要两至三年，才能够逐步蚕食掉天海画阁的市场，当然，这还是比较理想的情况下。而现在，天海画阁内部的变故，和何欢王斌等人的介入，这场争夺似乎变得容易了。可是有一句话说得非常对，机遇总是和风险共存的。天海画阁的这一场变故，也许会让这场争夺变得容易，可也许就会让形势变得更复杂。面对着一团乱麻总是更难下手的，所以他很想知道，何欢对这件事情是怎么考虑的。

何欢听了秦云瀚的问题，想了想，笑了：“坦白地说，我对这个问题也很好奇。正如你所说的，中国社会是一个以人和为基础的社会，那么，就让我利用机会，来检验一下我在天海画阁六年，王斌在天海画阁十六年，刘恒在商场三年，敦煌画院这十年，一共积累下了多少人和吧。”

“好。”秦云瀚目光清澈明亮，“这才是我想象中的何欢，隐风雷之音于轻描淡写之中。”

忽然，秦云瀚的神情变得很郑重：“何欢，谢谢你。你这次在为敦煌画院争取机会的同时，也等于给我提供了一个很好的机会，让我在面对王氏财团的时候有了更多的筹码，所以，我希望你们成功。”

“我们一起成功。”

七天后，周博辞世。

十二天后，周家发丧。

二十天后，周浪开始和王氏财团联络，经过一番翻来覆去的讨价还价，王氏财团终于在一个月之后，以极低的价格收购了天海画阁。

“你不用对这个价格不满意，现在你们天海画阁值钱的也就是这四个字了。你恐怕还不知道吧，你们的市场都快被那个叫何欢的挖空了。”王氏财团派出的谈判代表这样说道，“要不是我们还看重这块曾经号称是大陆艺术市场头把交椅的招牌，我们根本都不会再收购它了。”

就这样，曾经被周博，被那么多人所倚赖，所深爱，甚至是所敬畏的天海画阁，就连同那四枚玉质印章一起成为了王氏财团的又一个战利品。

王氏财团的谈判代表说得没错，天海画阁的市场的确是快被何欢挖空了。走出秦云瀚的办公室之后，何欢一分钟都没有停下来，马上就踏上了路途，她在半个月的时间里，几乎飞遍了整个中国，一一走访了所有和天海画阁有交易往来的画廊、画家、客户、交易公司。

何欢、王斌和刘恒他们都明白，他们所谓的市场争夺和那种有形的市场争夺是不一样的。两个品牌的电视机争夺市场，是通过价格竞争或者其他促销手段，生生地把另一家从销售排行榜上挤下去，把消费者夺过来。这是可以看得见摸得着的。

而何欢没办法这样做，他们做的，就是让所有的人都知道，从今天起，你们可以选择跟敦煌画院合作，而且让所有的人都相信，跟敦煌画院合作会比跟其他任何人合作，更舒服、更顺当、更有利益，综合收益最大！

当何欢他们的工作开始进行了之后，何欢发现，自己在跟秦云瀚总结他们的人和的时候，少说了一个人——宋振峰！这位在画坛口碑极佳的年轻画家，虽然从来没有进入过商场，但是在业内却拥有着无数的敬仰和信任。

于是，当天海画阁在王氏财团的主持下重新开始运营了之后，生意急剧萎缩了下来。那些过去和他们往来的客商们，或者直接选择了敦煌画院，或者选择了观望。

六个月后，正如何欢所保证的那样，她带领敦煌画院所取得的丰厚利润，终于获得了秦云瀚的总公司的认可，经过了多次谈判，秦云瀚的公司终于再次和敦煌画院达成了合作协议。

协议达成后，何欢返回了敦煌，因为她还有一个重要的约会——王氏财团的负责人终于露面了，她要约见何欢。而何欢则毫不犹豫地把见面地点选在了敦煌。

“为什么要在敦煌见面？”王氏财团的负责人问王斌，态度平静得让人琢磨不透。

王斌审视着眼前的这个女人，四十来岁的年纪，气质很好，气势压人，如果他和何欢不是朋友，他会很期待这次两雌相遇，因为肯定会有一场非常精彩的交锋。可是现在，他跟何欢是朋友更是合作者，所以，他不能不为何欢担心——这个女人，绝对是一个劲敌！

“这个您恐怕得问何院长。”王斌做起助理来绝对是一流的，不卑不亢，不急不怒。虽然他很想替何欢抵挡一阵，但是何欢说了，这件事由她全权处理，所以他也只好恪守自己这个传话人的本分了。

“她是不是根本就不想见我，所以才会选在那么一个不方便的地方，好让我去不了？”

“和您见面是你们双方协商决定的，并不是您单方面的要求。”王斌的话软中带硬。

“那如果我让你告诉她，我现在太忙去不了敦煌，只能等下次有机会的时候，再和她见面呢？”

“我一定转告何院长。”王斌非常礼貌地答道。

那个女人愣了一会儿，忽然笑了："何欢给你多高的年薪？"

"这个不便透露。"

"好吧，你记住我的电话，如果你想来我的公司，随时给我打电话，薪金条件由你自己开。"

王斌心中暗暗赞叹，这个女人说话做事的确有一种男人般的气魄。

"谢谢王总，我记下了。"

强势的人最不怕弱势的人，比她弱的人，是来了一个收拾一个。最喜欢强势的人，因为强势的人可以激起她的豪情和潜能，让她体会到征服的快感。而最怕的，就是韧性的人，也就是像王斌这样的人。他们不怕压力、不怕刺激、不怕伤害，你根本就不知道自己的行为会对他们造成多大的影响，或者根本就没有对他们造成影响。

她终于决定不跟王斌浪费时间了，还是去见何欢吧，据说，那也是一个强势的女人。

巍巍敦煌，悠悠千年，壁画上那些面如满月的菩萨，凌空起舞的飞天，记录了历史上一个曾经让女人辉煌过的时代，而今天，两个女人把这里选做了第一次见面的地点。

"你好，我是何欢。"何欢伸出了右手。

"你好，我叫王凤迪。我喜欢别人直接叫我的名字，连名带姓。"王凤迪的手和何欢的手轻轻一碰，恰到好处。

王凤迪打量着何欢："你本人不如照片上漂亮。"

"哦，可能审美差异吧，我最喜欢的是我这种类型的长相。"

坐在一边的王斌冷汗都出来了，他还真是头一回见到女人这么谈生意。

"上次你约我们见面，但是你失约了。"王凤迪说道。

"对，周博的突然去世打乱了我们的计划，弄得我们突然间有很多事要做，所以都没顾上那次约会。"

王凤迪突然笑了："没错，那会儿我们的确都挺忙的，我忙着收购天海画阁，你忙着在暗地里争夺天海画阁的市场份额。我真没想到，周博还没有咽气，就被他自己的亲信和前儿媳算计了。"

"是啊。"何欢很感叹地回答道，"现在，周博和我故去的丈夫在天国看到我们的成绩，都会欣慰的。"

王凤迪又笑了，是很无奈的笑："我刚才那话的意思不是在夸你。"

"可是我却从中听到了你对我工作成绩的认可和肯定，所以还是要谢谢你。"

王凤迪决定不再同何欢绕圈子了，她不知道这个女人的心理素质到底是用什么材料做的，太坚韧了。她又哪里知道，何欢现在已经不是坚强了，而是脆弱到了尽头的透彻。

“何欢，我很欣赏你，我是一个爱惜人才的人，曾经还想过让你出来帮我，现在我仍旧这么希望。我想，我们两个如果联手，将会是最好的搭档。”

何欢微微一笑，她并不觉得她们两个会是好的搭档，但是还是非常礼貌地说道：“虽然加入你的公司不太可能了，但是我还是要谢谢你的邀请。”

“其实也不是完全不可能，在这个世界上，一切事情都是处于变化之中的，所以一切都是有可能的。”

王凤迪忽然换了话题：“何欢，介意我问一个问题吗？”

“请问。”

“你们敦煌画院的目的究竟是什么？”

“和你的目的一样，成为国内的首席画廊。”

“可是这个目的你是不可能实现的，现在不是天海画阁起家的那个时代了，现在不存在赤手空拳打天下的神话了，我希望敦煌画院能够跟我们合作。”

“我们已经和别人有合作了……”

“那并不妨碍。我有这样一个想法，你们负责艺术品的组织，我们来负责销售，我们这样合作，各展所长，各得其所。”

何欢的神情变得凝重了起来：“凤迪，你知道吗？当我第一次在周博的书房中接触到画廊这个概念的时候，周博就告诉我，画的交易和其他商品不同，它最大的特点就是唯一性，最与众不同的地方，就是每一幅画里都倾注了太多人的感情。所以，画对于画廊而言并不是简单的商品，画廊对于每一幅画都必须从购进到售出全权负责。这样才对得起画家和作品。”

何欢的话并没有打动王凤迪：“那只是你们的想法，其实画也是商品。而且我想给你一个忠告，商人就是商人，交易就是交易，这与感情无关，如果什么都掺杂进感情去，那成功系数就太低了。”

“谢谢你的提醒。”

“看来你不接受我的观点，不过没关系，每个人都有选择自己的经营方式的权力。”

一阵沉默之后，王凤迪又开口了：“何欢，也就是说，你一定要和王氏财团相对抗了？”

“谈不上，看中了同一块市场而已。”

“你不会成功的，你没有雄厚的财力做支持，我已经做好了跟你打长期价格战的准备，直到把敦煌画院拖垮为止。”

何欢不语。王凤迪又逼问了一句："怎么，你不相信，当一个画家同时面对着你我两家，会选择付钱高的一家吗？还是你认为，你所谓的感情就能打动他？"

"不，我相信，价格毕竟是一幅作品价值的标志。但是我既然选择了这条路，我就会一直走下去。"

"即使敦煌画院毁在你手里，也在所不惜？"

这次，换成何欢无奈地笑了："为什么你就认为我一定会失败呢？画不是钢材或者铝材可以囤积，然后人为炒高市场价格。短期内，你可以高价收购，甚至高价收购低价售出，只为了彻底打乱市场秩序，然后逼我让步。但是，我已经做好了长期坚守下去的准备，所以，我们以后还会有很多见面的机会的。"

王凤迪愣了一会儿，露出了一丝玩味的笑容："好吧，既然你提出送客了，那我也就不多留了，我不后悔认识你，我很欣赏你。"

"谢谢。"

两年以后。

秦云瀚的任期满了，总公司对他任期内所取得的成绩非常满意，希望他继续留任。

王凤迪那狂风暴雨似的资金席卷模式，终于没有敌过何欢那坚如磐石的稳扎稳打，渐渐地放弃了和敦煌画院的争夺。

天海画阁已经渐渐地被人们淡忘了，取而代之的是敦煌画院这个名字。正如何欢所说的那样，敦煌画院坚持下来了，而且生意做得如火如荼。她、王斌、刘恒，他们终于找到了一个可以自由实现他们的经营理念的地方，并且把他们的理念发扬光大。

在敦煌画院广东办事处的办公室里，何欢和王斌相对而坐。

"我觉得我们现在就像是陀螺一样，已经很久没有停下来了。"王斌说。

"是啊。"何欢也深有感触，"而且可以预见，在未来很长一段时间里，我们都不会停下来，因为只要有市场在，有生意可做，有利润可以争取，我们就会一直旋转的……"

——全书完——